HarperCollins

Zum Buch:

Wann alles angefangen hat? Am Tag, als ich mich im Schnee festgefahren hatte, mitten in der Nacht, 600 km von Paris entfernt, nachdem mein Bräutigam mich sitzen gelassen hatte. Ich sah aus wie die Schneekönigin mit zerfetztem Brautkleid und gefrorenen Füßen. Da glaubte ich einen Grizzly zu sehen, aber es war ein Mensch, der mich anknurrte, ich solle verschwinden. Ein Glück! Da war jemand, der mir helfen konnte. Tatsächlich hatte ich sogar sein Grundstück gesucht oder vielmehr die Herberge, die ihm gehörte. Und weil ich nicht erfrieren wollte, überzeugte ich Hugo davon, mich bei ihm übernachten zu lassen ...

Zur Autorin:

Cécile Chomin ist Lehrerin in Südfrankreich, wo sie mit ihrem Mann und ihren zwei kleinen Töchtern in einem Haus lebt, dessen Türen für Freunde immer offen stehen. Neben ihrer Leidenschaft fürs Tanzen, die ihr Mann glücklicherweise teilt, findet sie trotz allem Zeit, sich dem Schreiben zu widmen.

Cécile Chomin

Schneeflockenmagie

Roman

Aus dem Französischen von
Corinna Rodewald

Harper
Collins

HarperCollins®

FSC
MIX
Papier
FSC® C014496

1. Auflage: September 2020
Deutsche Erstausgabe

Originaltitel: »Laisse tomber la neige«
Erschienen bei: Éditions J'ai Lu, Paris

Die Zitate aus »Cyrano de Bergerac:
Romantische Komödie in fünf Aufzügen« von Edmond Rostand
folgen der Übersetzung von Ludwig Fulda, Stuttgart 1898.

Umschlaggestaltung: zero Werbeagentur, München (Ute Mildt)
Umschlagabbildung: Shtonado, Dmod, marysuperstudio, Julia Henze,
Tartila, svekloid, Paul Lesser, Nata Kuprova / Shutterstock
Lektorat: Dr. Sara Wegmann
Satz: GGP Media GmbH, Pößneck
Printed in Germany
Dieses Buch wurde auf FSC®-zertifiziertem Papier gedruckt.
ISBN 978-3-95967-543-7

www.harpercollins.de

Erster Teil

Erster Tag. Ein Scheißtag.

Mist, Mist, Mist und noch mal Mist! Das Auto steckt fest. Erster Gang, Rückwärtsgang, das Getriebe kracht, aber das ist mir jetzt egal. Wie konnte das nur passieren? Ist dieser Tag nicht schon schlimm genug? Das kann doch nicht wahr sein! Ich fasse es einfach nicht. Ich strampele mich ab wie eine Irre, aber jetzt reicht's mir. Wut und Panik steigen in mir auf, und ich weiß noch nicht, was von beidem die Oberhand gewinnt. Gleich drehe ich jedenfalls durch. Sophie ist immer noch in der Leitung, und über die Freisprechanlage kann sie bestimmt hören, wie ich mich abkämpfe.

Dann platzt es aus mir heraus: »Verdammte Scheiße!«

»Ganz ruhig bleiben, Claire.«

»Du hast leicht reden! Du sitzt sechshundert Kilometer weit weg gemütlich im Warmen bei dir zu Hause. Ich stehe auf einer Schotterpiste irgendwo in den Bergen und habe keine Ahnung, wo ich lang muss, es ist stockdunkel, und für das Navi hier braucht man einen Abschluss in Informatik! Und jetzt habe ich mich gerade festgefahren, weil ich zum fünften Mal wenden musste.«

»Einatmen, ausatmen, immer mit der Ruhe. Keine Panik.«

»Komm mir jetzt nicht mit irgendwelchen bescheuerten Yogaübungen!«

»Es bringt nichts, sich aufzuregen. Du müsstest schon fast da sein. Was siehst du vor dir?«

»Was ich sehe? Es ist dunkel, Sophie. Ich weiß ja nicht, ob es in Paris im Winter um elf Uhr abends noch hell ist, aber hier in den Bergen ist es stockfinster. Man sieht nichts. Rein gar nichts.«

Ich brülle, und ich weiß, dass ich auf dem besten Wege bin, einen hysterischen Anfall zu bekommen. Dabei kann ich hysterische Menschen nicht ausstehen. Also gut. Ich atme tief ein und aus. Ziehen wir kurz Bilanz: Ich trage eine kurze Hose, feine Schuhe mit Absätzen, eine Satinbluse und einen kleinen weißen Schal aus Zobelimitat. Mein Auto sagt mir, dass es nicht mehr kann, es scheint regelrecht um Gnade zu flehen, obwohl ich noch vier Jahre Kredit abzubezahlen habe und es bei dem Preis das Mindeste wäre, dass die Heizung auf Hochtouren läuft, das Navi funktioniert und ich dazu noch einen heißen Kaffee serviert bekomme! Argh, immer schön ruhig bleiben …

Es ist minus vier Grad kalt, und ich bin auf dem Weg in ein verlassenes Kaff irgendwo in den südlichen französischen Alpen, ich habe keine Ahnung, wie ich dort hinkomme, geschweige denn, wo ich gerade bin. Und die einzige Person, die mir helfen kann, ist meine Schwester Sophie, die mich vom anderen Ende Frankreichs, wo sie im Warmen in ihrem schicken Pariser Appartement sitzt, bittet, ruhig zu bleiben und Straßenschilder zu lesen, die es nicht gibt.

»Sophie, wenn ich irgendwann über diese Geschichte lachen kann, dann erinner mich bitte daran, dass man über alles, also wirklich alles lachen …«

»Grrschschrrg …«

»Was? Wie bitte? Oh nein! Sophie? Sophie?«

»Schurschrrrrgrschsch … Tut tut tut …«

Verbindung abgebrochen. Mit letzter Hoffnung schreie ich »Sophie« und lege mich dabei so ins Zeug, dass man es für die Einstiegsszene eines Horrorfilms hätte brauchen können, in dem ich die am schlechtesten bezahlte Schauspielerin am Set wäre.

Gut. Dann also gelassen und vernünftig. Es bringt schließlich nichts, sich selbst etwas vorzumachen: Ich habe keinen Empfang mehr, und ich bin am Arsch.

Ich gebe auf. Das Auto weigert sich endgültig, sich aus dem Loch zu befreien, in das es seine Reifen bugsiert hat. Es wird nicht mehr lange dauern, und das Benzin geht mir aus, was bedeutet, dass auch die Heizung ausgeht, und dann werde ich ganz einfach erfrieren. Ich bin allein, es ist dunkel, ich bin mehr wütend als verängstigt, was schon mal gut ist, und ein winziger Teil meines Hirns kann noch nachdenken. Was soll ich also tun? Das Beste wäre, wenn ich:

1. alle Müsliriegel verputze, die ich an der Raststätte gekauft habe, um eine Fettschicht anzusammeln und somit die Kälte zu überleben,
2. eine Kerze anzünde,
3. mich von einer Klippe stürze, um mein bevorstehendes Leid und die Qualen eines Erfrierungstodes zu verkürzen,
4. mein Hochzeitskleid anzünde, das auf der Rückbank liegt, um mich aufzuwärmen und womöglich durch den Rauch den Rettungsdienst auf mich aufmerksam zu machen.

Okay. Ich habe noch Ideen. Das ist ein gutes Zeichen.

»Neeeeiiin!«, schreie ich unvermittelt mein Lenkrad an, während ich darauf eintrommele. »Das mache ich nicht, auf keinen Fall! Und weißt du auch wieso? Hm, weißt du das, du blöde Karre? Weil ich überleben will, damit ich diesem Idioten von Hector, der mich vor dem Altar hat stehenlassen, den Hals umdrehen kann!«

Und plötzlich kommt die Wirklichkeit wieder bei mir an, und ich fange an zu heulen. Was auch den letzten Rest meines Tausend-Euro-Make-ups verschmiert. Allerdings weine ich nicht lange, denn ich weine nicht gern, und außerdem sitze ich wirklich in der Patsche. Jetzt heißt es zusammenreißen, ich kann mich später immer noch selbst bemitleiden. Wenn es denn ein Später gibt.

Aber was mache ich hier eigentlich? Ach ja, ich erinnere mich. Als ich nach anderthalb Stunden Warten begriffen habe, dass Hector nicht mehr auftaucht, dass er auf keine meiner Nachrichten reagieren wird, dass seine Eltern kurz vor dem Zusammenbruch stehen und dass alle mit einem mitleidigen Gesichtsausdruck zu mir kommen, habe ich nur den einen guten Gedanken gehabt, das verdammte Kleid auszuziehen, das erste Kleidungsstück überzustreifen, das ich in meinem Koffer finde, und ins Auto zu steigen und Hals über Kopf loszufahren. Weit weg von den Gästen, ihren Floskeln, ihrem Geflüster, ihren verstohlenen Blicken … Als ich dann nach einer Stunde sinnlosen Herumfahrens meine Schwester angerufen und ihr gesagt habe, wo ich bin, hatte sie den Einfall, mich in die Berge zu schicken, und zwar dorthin, wo sie mit ihrem Mann immer hinfährt, damit ich »neue Kraft schöpfen« kann. Genau das wird auf meinem Grabstein stehen: »Schöpfte neue Kraft.« Schade, dass die Inschrift nicht lauten wird: »Am Unglückstag ihrer gescheiterten Hochzeit erfror sie in ihrem Auto irgendwo in den Bergen.«

Nein, ich werde nichts von alledem tun. Ich werde vernünftig nachdenken, so wie meine Mutter es mir beigebracht hat.

Ich kann auf keinen Fall die ganzen kalorienhaltigen Müsliriegel essen. Schon gar nicht, nachdem ich zwei Monate lang diese wahnwitzige Diät eingehalten habe, um vier bescheuerte Kilo abzunehmen, damit ich in dieses VERDAMMTE HOCHZEITSKLEID passe. Zweitens kann ich keine Kerze anzünden, und zwar aus dem einfachen und einleuchtenden Grund, DASS ICH KEINE KERZE HABE!

Hör auf, Claire. Bleib ruhig. Einatmen, ausatmen. Wie Hector es dir gezeigt hat, als er dir erklärt hat, dass Yoga die Zukunft ist. Die Zukunft von was? Irgendeiner anderen Tussi, die er erst vögelt und dann vor dem Altar stehenlässt? Stopp! Einatmen, ausatmen. Ganz ruhig.

Ich werde mich auch in keine Schlucht stürzen. Hier gibt es keinen steilen Abhang, oder zumindest entdecke ich im Dunkeln keinen. Wobei, irgendwo muss es einen geben … Wir befinden uns schließlich in den Bergen.

Und schließlich: mein Hochzeitskleid anzünden? Ich würde sicher in Tränen ausbrechen, nicht, weil es mich an die fehlgeschlagene Hochzeit erinnert, sondern weil es MEHR ALS ACHTTAUSEND EURO GEKOSTET HAT! Das ist also auch keine Option. Was bleibt mir da noch?

Pling, pling, pling. Mein Telefon! Es hat wieder Empfang. Du bist das Beste! Orange-Netz, ich werde mich nie mehr über dich beschweren!

»Hallo? Sophie?«

»Ja … Clai … fah … ich … ünf … Krawasser?«

»Krawasser? Soll das heißen ›Alles in Ordnung, ich habe den Rettungsdienst alarmiert‹? Sophie? Hörst du mich?«

»Kr … Krawasser?«

»Was ist mit Krawasser? Ich würde dann doch lieber Krawhiskey nehmen, bitte.«

Es ist offiziell: Ich habe den Verstand verloren.

Ich koppele mein Handy von der Freisprechanlage ab, damit ich es mir direkt ans Ohr halten kann, falls der Empfang im Auto zu schlecht ist, und verrenke mich in alle Ecken und Enden des Wagens, damit mein Telefon einen kleinen Balken mehr anzeigt. Ich wusste gar nicht, dass es E noch gibt. Seitdem es 4G gibt, bin ich davon ausgegangen, dass 3G die langsamste Verbindung ist. Ich gerate wieder in Panik. Die Handbremse drückt mir ans Knie, die Kopfstütze droht nachzugeben, als ich mir den Kopf daran stoße, es ist die Hölle. Ich darf meine letzte Verbindung zur Außenwelt nicht verlieren. Ich muss mit Sophie reden, selbst wenn es nur dazu gut wäre, dass sie meine letzten Wünsche hört. Inzwischen bin ich an dem Punkt angelangt, dass ich nicht mehr nachdenke, also was soll's, ich drücke die Autotür auf und purzele förmlich aus dem SUV – was nicht verwundert, wenn man bedenkt, in was für einer Position ich mich eben noch befunden habe.

»Claire? Hörst du mich?«

»Jaaaa, es funktioniert!«

Es ist schweinekalt hier draußen. Fürchterlich. Ich hüpfe auf der Stelle, aber es bringt nichts.

»Sophie, warte, bleib noch dran!«

Okay, ich habe keine Ahnung, was ich tun soll. Mein weißer Schal aus Kunstpelz wärmt in etwa so sehr wie ein String am Nordpol. Im Kofferraum liegt zwar mein Gepäck, aber da drin sind nur Sommerkleider. Wie dumm von mir, meinen Mantel nicht mitzunehmen! Allerdings hieß es ja heute Morgen noch, ich würde Hector heiraten, den Mann meines Lebens, und heute Abend um zehn wären wir vom Flughafen Charles de Gaulle auf Hochzeitsreise nach Australien geflogen. Der Inhalt meines Koffers: aufreizende Dessous, Negligés aus Satin, kurze Cocktailkleider. Eine Daunenjacke, gefütterte Stiefel oder Creme für rissige Haut: Fehlanzeige. Manchmal ist das Leben einfach gemein.

Während ich in Endlosschleife Sophies Namen in mein Telefon brülle – ich bin davon überzeugt, dass es meine Worte besser überträgt, wenn meine Stimme lauter ist –, zerre ich mein Brautkleid vom Rücksitz, das mir in diesem Augenblick trotz seines hauchdünnen Stoffs wie eine anständig wärmende Decke vorkommt.

»Claire, ich rufe ja den Abschleppdienst, aber dafür musst du mir sagen, wo du bist! Versuch bitte, irgendwo ein Straßenschild zu finden, einen Wegweiser, irgendwas. Claire, ich rufe den Abschleppdienst. Claire, den Abschleppdienst! Claire!!!«

»Ja, ich höre dich! Perfekt, ich hab dich!«

»Ah, gut. Ich habe nur gesagt, dass ich den Abschleppdienst rufe, aber dafür musst du mir sagen, wo du bist.«

»Verstanden. Warte, ich schaue mal, ob ich ein Schild finde.«

Im Gehen versuche ich, mir mein Kleid über die Shorts zu ziehen, und dabei höre ich, wie irgendwo der Stoff reißt. Es versetzt mir einen Stich wegen der tausend Euro, die gerade den Bach runtergegangen sind, aber schnell erinnere ich mich daran, dass mir das doch vollkommen gleich ist. Was soll ich sagen? Wenn man zwei Monate lang einen Haufen Stoff liebkost und gehütet hat wie seinen Augapfel, zieht man ihn nicht so einfach über eine kurze Hose mitsamt Schuhen und tut so, als wäre es eine Rettungsdecke. Oh, ich erfriere.

»Claire? Bist du noch da?«

»Ja-a-a-a … M-m-mir k-klappern nur die Z-z-zähne …«

Ich gehe weiter und entdecke etwas, das wie eine Straße aussieht. Nein, doch nicht. Ich glaube, ich bin mitten auf einem … Feld! Deswegen hat mein Navi schlappgemacht. Das hier ist keine Straße, es ist eine Wiese! Es fehlt nur noch, dass mir eine Kuh über den Weg läuft.

»Claire, bist du noch da?«

»Ja-a-a. A-a-a-lles in Ordnung. Ich t-t-trage ein A-achttausend-Euro-K-kleid aus d-der W-w-winterkollektion, u-und dann h-hält es n-nicht mal w-warm.«

»Du hast dir dein Brautkleid wieder angezogen?«

»Wie soll ich denn sonst hier herumlaufen? In kurzer Hose?«

Sieh an, wenn ich schreie, bibbere ich nicht mehr so. Worin hat sich denn mein verfluchtes Auto eigentlich festgefahren? Hier ist doch alles gefroren. O-oh … Ich rutsche auf einem Fleckchen Glatteis aus und wäre beinahe mit allen vieren in der Luft auf dem Hintern gelandet. Gleichzeitig fliegt mir mein Telefon aus der Hand, und ich mache einen Satz, um es zu fangen. Mein Kleid reißt noch weiter ein. Noch einmal tausend Euro futsch, aber das klang so, als wäre es nichts, was eine Schneiderin nicht retten könnte. Aber Hector wird nicht zu mir zurückkehren. Und selbst wenn er zurückkäme, dann doch nur, damit ich ihn umbringen könnte! Dieses Kleid hat mich ein Vermögen gekostet, aber es ist bezahlt und zu nichts mehr gut, denn ein zweites Mal ziehe ich es bestimmt nicht an, sollte ich in einem zukünftigen Leben noch einmal versuchen zu heiraten. Es spielt also keine Rolle mehr, und ich knie mich mittendrauf und taste auf der Erde nach meinem Handy.

»Claire?«

Ah, da ist es. Doch plötzlich spüre ich, wie Adrenalin in gewaltigen Schüben in mir aufsteigt. Diese Geräusche ... verdammt, diese Geräusche ... Und da entdecke ich vor mir zwei große Fellbäusche, denen sicherlich warm ist.

»Wölfe!«, schreie ich.

Ich schnappe mir mein Telefon und stürze los, und zwar in die entgegengesetzte Richtung, weg von meinem Auto.

»Krrrsch ... kra ... ni ... wa ... Claire ... krrsch.«

Ich habe keine Zeit herauszufinden, was Sophie zu mir sagt, ich renne, wie ich noch nie im Leben gerannt bin, schon gar nicht in Stöckelschuhen, Shorts und Brautkleid. Was gäbe ich für einen Baum, den ich hochklettern könnte, sogar in Acht-Zentimeter-Absätzen, sogar in diesem Aufzug. Plötzlich klappern meine Sohlen wie auf Asphalt, ich überquere wohl eine Straße. Mein Herz schlägt so heftig, ich bin sicher, dass es gleich explodiert. Die gute Nachricht: Mir ist nicht mehr kalt. An diese Möglichkeit hätte ich auch schon eher denken können: ein wenig joggen, um mich aufzuwärmen. Ich höre, wie das Geheul näher kommt, ich spüre, dass ich mich gleich übergeben muss, und tief in mir weiß ich, dass ich sterben werde. Allein, im Brautkleid, sechshundert Kilometer von meiner Familie entfernt.

Als ich alles für verloren halte und bedaure, dass eine Warnweste im Auto Pflicht ist, aber keine Kerze – die mir von erheblich größerem Nutzen gewesen wäre, um einen Gott anzuflehen, egal welchen –, spüre ich, wie mich von hinten etwas packt, oder besser gesagt, an sich reißt. Meine Füße lösen sich vom Boden, doch einer meiner Schuhe bleibt stecken, und mit voller Wucht pralle ich … gegen einen Bären.

Wieder schreie ich auf, und Sophie kreischt auch, wahrscheinlich aus Solidarität, allerdings direkt in mein Ohr, denn ich halte das Telefon immer noch daran gepresst, bis der Bär ebenfalls zu schreien anfängt.

»Hey! Das reicht jetzt, verstanden?«

»Was? Ein sprechender Bär?«

Verdammt, ich glaube, das habe ich laut gesagt. Das wird mir in dem Moment bewusst, in dem mir auch klar wird, dass der Bär ein Mann ist. Zwar groß, behaart und stämmig, aber definitiv ein Mann. Ich flüchte mich hinter ihn, denn ich folge nur noch meinem Instinkt, außerdem wollte er mich ohnehin loslassen, und dann drücke ich mich an seinen warmen Mantel, der – igitt! – nach Kaminrauch stinkt, luge hinter ihm hervor – er ist wirklich ziemlich groß – und zeige mit zitternden Fingern in die Richtung, aus der ich gekommen bin.

»Wölfe!«

»Was?«

»Wölfe!«, wiederhole ich etwas lauter für diesen ungehobelten Kerl. Er scheint wirklich schwer von Begriff zu sein. »Können wir uns irgendwo verstecken?«

»Verstecken?«

Er dreht sich zu mir um. Ich kralle mich noch immer an seinem Mantel fest, und als ich seinem Blick folge und mich umschaue, bemerke ich, dass wir direkt vor einem Haus stehen.

»Gott sei Dank!«

Ich lasse ihn los, stürze auf das Gebäude zu, reiße die Tür auf und schlage sie hinter mir zu. Das beheizte Zimmer, in dem ich nun stehe, kommt mir vor wie das Paradies.

»Claire?«

Meine Hand redet mit mir. Ich habe gar nicht mehr daran gedacht, dass ich immer noch das Handy umklammert halte.

»Sophie! Dich habe ich ja ganz vergessen! Alles in Ordnung, ich habe einen Ureinwohner getroffen. Ich ruf dich später wieder an.«

Gerade, als ich das sage, geht die Tür auf, und nicht gerade freundlich starrt der Bär mich an. »Wen nennen Sie hier einen Ureinwohner?«

»Na, Sie natürlich. Sie sehen doch, dass ich nicht von hier bin.«

Daraufhin mustert er mich eingehend. Und ich denke … rein gar nichts. Was er wohl von mir hält? Ich trage einen einzelnen weißen Schuh – na ja, beinahe weiß –, der andere musste draußen bleiben und sich von den Wölfen zerfetzen lassen. Dazu mein Kleid, das ganz und gar nicht mehr weiß ist und unten auf einer Seite mindestens vierzig Zentimeter weit eingerissen. Die andere Seite habe ich nicht richtig heruntergezogen, sodass sie nur bis zur Hüfte reicht und an meinen Shorts festhängt. Das Oberteil des Kleids sitzt korrekt, immerhin, aber der Satinbluse darunter hat es nicht gefallen, dass man ihr die Show stiehlt, sodass sie versucht, über meiner linken Brust unter dem Kleid hervorzukriechen. Und mein Schal sieht aus, als hätte ich versucht, ein Kaninchen auszunehmen, und es mir mitsamt den Eingeweiden über die Schulter geworfen.

Ich reibe mir die Wangen, um sie zu wärmen, und versuche mir einzureden, dass all das hier nur ein Albtraum ist. Als ich die Hände wieder herunternehme, entdecke ich schwarze und braune Streifen darauf, was bedeutet, dass mein Make-up sich ebenfalls in Wohlgefallen aufgelöst hat. Ich hole tief Luft, und in dem Versuch, wenigstens ein Mindestmaß an Würde zu bewahren, strecke ich meine verschmierte Hand aus und stelle mich vor.

»Claire Stanlais. Freut mich.«

Der Bär sieht mich an und neigt den Kopf.

»Äh, Sie sprechen schon Französisch, oder?«, frage ich ihn, denn er sieht mich immer noch so verschlossen und ausdruckslos an, dass ich nicht den Eindruck habe, er würde mich verstehen.

»Was machen Sie hier bei mir?«

»Ah, wir sind hier also bei Ihnen. Hübsch«, bemerke ich, während ich mich umsehe.

»Sie können hier nicht bleiben.«

»Ah, ja, das verstehe ich, aber ich kann jetzt nicht rausgehen. Sie werden es nicht glauben, aber ich wurde da draußen eben von Wölfen gejagt.« Ich reiße die Augen weit auf, um meinem Bericht ein wenig mehr Dramatik zu verleihen, auch wenn er an sich schon schaurig genug ist.

»Von Wölfen?«, wiederholt er.

»Ja, von Wölfen.«

»Wölfe, hier?«

»Haben Sie etwa Probleme mit den Ohren? Ich habe eine haarsträubende Verfolgungsjagd hinter mir und konnte ihnen gerade so entkommen.«

»Hören Sie mir mal zu. Ich sehe ja, dass es Ihnen nicht gut

geht, aber ich kann Ihnen da nicht helfen, Schätzchen. Möchten Sie, dass ich jemanden anrufe? Sie wohnen doch sicher in einer Einrichtung?«

»Aber nein, ich kenne hier doch niemanden ...«

Ich habe keine Ahnung, was er meint. Warum redet er so mit mir? Er verhält sich ausgesprochen seltsam, und langsam gerate ich in Panik. Was, wenn ich bei einem Verrückten gelandet bin, einem von der Sorte, die sich menschenfressende Drachen als Haustier halten? Als ich gerade eine Flucht in Erwägung ziehen will, ertönt draußen das Geheul der Wölfe.

»Ah! Hören Sie das? Woher soll dieses Geheul denn kommen, wenn nicht von Wölfen?«

Der Bär ist einen Augenblick lang sprachlos, bis er ohne die geringste Vorwarnung in Lachen ausbricht.

»Das sind Arthur und Hector«, erklärt er schließlich.

»Hector?«

Jetzt überkommt mich endgültig die Panik. Die Kälte muss mir die Neuronen eingefroren haben, oder ich liege im Koma, ohne dass ich es weiß, und fantasiere, denn ich verstehe gar nichts mehr. Wie hat mein Ex-Zukünftiger es geschafft, sich in einen Wolf zu verwandeln? Oder nein, das hier ist ein abgekartetes Spiel, um mir das Leben zur Hölle zu machen. Hector persönlich ist da draußen, vor der Tür. Nur woher konnte er wissen, dass ich hier in diesem gottverlassenen Nest landen würde? Das wusste ich doch selbst bis vor ein paar hundert Kilometern noch nicht. Jetzt hab ich's! Er spioniert mir nach. Das Auto, das wir uns gekauft haben, ist verwanzt.

Panisch versuche ich, eine plausible Erklärung für das alles zu finden, und höre den Höhlenmenschen zuerst nicht.

Erst als er sagt: »Das sind Huskys, Sie Dummerchen«, schalte ich wieder zu.

»Was?«

Er nimmt mich bei der Hand und zerrt mich hinter sich her. Vor dem Fenster deutet er nach draußen, und dort entdecke ich meine zwei Wölfe.

»Arthur und Hector sind Hunde«, erklärt er mir. »Huskys. Die haben Sie doch schon mal gesehen, oder? Zumindest im Fernsehen oder auf einem Bild, hoffe ich. Man muss wirklich dumm sein, um sie mit Wölfen zu verwechseln.«

»Also bitte, jetzt machen Sie mal halblang! Haben Sie schon mal was von Höflichkeit gehört? Ich bin aus Paris, guter Mann, ich bin nicht irgendwo in der Pampa aufgewachsen. Wenn ich morgens auf dem Boulevard Haussmann frühstücken gehe, begegnen mir keine Huskys. Und entschuldigen Sie bitte, aber keiner der beiden hat mir seine Visitenkarte überreicht oder erläutert, dass er ein Husky ist, als er mir hinterhergerannt ist. Außerdem bedeutet Husky doch so viel wie ›Wolfshund‹, oder etwa nicht?«

Empört schaut er mich an. »Sie machen hoffentlich Witze. Die beiden sind schon alt, sie können nur noch in Zeitlupe rennen, und außerdem würden sie keiner Fliege was zuleide tun.«

»Tja, das haben sie mir aber genauso wenig verraten. Außerdem bin ich keine Fliege, also passe ich lieber auf.«

»Sind Sie sicher, dass bei Ihnen alles in Ordnung ist? Dass niemand Sie sucht? Ich kann die Polizei rufen, wenn Sie wollen.«

»Die Polizei? Aber wozu denn?«

»Ich weiß nicht, Sie … Ihr Aufzug … Ihr unzusammenhängendes Gerede … Vielleicht stehen Sie ja unter Schock?

Und ich glaube, ich bin nicht die richtige Person, um Ihnen zu helfen.«

»Mein Aufzug?«

Wieder schaue ich an mir herunter und auf mein Aschenputtel-nach-Mitternacht-Kleid. Den Schuh, den ich draußen verloren habe, wird wohl kein charmanter Prinz finden, sondern ein Wolfshund zerfetzen, und ich bin auf einmal so müde und hilflos, dass die Tränen ganz von allein über meine Wangen kullern.

Da der Hauseigentümer daraufhin vollkommen in Panik zu geraten scheint, eben ganz so wie jeder normale Mann, habe ich von ihm wohl nichts zu befürchten. Er ist ein Bauer, aber kein Bösewicht, und ich versuche, die Stimmung mit einer spöttischen Frage aufzulockern.

»Wer ist denn eigentlich so albern und gibt seinen Hunden Männernamen?«

»Meine Mutter.«

Okay. Damit habe ich das Eis wohl nicht gebrochen.

Ich mache ein paar Schritte und lasse mich auf den erstbesten Sessel vor dem Kamin fallen. Die Kälte packt mich wieder, und da das Adrenalin sich aus meinem Blut verflüchtigt hat, wird mir bewusst, dass ich an Unterkühlung sterben werde. Wie dumm, dabei sitze ich doch direkt vor dem Feuer …

Plötzlich fange ich vollkommen unkontrolliert an zu zittern. Der Bauer scheint zu bemerken, dass es mir nicht gut geht, und kommt zu mir. »Ziehen Sie dieses eisige Ding aus«, befiehlt er mir.

Und weil ich mit klappernden Zähnen erfolglos an meinem Kleid zerre, zieht er mich kurzerhand aus dem Sessel hoch und reißt es mit einem Ruck nach oben, sodass mein

Schal und meine Bluse ebenfalls mit ausgezogen werden und ich nur noch mit meinem weißen BH bekleidet vor ihm stehe.

Da meine Würde sich ohnehin gleich mit verabschiedet hat, lässt mich das relativ unbewegt. Ich denke kurz, dass bei dem Geräusch, das das Kleid beim Ausziehen gemacht hat, mal eben noch weitere sechstausend Euro den Bach heruntergegangen sind. Egal, ich verkaufe den Stoff einfach für vierzig Euro online.

Der Bauer nimmt eine Decke von einem der Sofas vor dem Kamin, wickelt mich darin ein und reibt mir die Arme, um meinen Blutkreislauf in Gang zu bringen. Das verfluchte Kleid auf dem Boden scheint mich auszulachen. Ich bin am Ende meiner Kräfte und völlig willenlos, doch in einem letzten Akt der Zurückweisung versetze ich dem Kleid einen kleinen Tritt, der es nicht wie beabsichtigt zur Seite befördert, sondern direkt vor den Kamin. Eine Flamme leckt am Stoff, und in Sekundenschnelle geht das Kleid in Flammen auf, und während der Bär flucht und mein Kleid mit dem Schürhaken weiter in den Kamin schiebt, damit sein Teppich kein Feuer fängt, und wir mit ihm, schaue ich zu, wie die Überreste meines Tages in Flammen aufgehen, und sage mir, dass ich für achttausend Euro wohl doch etwas bekommen habe, was mich warm hält, bevor ich endgültig in Tränen ausbreche.

Ankunft einer Durchgeknallten. Ein Monat und ein Tag in der Verbannung.

Es ist unglaublich. Ich hätte nicht gedacht, dass es noch schlimmer kommen könnte. Bis sie aufgetaucht ist.

Seit einem Monat, einem langen und nicht enden wollenden Monat, bin ich allein hier. Ich gebe auf, Mama. Ich schaffe das nie. Ich habe es dir versprochen, ich weiß, und ich habe mein Bestes gegeben. Du hast doch immer gesagt, dass nur das zählt, stimmt's? Aber ich tauge einfach zu nichts, ich habe keine Ahnung, wie man eine Herberge führt, geschweige denn ein Hotel, so wie ihr es euch vorgestellt habt, Marlène und du. Daraus wird also leider nichts. Ich bin noch nicht bereit, Gäste zu empfangen, und ich glaube auch nicht, dass ich es jemals sein werde. In zwei Wochen beginnen die Weihnachtsferien, aber ich werde den Saisonauftakt verpassen. Stattdessen schlage ich mich mit dem verfluchten Heizkessel herum. Tut mir leid, Mama.

Einerseits geht es mir gut hier, allmählich rückt der Big Apple und alles, was dazugehört, in den Hintergrund. Andererseits hat sich mein Leben so radikal verändert, dass selbst ich manchmal Schwierigkeiten habe mitzuhalten. Inzwischen bin ich an dem Punkt angelangt, an dem ich am liebsten alles hinwerfen würde. Ich bin nicht mein Vater, und das werde ich auch nie sein. Meine Mutter wusste das, deswegen hat sie mich auch nicht darum gebeten, nach Hause zu kommen, als sie spürte, dass ihre letzten Tage gekommen waren. Seit einem Monat gehe ich das alles immer wieder gedanklich durch, aber ich finde nichts, was meine Nerven beruhigen würde. Die Verrückte, die im Wohnzimmer vorm Kamin sitzt und bibbert, wird daran auch nichts ändern. Woher soll ich wissen, ob sie nicht eine psychische Erkrankung hat? Selbst wenn es recht eindeutige Hinweise darauf gibt: Als ob sie direkt vorm Haus von Wölfen verfolgt werden würde, also wirklich!

Ich bereite einen Kräutertee zu, so wie meine Mutter es mir als kleiner Junge beigebracht hat: ein paar Blätter Eisenkraut, einen Spritzer Zitrone, einen großen Löffel Honig und einen Kaffeelöffel braunen Rum. Wenn das sie nicht beruhigt ...

Ich frage mich, ob das tatsächlich ihr Hochzeitskleid war. Ist ihr Mann womöglich verstorben, und sie trägt es einmal im Jahr als Trauerritual? Hat sie das Kleid in einem Laden oder jemand anderem geklaut? Oder ist sie die Art Kindermädchen, das für eine reiche und berühmte Frau arbeitet und sie derart um ihr Leben beneidet, dass sie ihr das Kleid stiehlt? Nun gut, ich werde sie ausfragen und dabei streng bleiben müssen. Ich weiß nichts über sie, außer dass sie in Paris lebt, aber ich erkenne Qualität, wenn ich sie sehe, und der Stoff des Kleids, das sie ins Feuer geworfen hat, sagt mir, dass das kein wertloser Plunder war. Nur warum hat sie das Kleid überhaupt in die Flammen geworfen? Ist sie womöglich selbstmordgefährdet oder gar gefährlich? Ich habe aber auch wirklich kein Glück. Schon als ich klein war, habe ich ständig irgendwelche verirrten und halbtoten Tiere aufgelesen, das hat meine Mutter zumindest immer gesagt, und das hat sich offenbar nicht geändert. Großartig. Nur dass das verirrte und halbtote Tier jetzt eine vom Himmel gefallene Frau ist.

Ich reiche ihr die Tasse, und als sie den Blick hebt, habe ich den Eindruck, als würde sie mich zum ersten Mal sehen und sich nicht daran erinnern, wie sie hier gelandet ist. Verdammt, ich hoffe, sie leidet nicht an dieser Goldfischkrankheit, bei der das Gedächtnis alle paar Stunden wieder bei null anfängt, das halte ich nicht lange durch. Ich muss sie irgendwie loswerden.

»Wann fahren Sie wieder?«, frage ich sie, und meine Stimme klingt ein wenig barsch.

Sie bleibt stumm. Vielleicht war das tatsächlich zu grob. Ich korrigiere mich.

»Also, ich meine, wohin sind Sie unterwegs?«

»Da mein Auto auf Ihrer Wiese feststeckt, komme ich nicht mehr weit, ich würde sagen, irgendwohin, wohin ich in dieser Eiseskälte in kurzen Hosen zu Fuß laufen kann.«

Diesmal bleibe ich stumm. Das hier wird offenbar schwierig.

»Fangen wir noch einmal von vorne an. Wer sind Sie? Frau Stan...«

»Stanlais, Claire Stanlais. Immer noch Stanlais ...«

Sie fängt wieder an zu weinen.

Ich stehe auf und lege Holz nach; das Kleid hat das Feuer schneller herunterbrennen lassen. Keine fünf Minuten ist eine Frau hier, und schon ist alles doppelt so aufwändig.

»Es tut mir furchtbar leid. Sie müssen mich für verrückt halten«, setzt sie mit flehendem Blick wieder an.

Sie hat ausgesprochen schöne grüne Augen. Ich glaube zumindest, dass sie unter ihrem Junkie-Look mit all der zerlaufenen schwarzen Schminke grün sind. Kommt das vom Weinen oder von der Kälte draußen? Ich weiß es nicht, von so was habe ich keine Ahnung.

»Ach, woher denn«, sage ich mit hochgezogenen Augenbrauen.

»Heute war mein Hochzeitstag.«

»Heute?«

»Ja, genau. Heute sollte ich heiraten.«

»Wer heiratet denn mitten im Dezember bei solchen Temperaturen?«

»Ist doch egal, wer im Dezember heiratet! Außerdem hat in Paris die Sonne geschienen, und es war auch nicht so kalt, wie Sie meinen. Sie stellen wirklich komische Fragen. Wollen Sie jetzt, dass ich Ihnen meine Geschichte erzähle, oder nicht?«

»Nein! Ich habe Sie doch gar nicht nach Ihrer Geschichte gefragt. Ich möchte einfach nur, dass Sie wieder gehen.«

»Ah, verstehe. Wirklich toll, die Gastfreundschaft in den Bergen. Und Sophie erzählt mir, alle hier in Cambairoux seien so wundervoll. Sicher doch, ich komme bestimmt wieder.«

»Hören Sie mal, ich bin nicht jeder. Ich habe Sie eingesammelt, weil ich Sie da draußen panisch herumirren gesehen habe, Sie konnten sich vorm Kamin aufwärmen und ich habe Ihnen einen Kräutertee angeboten, aber meine Gastfreundschaft hat ihre Grenzen. Das war schon deutlich mehr, als ich normalerweise anbieten würde.«

»Okay, okay. Ich sehe schon, dass wir nicht die gleiche Auffassung von Gastfreundschaft haben. War schön, Sie kennenzulernen, Herr Unbekannt. Sie haben mir ja nicht einmal gesagt, wie Sie heißen. Ich lasse Sie jetzt allein und gehe nach draußen, um dort zu erfrieren und mich von Huskys, die wie Wölfe aussehen, in Stücke reißen zu lassen.«

Ohne dass ich Zeit habe, etwas zu erwidern, steht sie auf, durchquert, immer noch in die Wolldecke eingewickelt, das Wohnzimmer, zögert kurz vor der Tür, bis sie sie schließlich öffnet und entschlossenen Schrittes hinausgeht und sie hinter sich zuschlägt.

Was für eine dumme Idee! Ich stehe auf, um sie zurückzuholen. Ich weiß nicht, weshalb, aber was ich getan habe, gehört sich nicht, und ich will auch nicht für ihren Tod verantwortlich sein. Gerade als ich die Tür öffnen will, schwingt sie auf, und der blonde Wirbelwind wirft sich kreischend auf mich, sodass ich beinahe rücklings zu Boden stürze. Sie schiebt mich aus dem Weg, schließt die Tür hinter sich, lehnt sich mit dem Rücken dagegen und schaut mich vollkommen panisch an.

»Okay, ich wollte die Stolze spielen, aber das übersteigt meine Kräfte. Sie sind da.«

»Wer ›sie‹? Werden Sie jetzt von einer Geheimorganisation verfolgt?«

»Die Wolfshunde.«

Sie bleibt mit dem Rücken an die Tür gedrückt stehen, als wollte sie sie fest verschlossen halten und sich vor Arthur und Hector in Sicherheit bringen.

»Ich habe Ihnen doch gesagt, dass sie harmlos sind.«

»Das mag ja sein, aber es sind … es sind … Hunde«, flüstert sie, als würde sie mir ein Staatsgeheimnis anvertrauen.

»Ja, genau, das haben wir ja bereits festgestellt. Eine Art Wolfshund, wie Sie selbst gesagt haben. Gut. Hören Sie zu, junge Frau, das ist ja nett, aber …«

»Nein! Ich bitte Sie! Werfen Sie mich nicht raus! Ich habe eine Hundephobie. Seit ich klein war. Ich muss wohl mal gebissen worden sein, das weiß man nicht, selbst meine Mutter hat keine Ahnung, warum, aber es ist nun mal so. Wenn ein Hund auf mich zukommt, dann sehe ich nichts als sein Maul und seine Zähne, und ich denke nur noch daran, dass sie zubeißen können …«

Da sie wieder in Panik zu geraten scheint und ich nicht weiß, ob mir die Erfrorene, die Heulsuse oder die hysterische Verrückte lieber ist, versuche ich, sie zu beruhigen.

»Selbst wenn sie beißen würden, Ihre Kleidung könnten sie nicht noch mehr zerfetzen …«

Ich fange leise an zu lachen, so skurril ist die ganze Situation, und ich bin sicher, dass sie mich gleich mit Beschimpfungen überhäufen wird, doch da beginnt auch sie zu lachen. Es gefällt mir, ihr Lachen klingt sanft, und sie wirkt weniger verrückt.

Nach ein paar Augenblicken sehen wir uns verlegen an, und es wird ganz still. Was soll ich nur mit ihr machen? Meine innere Stimme sagt mir, dass diese Frau nur Probleme bringt, doch ein Teil von mir amüsiert sich auch und würde gern mehr über sie erfahren. Schließlich hätte das auch den Vorteil, dass es mich von meinen eigenen Problemen ablenken würde.

»Kommen Sie, setzen Sie sich wieder vors Feuer, ich mache Ihnen noch einen Tee, und Sie erzählen mir, was Sie in unsere schöne Gegend geführt hat. Anschließend bringe ich Sie zu Ihrer Unterkunft. Allerdings hoffe ich, dass man Sie erwartet, es ist nämlich fast Mitternacht.«

»Mitternacht?« Wieder sieht sie mich panisch an.

»Was denn jetzt noch? Verwandeln Sie sich um Mitternacht etwa zurück in Aschenputtel? Ach nein, das sind Sie ja schon.«

»Hahaha. Für einen Bären haben Sie ja doch Humor.«

Ich gehe nicht auf ihre spitze Bemerkung ein, und während sie im Sessel Platz nimmt, gehe ich in die angrenzende Küche, um noch einmal Wasser aufzusetzen. Aus dem Augenwinkel beobachte ich sie. Sie wirkt einfach nicht ganz bei sich. Sie scheint sich nicht wohl zu fühlen und setzt sich ganz vorne auf die Sesselkante, bereit zur Flucht.

»Hugo.«

»Was, Hugo?«

»Ich heiße Hugo Moreton.«

»Freut mich, ich heiße …«

»Claire Stanlais. Ich weiß.«

Okay. Sie hat wirklich ein Problem.

»Entschuldigung, ich habe heute nicht alle Sinne beisammen«, murmelt sie.

Hoffen wir mal, dass das nur für heute gilt.

»Und, waren Sie schon mal in Cambairoux?«

»Nein, ich bin zum ersten Mal hier. Meine Schwester kommt öfter her. Mit ihr habe ich vorhin telefoniert. Sie hat mir empfohlen, herzukommen, um neue Kraft zu schöpfen. Haben Sie eine Toilette?«

»Was? Äh … ja. Die Zeiten mit den Plumpsklos im Garten haben wir hinter uns. Auch in den Bergen entwickeln wir uns weiter, wissen Sie.«

»Ja, das weiß ich, aber das war die elegante Art zu fragen, ob ich sie benutzen darf und Sie mir wohl den Weg zeigen würden. Nächstes Mal sage ich Ihnen einfach, dass ich mal pinkeln muss.«

Wie nervtötend sie doch ist …

Ich entgegne nichts, deute aber auf die Tür, als ich den Tee hinübertrage, und hoffe nur, dass ich sie los bin, bevor es ein nächstes Mal gibt.

Sie bleibt eine Ewigkeit im Bad, und ich bin schon fast so weit, dass ich nach ihr schauen will, als sie endlich wiederkommt, ein wenig verändert. Jetzt begreife ich, dass sie sich am kleinen Waschbecken das Gesicht gewaschen hat, sodass die verschmierte Schminke verschwunden ist. Sie hat tatsächlich schöne grüne Augen und ein hübsches Gesicht. Wenn man auf den verheulten und verzweifelten Typ steht, versteht sich.

»Tut mir leid, ich habe versucht, die Fassade ein bisschen zu renovieren, aber es hat länger gedauert, als ich dachte.«

Klugerweise mache ich keine Bemerkung, auch wenn es mich in den Fingern juckt.

Sie trinkt ihren Tee, als wäre er eine Überlebensration, und mir wird bewusst, dass sie noch immer völlig durchgefroren und dazu noch ausgehungert sein muss.

»Also, zu wem soll ich Sie bringen?«

»Zu Jeanine«, antwortet sie mit einem Lächeln.

»Oh nein. Das geht nicht.«

»Wie, kennen Sie sie etwa nicht? Meine Schwester hat mir erzählt, dass jeder hier im Dorf Jeanine kennt, selbst in den Nachbardörfern. Und ausgerechnet Sie nicht?«

Wer ist diese Frau? Warum will sie zu Jeanine? So einfach werde ich sie wohl doch nicht los. Und weil es nur eine Antwort auf ihre Frage gibt …

»Es geht nicht, weil Jeanine verstorben ist.«

»Oh nein! Die Arme. Aber weiß sie es denn?«

Ich schaue sie nur schief an.

»Nein! Ich meine, wie ist es passiert? Also, wann? Hat sie keine Familie? Hat jemand die Herberge übernommen?«

Was soll das? Will sie den Rekord für die meisten innerhalb einer Minute gestellten Fragen brechen?

»Vor einem Monat«, antworte ich. »Sie weiß Bescheid, genau wie das gesamte Dorf. Und ihre Familie ebenfalls.«

»Dann führt die Familie die Herberge doch bestimmt weiter, nicht wahr? Oder gibt es eine andere Unterkunft, in der ich übernachten kann?«

»Nein, die Familie betreibt die Herberge nicht weiter. Sie müssen zu den Hotels an den Skiliften fahren. Aber heute nicht mehr, die Rezeption dort ist jetzt geschlossen.«

»Dann fahren wir doch trotzdem zu Jeanine, ich bin sicher, dass ihre Familie mich gern ...«

»Nein!«

»Warum nicht?«

»Weil ich ihre Familie bin.«

»Weil Sie ihre ... was? Mein Gott!«

Ist sie wirklich so schwer von Begriff, oder macht sie das absichtlich?

»Sind Sie ihr Sohn?«

»Ja.«

»Dann ist Ihre Mutter gestorben?«

»Sie begreifen schnell, toll, man muss es Ihnen nur sehr ausführlich erklären.«

»Es tut mir leid. Mein herzliches Beileid.«

»Danke, aber Sie kannten sie nicht.«

»Ich nicht, aber meine Schwester. Sie hat mir oft von Jeanine erzählt, sie wollte sie mir unbedingt vorstellen. Und diese nette junge Frau, die sich um die Küche gekümmert hat ... Wie hieß sie doch gleich?«

»Marlène.«

»Genau! Ist sie Ihre Schwester?«

»Meine Cousine, aber sie ist so gut wie meine Schwester. Marlène werden Sie übrigens auch nicht begegnen. Sie ist weggezogen. Also gut. Hören Sie. Es sieht ganz so aus, als kämen wir so nicht weiter. Ihre Schwester hat Sie schlecht beraten. Und wenn man einfach so, mitten im Winter, ohne zu reservieren in die Berge fährt, muss man wirklich vollkommen …«

»… verzweifelt sein. Genau das war ich. Sophie trägt daran keine Schuld. Ich flehe Sie an, ich tue alles, was Sie wollen, nur werfen Sie mich bitte nicht raus zu den Wölfen. Zu den Hunden, meine ich. Nein, den Wolfshunden. Ich habe keine Ahnung, wo ich hinsoll, das können wir besser morgen früh ganz in Ruhe überlegen, nicht wahr? Wenn wir anständig ausgeschlafen haben. Ich kann auf dem Sofa schlafen, Sie werden mich gar nicht bemerken, ich gebe keinen Mucks von mir und mache mich auch ganz klein.«

Die schiere Panik scheint sie wieder überkommen zu haben. Ihr »ich tue alles, was Sie wollen« klingt schon ein wenig verlockend, das muss ich zugeben. Mir würde da auch etwas einfallen, wie sie für die Übernachtung aufkommen könnte … Aber gut, das ist zu riskant. Sie ist verrückt und möglicherweise gefährlich noch dazu, mit ihr anzubändeln wäre also keine gute Idee.

»Gut, einverstanden. Ich bereite ein Zimmer für Sie vor, aber nur provisorisch«, bestimme ich mit meinem strengsten Blick. »Morgen bringe ich Sie in den Ort, und Sie suchen sich ein Hotel.«

»Ja! Versprochen! Danke!«

Sie hüpft auf der Stelle wie ein kleines Mädchen. Dann

sieht sie mich mit Unschuldsmiene an. »Äh … sagen Sie, dürfte ich wohl auch länger bleiben?«

»Nein.«

Normalerweise reicht meine tiefe Stimme aus, um jemanden abzuschrecken, aber bei ihr scheint sie keinen nennenswerten Eindruck zu machen. Als ich aus dem Wohnzimmer in den Flur gehe, folgt sie mir und hopst herum, um meine Aufmerksamkeit auf sich zu lenken. Diese Frau ist wirklich lächerlich klein, oder? Gut, ich bin groß, aber trotzdem.

»Bitte! Ich bezahle Sie auch.«

Ich drehe mich um, und sie steht direkt hinter mir. Ich muss den Blick senken, so klein ist sie.

»Ich brauche kein Geld«, versichere ich ihr.

»Jeder braucht Geld.«

»Ich nicht.«

»Na schön, aber was anderes werden Sie von mir nicht bekommen. Mein Verlobter hat mich gerade vor dem Altar stehenlassen, wenn Sie also glauben, ich würde Ihnen irgendwelche anderen Dienste anbieten, um für die Übernachtung zu bezahlen, haben Sie sich geschnitten.«

Sie setzt eine empörte Miene auf, schiebt mich zur Seite und stolziert an mir vorbei.

Das kann ich nicht auf mir sitzen lassen.

»Ich habe nichts in der Richtung von Ihnen verlangt!«, rufe ich.

»Ich konnte es Ihnen ansehen!«

»Das ist doch Unsinn.«

Ich lasse sie weitergehen und eine Tür aufziehen, die sich als Schranktür erweist. »Das ist nicht Ihr Zimmer«, bemerke ich trocken.

»Ach nein? Hätte ich jetzt aber gedacht.«

Sie scheint außer sich. Aber was habe ich denn getan?

Sie fängt an, eine Tür nach der anderen aufzureißen. Weil ich nicht will, dass sie auch die zu meinem Zimmer aufmacht und das Chaos darin entdeckt, überhole ich sie mit zwei großen Schritten und öffne die Tür, die zu ihrem Zimmer für diese Nacht führt.

Sie nickt, was wohl so viel wie »Danke« heißen soll, und geht an mir vorbei. Im Zimmer ist es ein wenig kalt, aber mit mehreren Decken sollte es gehen. Ich hole Bettwäsche aus dem Schrank, und ohne ein Wort fangen wir an, gemeinsam das Bett zu beziehen.

Weil ich kaum glauben kann, was sie mir da gerade erzählt hat, hake ich noch einmal nach: »Ihr Verlobter hat Sie an Ihrem Hochzeitstag verlassen?«

Sie nickt stumm.

Es könnte sein, dass sie doch nicht verrückt ist, sondern einfach nur völlig durch den Wind. Kein Wunder!

»Was für ein Arschloch«, sage ich leise.

»Der reinste Abschaum.«

»Und … was haben Sie dann gemacht?«

»Ich bin in meinen RAV4 gestiegen und einfach drauflosgefahren. Nach einer Stunde habe ich dann meine Schwester angerufen, die mir vorgeschlagen hat, hierherzukommen, weil sie hier immer herzlich aufgenommen wurde. Weil sie jedes Jahr für die gleiche Woche bucht, war es theoretisch nicht nötig, vorher anzurufen. Sie ist schwanger und leidet an Übelkeit, also wollte sie mir ihren Platz überlassen. Ich hatte nur meinen Koffer für unsere Flitterwochen in Australien dabei, aber ich habe gedacht, dass ich mir etwas Warmes zum Anziehen kaufen kann, sobald ich hier ankomme. Ich hatte nicht vorgehabt, mich zu verfahren und dann auch noch steckenzubleiben …«

»Ein RAV4?«

»Was?«

»Sie haben es geschafft, sich auf der ebenen Wiese vorm Haus mit einem Allradwagen festzufahren?«

»Aha, schon klar. Das schockiert Sie an der ganzen Geschichte also am meisten. Mensch, Sie sind offenbar wirklich nicht so weit, Gäste zu empfangen! Vor allem, wenn man Ihren Sinn für Gastfreundschaft mit einberechnet. Nun denn, das trifft sich ausgezeichnet, ich könnte nämlich sehr gut etwas zu tun gebrauchen. Also erst einmal ausschlafen, aber morgen reden wir noch einmal darüber, wir schauen uns Ihr Konzept an, und ich gebe Ihnen ein paar Ratschläge. Kostenlos, keine Sorge. Und bis dahin würde ich gerne noch etwas essen. Sie haben ja vielleicht schon gegessen, aber ich noch nicht. Wenn es Ihnen also nichts ausmacht, koche ich uns einen kleinen Happen. Ein großer Kerl wie Sie kann doch immer etwas vertragen, oder?«

Während sie leichten Schrittes das Zimmer verlässt, bleibt mir der Mund offen stehen, und verdattert schaue ich ihr hinterher. Sie will mir Ratschläge geben? Und jetzt kocht sie uns einen kleinen Happen? In meiner Küche?

Ich habe es doch gewusst, ich hätte sie weiter im Garten herumirren lassen sollen, als ich sie vom Fenster aus gesehen habe. Diese Frau bedeutet nichts als Schwierigkeiten …

Zweiter Tag meines Martyriums.

Mir ist kalt. Wider Erwarten habe ich gut geschlafen, aber im Zimmer herrscht eine Eiseskälte. Ich wache mit höllischen Kopfschmerzen auf, und mit eisigen Schultern, weil sie unter der Decke hervorgelugt haben. Bilde ich mir das ein, oder ist die Temperatur über Nacht gesunken?

Hugo hat mir gestern noch einen Schlafanzug von sich gegeben. Es war sehr lustig. Ich habe nur das Oberteil angezogen, ein kariertes Baumwollhemd, das mir bis unter die Knie reicht und an mir wie ein Nachthemd aussieht. Dabei bin ich gar nicht so klein, immerhin 1,63 m. Sicher, das ist nicht riesig, aber eben auch nicht winzig. Der Kerl muss mindestens 1,90 m groß sein, man könnte ihn für einen Rugbyspieler halten. Dazu dann noch der Bart, damit sieht er fast aus wie Sébastien Chabal. Mir persönlich gefallen strubbelige Bärte ja ganz und gar nicht. Ich habe noch versucht, ihm ein paar Fragen zu stellen, aber gesprächig ist er auch nicht. Ein wandelndes Stereotyp. Ich habe nur aus ihm herausbekommen, dass er hier geboren wurde, aber die letzten Jahre über nicht mehr hier gelebt hat, daher auch seine mangelnden Kenntnisse der aktuellen Gegebenheiten. Ich glaube, dass er zurückgekehrt ist, nachdem er vom Tod seiner Mutter erfahren hatte. Er bringt nichts außer ein »Ja« oder ein Brummen über die Lippen, es ist also nicht leicht, etwas in Erfahrung zu bringen.

Ich habe uns ein Omelett mit Pilzen gebraten, und obwohl ich den Eindruck hatte, er hätte mich am liebsten dafür umgebracht, dass ich mich in seiner Küche zu schaffen gemacht habe, hat er einen Teller nicht abgelehnt. »Der Weg zum Herzen eines Mannes führt durch den Magen«, predigt mir meine Mutter ständig. Nur dass ich mir bei ihm nicht sicher wäre, ob sein Herz unter den Schichten von Pullis und dem Pelz, den er darunter mit Sicherheit hat, nicht vielleicht erstarrt ist.

Ich klettere aus dem Bett und gehe in Richtung Wohnzimmer, ohne die geringste Ahnung, wie spät es wohl sein könnte. Eine heiße Dusche wird mich aufwärmen. Ich meine mich ungefähr daran zu erinnern, wo das Badezimmer liegt … Aber es ist gar nicht so einfach hier, überall sehe ich nur Türen! Ich öffne schließlich die, die ich für die richtige halte … und treffe auf den halbnackten Bären. Wow! Er ist wirklich kein Bär. Er trägt eine Schlafanzughose, sein Oberkörper ist nackt, und steht vor seinem Kleiderschrank. Ich nehme es zurück: kein übermäßiger Pelz in Sicht. Ganz im Gegenteil. Dieser Körper ist mir unter dem unförmigen Pulli gestern gar nicht aufgefallen. Ich habe zwar gespürt, dass er muskulös ist, als ich mich draußen an ihn geklammert habe, aber der Waschbrettbauch, den ich jetzt vor mir sehe, ist, verglichen mit den meisten Typen, die ich sonst so kenne, außer Konkurrenz. Nein, ich muss mich korrigieren: verglichen mit allen. Ich kenne niemanden, der so aussieht wie er. Ein wenig Flaum auf der Brust, ein makelloser Körper. Gewaltig, groß … und perfekt.

Als er aufsieht und mich entdeckt, knurrt er etwas, das wohl gleichbedeutend ist mit »raus hier«.

Eilig mache ich die Tür wieder zu und beschließe, uns Frühstück zu machen.

Himmel, ich kann es immer noch nicht fassen. Wie kann es sein, dass die Verpackung so wenig appetitlich daherkommt, wenn das darunter doch so … verlockend ist? Dieser Mann ist mir wirklich ein Rätsel. Das zu lösen mich aber ganz und gar nicht reizt.

Ah, sieh an, dort gibt es eine Uhr. Es ist erst acht? Ich bin um acht Uhr aufgestanden? Seit wann stehe ich denn bitte so früh auf? Das muss an der Bergluft liegen. Oder an meinen ganzen Sorgen. Ich habe zwar gut geschlafen, aber unglaublich viel geträumt. Natürlich von Hector, sowohl im Guten als auch im Schlechten.

Mein Handy hat sich heute früh ausgeschaltet, als ich eine Nachricht an Sophie abgeschickt habe, um sie zu beruhigen. Fünfundsiebzig ungelesene Nachrichten! Momentan bringe ich aber nicht den Mut auf, sie mir anzusehen oder auf sie zu antworten. Ich muss meinen Aufenthalt hier wie eine Auszeit angehen. Ich habe fast einen Monat lang frei, Hochzeitsreise plus all die zusätzlichen Urlaubstage, die sich angehäuft haben. Also habe ich Zeit. Jetzt muss sich nur noch der Bär einverstanden erklären und mich bei sich aufnehmen. Was soll das eigentlich heißen, die Herberge ist noch nicht bereit für Gäste? Es ist doch kein Kunststück, die Herberge aufzumachen. Also, mir scheint alles bereit.

Jetzt, wo ich mich bei Tageslicht umschaue, wird mir auch bewusst, wie hübsch es hier ist. Typisch alt, aber hübsch. Alles ist aus echtem Holz, wie im Film, nicht wie bei Ikea oder bei mir im Wohnzimmer.

Ich mache mich in der Küche zu schaffen, der einzige Ort, an dem ich mich wohl fühle, egal, wo ich gerade bin, und beschließe nach einem Blick auf die Vorräte, Pancakes zu machen.

Jetzt denk nach, Claire, denk nach. Was machst du jetzt bloß?

Es steht außer Frage, dass ich nicht nach Paris zurückfahre. Die Strecke muss ich mir heute nicht geben. Ich bin im Urlaub, weit weg von allem, und das hier scheint mir der ideale Ferienort, um neue Kraft zu schöpfen. Nur Sophie weiß, wo ich bin, und ich kann mich darauf verlassen, dass sie unsere Eltern beruhigt, aber sonst niemandem Bescheid gibt. Ich habe keine besondere Lust darauf, meine Freundinnen am Apparat zu haben. Ich brauche Zeit. Den scharfen Unterton in ihren säuselnden Stimmen hören, wenn sie mir ihre Predigten halten? Nein danke. »Du hättest es dir denken müssen.« – »Hector ist eben labil, und du hast ihm regelrecht das Messer an die Kehle gehalten, damit er dich heiratet.« Wir waren seit fünf Jahren zusammen, verdammt! Er hatte genug Zeit, es sich zu überlegen. Es ist doch wohl besser, es darauf ankommen zu lassen und rechtzeitig zu merken, dass etwas nicht stimmt.

Wäre es denn einfach so mit uns weitergegangen, hätten wir nicht geplant zu heiraten? Hätte ich Kinder mit ihm bekommen, ohne etwas zu merken? Und hätte er einfach mit seinem Ego-Trip weitergemacht und hier und da was nebenher laufen gehabt? Nein, »etwas laufen haben«, das ist doch viel zu harmlos, um jemanden zu beschreiben, der fremdgeht! Meine Mutter hat mir mal gesagt, manche Männer würden eben nebenher etwas laufen haben, das liege in ihrer Natur, und sie würden sich auch niemals ändern. Tja, Mama, ich wollte ja nicht begreifen, von wem du gesprochen hast, aber jetzt weiß ich es. Ich habe keine Beweise, aber wenn er am Tag unserer Hochzeit ohne ein Wort von der Bildfläche verschwindet, ohne eine Entschuldigung, ohne das geringste Zögern, dann doch wohl, um zu einer anderen zu gehen. Er hat kalte Füße bekommen? Von wegen! Ich konnte es Charles, seinem besten Freund, doch ansehen, wie unwohl ihm war.

»Er ist noch nicht so weit«, hat er mir erklärt. Nach fünf Jahren, verdammt. Wie viele Leben braucht er denn, um so weit zu sein? Sieben, wie eine Katze? Und als ich Charles gebeten habe, dieses eine Mal ehrlich zu sein und mir zu sagen, ob es da eine andere gibt, ist er mir eine Antwort schuldig geblieben. Die Yogalehrerin, angeblich eine Freundin aus Kindertagen, so ein Schwachsinn. Ich bin überzeugt, dass sie dafür verantwortlich ist.

Okay, genug jetzt. Ich versaue nur den Teig, wenn ich weiter an ihn denke. Ein paar Tage, nur ein paar Tage Auszeit, dann ist es nicht mehr so frisch und ich kann in aller Ruhe darüber nachdenken. Bis dahin kann ich nicht zurück. Sophie ist schwanger, da möchte ich nicht auf dem Höhepunkt meiner Depression bei ihr aufschlagen. Zurück in unsere Wohnung kann ich auch nicht, falls der Mistkerl dort auftaucht. Und meine Eltern liebe ich zwar über alles, aber jetzt bemuttert werden, wenn sämtliche Nachbarn ihre Aufwartung wie für eine Totenwache machen? Lieber nicht.

Am besten wäre es hierzubleiben. Davon muss ich bloß den Bären überzeugen. Ich könnte ihm helfen, seine Herberge zu eröffnen, ich weiß, wie kompetent ich bin und wie lebensfroh ich sein kann. Normalerweise zumindest. Aber das kommt schon wieder. Ich muss mich einfach nur unentbehrlich für ihn machen. Für mein Zimmer kann ich aufkommen, und wenn ich dafür meine letzten Ersparnisse hergeben muss. Jedenfalls brauche ich sie nicht mehr für meine Flitterwochen.

Er kommt in die Küche, als ich gerade die ersten Pancakes in der Pfanne habe, und er duftet frisch nach Seife. Er schaut zwar immer noch wie ein Bär, was nichts Gutes verheißt, aber seine Gesichtszüge werden weicher, als er meine Pancakes erschnuppert, was wiederum einen Punkt für mich bedeutet. Seine Haare sind noch nass und wirken dadurch weniger dicht, sie reichen ihm bis in den Nacken. Sogar sein Bart sieht nicht mehr so sehr nach Holzfäller aus. Er bleibt zwar ein angriffslustiger Bär, aber jetzt weiß ich, dass sich unter dieser Oberfläche ein ziemlich ansehnlicher Körper verbirgt.

»Passiert Ihnen das öfter, dass Sie morgens bei Fremden ins Zimmer platzen?«, will er wissen.

Okay, das fängt nicht gut an.

»Nein, das mache ich nur auf dem Land. In Paris gibt es nur Ein-Zimmer-Wohnungen.«

Da er nichts entgegnet, muss ich diesem Brummbären wohl erklären, dass das ein Witz war.

»Wann schauen wir uns Ihr Auto an?«, fragt er.

»Ah, wann Sie wollen. Nach dem Frühstück? Ich habe mein Ladegerät liegenlassen, und wahrscheinlich haben Sie nicht das gleiche. Ich muss meine Nachrichten abrufen und etwas zum Anziehen aus meinem Koffer holen, das vielleicht etwas … angemessener ist, wenn Sie verstehen, was ich meine. Das wird allerdings nicht einfach, ich habe nämlich praktisch nichts als Tangas und Bikinis dabei, ich glaube also …«

Ich halte inne.

Der Bär starrt mich panisch an.

»Was ist? Habe ich etwas Falsches gesagt?«, erkundige ich mich.

»Eigentlich hatte ich gehofft, dass wir uns Ihren Wagen ansehen, damit Sie abreisen können.«

»Ach so, verstehe. Mir gefällt es hier aber, und ich weiß, dass ich Ihnen helfen kann. Darüber haben wir doch gestern Abend gesprochen.«

»Nein. Sie haben darüber gesprochen, ich hatte gar nicht die Gelegenheit, etwas dazu zu sagen. Wenn das bei Ihnen immer so ist, kann ich verstehen, weshalb Ihr Verlobter die Flucht ergriffen hat.«

Oh! Das ist ein Schlag unter die Gürtellinie. Ich bleibe stumm, und ich kann ihm ansehen, dass ihm bewusst geworden ist, was er gerade gesagt hat. Aha, jetzt bekommt er Schuldgefühle. Das kann ich womöglich ausnutzen. Ich setze meine traurigste Miene auf, und schon fleht er mich an: »Bitte nicht weinen! Nicht schon wieder!«

Was mich sofort auf die Palme bringt.

»Schon wieder? Sie haben wirklich kein Herz, Chabal! Vor einem Hinterwäldler wie Ihnen weine ich nie wieder. Es ist mir egal, ob Sie mich für eine empfindliche Heulsuse halten, aber gestern Abend, nachdem ich eine Woche lang kaum geschlafen hatte, um meine Hochzeit vorzubereiten, dann den ganzen Tag lang auf einen Verlobten gewartet habe, der nicht aufgetaucht ist, und schließlich sechs Stunden lang Auto gefahren bin, war ich eben müde und verängstigt, und da bin ich zusammengebrochen. Aber bloß keine Sorge, das wird nicht noch einmal vorkommen!«

Er brummt etwas vor sich hin, nimmt einen Bissen von seinem Pancake, und die Diskussion scheint beendet. Heulsuse? Also wirklich, du kannst mich mal!

Während ich nur ein wenig an den Pancakes knabbere,

schlingt er seine herunter und sagt mir, sie seien wirklich köstlich. Diesen Moment der Gnade nutze ich aus, um ihm ein paar Fragen zu stellen, während ich den Abwasch mache.

»Sie wollen die Herberge also wiedereröffnen?«

»Ich wüsste nicht, wie. Der Heizkessel ist unzuverlässig, meine Cousine ist wer weiß wohin in den Urlaub abgehauen, und plötzlich stehe ich allein da wie der letzte Depp, dabei kann ich nicht einmal ein Spiegelei braten.«

»Wunderbar!«

»Wie bitte?«

Beinahe verschluckt er sich an seinem letzten Bissen. Mist, das hätte ich nicht laut sagen dürfen.

»Nein, ich meine, das tut mir leid. Aber warum ist Ihre Cousine denn im unpassendsten Moment abgedampft? Nicht sehr nett von ihr.«

»Sie war mit den Nerven am Ende. Als meine Mutter Krebs bekommen hat, hat sie sich ein Jahr lang um alles hier gekümmert. Ich glaube, meine Rückkehr hat das Fass zum Überlaufen gebracht.«

»Dann haben Sie vor, jemanden einzustellen?«

»Es scheint sich niemand hier verschanzen zu wollen.«

»Nun, Monsieur Chabal, dabei kann ich Ihnen möglicherweise helfen.«

»Hören Sie auf, mich so zu nennen. Sébastien ist ein netter Typ, aber ich habe nichts mit ihm gemeinsam.«

»Sie kennen ihn?«

»Wir sind uns schon mal begegnet.«

»Ist nicht wahr!«

Wer ist dieser Mann?

»Sagen Sie jetzt nicht, dass Sie auch noch Fan sind!«

»Ah, nein, keine Sorge. Düstere Kraftprotze sind nicht so mein Fall«, entgegne ich mit einem verstohlenen Blick auf ihn. »Aber ich verstehe nicht, wie Sie …«

»Wie ich was? Sie wissen nichts über mich. Und was Ihre spitze Bemerkung über mein Handy betrifft, Sie haben ein iPhone 7 und ich ein iPhone 8, unsere Ladegeräte sind also tatsächlich nicht kompatibel. Und das betrifft nicht nur die Ladegeräte.«

Damit steht er vom Tisch auf, und ich starre ihn mit dem Geschirrtuch in der Hand dümmlich an. Bevor er aus der Tür geht, dreht er sich noch einmal um. »Wer ist jetzt hier die mit Vorurteilen beladene Hinterwäldlerin aus der Großstadt?«

Dann verschwindet er in seinem Zimmer.

Gut, die Angelegenheit scheint mir zu entgleiten. Ich weiß nicht einmal, wer er ist und wo er herkommt.

Wer hat schon das iPhone 8? In Europa ist es noch nicht auf dem Markt. Wenn er Chabal kennt, muss er Rugbyspieler sein. Ich bin da ja keine Expertin, aber Hector kennt sich aus, und ich erinnere mich nicht daran, dass er jemals einen Hugo erwähnt hätte. In der Nationalmannschaft kann er nicht sein, vielleicht also eine Liga darunter. Mir bleibt keine Zeit mehr, länger darüber nachzugrübeln, denn jetzt steht er in seinem Mantel wieder vor mir.

»Gut, geben Sie mir Ihre Autoschlüssel, dann hole ich Ihren Wagen aus der enormen Schlucht, in die Sie ihn gestürzt haben.«

»Passen Sie auf meine Schuhe auf!«

Er sieht mich schief an.

»Ich habe da einige Paare mitgenommen …«

»Aber sicher doch, Gnädigste, ich plündere immer mit äußerster Vorsicht.«

Ich gehe lieber nicht auf seinen ironischen Unterton ein, krame die Schlüssel aus meiner Handtasche hervor und werfe sie ihm zu.

Als er, nicht ohne einen kalten Windstoß durch die Haustür hereinzulassen, nach draußen verschwunden ist, frage ich mich, was ich in der Zwischenzeit machen soll. Duschen kann ich nicht, ich habe nichts Vernünftiges anzuziehen, und Hugo hat mir nichts dagelassen. Anweisungen hat er mir auch keine gegeben. Aber ich glaube, dass man bei einem Typen wie ihm die Dinge am besten selbst in die Hand nimmt. Wenn ich auf ein Zeichen guter Manieren von ihm warte, bin ich eher schlecht beraten.

Ich steuere auf das Badezimmer zu, finde ein sauberes Handtuch unter dem Waschbecken und einen Pulli, der sicherlich ihm gehört, an einem Kleiderhaken. Na, das bringt mich doch schon weiter.

Das Wasser ist lauwarm, dafür aber belebend, und weil ich vollkommen furchtlos bin, wasche ich mir sogar die Haare. Das ist nicht ohne, die Kälte lässt mich frösteln, aber es tut gut, sich wieder sauber zu fühlen, und ich würde sogar noch weiter gehen und behaupten, dass es sich anfühlt, als würde ich mich von meinem bisherigen Leben reinwaschen. Keine Spur mehr von der weinenden Braut auf der Flucht. Die Kälte gibt mir die Gelegenheit, noch einmal von vorn anzufangen. Ich weiß zwar noch nicht wie, aber ich komme wieder auf die Füße. Da bin ich mir sicher. Und wenn es nur wäre, um Hector aufzuspüren und ihm sämtliche Knochen zu brechen.

Ich entdecke einen alten Haarföhn, und die Angst vor einem Stromschlag ist nicht größer als die Kälte auf meinem Kopf, also riskiere ich es. Dann ziehe ich den Pulli über, der mir fast bis zu den Knien reicht und eher wie ein Kleid sitzt, und gehe barfuß aus dem Bad.

Hugo ist im Wohnzimmer, und er blickt mich seltsam an, als ich auf ihn zukomme.

»Tut mir leid, ich musste duschen, und mir war eiskalt. Ich wasche Ihnen den Pulli, keine Sorge. Ist es immer so kalt hier?«

»Nein, ich habe Probleme mit dem Heizkessel, das habe ich Ihnen doch schon erklärt.«

Er macht keine Bemerkung zu seinem Pulli, aber ich sehe, wie sein Blick auf meinen Beinen haften bleibt.

»Wie sieht es mit meinem Auto aus?«

»Oh, der reinste Albtraum. Ich hätte fast den Abschleppdienst rufen müssen, so tief steckte der Wagen fest.«

»Sie machen sich über mich lustig, stimmt's?«

»Stimmt. Eine Spurrille. Sie haben ganz einfach in einer Spurrille festgesteckt. Ich musste nur den Allradantrieb anwerfen, dann war es kein Problem mehr.«

»Das habe ich? Allroundbetrieb?«

Er sieht mich derart mitleidig an, er hätte einem alten Stummfilm entsprungen sein können.

»Sie haben einen SUV!«

»Ich weiß, und?«

Er macht sich nicht die Mühe, darauf zu antworten.

Ich muss unbedingt im Internet nachsehen, was für ein Auto ich eigentlich habe. Es ist ja nicht meine Schuld, wenn ich nichts darüber weiß. Und weil es mir ungefähr so egal ist wie mein erstes Paar Schuhe … Ach, nein, mein erstes Paar

Schuhe ist mir ganz und gar nicht egal, ich erinnere mich sogar noch sehr gut daran. Meine Mutter hatte mir hübsche weiße Schühchen für die Taufe …

Meine Tagträume werden von der Stimme des Bären durchbrochen.

»Also, haben Sie sich entschieden?«

»Wofür?«

»Was Sie für die Rückfahrt auf Ihr Butterbrot schmieren wollen!«

»Nein!«, jammere ich, aber ohne zu weinen, und eile auf ihn zu. »Bitte, setzen wir uns, wir müssen das besprechen.«

Schnell, Claire, überleg dir was, finde gute Argumente.

»Haben Sie Hunger?«

Er sieht mich schief an. Stimmt, wir haben ja eben erst gefrühstückt.

»Geht bei Ihnen immer alles durch den Magen?«, will er wissen.

»Auf gewisse Weise schon. Meine Mutter sagt immer, ich soll nie mit einem Mann diskutieren, der noch nichts gegessen hat.«

»Weiser Rat. Und was hat Ihre Mutter Ihnen sonst noch so an Ratschlägen mitgegeben?«

»Keine. Da hört es auf. Sie fand es besser, mich meine eigenen Erfahrungen sammeln zu lassen.«

»Gut. Dann ist die Verhandlung ja beendet. Sie können jetzt abreisen.«

»Unglaublich! Sind Sie wirklich so ein Menschenfeind? Sie wollen doch wohl nicht den Rest Ihres Lebens einsam und allein hier oben verbringen! Haben Sie vor, sich einzuschließen und von Konserven zu ernähren?«

Er setzt sich, tut so, als würde er nachdenken, und sagt: »In etwa so, ja.«

»Unmöglich! Sie sind hier in einem Skigebiet, wenn ich Sie daran erinnern darf. Und selbst wenn es nicht riesig ist, bekannt ist es schon, es wird also nicht lange dauern, und man wird Ihnen die Bude einrennen.«

Ich setze mich ihm gegenüber an den Wohnzimmertisch und gehe in den Angriffsmodus über. Gut, von meiner Ausbildung her bin ich eigentlich Geisteswissenschaftlerin und keine Geschäftsfrau, aber in meinem Beruf muss ich hin und wieder aggressiv sein, wenn ich die Öffentlichkeit von etwas überzeugen möchte. Ich bin Community Managerin. Seit vier Jahren arbeite ich für eines der größten Kosmetikunternehmen Frankreichs. Sobald irgendjemand irgendwo im Netz etwas über uns sagt, ob in einem sozialen Netzwerk, auf einem Blog oder was die Suchmaschine sonst so findet, spüre ich es auf und reagiere darauf. Mein Ziel: die informelle Kommunikation meines Unternehmens beobachten, voraussehen und vor allem kontrollieren. Es soll über uns geredet werden, aber nicht um jeden Preis. Ich verfolge den Klatsch und Tratsch, die Gerüchte, Verleumdungen, berechtigten und unberechtigten Unmut und reagiere sofort darauf. Ich bewege mich ständig an der Grenze, und in meinen Kommentaren flirte ich mit Witz, Schlagfertigkeit und Respektlosigkeit. Mein Unternehmen hat sich dafür entschieden, sich im Segment für hippe Jugendliche zu positionieren, und deswegen muss ich »ihre Stimme« sein. Wenn jemand einen Kommentar von mir liest, bedeutet das für denjenigen, das Unternehmen hat ihm geschrieben. Ich bin verdeckt im Dunkeln, alle lesen mich, aber niemand weiß, wer ich bin.

Ich bin eine Art maskierte Verfechterin der Gerechtigkeit. So sehe ich mich gern. Gut, manchmal ist es nicht leicht, der Kunde ist im Unrecht, macht sich über uns lustig, und ich muss trotzdem auf witzige, moderne, pfiffige Art antworten, als wäre ich zwanzig, stünde nicht unter Stress und hätte keinerlei Konsequenzen zu fürchten. Das habe ich aber. Vor allem muss ich meine Vorgesetzten fürchten, sie lassen mir zwar freie Hand, aber beim ersten Prozess, den ein unzufriedener Kunde anleiert, bin ich auch die Erste, die fliegt. Ich arbeite nicht allein, wir sind ein ganzes Team, das mit diversen Programmen Daten sammelt. Die Chefin bin aber seit zwei Jahren ich. Und diese Position habe ich mir hart erkämpft. Ich werde mir also auf keinen Fall von einem Rugbyspieler in Rente in einem popeligen Skigebiet irgendwo am Arsch der Welt alles gefallen lassen! Wenn ich beschlossen habe zu bleiben, dann bleibe ich.

Los geht's. Mögen die Verhandlungen beginnen.

»Zwei Wochen. Ich bleibe hier, und in zwei Wochen eröffnen wir. Ich sorge dafür, dass Sie voll belegt sind, Sie finden eine Lösung für den Heizkessel, und wenn in einer Woche nicht alles ausgebucht ist, schicken Sie mich mit meinem SUV mit Allroundbetrieb nach Hause.«

Er schüttelt den Kopf. Offenbar muss er sich bemühen, nicht zu lachen. »Und wie wollen Sie innerhalb einer Woche die Hütte vollkriegen?«, will er wissen.

»Lassen Sie das nur meine Sorge sein. Ich bin Community Managerin, soziale Netzwerke und Kommunikation, wir sind ganz dicke. Wir müssen nur ein paar gute Fotos schießen, die Website aufpolieren und …«

»Communi… was?«

»Also, eine Ausbildung für Nichtskönner ist in meinem zeitlichen Budget leider nicht drin.«

»Wie süß. Was die Website angeht, Frau Kommunikationsbeauftragte, da müssen Sie ein bisschen mehr Aufwand einberechnen, die gibt es nämlich noch gar nicht.«

»Wie bitte? Jeanine hatte keine Website?«

Er will mich wohl auf den Arm nehmen.

Er steht auf, um einen Kaffee aufzusetzen. »Es tut mir leid, Ihnen das offenbaren zu müssen, aber Jeanine hatte kein Internet. Das sollte auch Ihre Frage zur Website beantworten.«

Damit hatte ich nicht gerechnet ... Nun gut, halb so schlimm, auf eine Herausforderung mehr oder weniger kommt es auch nicht mehr an. Ich bin daran gewöhnt, bedarfsorientiert zu arbeiten.

»Und wenn ich schlicht und ergreifend keine Lust habe, wieder zu eröffnen?«

Mit dieser idiotischen Frage reißt er mich wieder aus meinen Gedanken heraus. Wie kann er denn bitte keine Lust darauf haben? Wovon will er denn leben? Von Luft und Liebe? Das frage ich ihn.

»Also, frische Luft gibt es hier genug, und auf die Liebe kann ich getrost verzichten. Ein wichtiges Detail bleibt allerdings: Wer hat gesagt, dass ich Geld brauche?«

Er kommt mit zwei Tassen Kaffee wieder an den Tisch, setzt sich neben mich und reicht mir eine davon. Ich nehme sie ihm dankend ab und lasse ihn nicht aus den Augen. Ich versuche zu verstehen, wer dieser Außerirdische neben mir ist.

»Wer sind Sie eigentlich?«

»Hugo Moreton, das habe ich Ihnen doch schon gesagt, glaube ich.«

»Ja, aber wer braucht denn heutzutage kein Geld und keine Arbeit zum Leben?«

»Alle, die genug auf die Seite gelegt haben, um es eine Weile auszuhalten … Sagen Sie, träume ich oder vertraue ich mich hier gerade einer völlig Fremden an?«

»Nein, ich bin keine Fremde mehr, ich habe in Ihrem Schlafanzug geschlafen und trage gerade Ihren Pulli, das ist doch, als wären wir schon ein richtiges Pärchen, nicht wahr?«

Er verzieht das Gesicht. Anscheinend bereitet der Gedanke ihm Übelkeit.

»Also, ohne den Sex«, präzisiere ich. »Trotzdem danke für Ihre Grimasse. Nachdem ich gerade vorm Altar stehen gelassen worden bin, gibt mir Ihre Reaktion auf die Vorstellung, mit mir zu schlafen, endgültig den Rest. Vielleicht fahre ich doch nach Paris zurück und werfe mich dort von der Autobahnbrücke.«

Als ich aufstehe, um meine Tasse auszuspülen, legt er mir die Hand auf den Arm.

»Nein, Sie haben mich missverstanden. Um ehrlich zu sein, mit Ihnen zu schlafen würde mich noch am ehesten interessieren, und es wäre sicher aufregend, aber alles andere macht mir Probleme. Also ja, ich finde Sie attraktiv, wenn Sie nicht gerade drauflosplappern oder heulen. Und um das Thema Ex-Zukünftiger abzuschließen: Er ist ganz einfach ein Mistkerl und ein feiger Sack, wenn er Ihnen das angetan hat. Aber bitte, bitte seien Sie einmal zwei Sekunden lang still und hören Sie auf, andere verstehen zu wollen, ohne sie zu Wort kommen zu lassen. Sie wissen nicht, wer ich bin und was ich hier mache. Mein Leben findet nicht hier statt, sondern in den Vereinigten Staaten. Ich bin hier, weil meine Mutter gestorben ist, und sie wird sich leider im Grab umdrehen, weil sich herausgestellt hat, dass ich nicht dazu tauge, eine Herberge zu führen, und dass ich sie nicht wiedereröffnen kann. Es ist also ein nettes Angebot, aber abgesehen von der überaus verlockenden Vorstellung, mit Ihnen zu schlafen, was aber sicherlich nicht ganz oben auf Ihrer Prioritätenliste stehen dürfte, interessiert mich das, was Sie mir als Gegenleistung für Ihre Unterbringung anbieten, kein Stück.«

Mir bleibt ein paar Augenblicke lang die Spucke weg. Was mir nicht oft passiert. Dann nehme ich wieder neben ihm Platz.

»Wow! So lange am Stück haben Sie ja noch nie geredet. Ich hatte ja keine Ahnung, dass Sie in der Lage sind, sich dermaßen zu öffnen.«

Gerade, als er den Mund aufmachen will, garantiert, um mir zu sagen, dass ich mich vom Acker machen soll, klingelt sein Handy. Sichtlich gereizt zieht er es aus seiner Hosentasche, gerät jedoch ins Stocken, als er den Namen auf dem Display sieht. Da ich zwar nicht schlecht erzogen bin, aber eben von Natur aus neugierig, werfe ich einen verstohlenen Blick auf das Handy und lese »Jake«.

Hugo stößt hörbar die Luft aus, gibt mir ein Zeichen mit der Hand, das ich nicht zu deuten vermag, und steht auf, um das Gespräch auf dem Weg in sein Zimmer entgegenzunehmen.

»Hey Jake! What's up? Why the fuck didn't you call me before?«

Ich vermute, dass meine Augen noch größer werden, als ich ihn akzentfrei Englisch sprechen höre. Und was für ein Schock, ein Wort wie *»fuck«* aus seinem Munde zu hören, wie unpassend für einen alten Bergbären. Aber hat er mir nicht gerade erzählt, sein Zuhause sei in den Vereinigten Staaten? Abrupt stehe ich auf und schleiche auf Zehenspitzen an seine Zimmertür, um ihn zu belauschen. Beziehungsweise, nein, belauschen ist kein schönes Wort. Vielmehr, um meinen kauzigen und undurchschaubaren Gastgeber besser verstehen zu lernen und gleichzeitig eine Wunderlösung dafür zu finden, wie ich unentbehrlich für ihn sein kann … ohne Sex. Im Traum nicht! Igitt! Ich und ein Bär …

Mein Englisch ist nicht schlecht, aber er spricht schnell und benutzt viele amerikanische Wendungen, sodass ich Schwierigkeiten habe, ihm zu folgen. Sonderlich begeistert klingt er nicht. Er und sein Gesprächspartner scheinen sich gut zu kennen, wenn nicht sogar befreundet zu sein, wenn ich den Tonfall und die umgangssprachlichen Ausdrücke richtig beurteile. Die Neuigkeiten hingegen scheinen den Bären zu verärgern. Verdammt, diese Holztür vereinfacht die Angelegenheit nicht gerade, sie ist ziemlich schalldicht. Ich presse mein Ohr dicht daran, aber in erster Linie höre ich Hugos Schritte. Dieser Idiot läuft im Zimmer auf und ab! Mist, verdammter. Ich lege die Hand wie einen Trichter ans Ohr, so wie im Fernsehen, aber so leicht ist das gar nicht.

»Why? Are you sure? Why didn't you tell me that before you … no please, don't try to be … no … I don't agree … it's a freaking question …«

Irgendwann scheint Hugos Verärgerung nachzulassen, und seine Stimme wird weicher, wie ein Murmeln, sodass ich den Eindruck habe, ich würde eine unterdrückte Traurigkeit heraushören.

»No, I don't want … I prefer to stay here … don't call it a dream, call it a plan …«

Ich höre, wie er bei diesem letzten Satz lächelt. Was für einen Traum hat er denn, den er sich nicht erfüllen kann?

»Thanks, buddy … o.k. I'll call you later. Yeah, I miss you … yeah, I miss Mary, too, and Jen and Calie … o.k.«

Er legt auf, und ich bleibe reglos stehen. Diese Wehmut in seiner Stimme am Schluss hat mich berührt. Wen hat er dort drüben zurückgelassen, der ihm so wichtig ist? Wer sind Mary, Jen und Calie?

Ich höre, wie er zur Tür kommt, und erstarre. Blitzschnell husche ich zurück ins Wohnzimmer, und als er die Tür öffnet, sieht er mich auf einem Sessel lümmeln, die Beine lässig über die Armlehne gelegt, was angesichts des Pullikleids, das ich trage, tiefe Einblicke auf meine Anatomie und meinen weißen Spitzentanga gewähren muss. Hugo reißt die Augen auf, und eilig setze ich mich aufrecht hin und teile ihm mit, ich hätte es mir zum Nachdenken bequem gemacht. Er schüttelt den Kopf und geht weiter in die Küche.

»Worüber denken Sie denn nach?«, will er wissen. »Über die Möglichkeit, mit mir zu schlafen, damit ich Sie hierbehalte?«

Ich springe auf, bereit, mich auf ihn zu stürzen, da lacht er leise. »Nur ein Scherz! Ich kann mir schon denken, dass das momentan nicht Ihr oberstes Ziel ist. Ich habe es mir anders überlegt. Vielleicht können Sie mir doch behilflich sein.«

Ich halte noch immer meinen Zeigefinger erhoben, rudere aber zurück, als ich seine blitzenden Augen sehe.

»Ach so? Dann kann ich also bleiben?«

»Vierzehn Tage, und Sie haben eine Woche, bis alles ausgebucht sein muss, damit wir vor Weihnachten eröffnen können. Danach sehen wir weiter.«

Nein … Das kann nicht sein, er ist einverstanden?

»Mehr brauche ich nicht!«, rufe ich und hüpfe auf und ab.

»Und Sie lauschen nie wieder an der Tür, oder Sie sind auf der Stelle gefeuert, ganz egal, ob Tag oder Nacht.«

Huch. Ich entgegne nichts und gehe in die Küche, um mir einen Überblick über die Vorräte zu verschaffen. Hugo sagt mir, dass er mein Auto auslädt und danach mit mir in den Ort fährt, damit wir etwas Vernünftiges zum Anziehen für mich finden. Ich erinnere ihn daran, vorsichtig mit meinen Schuhen zu sein, aber als Antwort bekomme ich nur ein Brummen. Bevor er hinausgeht, legt er mir noch mein Ladegerät auf den Küchentisch. Kaum ist er aus der Tür, stürze ich mich darauf und verschwinde in mein Zimmer.

Nach einer mir endlos scheinenden Ewigkeit lässt sich mein Telefon wieder einschalten, und ich versuche, meinen Browser zu öffnen, aber die unentwegt eingehenden Nachrichten meiner Schwester hindern mich daran. Ich mache mir die Mühe, sie zu lesen und abzuhören, und schicke ihr eine Antwort, um sie zu beruhigen und ihr zu erklären, dass Jeanine verstorben ist, ihre Familie aber da ist und ich vierzehn Tage hierbleibe, um ihnen dabei zu helfen, die Herberge für die Wintersaison vorzubereiten. Ich erläutere nicht, dass es sich bei »ihrer Familie« um Jeanines wortkargen und einen Meter neunzig großen Sohn handelt, das würde nur einen übertriebenen Beschützerinstinkt bei Sophie auslösen, und in Nullkommanichts stünde die Polizei hier vor der Tür, um mich schnellstens zurückzubringen. Sophie kann Unvorhergesehenes nicht ertragen, und damit wäre sie ganz schön bedient. Schon meine missglückte Hochzeit hat sie völlig aus dem Konzept gebracht. Als sich mein Telefon endlich wieder beruhigt hat, gehe ich online und tippe: »Hugo Moreton.«

Ich weiß nicht, womit ich gerechnet habe, aber als sich nach geschlagenen zwei Minuten endlich die Seite mit den Suchergebnissen geladen hat, traue ich meinen Augen nicht. So viele Ergebnisse für nur einen Mann? Und das da auf dem Foto ... Das ist er? Unglaublich!

Zweiter Tag nach Ankunft der Psychopathin. Ich glaube, sie bleibt.

Okay. Ich habe einen gravierenden Fehler begangen. Aber ich hatte keine andere Wahl! »Man hat immer die Wahl«, würde mein Manager Jake jetzt sagen. Doch dem nach zu urteilen, was er mir eben mitgeteilt hat, sitze ich fest. Mein Leben hat wirklich eine neue Wendung genommen. Schluss mit dem irrsinnigen Jetset-Leben von vorher. Ich kehre nicht mehr aufs Spielfeld zurück. Ich wusste ja, dass meine Verletzung fatal für meine Karriere war, aber ich dachte, dass ich zumindest als Trainer in New York oder Chicago weiterarbeiten könnte. Jake hat mir allerdings nur wenig Hoffnungen gemacht. Dabei ist Eishockey mein Leben! *War* mein Leben. Verdammt. Dieser Anruf hat mir den Boden unter den Füßen weggezogen. Alles dort fehlt mir, und Jake am Telefon zu hören hat die Wunde wieder aufgerissen. Eishockey ist für mich mehr als nur ein Sport; das Team ist meine Familie.

Als ich die beiden Gepäckstücke aus dem Wagen hole, fällt mir auf, dass in der riesigen Sporttasche offenbar … tatsächlich nur Schuhe sind! Diese Frau ist wirklich durchgedreht. Ich hole alles aus dem Kofferraum und bleibe dann auf den Stufen zum Haus stehen. Es ist zwar kalt, aber allein und weit weg von diesem Plappermaul kann ich Bilanz über mein Leben ziehen. Zehn Jahre war ich der Star der New York Rangers. Zehn Jahre meines Lebens, die ich für nichts in der Welt eintauschen würde. Ich würde alles dafür geben, zu ihnen zurückzukehren. Doch gleichzeitig wurde mir dieses hektische Leben bis vor sechs Monaten, bis vor meiner Verletzung, auch zu viel. Ich hatte gute Lust, alles hinzuschmeißen. Training bis zum Gehtnichtmehr, ausschweifendes Feiern, Interviews, alles hat mich erdrückt. Aber wenn man alles verliert, wird einem erst bewusst, wie viel einem daran liegt. Ohne Kufen an den Füßen bin ich niemand. Und diese Feststellung tut weh. Das Adrenalin, das bei einem Spiel durch meine Adern strömt, das Gefühl der Zugehörigkeit im Team, unter all das kann ich nicht einfach mir nichts, dir nichts einen Schlussstrich ziehen. Was soll ich jetzt machen? Den Kindern unten im Ort auf der Eislaufbahn, die sie jedes Jahr an Weihnachten anlegen, Schlittschuhlaufen beibringen? Ich fange wieder mit dem Skifahren an und versuche, mit dreißig noch Meister zu werden? Verdammt! Genau darin liegt das Problem: Ich kann nichts außer Sport, darin bin ich am besten. Aber mit dreißig habe ich meine Karriere schon hinter mir, egal in welcher Sportart.

Die Hunde kommen angelaufen, und ich setze mich auf die Bank, das Gepäck der Verrückten zu meinen Füßen, und streichele sie in Gedanken versunken. Die Herberge wieder zu eröffnen, ist das Einzige, was ich tun kann. Wenn ich mir das mehrmals am Tag vorsage, gelingt es mir vielleicht, mich davon zu überzeugen. Hector kaut auf irgendetwas herum, und als ich es ihm aus dem Maul zerre, habe ich … einen weißen Stöckelschuh in der Hand! Oh, oh …

Zeit, die Hunde zu füttern. Ich muss lächeln. Zwei schöne Wölfe habe ich da.

Was ist jetzt mein Fazit? Ich habe genug gespart, um eine Zeitlang sorgenfrei leben zu können, und darüber hinaus hat der Verkauf meiner Wohnung in Manhattan mich gut abgesichert. Dann sind da auch noch meine Prämien, die ich nie angerührt habe. Geld ist also nicht das Problem. Eher, dass ich keine Perspektive habe. Dass ich zurückkomme und die Herberge aufmache, war der Wunsch meiner Mutter. Man könnte fast meinen, sie hätte das alles so eingefädelt. Es sähe ihr ähnlich! Sie wusste, dass ich mich verletzt hatte. Ich wollte es ihr nicht sagen, aber Marlène hat meine Karriere verfolgt und ihr sicher davon erzählt. Die Traumvorstellung meiner Mutter, denn sie wusste, dass mir nichts anderes bleiben würde als die Herberge. Das hat sie mir auch bei unserem letzten Telefonat gesagt, als wir uns in die Haare gekriegt haben. »Hugo, du bist genauso ein Sturkopf wie dein Vater!« Ich konnte es nicht ertragen, dass sie mir so etwas an den Kopf wirft, und habe mich sofort aufgeregt. Hätte sie mir doch nur gesagt, wie krank sie war! Ich wäre auf der Stelle hergekommen. Aber dafür war sie zu stolz, sie musste ja den Mund halten, genau wie Marlène, die Verräterin.

Plötzlich bin ich aufgewühlt, und ich weiß, dass nichts mich so schnell beruhigen wird. Das letzte Gespräch mit meiner Mutter hängt mir unglaublich nach. Werde ich je meinen Frieden finden? Seit einem Monat ist sie nun tot, und genauso lange kann ich schon nicht mehr schlafen. Jede Nacht habe ich Albträume. Wenn ich die Herberge in Schuss bringe und wiedereröffne, kaufe ich mich damit bei einer Verstorbenen frei? Das ist doch völliger Blödsinn. Die Therapeutin, bei der ich nach meiner Verletzung war, hat mir geraten, mir eine neue Beschäftigung zu suchen. Ich glaube, sie dachte dabei an Malen oder Reiten oder Angeln. Sicher nicht daran, in meinem Heimatland irgendwo in den Alpen eine Herberge zu eröffnen! Nun gut. Lassen wir das. Ich muss zurück ins

Haus und mich organisieren. Und mich vor allem mit der Verrückten arrangieren, der ich in einem Anflug von Schwäche erlaubt habe, hierzubleiben. Wahrscheinlich haben meine Neuronen wegen Schlafmangel nicht schnell genug geschaltet, als ich Ja gesagt habe. Womit sollte diese Frau mir denn schon helfen können?

Als ich wieder ins Haus gehe, ist Claire in der Küche beschäftigt und sieht mich nicht. Ich blicke mich um. Die Hälfte der Schränke ist leergeräumt, ihr Inhalt auf dem Tisch verteilt. Was tut sie da bloß? Will sie putzen?

»Was soll dieses Chaos?«

Anscheinend hat sie mich nicht hereinkommen gehört, denn sie stößt einen Schrei aus. Als sie sich umdreht, hat sie eine Hand aufs Herz gelegt, und ihre Wangen sind vor Überraschung gerötet.

»Sind Sie noch ganz bei Trost? Können Sie sich nicht bemerkbar machen?«

»Bei mir zu Hause? Hier sind nur wir beide, mit wem haben Sie denn gerechnet? Mit den Wölfen?«

»Können Sie bitte aufhören, dauernd von ihnen zu sprechen? Ich dachte, ich hätte mich klar ausgedrückt, was meine Angst vor diesen … diesen Bestien angeht.«

»Tut mir leid. Ich wusste nicht, dass es Sie schon stört, wenn ich sie nur erwähne.«

»Das tut es aber, stellen Sie sich das vor! Und zu Ihrer Information, ich mache Inventur. Sehen Sie, ich habe alles auf einer Liste notiert. Für einen Mann wie Sie ist das vermutlich Neuland. In Ihrem Loft in Manhattan hatten Sie bestimmt Personal, das das für Sie erledigt hat.«

»Ich hatte nur eine Putzfrau … Moment mal, haben Sie mich etwa gegoogelt?«

»Ganz genau«, entgegnet sie, während sie halb in einem der Unterschränke verschwindet. Als sie mit einem alten Behälter Mehl wieder hervorkriecht, wischt sie sich mit zufriedener Miene die Hände an einem Geschirrtuch ab. »Sie dachten doch nicht etwa, ich würde hierbleiben, ohne zu wissen, mit wem ich es zu tun habe?«

»Und es beruhigt Sie zu wissen, dass ich ein Eishockeyspieler bin, der gezwungenermaßen im Ruhestand ist? Bedeutet das, ich kann kein Vergewaltiger und auch kein Irrer sein? Was für eine idiotische Schlussfolgerung.«

»Ganz und gar nicht! So weiß ich zumindest, wen ich im Fall der Fälle anzeigen muss. Allerdings habe ich nicht verstanden, weshalb Sie Ihre Karriere beendet haben, um hier die Herberge zu eröffnen. Hat Ihnen das Leben als von Supermodels umringter Star nicht mehr gefallen?«

»Supermodels? Wo haben Sie das denn her?«

»Nun ja, die Blondine auf dem Foto sah gar nicht schlecht aus.«

»Welche Blondine? Da müssen Sie schon präziser werden, es gibt mehrere.«

Sie lächelt und nennt mich einen Macho, was mich ein wenig entspannt. Alles wäre gut gewesen, wenn wir es dabei belassen hätten, aber nein, natürlich bohrt sie weiter nach.

»Und? Warum sind Sie jetzt hier? War das Ihre Entscheidung?«

»Meine Mutter ist gestorben, falls Sie das schon vergessen haben. Und vielleicht sprechen Sie nicht gut Englisch, oder Sie haben sich nur die Ergebnisse der Bildersuche angesehen, aber ich habe mich vor einem halben Jahr verletzt und kann nicht mehr spielen. Bis auf diese Scheißhütte habe ich also nichts.«

»Ach ja, stimmt ja. Das mit Ihrer Mutter tut mir sehr leid. Das war taktlos von mir. Entschuldigen Sie.«

Sie wirkt aufrichtig zerknirscht. Zu meiner Verletzung sagt sie allerdings nichts, anscheinend ist ihr das egal.

»Und nur damit Sie es wissen, mein Englisch ist ausgezeichnet«, fährt sie fort. »Vermutlich nicht so gut wie Ihres, aber einen Artikel kann ich lesen. Der Empfang hier ist aber nicht gerade zuverlässig, deswegen habe ich mich mit dem Teil über Ihr Privatleben nicht weiter beschäftigt.«

Meint sie das etwa ernst?

»Ach, das Konzept von Privatleben sagt Ihnen also etwas?«, frage ich spöttisch nach. »Das hätte ich nie für möglich gehalten.«

Sie geht nicht darauf ein. Was auch besser für sie ist.

»Und wir in Frankreich hinken der Mode in New York vielleicht etwas hinterher, aber ich bin sicher, dass Sie selbst hier in Cambairoux einen Friseur und einen Rasierapparat auftreiben könnten …«

Ich werfe ihr einen vernichtenden Blick zu. »Und wie bitte schön soll mir das dabei helfen, meine Herberge zu eröffnen? Meine Frisur und mein Bart stehen mir ausgesprochen gut, Miss Fashion, die mitten im Winter in kurzen Hosen in die Berge fährt.«

Habe ich ihr damit das Maul gestopft? Ich warte ab, wie sie reagiert.

»Hören Sie, Champion, wenn wir zusammenarbeiten wollen, müssen wir lernen, miteinander zu kommunizieren, ohne uns ständig zu kritisieren und uns von morgens bis abends in die Haare zu kriegen.«

Sie stellt sich vor mich und hält mir breit lächelnd die Hand hin. »Zwei Wochen Waffenstillstand? Es wäre doch unvernünftig, sich mit seiner Chefköchin zu überwerfen.«

»Ach, weil Sie jetzt auf einmal Chefköchin sind? Ich sollte wohl besser aufpassen, bei diesem Tempo bin ich in zehn Minuten gefeuert.«

Sie stößt den Atem aus und stemmt die Hände in die Hüften.

Was zwischenmenschliche Beziehungen betrifft, bin ich nicht der Bewandertste, aber ihrer Körperhaltung und ihrem Blick nach zu urteilen, vermute ich, dass diese kleine Person mich gleich gewaltig anschnauzen wird. Und damit liege ich goldrichtig.

»Damit das klar ist, Monsieur Moreton, ich will Ihnen Ihre Herberge nicht wegnehmen, ich habe ein Leben in Paris, und mit dem bin ich äußerst zufrieden. Sie aber sind hier allein und können nicht einmal ein Ei braten, an der Rezeption kann ich Sie mir ebenso wenig vorstellen, und von PR oder Marketing müssen wir gar nicht erst anfangen, so … so … verbohrt, wie Sie sich aufführen! Wenn Sie also nur ein klein wenig Ihr Hirn anstrengen – es sei denn, Ihre Verletzung betrifft Ihren Kopf und Sie können das nicht mehr, was Sie immerhin ein bisschen menschlicher machen würde –, dann wäre Ihnen klar, dass ich Ihre Rettung bin! Ich habe eine Arbeit, bin aber im Urlaub, ich brauche also keine Bezahlung, bis auf Kost und Logis. Wer wäre denn so dumm, ein solches Angebot abzulehnen? So hätten Sie alle Zeit der Welt, um den Heizkessel zu reparieren, das sollten Sie doch wohl hinkriegen, oder nicht?«

»Nein.«

Ich kehre ihr den Rücken zu, setze mich an den Tisch und verschränke die Arme. Ich weiß, dass ich mich wie ein schmollender Teenager aufführe, aber diese Frau bringt mich völlig durcheinander.

»Wie, ›nein‹? Wollen Sie den Heizkessel nicht reparieren, oder können Sie es nicht?«

»Ich weiß es nicht! Ich habe ihn mir angeschaut, aber er ist uralt, und ich blicke da einfach nicht durch. Ich wollte ihn ja ersetzen, aber der Installateur bekommt vor Mitte Januar keinen neuen geliefert, und er könnte ihn ohnehin erst Anfang Februar einsetzen, vorher ist er ausgebucht. Es hat auch nichts gebracht, ihm das Doppelte dafür anzubieten, er hat einfach keine Zeit. An Arbeit fehlt es hier in der Gegend offenbar nicht. Jedenfalls hat es keinen Sinn, ich werde es so oder so nicht schaffen und sollte besser gar nicht eröffnen.«

Sie entgegnet nichts, sieht mich nur an. Ich will ihrem Blick ausweichen, aber ich komme nicht dagegen an, ihre fragenden grünen Augen ziehen mich an. Sie zieht die Augenbrauen hoch.

»Sieh an, es geht doch. So viel haben Sie noch nie geredet, ohne zu schreien. Nun ja, so viel war es nun auch wieder nicht. Aber Sie haben keine andere Wahl, als zu eröffnen, stimmt's? Wie kommt es, dass Sie es sich anders überlegt haben? Werden Sie in New York wegen Mordes gesucht? Will eine Ex sich an Ihnen rächen? Sind Ihre Aktien in den Keller gerutscht?«

Warum stellt sie so viele Fragen auf einmal? Das geht mir gewaltig auf den Zeiger. Da sie sich nicht von der Stelle rührt und anscheinend auf eine Antwort wartet, bleibt mir nichts anderes übrig. Ich stehe auf und erkläre es ihr.

»Gut, hören Sie zu. Es ändert nichts, wenn ich Ihnen von meinem Leben erzähle. Nach meiner Verletzung sollte ich eigentlich Trainer werden, aber daraus wird nichts, zumindest im Moment nicht, das ist alles. Die einzig sinnvolle Möglichkeit, etwas aus meinem Leben zu machen, scheint mir diese Herberge, und wenn man sich anschaut, in welchem Zustand sie ist, versteht man, wie tief ich eigentlich in der Scheiße stecke. Können wir uns also bitte darauf einigen, dass ich Ihre schiefgegangene Hochzeit nicht mehr erwähne und Sie mich nicht mehr auf mein bisheriges Leben ansprechen?«

»Abgemacht.« Sie hält mir wieder die Hand hin, und diesmal schüttele ich sie. In meiner Hast drücke ich wohl ein wenig zu fest zu, denn sie verzieht das Gesicht. Kaum habe ich wieder losgelassen, massiert sie sich die Hand. Wie kann man denn auch so lächerlich kleine Hände haben?

Sie ergreift rasch wieder das Wort. »Was den Heizkessel angeht, den schaue ich mir mal an, man weiß ja nie, vielleicht kann ich helfen. Aber vorher fahren wir in die Stadt. Ich muss etwas zum Anziehen kaufen, und wir brauchen Vorräte, wenn wir nicht verhungern wollen, bevor die ersten Gäste auftauchen. Wovon haben Sie sich denn ernährt, bevor ich kam? Von Trockenfutter wie Ihre … vierbeinigen Begleiter?«

»Nein, Hector und Arthur fressen nur Frischfleisch. Für mich habe ich Pizza bestellt.«

Da sie erblasst, lächele ich, bis sie begreift. »Das war ein Witz, oder?«

»Ja, Sie kleiner Dummkopf. Ich wollte Sie aufziehen.«

Sie versetzt mir mit ihrer Faust einen Hieb auf den Unterarm, und weil sie genau den Muskel trifft, verziehe ich das Gesicht.

»Ach, stellen Sie sich nicht so an!«, sagt sie und verlässt die Küche.

Sie raubt mir noch den letzten Nerv. Ich laufe ihr hinterher ins Wohnzimmer. »Lassen Sie etwa alles so stehen und liegen?« Ich deute auf die Lebensmittel, die in der Küche auf dem Tisch und dem Boden verteilt sind.

»Aber ja doch. Das räume ich auf, wenn wir wieder da sind, keine Sorge. Wenn wir die Einkäufe erledigt haben, sortiere ich alles nach Größe und Farben.«

»Nach Größe und Farben? Ist es nett in Ihrer Traumwelt?«

Sie dreht sich um und grinst. »Oh ja! Irgendwann nehme ich Sie mal mit, dann werden Sie es sehen. Dort ist es so viel besser als in Ihrer kalten strengen Welt. Wenn Sie es erst mal erlebt haben, können Sie nicht mehr drauf verzichten.«

Damit macht sie auf dem Absatz kehrt und greift sich meinen Mantel vom Haken an der Haustür. Ich weiß nicht, wieso, aber ihre Worte hinterlassen ein prickelndes Gefühl. Es muss an dem Wort »erleben« liegen. Genau, das ist es, ich glaube, ich würde diese Welt gern erleben … Ich schüttele den Kopf, um die völlig unangebrachten Bilder loszuwerden, die vor meinem inneren Auge aufgetaucht sind. Dann hole ich meine Jacke aus meinem Zimmer; meinen Mantel hat Claire sich anscheinend angeeignet.

An der Haustür bleibt sie zögernd stehen. Ich sage ihr, die Hunde seien auf der anderen Seite des Gebäudes, aber sie scheint mir nur halb zu glauben und lässt mich vorgehen, krallt sich an meiner Jacke fest und folgt mir auf dem Fuße. Da mir klar ist, dass sie mich nicht loslassen wird, trete ich an die Beifahrertür, damit sie einsteigen kann. Da sieht sie mich an und richtet sich hinter mir auf. »Ach, fahren Sie nicht?«

Dann lässt sie mich los und klettert eifrig ins Auto. Das wird ein langer Tag.

Ich hätte nicht gedacht, wie richtig ich mit meiner Annahme liegen würde!

Der restliche Tag ist der reinste Albtraum. Ich versuche, Claire allein zu lassen, aber sie zerrt mich unter dem Vorwand, sie wisse nicht, wie man sich hier kleide, in alle fünf Modeboutiquen, die der Ort zu bieten hat, und plötzlich bin ich Bergmodeberater für eine Barbiepuppe. Das Schlimmste daran sind nicht die Kleidungsstücke oder Outfits, die sie kauft, sondern die Schuhe. Wir müssen inzwischen beim vierten Paar Stiefel angelangt sein. Diese Frau hat wirklich ein Problem. Als ich sie darauf anspreche, erklärt sie mir, wie man es einem Vierjährigen erklären würde, es sei völlig undenkbar, nicht die passenden Schuhe zum jeweiligen Outfit zu haben. Aber ja doch, wie dumm von mir!

Nach einer Stunde ist meine Stimmung im Keller.

Sie fragt die Verkäuferinnen um Rat und hält in jedem Geschäft ein Schwätzchen. Selbst mit dem Bäcker, bei dem wir zwei Baguettes für heute Abend besorgen, kommt sie ins Plaudern. Sie geht sogar so weit, ihm zu erzählen, weshalb sie hier sei und wie unsere »geschäftliche Partnerschaft« zustande kam. Das sind noch neue Wörter für mich. Wenn ich mich nicht in Acht nehme, bin ich tatsächlich in zwei Wochen gefeuert. Sie erzählt aller Welt davon, dass die Herberge bald wiedereröffnet, und als ich gerade zu motzen anfangen will und sie mir am liebsten über die Schulter werfen würde, damit sie aufhört zu reden und ich sie zurück in die Hütte bringen kann, wird mir klar, dass sie genauso handelt wie mein Manager: Sie schließt Bekanntschaften, sympathisiert, bringt im Dorf der größten Klatschbasen, die ich kenne, die Neuigkeit in Umlauf, und baut sich so ein Netzwerk auf. In jedem Geschäft, das wir betreten, kauft sie etwas, um das Gespräch in Gang zu bringen. Ich frage mich zwar, was wir mit den Kuh-Salzstreuern machen sollen, die sie gerade erstanden hat, doch da schlägt der Ladenbesitzer ihr vor, sie solle das nächste Mal ein paar Visitenkarten für die Herberge mitbringen, damit er sie seinem Sohn geben kann, der ein Dorf weiter wohnt.

Ich fordere eine Pause ein und schleppe sie in das beliebteste Restaurant im Ort, das von einem Freund meiner Familie betrieben wird. Dort wird die mir noch unbekannte Kellnerin im Handumdrehen zu Claires neuer bester Freundin. Wie macht sie das bloß? Eine Sache zumindest besänftigt mich: Sie drängt mir kein Gespräch auf, zu sehr ist sie damit beschäftigt, ihr kleines Netz zu spinnen. Gott sei Dank! So kann ich in Ruhe essen. Zumindest beinahe ... Es dauert nicht lange, und sämtliche Freunde meiner Mutter stürzen sich auf mich. Seit meiner Rückkehr war ich noch kein einziges Mal unten im Dorf, und ich hatte noch nicht die Gelegenheit, mit all denen zu reden, mit denen ich aufgewachsen bin. Ich hatte vorgehabt, mich irgendwann blicken zu lassen, jedoch nicht mit dieser Knalltüte im Schlepptau. Dann kommt Patrick, der Inhaber, zu uns an den Tisch. Ihn kenne ich schon seit meiner frühesten Kindheit. Ich glaube, meine ersten Versuche auf Skiern habe ich mit ihm zusammen unternommen. Jedenfalls nicht mit meinem Vater, der war viel zu beschäftigt mit seinen Wettkämpfen und dem Training.

Ich stehe auf, um ihn zu begrüßen. »Patrick!«

»Mein Junge! Wie geht es dir?«

Er nimmt mich fest in den Arm, was als schroffer Bergbewohner sonst nicht seine Art ist, dann fängt er sich aber schnell wieder, schiebt mich von sich und nimmt an unserem Tisch Platz.

»Na, mein kleiner Spinner, wurde aber auch langsam Zeit, dass du dich hier mal blicken lässt, findest du nicht? Hattest du Wichtigeres zu tun?«, will er mit einem verstohlenen Blick auf Claire wissen, die ich komplett vergessen hatte.

Was meint … Oh, nein. Er glaubt, ich … Heftig schüttele ich den Kopf. »Nein, Patrick, tut mir leid, das hat damit nichts zu tun. Das hier ist nicht meine Freundin, sondern meine neue Köchin.«

»Freut mich!«, sagt Claire mit einem strahlenden Lächeln, das Patrick erwidert.

»Eine Köchin?«, ruft er. »Heißt das, du eröffnest wieder?«

Ich seufze. Wie kann ich ihm möglichst ehrlich darauf antworten? Wenn ich ihm sage, ja, das sei schon immer mein Traum gewesen, wäre das eine Lüge, und er wüsste es. Ihm zu erklären, ich würde feststecken, nicht finanziell, aber beruflich, dass ich gerade nichts anderes habe – das wäre ihm gegenüber, der miterlebt hat, wie meine Mutter sich für die Herberge aufgeopfert hat, nicht in Ordnung.

Ich entscheide mich für die klügste Antwort.

»Ich will es versuchen, Patrick. Es ist nicht leicht, weißt du. Es muss viel verändert werden, und …«

»Und du bist auch nicht sicher, ob du hier versauern willst, stimmt's? Aber warum warst du nicht bei der Beerdigung, Hugo? Ich weiß, dass die USA weit weg sind, aber heutzutage gibt es doch bestimmt eine Menge Flüge.«

Ich sehe, dass ihm die Tränen in die Augen steigen, und auf einmal fühle ich mich überhaupt nicht mehr gut. Mir wird schwindelig, und das hat nichts mit dem Bier zu tun.

»Ich wusste nichts davon«, murmele ich. »Sie hat mir nichts gesagt. Glaubst du, ich würde mir das nicht jeden Tag zum Vorwurf machen? Marlène hat mich jedes Mal angelogen, wenn wir telefoniert haben, weil meine Mutter es so wollte. Du weißt doch, wie sie war. Sie wollte nicht, dass ich sie so sehe. Sie wollte, dass ich sie als die Jeanine in Erinnerung behalte, die immer eine Schürze umgebunden hat, immer überall zugleich ist und fünfzig Gäste auf einmal empfängt. Sie wollte, dass ich da drüben das tue, was ich zu tun hatte, und dass ich zurückkomme, wenn ich so weit bin, aber nicht, weil sie Krebs hatte. Sie hat mir gesagt, sie sei quasi über den Berg, Patrick. Und ich habe ihr geglaubt.«

Ein bedrückendes Schweigen senkt sich über uns, und ich entdecke etwas Furchtbares in den Augen meiner blonden Begleitung: Mitgefühl und, da bin ich sicher, auch ein klein wenig Mitleid. Verdammt. Genau das wollte ich doch vermeiden.

Patrick legt seine Hand auf meine, und seine Stimme klingt mitgenommen, als er leise zu mir sagt: »Das wusste ich nicht, mein Junge. Das tut mir leid. Natürlich, jetzt, wo du es sagst, das sieht Jeanine nur allzu ähnlich. Aber warum hat Marlène denn nichts gesagt? Jedes Mal, wenn sie mir begegnet ist, hatte sie wieder abgenommen …«

»Mama?«

»Nein, Marlène. Ich glaube, es war sehr schwer für sie, weißt du. Deswegen hat sie nichts gesagt. Vielleicht dachte sie, es sei besser, wenn nicht zwei Menschen trauern müssen. Wir können es ihr nicht vorwerfen. Deine Mutter war tapfer bis zum Schluss, und …«

»Ich möchte jetzt nicht darüber reden, tut mir leid.« Ich

springe auf und werfe beinahe den Tisch um, und als ich meinen Geldbeutel hervorhole, um zu bezahlen, macht Patrick große Augen.

»Lass gut sein, mein Junge. Ihr seid eingeladen. Du solltest öfter herkommen, Hugo. Bis dahin, alles Gute für die Eröffnung. Ich weiß, dass es noch einiges an Arbeiten zu erledigen gibt. Wenn du willst, kann ich dir helfen. Ich bin vielleicht alt, aber immer noch robust.«

Ich lächele ihn an und bedanke mich herzlich. Dann wendet er sich an Claire und gibt ihr Küsse auf die Wangen, als gehörte sie ebenfalls zur Familie. »Und Sie, meine Liebe«, sagt er, »müssen mir zeigen, was Sie draufhaben. Wir haben hier im Ort schließlich einen Ruf zu wahren. Ich verlasse mich darauf, dass Ihre Küche nur vom Feinsten ist.«

»Das können Sie. Und ich würde Ihnen sogar gern anbieten, übermorgen zum Probieren vorbeizukommen. Dann können Sie mir sagen, wie viele Sterne ich mir auf mein Essen einbilden darf.«

Ehe ich Gelegenheit habe einzugreifen – ich bin nicht sicher, ob ich bereit bin, Leute zu mir einzuladen –, hat Patrick die Einladung schon angenommen und die Uhrzeit ist abgemacht. Nun gut, die Inbesitznahme meines Lebens durch diesen Blutsauger nimmt also weiter ihren Lauf …

Der restliche Nachmittag verläuft auf die gleiche Art, und mir wird bewusst, dass der Ort für fünftausend Einwohner wirklich eine Menge Geschäfte hat. Ich glaube, dass ich noch nie in meinem Leben an einem Tag in allen gewesen bin. Oder besser gesagt, dass ich ganz einfach noch nie in allen gewesen bin.

Dann geschieht ein kleines Wunder: Ich bekomme die Erlaubnis, eine Stunde ohne Beaufsichtigung in Freiheit zu verbringen, während Claire Unterwäsche aussucht. Endlich kann ich durchatmen. Es ist beinahe siebzehn Uhr, und ich beschließe, einen Kaffee trinken zu gehen.

Als ich durch die Tür trete, umhüllt mich der Duft eines Parfums. Ein Parfum, das ich unter Tausenden wiedererkennen würde: eine Mischung aus Vanille und Karamell. Nadia. Ich drehe mich um, und da steht sie. Mein Herz macht einen Satz.

»Hugo! Es stimmt also, du bist wieder da.«

Ich lächele und nehme sie in den Arm. Ihr Parfum steigt mir in die Nase ... Bei keiner anderen Frau ist mir dieser Duft je wieder begegnet. Nadia, meine erste Liebe, die Frau, an die ich mich immer erinnern werde. Sie löst sich aus meiner Umarmung, und jetzt kann ich sie besser in Augenschein nehmen. Sie ist noch schöner als in meiner Erinnerung. Ihre langen braunen Haare fallen ihr in Wellen über die Schultern, und ihr Gesicht ist ungeschminkt und natürlich. Ihre Wangen sind von der Kälte gerötet und um ihre Augen sind ein paar Fältchen aufgetaucht, aber das verleiht ihr nur noch mehr Charme.

»Nadia. Du bist noch schöner geworden.«

Sie lacht. »Charmeur.« Dann nimmt sie mich bei der Hand, und wir suchen uns einen Platz. Ich überlege, dass wir uns mindestens zehn Jahre nicht gesehen haben.

»Wie kommt das nur?«, frage ich sie.

»Dass wir uns so lange nicht gesehen haben? Du bist weggezogen, wenn ich dich daran erinnern darf. Und du warst immer so kurz zu Besuch, dass wir nie die Zeit hatten, uns zu treffen.«

Ich lächele. Sie hat recht.

Sébastien, der Inhaber, kommt zu uns, um unsere Bestellung aufzunehmen, und kann es nicht fassen, als er mich erkennt. Nachdem wir ein paar herzliche Floskeln, Beileidsbekundungen und Fragen darüber ausgetauscht haben, was aus uns geworden ist, geht er wieder an den Tresen, um unseren Kaffee zuzubereiten. Sébastien und ich standen uns nie sehr nahe. Sein Sohn Mickaël und ich sind zwar im selben Alter, aber da wir nie eng befreundet waren, kenne ich auch seinen Vater Sébastien kaum.

»Und was machst du hier, Nadia?«, will ich wissen.

»Ich bin letzten Winter wieder hergezogen, um in der Skistation zu arbeiten. Ich kümmere mich um die Wartung der Skilifte und noch ein paar andere Dinge, die dazugehören.«

»Dann hast du also deinen Traum verwirklicht!«

»Musst du gerade sagen, Iceman!«

»Aha, da hat wohl jemand die Sportnachrichten verfolgt. Dir ist aber schon klar, dass man nicht alles glauben darf, was die so bringen.«

Ich lächele, beeindruckt, dass sie den Spitznamen kennt, den die Presse mir verpasst hat. Aber das war vorher.

»Nein, ich glaube nicht alles. Vor allem nicht, dass du mit dieser Schauspielerin geschlafen hast! Du findest doch bestimmt, dass vollbusige blonde Schauspielerinnen überbewertet sind. Sie sind nicht dein Typ. Trotzdem, das Foto von euch ist toll«, murmelt sie lächelnd.

»Jetzt übertreibst du aber! Erstens hat sie nur in einem einzigen Film mitgespielt, sie ist also gar keine richtige Schauspielerin, und zweitens hatten wir nur ein einziges Date. Man kann sie also nicht wirklich als meine Freundin bezeichnen.

Und außerdem ging es den meisten eher darum, unsere beiden Karrieren vereint zu sehen, als um mein Leben, es war also nichts von Dauer.«

»Aber mit der davor war es doch was Ernstes, oder? Jeanine hat mir sogar gesagt, sie glaube, dass du vielleicht endlich unter die Haube kämst.«

»Tja, da hat sie sich geirrt. Nach meiner Verletzung hat Carla sich ziemlich zurückgezogen, und dass ich nach Frankreich zurückgehen wollte, hat sie auch nicht gerade mit Begeisterung aufgenommen. Scheint so, als würden sich die Skistationen in Frankreich nicht so gut zum Shoppen eignen wie Manhattan.«

Nadia lacht. Ich hatte vergessen, wie sanft ihr Lachen klingt.

»Mein armer Hugo. Ich fühle mit dir. Du hast dir noch nie die richtigen Frauen ausgesucht, das ist wirklich tragisch.«

»Das stimmt. Nach dir hat keine einzige mehr gut zu mir gepasst.« Ich blicke ihr in die Augen, und auf einmal scheint sie sich unwohl zu fühlen. Ich weiß nicht, was mich dazu verleitet hat, das zu sagen. Ich bin wirklich der allerletzte Vollidiot. Man könnte meinen, wir befänden uns in einer Soap.

»Das hat dich damals aber nicht davon abgehalten, dich von mir zu trennen«, merkt sie an.

»Ja, für Ruhm und Erfolg! Ich war ein ziemlicher Dummkopf. Ich war eben noch ein Junge.«

Wir lachen beide, und die Atmosphäre zwischen uns entspannt sich wieder. Dann nimmt Nadia meine Hand.

»Hugo, es tut mir so leid mit deiner Mutter. Ich war auf der Beerdigung und …«

»Nein.« Ich ziehe meine Hand weg. Nicht schon wieder.

»Hör zu, Nadia. Marlène hat mir erzählt, wie großartig du warst, und dafür kann ich dir niemals genug danken. Ich war zwar nicht da, aber …«

Sie unterbricht mich und greift wieder nach meiner Hand. »Ich weiß, Hugo. Marlène hat mir erzählt, dass du nicht wusstest, wie es deiner Mutter ging. Ich bin wütend geworden und habe ihnen gesagt, dass ich es nicht in Ordnung finde, es dir zu verheimlichen, aber deine Mutter war nicht davon abzubringen. Du kanntest sie ja, wenn sie einmal eine Entscheidung getroffen hatte, war sie wie ein sturköpfiger Esel.«

Bei dem Gedanken daran muss ich lächeln. »Da hast du recht. Danke, Nadia, es tut gut, das von dir zu hören. Ich habe den Eindruck, dass viele sauer auf mich sind, weil ich nicht da war.«

»Hör nicht auf sie. Sie haben sich ihre Meinung zurechtgelegt, aber im Grunde ahnen sie, was wirklich passiert ist. Es hilft allerdings nicht, dass du dich seit deiner Rückkehr da oben in der Hütte verschanzt. Wir haben uns gesagt, dass wir dir Zeit zum Trauern geben müssen und dass du dich schon blicken lässt, wenn du so weit bist.«

»Ich kann nicht behaupten, dass ich so weit bin, Nadia, aber ich habe keine Wahl. Ich eröffne wieder.«

»Ehrlich? Kluge Entscheidung. Genau was deine Mutter gewollt hätte.«

»Ich weiß. Zum Teil mache ich das auch für sie. Und für mich. Ich habe ohnehin keine Arbeit mehr«, erkläre ich und zeige ihr mein Bein.

»Ach, stimmt ja. Wie geht es deinem Knie?«

»Ganz gut. Ich hatte nur die besten Chirurgen, ich konnte also recht schnell wieder gehen, auch wenn ich noch ein bisschen hinke. Falls du einen guten Physiotherapeuten in der Nähe kennst, sag mir Bescheid!«

»Ja, eine Frau im Nachbardorf, die Jeans Praxis übernommen hat. Daniel, einer der Skilehrer, hat mir von ihr erzählt, er hat sich von ihr den Rücken behandeln lassen. Sie sollte dir auch gefallen: blond und vollbusig. Aber gut, sie ist über fünfzig, und nicht nur der Busen ist üppig.«

Ich lache, und Nadia gibt mir die Nummer der Praxis. Bei der Gelegenheit lasse ich mir gleich auch Nadias Nummer geben und diktiere ihr meine. Man weiß schließlich nie. Wir haben uns eine Ewigkeit nicht gesehen, und bei allem, was ich in den letzten zehn Jahren erlebt habe, habe ich das Gefühl, dass ein ganzes Leben zwischen uns liegt. Aber Nadia hat sich nicht verändert, und es ist immer noch schön, Zeit mit ihr zu verbringen. Es ist, als wäre die Zeit stehengeblieben und das Leben würde mir eine neue Tür öffnen, die Möglichkeit, noch einmal von vorn anzufangen. Allerdings waren wir noch Jugendliche, als wir uns das letzte Mal gesehen haben. Inzwischen ist einiges passiert.

»Wie war es, Nadia?«, frage ich sie unvermittelt.

Und weil sie mich noch immer kennt, meine Stimme zu deuten weiß, stellt sie keine Gegenfrage, sondern antwortet einfach. »Es war wunderbar, Hugo. Praktisch alle aus dem Ort und aus den beiden Nachbardörfern waren da. Marcel, der Priester, musste die Kirchentüren offen lassen, damit ihn auch draußen alle hören konnten.«

Mir steigen die Tränen in die Augen, aber ich reiße mich zusammen. Bisher habe ich noch nicht geweint, da fange ich nicht ausgerechnet jetzt damit an. Mit der Faust schlage ich auf den Tisch.

»Scheiße, verdammt! Marlène hat mich am Abend vor ihrem Tod angerufen. Sie war schon nicht mehr bei Bewusstsein, deswegen konnte, ich nicht mit ihr sprechen. So schnell ich konnte, habe ich meine Angelegenheiten geregelt, hab den Flieger nach Paris genommen und ein Auto gemietet. Drei Tage später war ich hier, aber die Beerdigung war schon vorbei. Ich hatte Marlène nicht gesagt, wann ich ankommen würde, und sie hätte die Trauerfeier auch nicht aufschieben können. Nach der Krankheit musste sie rasch handeln. Tja, so läuft es bei mir wohl immer. Zur falschen Zeit am falschen Ort, genau wie bei diesem Treffer mit dem Schläger.«

Nadia redet mir gut zu auf ihre sanfte, liebevolle Art. Und auf einmal fällt mir wieder ein, was damals zwischen uns nicht gestimmt hat: Sie ist sanft und liebevoll, das ist es. Und das bedeutet, sie ist zu nett. Zu nett für mich. Ich hatte immer das Bedürfnis, sie zu beschützen, wie eine kleine Schwester, nichts weiter. Nadia ist eine tolle Frau, sie ist schön, sie ist großzügig, aber sie ist für jemand anderen bestimmt. Meine Frage, ob es jemanden in ihrem Leben gebe, verneint sie. Ein unangenehmes Schuldgefühl macht sich in mir breit, aber wahrscheinlich täusche ich mich; das hat nichts mit mir zu tun.

Die Richtige habe ich noch nicht gefunden, wie meine Mutter mich stets erinnert hat, aber ich weiß, dass ich eine Frau mit starkem Charakter brauche, eine Frau, die sich nicht von mir beeindrucken lässt und es mit mir aufnehmen kann …

»Ah, da sind Sie ja!«

Um Himmels willen! Der Orkan auf Drogen ist wieder da.

»Guten Tag«, begrüßt Claire Nadia und reicht ihr die Hand. »Claire, freut mich.«

»Nadia. Gleichfalls.«

Die beiden Frauen schütteln sich die Hand, und Claire gibt mir keine Gelegenheit, das Gespräch zu beenden. »Eine alte Schulfreundin?«, fragt sie mich.

»Treffer«, antwortet Nadia amüsiert.

»Oh, mehr als nur eine Freundin, vermute ich. Liege ich richtig?«, wendet Claire sich wieder an mich.

Natürlich lässt sie mir auch diesmal nicht die Gelegenheit zu antworten, sondern fügt mit einem Lächeln zu Nadia hinzu: »Ich bin die neue Köchin. Kommen Sie doch übermorgen Abend zu uns. Patrick, der Inhaber vom *Chez nous*, kommt auch. Kennen Sie ihn?«

»Aber sicher, das ...«

»Ach natürlich, wie dumm von mir, hier kennt ja jeder jeden. Außer mir! Es wird Zeit, dass ich mir Notizen mache, damit ich Sie alle besser kennenlerne. Ich freue mich schon darauf, dass Sie zum Abendessen zu uns kommen!«

»Sehr gern«, antwortet Nadia, was mich überrascht, denn normalerweise ist sie eher zurückhaltend. Sie ist erwachsen geworden und hat sich verändert, und manches ist mir entgangen. Aber das ist jetzt nicht der richtige Zeitpunkt, um mich damit zu befassen.

Nadia schlägt Claire vor, einen Kaffee mit uns zu trinken, aber sie lehnt ab. Jetzt, da sie alles erkundet habe, sei es Zeit für die Einkäufe.

Ich bin platt. Ich dachte, die hätten wir schon erledigt. Aber diesmal geht es nicht um Kleidung, sondern um Lebensmittel. Sie steht auf, und mir bleibt nichts anderes übrig, als ihr zu folgen.

Nadia wünscht mir flüsternd viel Glück mit meiner neuen

Köchin, und Claire und ich verlassen das Café, um die verfluchten Einkäufe zu erledigen.

Es ist dunkel geworden, und die Kälte noch schneidender. Claire lächelt, und bevor ich sie fragen kann, weshalb, ruft sie: »Ach, wie ich das liebe! Je kälter es ist, desto mehr habe ich das Gefühl, weit weg zu sein. Genau das habe ich gebraucht. Und alle hier machen so einen netten Eindruck. Seltsam … aber nett! Fehlt nur noch der Schnee, dann wäre alles perfekt.«

Die nächsten zwei Stunden verbringen wir im Supermarkt. Claire lädt zwei Einkaufswagen voll. Wir sind bereit für eine Belagerung.

Zurück am Haus zögert Claire, bevor sie aussteigt, und sieht sich um. Ich hatte fast ihre Hundephobie vergessen. Als sie nichts entdeckt, schnappt sie sich einen Karton vom Rücksitz, stößt eilig die Autotür auf und hastet zum Haus. Allerdings hat sie nicht bedacht, dass die Haustür abgeschlossen ist. Ich muss lachen, als sie auf den Stufen auf und ab läuft und sich hektisch umsieht, ob die Hunde irgendwo in Sicht sind. Als sie mich ruft, und zwar nicht so, als würde sie mir sagen wollen, was für einen schönen Tag sie hatte, steige ich schließlich ebenfalls aus, um ihr zu Hilfe zu kommen und aufzuschließen. Zurück am Auto betrachte ich entgeistert all die Tüten, die darin auf mich warten … Ich werde noch wahnsinnig. Ich schnappe mir so viele ich kann auf einmal, um nicht so oft laufen zu müssen, und gehe vor Wut schäumend ins Haus. Diese Frau muss ich mir vornehmen! Anders als erwartet, ist Claire jedoch nicht in der Küche. Ich rufe nach ihr und höre sie in einem der kleinen Zimmer am Ende des Flurs etwas grummeln. Entschlossenen Schrittes gehe ich darauf zu, um ihr gehörig die Meinung zu sagen, bleibe jedoch überrascht stehen. Claire hockt auf allen vieren auf dem Boden und streckt mir ihren Po entgegen. Ihre neue, enganliegende Jeans macht sich nicht schlecht daran.

»Was zur Hölle tun Sie denn da?«, will ich wissen. »Spielen Sie etwa?«

Sie richtet sich auf und reicht mir ein Kabel. »Genau, Riesenmikado.«

Als ich den Kasten in ihrer Hand sehe, verstehe ich. »Wann haben Sie den denn gekauft?«

»Als Sie Ihrer Ex im Café schöne Augen gemacht haben. Sie ist übrigens ziemlich hübsch. Und nett! Warum haben Sie sich von ihr getrennt?«

»Woher wollen Sie wissen, dass ich derjenige war, der sich getrennt hat?«

»Das war nicht zu übersehen. Sie hat Sie mit ihren Blicken geradezu verschlungen, und sie schien mir auch herb enttäuscht, als sie mich entdeckt hat … und genauso erleichtert, als ich ihr offenbart habe, dass ich die Köchin bin! Aber gut, zurück zu meiner Anlage hier. Soll ich sie allein installieren? Ohne geht es nicht, wenn ich eine gute Internetverbindung haben will, um die Website zu erstellen. Das Zimmer hier ist das kleinste, daraus machen wir Ihr Büro.«

»Mein Büro?«

»Ja, Sie brauchen einen Platz, von dem aus Sie alles leiten können. Und außerdem würden Sie sonst doch nur wieder denken, ich würde Ihnen Ihre Position streitig machen wollen. Also, helfen Sie mir?«

»Nein. Ich räume das Auto aus. Und schätzen Sie sich glücklich, denn das sollte eigentlich Ihre Aufgabe sein.«

Vor mich hin fluchend verlasse ich das Haus. Eine geschlagene Stunde verbringe ich damit, alles aus dem Auto zu holen und in die Schränke einzuräumen, bevor das kleine Nervenbündel wieder auftaucht.

Wider Erwarten kann ich dabei gut nachdenken, und mir wird klar, wie notwendig es war, runter ins Dorf zu gehen. Immer wieder hatte ich es vor mir hergeschoben, dabei war es gut für mich, wieder unter Leute zu kommen. Ich bin mit den Menschen dort aufgewachsen, und ich mag sie. Ich war davon ausgegangen, dass es noch mehr wehtun würde, wenn ich sie wiedersah, und natürlich war es kein Zuckerschlecken, aber es war wichtig, mir ein wenig Zeit zu nehmen, um meine Trauer mit den Dorfbewohnern zu teilen. Das Leben muss weitergehen, ich kann mich nicht auf ewig hier verschanzen.

Als ich den letzten Schrank zumache, müde nach diesem anstrengenden Shoppingtag, aber zufrieden, höre ich hinter mir eine panische Stimme.

»Was haben Sie getan?«

Ich drehe mich um, erstaunt über den vorwurfsvollen Tonfall. »Na ja, ich habe aufgeräumt, während Sie Riesenmikado gespielt haben, wissen Sie noch?«

»Ich habe Sie aber nicht darum gebeten, die Sachen einzuräumen! Sie sollten doch nur das Auto ausräumen.« Damit stürzt sie auf die Schränke zu, reißt eine Tür nach der anderen auf und stöhnt entsetzt angesichts dessen, was sich ihr präsentiert.

Was ist denn los? Habe ich etwa die falschen Einkäufe ins Auto geladen?

»Das ist doch ein totales Durcheinander!«, ruft sie. »Haben Sie Ihre Eishockeyausrüstung vor einem Spiel etwa auch jemand anderem überlassen? Hm? Haben Sie andere Ihren Spind aufräumen lassen? Durften andere Ihren Hockeystock austauschen?«

»Was? Was hat das denn damit zu tun?«

»Das ist meine Küche! Und Sie haben alles durcheinandergebracht! Ich weiß ja, dass Sie es gut meinen, aber Sie haben sich gar keine Mühe gegeben. Sie haben die Mülltüten hier neben den Senf getan. Und da das Backpapier zum Mehl. Und die Marmelade zur Pasta.«

Sie scheint kurz vor dem Nervenzusammenbruch zu stehen. Ich kann es nicht fassen, dass sie deswegen einen hysterischen Anfall bekommt. »Sie sind ja völlig verrückt. Wegen so etwas panisch zu werden?«

»Ich bin nicht panisch, Monsieur.« Sie tritt näher an mich heran und wedelt drohend mit dem Zeigefinger vor meiner Nase. »Wenn ich panisch werde, dann werden Sie es schon merken. Jetzt gerade stelle ich lediglich fest. Es ist noch schlimmer, als ich dachte. Sie sind … Sie sind … ein Messie! Und das ist noch ein viel zu schwacher Ausdruck.«

Ich sehe sie schief an. Soll das eine Beleidigung sein?

»Und ist das schlimm, Frau Doktor?«

»Wenn wir zusammenarbeiten wollen, dann ja«, antwortet sie. »Ich fange jetzt noch einmal von vorn an. Und Sie verschwinden aus meiner Küche.«

Damit schiebt sie mich ohne weitere Umschweife zur Tür.

»Das trifft sich gut, ich wollte ohnehin gerade die Hunde füttern. Sie wissen schon, die zwei riesigen Wolfshunde draußen. Sie heulen die ganze Nacht, wenn sie nichts zu fressen kriegen, und dann bringen sie mir den Kadaver eines armen Häschens.«

Sie erblasst, und ich bin zufrieden.

»Das war ein Schlag unter die Gürtellinie«, murmelt sie auf einmal viel ruhiger.

»Nein, Madame, das ist meine Geheimwaffe gegen Verrückte wie Sie. Und nur zu Ihrer Information, beim Eishockey benutzt man keinen Stock, sondern einen Schläger.«

Sie zuckt die Achseln und schiebt mich weiter Richtung Flur.

Ich nehme meinen Mantel vom Stuhl, öffne die Tür und rufe: »Und ich weiß nicht mal, wozu man eigentlich Backpapier braucht!«

Als ich mit einem »verrücktes Biest« die Tür hinter mir zuschlage, höre ich noch ihr »Vollidiot«.

Gerade will ich eine Beleidigung auf Englisch hinterherschieben, da entdecke ich Arthur und Hector, die mir zu Füßen hocken und mich schief angucken, und mir scheint es, als würde Mitleid in ihrem Blick stehen. Das beruhigt mich schlagartig wieder. Warum rege ich mich eigentlich so auf? Diese Frau ist durchgeknallt, nichts weiter. Das war auch gestern schon so, und morgen wird es nicht anders aussehen. So ist es eben. Ich muss mich nur so weit wie möglich von ihr fernhalten, dann wird schon alles gut gehen.

Zweiter Tag meines neuen Lebens.

Okay, ich hatte wieder Albträume, aber ein paar Stunden Schlaf habe ich bekommen, das ist doch schon mal etwas. Heute Nacht ist mir Hector als Wolfshund erschienen, und ich habe ihn mit einem Stock verprügelt.

Gestern Abend, nachdem ich die Schränke neu eingeräumt hatte – was eine halbe Ewigkeit gedauert hat, bei dem Chaos, das der Bär verursacht hatte! –, habe ich mich an Hugos Computer in seinem neuen Büro gesetzt und das Internet zum Laufen gebracht. Ach, was ist das doch für eine wundervolle Technologie, die es uns auch noch mitten im Nirgendwo ermöglicht, auf Google zuzugreifen! Auch mein Smartphone ist mit dem WLAN verbunden, ich muss mich also nicht mehr mit E herumschlagen. Gegen Mitternacht lag ich völlig erschlagen, aber auch stolz im Bett. Stufe eins meines Plans: hierbleiben, abgehakt. Stufe zwei: die Hütte vollkriegen.

In der Küche sehe ich, dass es erst halb acht ist. Das wird ja immer besser, jeden Tag wache ich früher auf. Und es macht sogar Spaß, im Urlaub so zeitig aufzustehen und zu arbeiten. Meine Flitterwochen halten jedenfalls eine Menge Überraschungen parat!

Ich schiebe die Brioche in den Ofen, die ich gestern Abend vorbereitet habe. Sie ist über Nacht aufgegangen, genau wie ich es wollte. Bald darauf kommt Hugo herein und wirkt überrascht, mich anzutreffen. Seine Haare sind noch nass, und das Wasser tropft auf seinen Nacken und sein T-Shirt. Das übrigens so eng anliegt, dass man die Muskeln, die ich gestern entdeckt habe, darunter erahnen kann … Es ist verrückt, auf dem Foto im Netz, auf dem er mit der Frau mit den langen Beinen abgebildet ist, hätte man ihn für ein Topmodel aus einer Werbung für einen Duft oder eine Luxusuhr halten können. Hier sieht er so anders aus. Andererseits kenne ich ihn noch keine zwei Tage und habe ihn auch kaum länger als zwei Sekunden angesehen. Auf dem Foto sieht man nur seine blauen Augen, seine kastanienbraunen Haare und seinen markanten Kiefer. Das, was ich hier aber vor mir habe, ist ein schlecht geschnittener Bart und halblange Zotteln. Er ist nicht wiederzuerkennen. Man könnte ihn für das Biest von Disney halten. Nur dass das Biest im Trickfilm immer anständig angezogen ist, während Hugo sich meistens als Holzfäller verkleidet, der gerade von einem Tag harter Arbeit aus dem Wald zurückkehrt. Er ist wie eine Mischung aus dem Biest und dem Bösen, wie hieß er doch gleich? Ah, genau, Gaston! Er ist eine Mischung aus den schlechten Seiten von Gaston und dem Biest.

Offenbar habe ich ihn schon eine Weile angestarrt, denn er fragt: »Weshalb sehen Sie mich so an?«

»Ach, nichts, Sie haben mich nur an jemanden erinnert, das ist alles.«

»An jemand Attraktiven oder an ein Allerweltsgesicht?«

»Ach, Allerweltsgesicht würde ich jetzt nicht sagen, aber attraktiv ...«

Ich verziehe das Gesicht. Unerwarteterweise streckt er mir die Zunge raus und stellt sich neben mich, um Kaffee zu kochen.

»Dann sind die Zeiten also vorbei, in denen Frauen wegen meiner Bauchmuskeln reihenweise in Ohnmacht gefallen sind?«, fragt er.

»Ich fürchte ja. Mit dem Bart und der Verkleidung habe ich mich gefragt, ob man Sie wohl für ein Remake von *Die Schöne und das Biest* casten würde.«

»Sie nehmen wirklich kein Blatt vor den Mund.«

»Wieso auch? So kommt man doch viel schneller zum Ziel.«

»Stimmt, das ist sehr französisch.«

»Ah, der Herr entdeckt sein Heimatland neu? Sind Sie denn so lange weg gewesen?«

»Über zehn Jahre.«

»Oh, na dann ...«

Und dann geschieht etwas Unglaubliches: Während ich die Brioche aus dem Ofen hole und er uns Kaffee einschenkt, beglückwünscht er mich zu dem herrlichen Duft, und als wir uns an den Tisch setzen, fängt er an zu reden!

»Ich bin schon früh in die Eishockeymannschaft von Annecy geholt worden, da muss ich zwölf gewesen sein. Meine Mutter hat mich immer zum Training gefahren. Mit vierzehn wurde ich für die Brûleurs de loups in Grenoble ausgewählt, und wir haben die Ligue Magnus gewonnen. Dank der Kontakte meines Vaters konnte ich dann in die Vereinigten Staaten gehen. Auch wenn Eishockey sich in Frankreich weiterentwickelt hat, gibt es hier nicht die gleiche Medienkultur wie da drüben. Mit siebzehn bin ich also weggegangen. Jetzt bin ich achtundzwanzig.«

»Es ist komisch, aber es scheint mir, als wäre das keine schöne Erinnerung. Was für Kontakte hatte Ihr Vater denn? Wer war er?«

»Ach, um über meinen Vater zu reden, reichen zwei Wochen nicht aus, Honey.« Er steht auf, geht ein paar Mal auf und ab, und fährt dann fort. »Doch, es ist eine wunderbare Erinnerung. Ich fand es herrlich auf dem Eis, nichts anderes hat für mich gezählt, aber ich war nicht auf eine steile Karriere aus, und ich hatte auch nicht vor, all meine Freunde so Hals über Kopf zurückzulassen. Und dann auch noch so weit wegzuziehen! Mit fünf habe ich angefangen zu spielen, ich wusste, wie es hier zugeht, dachte, ich würde mich mit allem auskennen. Aber ich hatte keine echte Wahl, innerhalb einer Woche war der Vertrag unterschrieben, meine Koffer waren gepackt, und ich saß im Flieger über dem Atlantik. Ich konnte kaum ein Wort Englisch, da hat mein Vater bei meiner Anwerbung geschwindelt. Es war hart, ins Unbekannte aufzubrechen. Aber letztendlich bereue ich nichts, es war eine großartige Erfahrung. Dort drüben habe ich alles gelernt.«

»Dann haben Sie Ihr gesamtes Erwachsenenleben in den USA verbracht?«

»Ganz genau, Honey.«

»Und sind Sie schnell berühmt geworden?«

»Es hat schon seine Zeit gedauert, und vor allem habe ich hart dafür gearbeitet, aber innerhalb von zwei Jahren wurde ich zu einem der bekanntesten Spieler einer der besten Mannschaften der Welt.«

»Haben Sie sich deswegen von Nadia getrennt? Weil Sie weggezogen sind?«

»Zum Teil. Na, wir wollen doch in Ihre Stellenbeschreibung nicht auch noch ›Therapeutin‹ eintragen, das wäre ein bisschen viel, oder?«

»Aber ja doch! Das ist eine Inklusivleistung, keine Sorge. Genau wie die Stilberatung.«

»Wie bitte?«

Ich stehe auf, um den Frühstückstisch abzuräumen, und muss lächeln, als ich ihm den Rücken zuwende. Mir ist bewusst, dass ich ihn beunruhigt habe.

»Wer hat Ihnen denn bitte schön gesagt, dass ich eine Stilberatung möchte?«, will er wissen. »Bei mir ist alles wunderbar, so wie es ist. Sie werden sich schon daran gewöhnen müssen. Ansonsten finden Sie dort die Tür, unsere Abmachung lässt sich problemlos auflösen.«

»Das hat nichts mit mir zu tun, geschätzter Geschäftspartner. Lustig, wenn Sie sich aufregen, kommt Ihr amerikanischer Akzent stärker durch, das ist mir bisher noch nicht aufgefallen. Es geht um die Gäste, die sich womöglich erschrecken, wenn sie hier einem Bären begegnen. Und wenn ich den Fotos im Netz Glauben schenken darf, können Sie durchaus Charme haben, und das sollte man in geschäftlichen Dingen unbedingt nutzen. Ich stelle heute unsere Website online, und ich melde uns auf ein paar Plattformen an, seloger.com, Abritel, Gîtes de France und so weiter. Ich schaue dann später, wie es mit einer Zusammenarbeit mit den Riesen unter den Anbietern aussieht. Ich mache ein paar Aufnahmen vom Haus und wollte auch ein Foto von Ihnen online stellen. Ich hatte schon überlegt, eins aus dem Netz zu nehmen, aber dann heißt es womöglich, wir würden irreführende Werbung betreiben, wenn die Gäste Sie live sehen.«

»Das ist doch Unsinn. Die Leute kommen zum Skifahren her, sie wollen Zeit mit ihrer Familie verbringen oder mit Freunden feiern, und nicht einen ehemaligen Eishockeyspieler treffen, den sie auf einem Foto gesehen haben.«

»Natürlich. Ich habe ja auch nicht vorgeschlagen, dass wir eine Dating-Seite aufziehen. Ich meine nur, dass wir einen vertrauenerweckenden Eindruck machen sollten, und man kann einfach nicht behaupten, dass Sie besonders viel Vertrauen erwecken. Wie heißt eigentlich die Herberge?«

»Le Tout Flammes.«

»Wie bitte? So wie Feuer und Flamme? Ein schwachsinniger Name, der muss geändert werden.«

Plötzlich, ich weiß nicht, was ich Falsches gesagt habe, erwacht das Biest. Hugo hatte sich gesetzt, während ich abgeräumt habe, aber nun springt er auf, haut mit der Faust auf den Tisch und brüllt los.

»Jetzt reicht's aber! Sie glauben doch nicht, dass Sie einfach so mir nichts, dir nichts alles umschmeißen können? Ist das etwa ein Spiel für Sie? Damit Sie diesen Mistkerl schneller vergessen können? Sie werfen hier gerade mein Leben über den Haufen! Mein ganzes Universum! Wenn Sie in zwei Wochen abdampfen, bin ich immer noch da, und alles, was Sie bis dahin geändert haben, von der Ordnung in den Küchenschränken über meinen Bart bis hin zum Namen der Herberge, bleibt so zurück, wie Sie es hinterlassen haben, und ich muss mich damit arrangieren. Deswegen … Schluss damit!«

Einige Augenblicke verschlägt es mir die Sprache. Wenn er wütend ist, macht er einem regelrecht Angst. Das ist doch lächerlich. Ich tue das doch nur, um ihm zu helfen. Herausfordernd blicke ich ihn an, aber meine Gedanken rudern kurz ins Leere. Was mache ich jetzt? Ich werde nicht zusammenbrechen, auch wenn ich seit zwei Tagen äußerst empfindlich bin und dazu noch wenig geschlafen habe. Auf keinen Fall soll er denken, er könnte mich beeindrucken. Entweder ich gebe auf der Stelle klein bei, fahre zurück nach Paris und nehme mein Leben wieder in die Hand – früher oder später muss ich das ohnehin tun –, oder ich stelle mich ihm. Und ich habe noch nie klein beigegeben, schließlich haben meine Eltern mir das anders beigebracht. Ich stelle mich immer allem und jedem. Also recke ich das Kinn, umrunde den Tisch und baue mich vor Hugo auf. Ich bin winzig im Vergleich zu ihm, aber das ist mir egal. Ich darf ihm keine Angst zeigen. Ach, er ist doch kein Hund. Das kriege ich schon hin, oder?

»Sie haben ein Problem, Monsieur Moreton, und zwar ein riesengroßes. Und ehrlich gesagt habe ich Besseres zu tun, als Ihnen dabei zu helfen, es in den Griff zu bekommen. Nichts ist ein Spiel für mich, lassen Sie sich das gesagt sein, sondern eine Herausforderung, und selbst wenn Sie sich als die schwierigste Herausforderung entpuppen, die sich mir je gestellt hat, kriegen Sie mich auch nicht mit Gebrüll klein. Ich habe Ihnen gesagt, dass ich Ihnen dabei helfe, die Herberge zu eröffnen, und genau das tue ich. Sie werden lernen, mir zu vertrauen, und Sie werden sehen, was dabei für Sie herauskommt. Wenn Sie nicht wollen, dass wir den Namen ändern, dann ändern wir ihn eben nicht, aber es hätte auch gereicht, wenn Sie es mir gesagt hätten, da müssen Sie nicht gleich wie ein Irrer losbrüllen. Ich bin nicht eine Ihrer Tölen, ich höre nicht besser, wenn man mich anschnauzt, ganz im Gegenteil.«

Warum schreie ich jetzt auch? Das muss wohl am Adrenalin liegen. Direkt vor diesem Bären zu stehen ist nicht ohne.

»Und ich warne Sie«, rede ich weiter, »sollten Sie noch einmal die Stimme gegen mich erheben, und sei es auch nur ein einziges Mal, dann feuern nicht Sie mich, dann kündige ich. Und dann stehen Sie allein und ziemlich dumm da, wenn Sie morgen Abend Ihre Freunde empfangen und etwas aus Ihrem Leben machen wollen, das mir doch recht leer erscheint, seitdem Sie zurück in Frankreich sind.«

Das war's. Ich bin fertig, Vorstellung vorbei. Ein wenig außer Atem sehe ich ihn an. Jetzt feuert er mich womöglich auf der Stelle …

Er wirkt auf einmal wie ausgewechselt, und in seinen blauen Augen entdecke ich etwas von dem sanften Typen mit dem umwerfenden Blick vom Foto aus dem Netz.

»Es tut mir leid«, grummelt er schließlich. »Ich hätte mich nicht so aufregen sollen. Aber Sie haben eben auch eine Gabe dafür, mich auf die Palme zu bringen.«

»Nein, ich habe ein Talent dafür, Ihnen den Spiegel vorzuhalten, das ist etwas anderes. Ich kenne Sie nicht, Hugo, ich gehöre nicht zu den Geistern Ihrer Vergangenheit, vergessen Sie das nicht.«

Ich muss einen Nerv getroffen haben, denn ich sehe, wie seine Schultern ein wenig nach unten sacken. Schließlich setzt er sich wieder und fordert mich auf, es ihm gleichzutun. »Trinken wir noch einen Kaffee, was meinen Sie?«

Ich stelle uns zwei dampfende Tassen hin und nehme ihm gegenüber Platz. »Soll das ein Friedensangebot sein?«, will ich wissen.

»Auf gewisse Weise ja. Der Name erinnert daran, dass das Haus einmal beinahe abgebrannt wäre. Ich war damals noch ein Kind. Mein Vater hat es geschafft, uns aus dem Bett zu holen und das Feuer zu löschen, bevor es größeren Schaden anrichten konnte. Wir hatten den Bau gerade erst fertiggestellt, und meine Mutter stand kurz vor der Eröffnung. Mein Vater hat alles eigenhändig wieder in Stand gesetzt, und einen Monat später konnte meine Mutter eröffnen. Wir haben die

Unterkunft so genannt, damit wir das nicht vergessen. Nichts hält für die Ewigkeit. Wenn man will, kann man immer wieder einen Neuanfang machen, das ist die einzige moralische Lektion, die mein Vater mir mit auf den Weg gegeben hat.«

Wow. Irgendwann muss ich wirklich mehr über diesen Vater erfahren. Aber erst einmal habe ich andere Sorgen.

»Entschuldigung angenommen«, sage ich.

Er lächelt und trinkt einen Schluck Kaffee. »Noch keine Frau, der ich je begegnet bin, hat mich derart … aus dem Konzept gebracht, Honey.«

Wenn er mit diesem Spitznamen weitermacht, muss ich ihm wohl mit seinem Honig das Maul stopfen.

»Das trifft sich gut«, erwidere ich. »Ich bin nicht gern wie alle anderen. Allerdings können Sie noch nicht viele Frauen getroffen haben, die Sie aus dem Konzept gebracht haben, wie Sie es nennen, sie haben Ihnen sicher alle aus der Hand gefressen.«

»Das könnte man wohl so sagen. Alle, die sich mir genähert haben, hatten ein bestimmtes Ziel vor Augen.«

»Sie ins Bett zu kriegen?«

Beinahe verschluckt er sich an seinem Kaffee. »Genau.«

»Wie diese Carla?«

»Sie haben gut mitgeschrieben.«

»Immer. Das gehört zu den Grundlagen des Geschäfts.«

»Ja, Carla gehört zu denen, die einem ständig das Netzwerk anzapfen, die Freunde absaugen und einen dann verlassen, wenn sie alles bekommen haben, was sie wollten.«

Ich muss lachen. »Sie sind noch nicht wieder ganz firm in Ihrer Muttersprache«, necke ich ihn. »Bei absaugen muss ich automatisch an Fett denken.«

»Vielleicht hätte ich lieber blasen sagen sollen. Das hat sie bei meinen Freunden nämlich auch gemacht.«

»Oh!« Ich setze eine schockierte Miene auf. Wir lachen, und die Atmosphäre zwischen uns entspannt sich. Ich räume das Geschirr ins Spülbecken, und während ich abwasche, schnappt er sich ein Geschirrtuch und trocknet ab.

»Okay, Boss«, sagt er zu mir, als wir fertig sind, »was steht heute auf dem Programm? Ich glaube übrigens, es ist an der Zeit, dass wir zum Du übergehen. Einverstanden?«

»Na also, es geht doch! Und einverstanden. Ich finde es großartig, wenn du so mit mir redest.«

Und weil er mir doch ein wenig Angst eingejagt hat und ich wohl ein bisschen masochistisch veranlagt bin, teste ich aus, wie weit ich gehen kann. »Heute Vormittag kümmere ich mich ausschließlich um die Website, und heute Nachmittag machen wir gemeinsam eine Begehung und protokollieren, was funktioniert und was repariert werden muss. Aber vorher gehe ich duschen, und du …«

Ich halte inne. Ich wringe den Spülschwamm aus, nehme Hugo das Geschirrtuch aus der Hand, um mir die Hände abzutrocknen, und mache Anstalten, die Küche zu verlassen.

»Was soll ich machen?«, hakt Hugo nach.

Ich bin schon aus der Tür, als ich rufe: »Du holst dir die Heckenschere!«

»Was?«, höre ich ihn hinter mir. »Aber wir haben doch gar nichts, was beschnitten werden muss!«

Dann scheint er zu begreifen, denn gerade als ich die Tür zu meinem Zimmer zuklappe, höre ich etwas, das in etwa so klingt wie *bitch*.

Der restliche Vormittag ist entspannter für mich, denn Hugo ist weggefahren. Ob er meinem Rat gefolgt ist und zum Friseur geht? Wenn ich ehrlich bin, habe ich ihm hauptsächlich aus Neugier ans Herz gelegt, den Bart loszuwerden; um einen guten Eindruck auf die Kundschaft zu machen, müsste er sich nicht rasieren. Schließlich verleiht der Bart ihm Lokalkolorit und etwas von einem echten Bergbewohner. Vielleicht wäre er sogar gut fürs Geschäft. Ich muss vor mich hin lachen. Ach, habe ich nicht auch ein Anrecht auf ein wenig Unterhaltung? Sicher, ich bin aus vollkommen freien Stücken hier, aber trotzdem werde ich unentgeltlich für diesen Zerberus schuften. Da darf ich mich doch sicher ein wenig amüsieren!

Es ist elf Uhr, für das Mittagessen habe ich eine Lasagne geplant, in einer halben Stunde lege ich los. In der Zwischenzeit werde ich mich ein wenig umschauen.

Dort ist mein Zimmer, dann das Zimmer des ungehobelten Kerls mit einem Bad daneben. Was übrigens recht seltsam ist. Es muss doch noch andere Badezimmer geben, die nicht an sein Zimmer angeschlossen sind. Wo duschen denn die Gäste? Ich vermute, dass Hugo das Zimmer seiner Mutter übernommen hat. Es ist der reinste Saustall, überall liegen Kleider auf dem Boden verteilt. Ich muss mich zurückhalten, um nicht aufzuräumen, das wäre womöglich zu viel für ihn. Sieh an, Hugo hat einen Fernseher. Gut zu wissen, im Esszimmer habe ich nämlich noch keinen entdeckt. Dann gibt es zwischen meinem und seinem Zimmer noch fünf gleich große Zimmer mit je einem Doppelbett und einem Stockbett. Ideal für Familien. Am Ende des Flurs liegt noch die Kammer, die ich in ein Büro verwandelt habe, und eine Toilette.

Im ersten Stock finde ich nochmals vier Zimmer für je bis zu vier Personen. Das macht also neun Zimmer. Eine Toilette gibt es ebenfalls, aber so kommen wir nur auf zwei für alle Gäste, das ist eher unglücklich. Nur Hugo hat ein Bad, das von seinem Zimmer abgeht.

Am Ende des Flurs entdecke ich eine Treppe, die nach unten führt. Ich gehe hinunter und lande in einem wunderschönen Raum, der eine Art Kinosaal sein muss. Es gibt einen riesigen Fernseher, der noch nicht alt sein kann, einen Billardtisch und einen Kicker. Ausgezeichnet! Ich liebe Billard. Beim Tischfußball dagegen bin ich eine Niete. Vielleicht ist das hier die Gelegenheit, es zu lernen.

Als Nächstes drücke ich eine Tür auf, hinter der sich ein riesiger Saal befindet, in dem nichts als ein Tisch mit Stühlen für an die vierzig Personen steht. Oben im vorderen Wohnzimmer stehen zwei riesige Sofas und zwei Sessel vor dem Kamin, und im Esszimmer, das an die Küche grenzt, finden etwa zwanzig Personen an einem Tisch Platz. Dann wäre da noch der Tisch in der Küche selbst, an den zehn Leute passen. Das kann sich sehen lassen! Wenn man die Zimmer komplett belegt, können fast vierzig Gäste hier übernachten, und sogar noch mehr können hier verpflegt werden. Ah, noch eine Toilette gibt es hier unten auch. Sehr gut, das macht somit drei. Allerdings löst das immer noch nicht das Problem mit den Bädern.

Weiter hinten sehe ich eine weitere Tür und frage mich, ob es dahinter noch einen Raum gibt … oder vielleicht die Bäder? Dummerweise lässt sie sich nicht öffnen. Mir fällt ein, dass ich gestern, als wir vom Einkaufen wiedergekommen sind und ich das Gelände nach den Hunden abgesucht habe, auf der rechten Seite des Hauses, die etwas tiefer liegt, eine Tür gesehen habe. Wenn man vor dem Haus steht, geht es zur Eingangstür im Erdgeschoss eine Stufe hoch, aber das Gebäude steht am Hang, sodass es an der Seite tiefer liegt, man kann also aus den Zimmern dort im Untergeschoss durch diese verschlossene Tür nach draußen gelangen. Sie führt wohl zu den Parkplätzen. Ich muss nach oben und nach draußen gehen, damit ich einmal um das Haus gehen kann, um meine Theorie zu bestätigen. Vielleicht ist die Außentür ja nicht verschlossen.

Fest entschlossen, die versteckten Duschen zu finden, gehe ich nach oben, ziehe meinen neuen Daunenmantel an – ich liebe ihn! – und marschiere in Gedanken versunken hinaus.

Die kalte Luft überrascht mich etwas, aber es tut gut, rauszukommen, nachdem ich den ganzen Morgen vor dem Computer gehockt habe. Ich gehe am Haus entlang und den kleinen Hang hinunter, und meine Theorie bestätigt sich: Dort ist die Tür. Gerade will ich jubeln, als ich ein lautes Hecheln hinter mir höre und vor Schreck erstarre. Verdammt! Ich habe die Wölfe komplett vergessen! Das Blut gefriert mir in den Adern, und ich fürchte, ich werde gleich ohnmächtig. Ohne mich umzudrehen, nehme ich alle meine Kräfte zusammen, renne los und bete dabei, dass die Tür nicht abgeschlossen ist. Sie ist offen. Uff! Ich stürze in den Raum dahinter und schlage die Tür hinter mir zu. Auf der anderen Seite kann ich die Hunde hören. Sie machen keinen besonders angriffslustigen Eindruck auf mich. Kein angsteinflößendes Gebell, einfach nur zwei Hunde, die vermutlich gerannt sind und nun auf lautstarke und widerwärtige Weise wieder zu Atem kommen, indem sie die Zunge heraushängen lassen, dass der Speichel tropft.

Ich warte ein paar Minuten ab, bis mein Puls sich beruhigt, und drehe mich schließlich um, um herauszufinden, wo ich mich befinde. Aha! Das Rätsel ist gelöst. Ich stehe in einer Waschküche mit Waschmaschine und Wäschetrockner. Halleluja! Wir machen hier also kein Remake von *Unsere kleine Farm.* Auf der anderen Seite der Waschküche befindet sich die nächste Tür, und als ich sie aufmache, stehe ich vor – ich zähle: acht Duschen. Merkwürdig. Man könnte meinen, das Haus sei ursprünglich als Ferienlager konzipiert worden. Ich muss Hugo danach fragen. Ganz hinten finde ich die Tür, auf deren anderer Seite ich vorhin gestanden habe, doch sie ist … zugemauert. Das ist wirklich unsinnig. Es bedeutet, dass die Gäste erst nach draußen gehen müssen, um zu den Duschen zu gelangen. Völlig undenkbar. Das muss behoben werden, und zwar schleunigst. Nun gut, was mir in diesem Augenblick aber größere Sorgen macht, ist die Frage, wie ich unbeschadet hier raus- und wieder ins Haus komme. Ich will schließlich nicht darauf warten müssen, dass Mr. Honey zurückkommt. Außerdem ist er schon ganz schön lange weg. Hat er sich etwa ein Flugticket in die Staaten gekauft?

»Claire Stanlais. Verhungert in einer Waschküche. Sie wartete darauf, dass die Wolfshunde abziehen.« Erbärmlich.

Ich presse ein Ohr an die Tür … Nichts. Sind sie abgedampft, oder ist das nur eine List, um ihrer Beute aufzulauern? Ich bin sicher, dass Hunde nicht auf den Kopf gefallen sind. Nicht weil sie einen Ball oder ein Stöckchen holen können, sondern weil sie heimlich ein Komplott schmieden, um eines Tages die Menschheit auszulöschen und die Weltherrschaft an sich zu reißen. Wobei sie sich dabei vielleicht sogar besser machen würden als wir …

Gut, ich bin jetzt wahrscheinlich zehn Minuten hier drin. Wie dumm von mir, dass ich mein Handy nicht mitgenommen habe! Es liegt brav auf meinem Nachttisch und lädt … Sehr nützlich!

»Claire, du bist zu impulsiv!« Das hatte Mme Tequel, meine Schulleiterin, stets zu mir gesagt. Daher muss auch meine Abneigung gegen Hunde stammen. Tequel wie Dackel.

»Du bist impulsiv und dumm und unkontrollierbar. Ich weiß wahrhaftig nicht, was du einmal für einen Beruf ergreifen sollst!«

Tja, ich habe aber einen gefunden, Frau Dackel. Und ich führe ein gutes Leben. Ein sehr gutes sogar. Na ja, bis auf die Sache mit der abgeblasenen Hochzeit. Da ist mir wohl jemand begegnet, der noch impulsiver war als ich.

Das ist doch albern. Ich muss hier raus. Vorhin habe ich, glaube ich, auch einen Wagen vorfahren hören, aber ich bin mir nicht sicher. Um Hilfe rufen kann ich nicht, das würde zwangsläufig die Biester anlocken.

»Komm schon, Claire, tief durchatmen.«

Ich öffne die Tür einen Spalt und zwinge mich, die Augen nicht zuzukneifen und einen Blick nach draußen zu werfen. Nichts. Okay. Auf keinen Fall nachdenken, auf keinen Fall nachdenken … und los!

Wie eine Wilde sprinte ich aus der Tür, und mein Herz hämmert so laut in meiner Brust, dass es die Hunde bestimmt aufhetzt. Ich renne einfach drauflos, den Weg habe ich in meinem Kopf abgespeichert, aber die Augen halte ich geschlossen. Wenn ich die Hunde sehe, falle ich auf jeden Fall in Ohnmacht, und dann können sie mich in aller Seelenruhe in Stücke reißen. Kurz muss ich die Augen öffnen, damit ich die Kurve ums Haus nicht verfehle, doch kaum habe ich ein wenig Tageslicht erblickt, baut sich auch schon eine Mauer vor mir auf, und dann spüre ich nichts mehr. Ich habe lediglich noch Zeit, mir zu sagen, dass das hier das Ende ist.

Mir brummt der Schädel. Ich spüre etwas Feuchtes auf meiner Stirn und taste danach. Es fühlt sich seltsam an. Meine Güte! Mir fällt alles wieder ein. Die Hunde! Ich liege auf dem Boden, und was ich da spüre, ist ihre Zunge! Sie werden mich zerfleischen. Mit einem Ruck setze ich mich auf, aber eine Hand hält mich zurück.

»Sachte, Claire, sachte, es ist alles in Ordnung. Ruh dich aus.«

Dann fassen mich zwei Hände an den Schultern und drücken mich sanft wieder in eine Liegeposition. Ich befinde mich auf dem Sofa im Wohnzimmer, und das feuchte Etwas auf meiner Stirn ist ein Waschlappen. Ich blicke mich um, um herauszufinden, wer da mit mir geredet hat, und entdecke einen unheimlich gut aussehenden Typen. Irgendwo habe ich ihn schon mal gesehen, nur wo? Ein markanter Kiefer, perfekt geschwungene Lippen, ein Lächeln, das schöne gerade Zähne entblößt, leichte Grübchen in den Wangen, tiefblaue Augen, zerzauste, aber gepflegte braune Haare und … Moment mal! Blaue Augen? Ein markanter Kiefer?

»Hugo?«

»Ja, ich bin hier. Du hast einen ziemlichen Schlag an den Kopf abbekommen, aber Mickaël meint, das wird schon wieder. Du hast uns einen ganz schönen Schrecken eingejagt! Mickaël hat sich gefragt, was dich dazu getrieben hat, gegen die Mauer zu rennen. Es tut mir leid, ich habe ihm erklärt, dass du eine Hundephobie hast, und …«

»Die Hunde? Oh mein Gott!«

»Du hattest nichts zu befürchten.«

Da ich mich wieder aufgesetzt habe, schiebt er mir etwas ungeschickt ein Kissen in den Rücken, damit ich aufrecht sitzen bleiben kann, was mir auch lieber ist.

»Wer ist Mickaël?«, will ich wissen.

»Das bin ich«, ertönt eine schöne dunkle Stimme. Ein großer dunkelhaariger Mann, der auf den ersten Blick sympathisch wirkt, lächelt mich an. »Freut mich. Ich bin Mickaël, einer der beiden Dorfärzte.«

»Freut mich ebenfalls. Claire.«

Er gibt mir die Hand, und seine weiche Haut fühlt sich gut an. Je mehr er sich mir nähert, umso besser gefällt er mir. Große braune Augen, breite Schultern, die jedoch nicht zu wuchtig wirken, und das Lächeln eines Charmeurs, wie er im Buche steht.

»Sie haben mir also das Leben gerettet?«, will ich wissen.

Er lächelt mich wieder charmant an. »Genau genommen musste ich kein Leben retten«, erklärt er mir in bedächtigem Tonfall. »Ihre Verletzung ist nur oberflächlich. Aber es hat Sie ziemlich umgehauen. Und was die Rettung angeht: Hugo war derjenige, der Sie aus der Eiseskälte nach drinnen getragen hat, bevor Sie erfroren sind.«

Ich sehe Hugo an, der die Augenbrauen hochzieht. »So langsam wird es zur Gewohnheit, dass ich dich im Garten einsammeln muss«, bemerkt er. »Egal ob du nun gerade wild herumirrst oder auf der Erde liegst. Ich glaube, Arthur und Hector werden sich nur schwer von ihrem Schock erholen.«

»Wie bitte?« Ich fühle mich wieder komplett hergestellt und nehme den Waschlappen von der Stirn. Wütend funkele ich Hugo an. »Hast du mit den Monstern etwa auch noch Mitleid?«, fauche ich.

Mickaël sieht uns an und lacht. »Nadia hat mir schon erzählt, dass du Besuch hast, Hugo. Ich freue mich, dass wir uns jetzt schon kennenlernen. Auch wenn die Umstände mir leidtun.«

»Danke, dass du so schnell herkommen konntest«, entgegnet Hugo. »Zum Glück hat die Saison noch nicht angefangen, sonst hättest du wohl keine Zeit gehabt. Komm, ich bringe dich noch raus.«

Sie kennen sich also. Natürlich, sie sind ja auch etwa im gleichen Alter. Dann machen wir doch damit weiter, der Herberge ein Image tiefster Gastfreundschaft zu verpassen.

»Mickaël«, setze ich an, »wir veranstalten morgen ein Abendessen mit ein paar Leuten aus dem Ort. Wir würden uns freuen, wenn Sie auch dabei sein könnten!«

Ich bemerke, wie Hugo sich augenblicklich verkrampft, und auch Mickaël scheint die Situation unangenehm zu sein. Mist, sie stehen sich wohl doch nicht so nahe, wie ich dachte …

»Das ist nett, aber ich möchte ja nicht … ich meine, Sie …«, stammelt Mickaël.

Er scheint sich immer unwohler zu fühlen. Da muss ich es jetzt wohl drauf ankommen lassen. Ich kann es nicht ertragen, wenn man mir widersteht.

»Nadia kommt auch.«

»Ach ja?«, fragt Mickaël nun wieder viel entspannter.

Soso, eine interessante Reaktion.

»Kommen Sie! Ich bin eine ausgezeichnete Köchin, aber ich muss meine Gerichte noch testen, bevor ich sie zahlenden Gästen vorsetzen kann. Und dazu brauche ich Ihre Meinung, Herr Doktor, und das nächste Mal fällt auch niemand in Ohnmacht, versprochen. Hugo und ich kümmern uns um alles.«

»Na, wenn Hugo sich um alles kümmert, dann komme ich schon deshalb, um mir das anzuschauen!«

Letzterer brummt etwas vor sich hin, sicherlich auf Englisch, und die Verabredung für morgen Abend um neunzehn Uhr steht.

Als Mickaël sich verabschiedet hat, versuche ich aufzustehen, aber mir wird schwindelig, und beinahe wäre ich sofort wieder aufs Sofa zurückgeplumpst. Hugo fängt mich jedoch rechtzeitig auf.

»Hoppla, immer schön langsam, Honey. Der Arzt hat gesagt, dass du einen kleinen Schock erlitten hast und dich heute schonen musst. Das fängt ja gut an mit deiner Tatkraft!«

Er sagt es im Scherz, aber es ärgert mich trotzdem. Um mich nicht von ihm zurück aufs Sofa setzen zu lassen, klammere ich mich an seinem Hemd fest.

»Sag mal, du hast dich aber ganz schön verändert!«, bemerke ich. »Wer hat denn das Biest geküsst, um es zu erlösen?«

Dann breche ich in Lachen aus. Also wirklich! Man könnte meinen, dass mein Unfall auf mich die gleiche Wirkung hat wie zu viel Alkohol. Ich muss wohl aufpassen.

»Niemand«, antwortet er. »Eine hysterische Frau hat mich heute Morgen angeschrien, da habe ich Angst bekommen und gehorcht.«

»Wow, das ist ja super! Die muss ich mal um Rat fragen, sie hat es offenbar drauf.«

Daraufhin versucht Hugo wieder, mich zum Hinsetzen zu bewegen, aber ich wehre mich. »Lass mich in die Küche«, befehle ich ihm. »Ich habe jede Menge zu tun.«

Ich sehe ihm an, wie er mich innerlich verflucht. »Ich denke mal, so starrköpfig wie du bist, hält eine Beule dich wohl nicht auf«, bemerkt er. »Ich vermute, es bringt nichts, wenn ich frage, was eigentlich passiert ist? Mickaël hat mich angesehen, als hätte ich dich vermöbelt. Dank dir gelte ich jetzt als gewalttätig, ich bin nicht sicher, ob das besonders gute Werbung ist.«

»Das ist doch Unsinn. Der Arzt scheint doch reizend zu sein. Und charmant noch dazu.«

»Mag sein. Wenn man drauf steht.«

Ich versuche, diese kryptische Bemerkung zu entschlüsseln, und starre sein Gesicht an. Daran muss ich mich wirklich noch gewöhnen! Es ist, als würde ein anderer Mann vor mir stehen. Er hat sich die hellbraunen Haare gar nicht so sehr kürzen lassen, aber sie haben wieder einen Schnitt, im Nacken sind sie kurz, aber oben sind sie gerade so lang und zerzaust, wie es sein muss. Sein kantiger Kiefer kommt besser zur Geltung, ohne dabei zu hart zu wirken, sondern eher … sinnlich, genau, so würde ich es nennen. Auch seine Nase macht jetzt etwas her. Er hat sicherlich ein wenig einstecken müssen, vielleicht war sie auch mal gebrochen, aber das verleiht ihm nur noch mehr Charme. Mir kommt es vor, als würde ich ihn zum ersten Mal sehen.

»Was?«, fragt er, als er mich ansieht.

Verdammt! Ich mustere ihn wohl ein wenig zu ausgiebig.

»Nichts, ich versuche, mich an dein neues Aussehen zu gewöhnen«, entgegne ich, während ich in Richtung Küche gehe. »Warum reagierst du eigentlich so, wenn Mickaël zur

Sprache kommt? Seid ihr nicht befreundet? Ihr seid doch im gleichen Alter.«

Er geht an mir vorbei und füllt den Wasserkocher. Das wird wohl mal wieder ein Tee. Ich glaube, wenn dieser Mann nicht weiß, was er tun soll, setzt er Tee auf. Das passt nicht so ganz zu einem Profi-Eishockeyspieler, aber gut, er steckt voller Überraschungen.

»Wir kennen uns, mehr nicht«, erklärt er.

»Das war etwas mager.«

Er schaltet den Wasserkocher ein, dreht sich zu mir um und sieht mich mit einem amüsierten Gesichtsausdruck an. »Etwas mager?«

»Egal, das war nur ein Zitat.«

Ich habe es aus reinem Reflex gesagt, es stammt aus meinem Lieblingsbuch, *Cyrano de Bergerac* von Edmond Rostand. So beginnt Cyrano im Stück seinen Nasenmonolog, nachdem der Vicomte sich über seine Nase lustig gemacht hat und er nicht so recht weiß, was er sagen soll.

Ich will gerade zwei Teebeutel hervorholen, da höre ich Hugo hinter mir: *»Fällt Ihnen nichts mehr ein? Mir vielerlei. Und auch die Tonart lässt sich variieren.«*

Ich schnelle herum und starre ihn erstaunt an: »Du kennst *Cyrano*?«

»Na, wunderbar, vielen Dank. Was für ein Klischee: der ungebildete Sportler. Das wird ja immer besser mit dir.«

Damit nimmt er den Wasserkocher, gießt das kochende Wasser in die beiden Tassen, schnappt sich eine und verlässt die Küche.

Mist, jetzt habe ich ihn beleidigt. Er ist aber auch wirklich unmöglich! Bedrohlich und empfindlich zugleich.

Ich nehme meine Tasse und die Teebeutel und geselle mich im Wohnzimmer zu ihm. Dort gebe ich ihm einen der Teebeutel. »Hier, damit schmeckt es besser. Es sei denn, dir ist heißes Wasser lieber. Dir gefällt also *Cyrano*?«

»Ich war in der Schule ziemlich gut in Französisch, und ich habe Literatur studiert, bevor ich mich ganz auf den Sport konzentriert habe. In den USA war einer der wenigen Filme, die ich auf Französisch dabeihatte, *Cyrano* mit Depardieu.«

»Das erklärt es. Aber du musst schon zugeben, es ist ungewöhnlich, dass ein Mann diesen Film mag. Es ist mein Lieblingsfilm. Ich habe ihn bestimmt dreißig Mal gesehen.«

»Ich bin sicher, ich kann dich übertrumpfen.«

»Unmöglich! Mich kann man bei *Cyrano* gar nicht übertrumpfen.«

»Wie du willst: *Ausfallend: ›Trüg' ich diese Nasenmasse, ich ließe sie sofort mir amputieren‹*«, fängt er mit ausladenden Gesten an vorzutragen.

Weil ich mir das nicht bieten lassen kann, nehme ich ihm seine Tasse aus der Hand und führe in theatralischem Tonfall fort: *»Freundlich: ›Trinkt sie nicht mit aus Ihrer Tasse? Aus Humpen schlürfen sollten Sie die Suppe.‹«*

»Beschreibend: ›Felsgeklüfte, Berg und Tal, ein Kap, ein Vorland, eine Inselgruppe.‹«

»Pff! Die Stelle kennt doch jeder«, murmele ich grantig.

Mit verschränkten Armen und erhobenem Kinn mache ich weiter: *»Neugierig: ›Was ist in dem Futteral? Ein Schreibzeug oder eine Zuckerzange?‹«* Ich trete einen Schritt auf ihn zu und tippe ihm mit dem Finger auf die Nasenspitze.

Er bleibt ungerührt, weicht einen Schritt zurück, ohne mich aus den Augen zu lassen, und spricht weiter: *»Anmutig:*

›Sind Sie Vogelfreund, mein Bester, und sorgten väterlich mit dieser Stange für einen Halt zum Bau der Schwalbennester?‹«

Verdammt, mir fällt die nächste Zeile nicht ein. Dieser Typ ist gut. Das ist genau die Stelle, an die ich mich noch nie erinnern konnte. Er spürt, dass ich nicht weiterweiß, und kommt lächelnd auf mich zu: »*Zudringlich: ›Wenn Sie Tabak rauchen und ihr der Dampf entsteigt zum Firmament, schreit dann die Nachbarschaft nicht laut: Es brennt?‹* Tja, Honey, da sind wir wohl steckengeblieben, was? Ich schätze, du musst dir mal wieder deine Klassiker vornehmen, besonders textsicher bist du nicht.«

Damit lächelt er und wendet sich ab.

Auf keinen Fall behält er das letzte Wort!

»Du hast recht, tut mir leid! Du hast es bestimmt leichter, weil du ihn auswendig gelernt hast, um dich gegen die anderen Kinder zu verteidigen, wenn die sich über dich lustig gemacht haben.«

Er schnellt herum. Hihi, das hat ihm nicht gefallen.

»Warum sollten sie sich denn über mich lustig gemacht haben?«

»Du hast eine sehr … sehr lange Nase.«

Mein Gott, ich führe mich lächerlich auf. Ich habe ihm genau das entgegengeworfen, was der Vicomte zu Cyrano sagt, als er ihn provozieren will. Daher auch der flammende Monolog Cyranos, in dem er aufzählt, auf welche unterschiedlichen Arten der Vicomte seine Nase hätte kritisieren können.

»Ja, ich weiß«, sage ich kleinlaut. »Wir fangen nicht noch einmal von vorne an. Aber deine Nase ist ja tatsächlich …«

»Gebrochen?«

»Ah, genau, das dachte ich mir doch!«

»Ich bin Eishockeyspieler, Miss, da geht schon mal was zu Bruch. Bis jetzt hat das aber noch keine Frau gestört. Ganz im Gegenteil, die meisten finden es verwegen.«

»Na ja, wenn man auf Schlägervisagen steht. Deine Exfreundinnen müssen ja schräg drauf gewesen sein.«

»Nein, in der Regel waren es Topmodels.«

»Angeber!«

»Chaotin!«

»Aufschneider!«

Mit jeder Beleidigung bewegen wir uns einen Schritt weiter aufeinander zu.

»Quälgeist!«

»Berserker!«

Er steht direkt vor mir und blickt auf mich herab. Bei unserem Größenunterschied ist das zwar immer noch eine relativ große Entfernung, aber noch ein Schritt, und er zerquetscht mir die Füße. Besonders gut finde ich das nicht.

»Ich gebe mich geschlagen«, sagt er.

»Da bin ich aber sprachlos. Darf ich das schriftlich festhalten?«

»Dass du sprachlos bist?«, wirft er mir über die Schulter zu, als er sich abwendet. »Nur zu.«

»Nein, dass ich gewonnen habe.«

Er dreht sich um. »Du hast aber nicht gewonnen. Das war ein Unentschieden. Beim Monolog habe ich besser abgeschnitten als du.«

»Wir sind ja nur eine einzige Szene durchgegangen, und das nicht einmal vollständig. Ich war noch nicht aufgewärmt.«

»Na, ich kann es kaum erwarten, dich aufgewärmt zu erleben.«

»Das, Monsieur, wirst du niemals«, schleudere ich ihm gespielt entrüstet entgegen.

»Das, meine Hübsche, werden wir ja noch sehen.«

»Ich wurde vor dem Altar stehen gelassen!«

»Ganz genau, es ist Zeit, dass du darüber hinwegkommst.«

»Es ist drei Tage her!«

»Okay, da hast du natürlich recht.«

Als ich mich gerade wieder in Richtung Küche aufmachen will – schließlich müssen wir ja etwas essen, es ist schon nach dreizehn Uhr –, höre ich ihn hinter mir deklamieren: *»… damit ich nicht in der Todesstunde innewürde, dass ich gar nicht gelebt hatte.«*

Ich wirbele herum. »Ich glaube, ich träume! Jetzt zitierst du auch noch aus *Club der toten Dichter*? Wer hat dich beauftragt? Mein Ex?«

»Warum sollte er das tun? Damit ich dich verführe und er kein schlechtes Gewissen mehr haben muss, dass er dich sitzengelassen hat?«

»Genau!«

»Nein, tut mir leid. Wir können nur dieselben Filme zitieren. Wunderbar, was? Wer hätte das gedacht? Ich kann dich aber beruhigen, ich hab nur die zwei auf Lager. Meine Cousine Marlène war absoluter Fan, als wir Jugendliche waren, und ich musste ihn in Endlosschleife mit ihr anschauen. Inzwischen hat sich mein Geschmack geändert.«

»Lass mich raten: *Rambo* und *Fast and Furious*.«

»Ganz genau! Beziehungsweise, *Rambo* nicht, dafür war ich noch zu jung, bis auf den, der erst kürzlich rauskam, aber von *Fast and Furious* habe ich alle gesehen.«

»Wie bedauerlich. Da sieht man mal wieder, wie man mit

dem Alter Neuronen verlieren kann. Oder es liegt an den Schlägen auf die Nase. Schön, dass du nicht fehlerlos bist«, bemerke ich noch, während ich wieder in die Küche gehe.

Ich hole alle Zutaten für eine Carbonara hervor, es ist schon spät geworden und das geht schneller als eine Lasagne. Da kommt Hugo mir lächelnd nach.

»Das heißt also, es gibt auch gute Seiten an mir?«, will er wissen.

»Wie bitte?«

»Wenn du sagst, es sei schön, dass ich nicht fehlerlos bin. Hab ich es doch gewusst, du erliegst meinem Charme.«

»Na, na, na, bring da mal nichts durcheinander. Mich hat bloß der *Cyrano* kurzzeitig in die Irre geführt. Du bist und bleibst ein brachialer Bär mit zwei gefährlichen Wolfshunden.«

»Auch gut«, sagt er und stibitzt ein Stück Brot.

Doch als er sich gerade wieder davonmachen will, bemerke ich: »Aber ich lasse dich nicht kalt.«

»Du mich? Nicht kalt lassen?«, wiederholt er und verschluckt sich dabei fast.

»Du hast gesagt, du könntest es nicht erwarten, mich zu erleben, wenn ich aufgewärmt bin.«

»Ach so, das ... Früher oder später bekommt jede Frau Lust ... Reine Gewohnheit.«

Und als ich ihm gerade das Geschirrtuch hinterherwerfen will, schnappt er sich noch ein Stück Brot vom Tisch und flitzt aus der Küche.

Dritter Tag nach Ankunft des kleinen blonden Dings.

Gut, sie nervt mich immer noch genauso. Am schlimmsten ist aber, dass ich heute Nacht von ihr geträumt habe. Zumindest glaube ich, dass sie das war. Immerhin war es ausnahmsweise mal kein wirrer Albtraum von meiner Mutter, die krank im Bett liegt und leidet, von meinem Vater, der mit dem Finger auf mich zeigt und mich als unfähig beschimpft, oder Marlène, die alles hinschmeißt und abdampft. Nein, mein Traum heute Nacht war ganz anderer Natur, und meine Familie kam nicht darin vor. Ich hatte eine Erektion – morgens beim Aufwachen, klar –, aber ich glaube, dass der Traum auch damit zu tun gehabt haben könnte. Ausgerechnet jetzt, verdammt! Ich habe einen irrsinnigen Tag vor mir mit allem, was Claire mir an Reparaturen aufgetragen hat. Und heute Abend stehen dann Nadia, Patrick und, man glaubt es kaum, Mickaël vor der Tür. Es ist also ein wahrhaft ungünstiger Zeitpunkt, um den Tag mit einem Ständer zu beginnen, der mich daran hindert, auch nur drei Schritte zu gehen. Mir bleibt wohl nichts anderes übrig, als mich unter die kalte Dusche zu stellen. Seit vier Monaten war ich mit keiner Frau zusammen, das ist viel zu lange für mich.

Schließlich gehe ich in die Küche, trotz der kalten Dusche kaum in besserer Verfassung. Ich muss unbedingt eine Lösung für den Heizkessel finden. Und dafür sorgen, dass ich mich nicht mehr allein um meine Bedürfnisse kümmern muss. Mir ist es eindeutig lieber, wenn eine Frau das übernimmt. Dass Claire hier wohnt, wird mir das Leben allerdings nicht erleichtern. Wenn ich bei Verstand bleiben will, muss ich mich so weit wie möglich von diesem Orkan entfernt halten. In zwei Wochen ist sie wieder weg, das geht ja noch, das halte ich aus. Zumindest, wenn ich solche Situationen wie gestern vermeide. Als ich sie bewusstlos draußen fand, musste ich sie ins Haus tragen, und sie in meinen Armen zu halten hat Einiges in mir ausgelöst. Sie hat sich verdammt gut angefühlt. Als ich sie dann dazu bringen wollte, dass sie sich nach dem Mittagessen hinlegt, hat sie das als Sexismus aufgefasst und sich geweigert. Das hat natürlich dazu geführt, dass sie eine Stunde später umgekippt ist. Also musste ich sie wieder hochheben, um sie in ihr Zimmer zu tragen und ins Bett zu legen. Und wieder hat mein Körper mich verraten … Ich hätte mich ohne Weiteres mit zu ihr ins Bett legen können. Ich kann nichts dafür! Sie hat einen wunderschönen Körper. Als ich sie am ersten Tag in meinem Pulli gesehen habe und erahnen konnte, was sich darunter verbirgt, und als sie dann auf dem Sessel auch noch tiefe Einblicke darunter gewährt hat … Wie soll man sich da nicht irgendwelchen Fantasien hingeben? Aber gut, es gibt genügend andere Frauen. Diese hier reist bald ab. Außerdem hat sie unzählige Probleme und wurde gerade verlassen, und das bedeutet, dass sie psychisch labil ist, auch wenn sie den Anschein so gar nicht erweckt. Ich werde mir etwas anderes überlegen müssen, um mein Verlangen zu stillen. Nicht Nadia. Das kann ich ihr nicht antun. Obwohl wir noch sehr jung waren, als wir uns getrennt haben, weiß ich, dass sie der Typ Frau ist, der sich schnell bindet. Zu schnell. Die kleine Blonde hier allerdings auch. Aber ich muss zugeben, dass mir unser Schlagabtausch und die etwas grenzwertigen Provokationen gestern viel Spaß gemacht haben.

Stopp! Was rede ich da? Finger weg, Hugo.

Heute Vormittag habe ich einen Termin bei meiner neuen Physiotherapeutin, das heißt, ich kann mich zwischendurch vom Acker machen, und es wird mich auf andere Gedanken bringen.

Als ich in die Küche komme, sehe ich als Erstes … Claires Hintern! Sie trägt eine Jeans, die ihr wirklich ausgesprochen gut steht. Auf allen vieren hockt sie auf dem Boden und wühlt hinten in einem Schrank, den Po in einer höchst zweideutigen Position in die Höhe gestreckt.

»Verdammt!« Ich bin reif für die zweite kalte Dusche.

»Was?« Sie will sich aufrichten und stößt sich dabei den Kopf. »Autsch!«

»Das grenzt ja schon an eine Manie bei dir.«

»Das ist allein deine Schuld. Andauernd erschreckst du mich.« Sie steht auf und reibt sich den Kopf. »Bist du fertig im Bad, kann ich jetzt duschen?«

Ohne zu antworten schenke ich mir eine Tasse vom Kaffee ein, den sie gekocht hat. »Stehst du immer so früh auf?«, frage ich stattdessen.

»Nein, das muss an der Bergluft liegen. In Paris schlafe ich am Wochenende problemlos bis elf. Ich glaube, ich habe zu viele Sorgen, deswegen schlafe ich hier nicht so lange, und mein Körper hat sich auch noch nicht daran gewöhnt.«

»Ich verstehe, was du meinst. Bei mir ist es ähnlich.«

Sie sieht mich seltsam an. »Pass bloß auf, wir haben immer mehr Gemeinsamkeiten«, bemerkt sie dann.

»Was soll das denn heißen? Glaubst du etwa, übermorgen habe ich Angst vor meinen Hunden?«

»Haha, sehr witzig. Nein, es ist alles in Ordnung, gegen deinen Humor bin ich immun.«

»Ach, entspann dich, Honey.«

Sie verkrampft sich, ich sehe es daran, wie ihre Hände sich an die Spüle klammern, und dreht sich zu mir um. Wütend, regelrecht bedrohlich funkelt sie mich an. Und dann explodiert sie.

»Eins steht jedenfalls fest, wenn du willst, dass ich mich entspanne, hör gefälligst mit diesem lächerlichen Spitznamen auf!«

»Welcher Spitzname?«

»Ich bin nicht dein Honigtopf! Den hast du in den Staaten stehen lassen, verstanden? Ich bin Salz, oder, noch besser, Pfeffer! Auf jeden Fall ein scharfes Gewürz, kein mildes, und schon gar nicht süß wie Honig. Kapiert?«

»In Ordnung. Dann darf ich dich also Pepper nennen?«

Sie wendet den Blick zur Zimmerdecke und entgegnet nichts auf meinen Hundeblick. Ach, er funktioniert einfach jedes Mal. Ich wusste doch, dass noch nicht alles verloren ist, nur weil ich nach Frankreich zurückgekehrt bin.

Schließlich erinnere ich mich an ihre Frage. »Geh gern duschen, wenn du willst, aber wir müssen eine Lösung finden.«

»Wofür?«

»Ich habe genug davon, dass du in meinem Bad duschst.«

»Oh, du armes Prinzesschen! Hast du Angst, dass ich ein Chaos veranstalte? Es ist aber auch so aufgeräumt bei dir, da muss es wirklich anstrengend sein, wenn jemand alles durcheinanderbringt!«

»Hör auf, dich über mich lustig zu machen. Das ist mein geordnetes Chaos. Du hast innerhalb von drei Tagen alles durcheinandergebracht.«

»Ist ja gut, ich steige darüber hinweg und lasse alles schön an seinem Platz. Du hast nicht zufällig eine Matte?«

»Eine Matte? Ich war doch gerade beim Friseur.«

»Sehr witzig. Eine Sportmatte.«

»Sport?«

»Stehst du auf dem Schlauch oder machst du das mit Absicht? Ja, Sport. Es scheint dich zu überraschen, aber ich treibe Sport. Und ich habe schließlich nicht ein halbes Jahr lang für diesen Sixpack geschuftet und Radieschen geknabbert, um anschließend sofort alles wieder zuzulegen. Vermasselte Hochzeit oder nicht. Zumal ich ja jetzt wieder auf dem Markt bin.«

»Was soll das denn heißen? Das klingt ja hart.«

»Wie soll ich es denn deiner Meinung nach sagen?«

»Mit ein wenig mehr Selbstachtung zum Beispiel. Wenn du Sport treibst, dann ja wohl für dich selbst, damit du gesund bleibst und dich gut fühlst, nicht um irgendwelchen idiotischen Normen zu entsprechen und auf dem Gebrauchtwarenmarkt besser dazustehen.«

Sie sieht mich schief an, halb erstaunt, halb amüsiert. »Tja, das fing gut an, ich dachte sogar schon, dass meine Rolle als Therapeutin in diesem Hause gefährdet wäre, aber das Wörtchen ›Gebrauchtwaren‹ hat alles wieder zunichtegemacht.«

Sie stimmt nicht in mein Lachen mit ein. Dabei kann sie manchmal unfreiwillig komisch sein, finde ich.

»Und was bist du dann, wenn keine Gebrauchtware? Doch nicht etwa aus erster Hand? Oh nein … Das kann nicht wahr sein!«

In gespieltem Erstaunen und sehr dramatisch halte ich mir die Hände vor den Mund, was sie natürlich aufhorchen lässt.

Und da ich sie dabei nur stumm anblicke, fragt sie: »Was?«

»Sag jetzt nicht, dass du …«

»Dass ich was?«

»Bist du etwa noch Jungfrau? Wolltest du dich für die Ehe aufheben, um dann die Freuden der körperlichen Liebe zu entdecken?«

»Also, das ist doch …!«

Sie wirft mir ihre Schürze ins Gesicht, und mit einem letzten wutentbrannten Blick in meine Richtung stürmt sie aus der Küche. »Diplomatischer Umgang mit Frauen, die um ihre Ehe trauern: null Punkte. Ich bin schon eine ganze Weile keine Jungfrau mehr, aber mit siebenundzwanzig betrachte ich mich noch nicht als Gebrauchtware, du Idiot!«

»Oho, gehen wir jetzt bei den Kosenamen eine Stufe weiter, *doll*?«

Von weitem höre ich wieder – und diesmal ein bestimmteres – »Idiot!«.

Ich lächele und mache es mir für meinen Kaffee und mein Frühstück bequem. Die nun eingekehrte Ruhe tut gut. Doch als ich gerade den ersten genüsslichen Schluck trinke, ertönt ein Schrei im Haus, der mir das Blut in den Adern gefrieren lässt. *Shit!* Ich verschütte Kaffee auf meiner Hose. Das Adrenalin fährt durch mich hindurch, und ich springe auf und stürze zu meinem Zimmer. Was ist bloß passiert? Durch die Zimmertür höre ich Musik. Claire hat den Fernseher eingeschaltet und lässt einen Musikkanal laufen, während sie duscht. Ansonsten höre ich nichts.

»Claire? Claire? Ist alles in Ordnung?«

Keine Antwort. Der Schrei ging mir wirklich durch Mark und Bein. Hat jemand sie angegriffen? Die Hunde können es jedenfalls nicht gewesen sein. Ist jemand durchs Fenster eingestiegen? Oder hat sie sich einen Stromschlag geholt?

Da sie immer noch keine Antwort gibt und ich nicht untätig hier stehen bleiben kann, ramme ich meine Schulter gegen die Tür. Sie gibt problemlos nach, und ich sprinte zum Bad. Die Trennwand der Dusche besteht aus mehreren einzelnen Scheiben, sodass man zwar nicht klar hindurchsehen, aber doch die Formen dahinter erkennen kann, und ich entdecke eine seltsam verzerrte Gestalt auf dem Boden.

»Claire!«, schreie ich, denn ich sehe sie schon vor mir bewusstlos in der Dusche.

Mit einem Ruck richtet sie sich auf, und während das Wasser weiter auf sie herabprasselt, stellt sie sich neben die Trennwand und schaut mich an, zwar vollkommen verdattert, aber bei bester Gesundheit, und vor allem: splitterfasernackt.

»Was ist denn los?«, fragt sie besorgt.

Besorgt und … nackt.

Mein Blick bleibt an ihr hängen. Es geht gar nicht anders. Sie hat einen makellosen Körper. Ihre Brüste sind fest und wunderbar, und ihr straffer Bauch lädt geradezu dazu ein, darüberzustreicheln und die Hände weiter nach unten wandern zu lassen …

»Hugo? Was ist los?«

Auf einen Schlag, ohne dass mir Zeit bleibt, es zu begreifen, platscht mir eiskaltes Wasser ins Gesicht. Ich schreie laut auf, und Claire kreischt ebenfalls, noch lauter als ich und der immer noch auf voller Lautstärke laufende Fernseher. Dann dreht sie das Wasser ab, wickelt sich in ein Handtuch und fährt mich an.

»Kann man hier nicht mal in Ruhe unter der Dusche stehen? Was ist dein Problem?«

»Mein Problem? Du hast doch wie eine Verrückte geschrien. Ich dachte schon, du wirst vergewaltigt, oder noch schlimmer, abgeschlachtet.«

»Vergewaltigt oder abgeschlachtet?«

»Jetzt werden wir mal nicht pingelig bei der Wortwahl. Ist bei dir alles in Ordnung? Wieso hast du denn auf einmal so geschrien? Und warum hast du auf dem Boden der Dusche gehockt? Ich wäre vor Sorge beinahe gestorben! Ich habe sogar die Tür aufgebrochen.«

»Du hast die Tür aufgebrochen?«

Sie zwängt sich an mir vorbei, das Handtuch fest an sich gedrückt. Dann stößt sie einen kurzen erstickten Schrei aus und blickt mich mit aufgerissenen Augen an.

»Du bist doch völlig durchgeknallt! Ich hatte kein heißes Wasser mehr. Mich hat plötzlich ein eiskalter Wasserstrahl getroffen, da hättest du doch auch geschrien. Und ich habe mich gebückt, um mein Duschgel vom Boden aufzuheben, die Dusche ist nämlich so vollgestellt, dass ich es nirgends abstellen konnte. Aber warum hast du die Tür aufgebrochen?«

»Ich habe nach dir gerufen, mehrmals. Kein Wunder, dass du nichts gehört hast, bei der Lautstärke.«

»Das beantwortet nicht meine Frage: Warum hast du die Tür aufgebrochen?«

Sie geht an die Tür, um sich den Schaden am Türrahmen anzusehen. Nichts, was sich nicht reparieren ließe, das Schließblech wurde herausgerissen und baumelt herunter, nur das muss man ersetzen.

Als würde ich mich nicht schon lächerlich genug fühlen, fügt Claire hinzu: »Ich schließe nie ab. Hättest du nicht einfach erst ausprobieren können, ob die Tür aufgeht, Superman?«

Jetzt fühle ich mich endgültig wie der letzte Vollidiot.

»Du wolltest spannen, gib's zu!«

»Das stimmt nicht!«, empöre ich mich. »Ich wollte dich retten.«

»Wovor denn? Vor Kälterissen auf der Haut? Indem du die Tür aufbrichst und mir auf die Brüste starrst?«

»Ich habe dir nicht auf die Brüste gestarrt!«

»Oh doch, das hast du. Ich habe es genau gesehen.«

»Ach, du gehst mir auf die Nerven.«

Gerade will ich mich umdrehen, da hält sie mich zurück. »Und was soll ich jetzt machen, wenn ich nicht kalt duschen will? Wo du schon mal hier bist, kannst du mir auch helfen.«

Ich erstarre. »Beim Duschen?«

»Natürlich nicht, du Trottel! Das ist kein Angebot, um mit mir unter die Dusche zu hüpfen. Du kannst nachschauen, warum es kein Warmwasser mehr gibt.«

»Das habe ich schon, und wie du weißt, bin ich kein Klempner. Und selbst wenn du mich unter die Dusche eingeladen hättest, wäre ich nicht darauf eingegangen.«

»Aber natürlich wärst du das! Das sieht man dir doch an.«

Sie hat sich mir genähert, während sie das sagt, und meine Jeans fühlt sich auf einmal verräterisch eng an … Hoffentlich bemerkt Claire es nicht. Mit einem abschätzigen Blick mache ich ebenfalls einen Schritt auf sie zu. »Ich habe genug von kaltem Wasser. Ich hätte das Bett vorgeschlagen, nicht die Dusche.«

Kaum habe ich die Worte ausgesprochen, bereue ich sie

auch schon. Wie blöd bin ich eigentlich? Warum muss ich sie derart provozieren?

Sie errötet leicht, was mir ein Lächeln entlockt, und als sie sich von mir abwendet, rutscht ihr das Handtuch herunter und ich erhasche einen Blick auf ihren grandiosen knackigen Hintern.

»Huch!« Hastig schlingt sie das Handtuch wieder um sich.

»Ah, die Rückseite hat mir noch gefehlt. Ganz entzückend«, sage ich mit einem dümmlichen Lächeln im Gesicht.

Da landet ohne Vorwarnung eine Ohrfeige auf meiner Wange.

»Verdammt!« Ich reibe mir die Wange. Mein Gehirn hat Mühe, alles, was sich gerade abspielt, zu verarbeiten. Claire nackt zu sehen war schon eine ziemliche Verwirrung, und die Ohrfeige hat mich nun vollends aus der Fassung gebracht. Während Claire sich noch über ihre heftige Reaktion zu wundern scheint, komme ich schnell wieder zur Besinnung.

»Also gut, wenn du das nächste Mal Alarm schlägst, reagiere ich eben nicht«, schleudere ich ihr gereizt entgegen. »Ich hoffe, ich muss dir nie wieder zu Hilfe kommen, denn wenn ich dich noch einmal auf der Erde vorfinde, mit Arthur und Hector neben dir, mache ich auf dem Absatz kehrt und gehe ein Bier trinken!«

Damit stapfe ich aus dem Zimmer und schlage die Tür hinter mir zu. Weil das Schloss kaputt ist, prallt sie am Rahmen ab und schwingt wieder auf. Egal, darum kümmere ich mich später.

Im Flur schnappe ich mir meinen Mantel, und dann stapfe ich nach draußen, um eine Runde zu drehen, bevor ich zur Physiotherapie muss. Ich bin entnervt und voller Kaffeeflecken, aber vor allem bin ich verdammt erregt.

Meine Erregung lässt augenblicklich nach, als ich bei Germaine eintreffe. Sie ist Krankengymnastin und um die fünfzig und bringt etwa doppelt so viel auf die Waage. Sie ist reizend und kompetent und begreift schnell, wo mein Problem liegt, ohne dass sie sich meine Krankenakte näher anschauen muss. Was sie zu sagen hat, trifft bei mir einen Nerv, sie scheint auf der gleichen Wellenlänge zu sein wie sämtliche Spezialisten, die ich in New York aufgesucht habe. Das überrascht mich. Wer hätte gedacht, dass man nicht nur in den Staaten, sondern auch einen Katzensprung von Cambairoux entfernt jemanden wie Germaine findet!

Als sie dann aber meine Arme nach hinten zieht und mit einem Ruck meine Halswirbel lockert, komme ich schon bald ins Schwitzen. Wenn sie mich jetzt bloß nicht zerquetscht. Sie flößt mir noch mehr Respekt ein als die Mannschaft der Red Wings aus Detroit. Ich bleibe stumm und versuche, ihr nicht zu zeigen, wie viel Angst ich habe. Sie stellt fest, dass ich ziemlich verspannt bin und womöglich momentan ein paar Scherereien habe. Ach tatsächlich, Germaine?

Eine Stunde später komme ich ausgelaugt nach Hause. Meine Stimmung ist im Keller. Ob die blonde Furie wohl inzwischen bessere Laune hat? Was ist nur in mich gefahren, dass ich sie bei mir aufgenommen habe? Warum habe ich sie nicht hinausgeworfen? Warum bin ich ihr auch noch hinterhergerannt, als sie davonlief? Andere Frage: Wie komme ich aus der Sache wieder raus? Kein Warmwasser mehr, und jetzt, wo sich meine Zimmertür nicht mehr schließen lässt, nicht mal mehr Privatsphäre.

Als ich ins Haus gehe, schlägt mir ein köstlicher Duft aus der Küche entgegen. Es könnte Hühnchen sein. Ja, das ist Hühnchen, was da köchelt. Ich bemerke, was für einen Bärenhunger ich habe.

Claire steht am Herd, der Tisch ist gedeckt für zwei. Wortlos nehme ich Platz, doch da klopft mir ein Holzlöffel auf die Finger.

»Hände waschen!«

Ich atme geräuschvoll ein und stehe auf, um mir die Hände zu waschen. Und da, ich glaube, ich spinne: heißes Wasser! Verblüfft sehe ich Claire an.

»Ganz genau«, sagt sie so gelassen, als würde sie mir die Wettervorhersage durchgeben. »Ich habe den Heizkessel repariert, diesen Winter sollte er noch durchhalten. Im Frühling muss er allerdings ersetzt werden.«

Fassungslos stehe ich da, die Hände immer noch unter dem heißen Wasser. Sie hat den Heizkessel repariert? Wer ist diese Frau? Ich fange mir noch einen Klaps auf die Finger ein.

»Kein Grund, Wasser zu verschwenden.«

Ich drehe den Wasserhahn ab und trockne mir kopfschüttelnd die Hände. Plötzlich muss ich schmunzeln. Diese Frau ist wirklich erstaunlich.

Ich setze mich wieder an den Tisch, nehme mir reichlich von den Pommes frites und zerteile das Hühnchen. Zuerst frage ich Claire, welches Stück sie gern hätte, und reiche ihr die Keule. Mir tue ich etwas von der Hühnchenbrust auf. Claire setzt sich zu mir, und wie ein altes Pärchen beginnen wir schweigend zu essen. Claire erkundigt sich, wie es bei der Physiotherapie war. Ich erzähle ihr, Germaine sei reizend und äußerst kompetent, und dann packt es mich, und ich führe aus, wie blond und kurvig und groß sie sei und was für wunderschöne blaue Augen sie habe. Claire hebt den Blick von ihrem Teller, lässt eine spitze Bemerkung fallen, wie ungewöhnlich es sei, dass eine Krankengymnastin offenbar das Aussehen und die Statur eines Models habe, und schließt damit, dass sie hofft, Germaine habe mir keine Knochen gebrochen, was mir insgeheim ein Lächeln entlockt. Dann schweigen wir wieder und widmen uns unserem Essen. Nach einer Weile platzt es gleichzeitig aus uns hervor:

»Tut mir leid wegen der Ohrfeige.«

»Sorry wegen heute Morgen.«

Wir lächeln uns an. Ich ergreife als Erster wieder das Wort.

»Kein Problem. Ich hatte sie verdient. Du hattest recht, ich habe dir auf die Brüste gestarrt.«

Sie tut schockiert, bedankt sich aber bei mir. »Dafür, dass du mir zu Hilfe geeilt bist, mein tapferer Ritter.«

Und als sie aufsteht, um den Tisch abzuräumen, fügt sie hinzu: »Und was meine Brüste angeht, das ist nicht schlimm, wir müssen das nur wieder ausgleichen.«

»Wie denn das?«

»Kennst du *Friends*?«

»Flüchtig.«

»Wir machen es wie in der Serie. Nachdem Chandler Rachel nackt gesehen hat, will sie es ausgleichen, indem sie ihm in der Dusche auflauert. Sie versucht es zumindest, aber es ist schwieriger als gedacht.«

Claire lächelt mich an und kehrt mir den Rücken zu, um ihren Teller abzuspülen.

»Träume ich, oder machst du mir gerade ein Angebot?«, erkundige ich mich spöttisch.

»Natürlich nicht! Ich trauere immer noch um meine abgesagte Ehe, wenn du dich erinnerst.«

»Von wegen!«, entgegne ich und stehe ebenfalls auf, um meinen Teller abzuspülen. »Hast du diesen Mistkerl überhaupt geliebt? Oder wolltest du die Hochzeit einfach nur durchziehen, weil du es so geplant hattest? Auf mich machst du jedenfalls keinen besonders traurigen Eindruck. Du bist verletzt und enttäuscht, ja, aber Liebeskummer hast du keinen.«

»Was weißt du denn schon von Liebeskummer?« Sie nimmt mir den Teller aus der Hand. »Gib her und ab mit dir. Ich übernehme den Abwasch, und du legst dich hin. Du kommst gerade von der Physiotherapie, danach ist man immer erschöpft. Ich brauche dich aber in Topform. Und wenn du dich ausgeruht hast, besorgst du alles Nötige, um deine Tür zu reparieren. Währenddessen schaue ich nach, ob ich Antwort auf meine E-Mails bekommen habe, und wenn alles gut läuft, habe ich nachher gute Neuigkeiten für dich. Und danach bereite ich das Essen für heute Abend vor. Dafür brauche ich deine Hilfe. Die Gäste kommen um sieben, da müssen wir spätestens um sechs mit dem Kochen anfangen. Es gibt Lammragout mit Sellerie.«

»Mich hinlegen?«

»Ja, das ist ein Befehl.«

»In Ordnung, Chef. Ich weiß ja nicht, wie du das machst, *witch*, aber du hast recht. Vorher will ich aber unbedingt noch wissen, wie du den Heizkessel wieder zum Laufen gebracht hast!«

»Na, ich habe ihn mir einfach mal angesehen. Unten gibt es einen kleinen Behälter, durch den das Warmwasser geleitet wird, der wurde anscheinend noch nie gereinigt und war komplett verkalkt. Deswegen konnte kein Wasser mehr fließen. Ich habe ihn abmontiert, in Essig eingeweicht und fertig.«

»Mist, dann war es also keine Zauberei?«

»Nein, aber ich muss dich trotzdem töten, jetzt, da du mein Geheimnis kennst.«

»Das macht nichts, du hast mich ja in dein Zimmer eingeladen, da kann ich in Frieden sterben.«

»Habe ich das?«

»Ja, du hast mir klar und deutlich zu verstehen gegeben, dass du mich in Topform brauchst. Ich kann dir versichern, das bin ich immer, Honey«, erkläre ich mit einem Lächeln und verschwinde eilig aus der Küche.

In meinem Zimmer falle ich sofort ins Bett. Germaine hat mich wirklich ausgeknockt. Mit diesem albtraumhaften Gedanken schlafe ich ein und wache … beinahe zwei Stunden später wieder auf! Ein Drama. Mit einem Kissenabdruck auf der Wange verlasse ich mein Zimmer. Den Geräuschen nach zu urteilen befindet sich Claire im Büro. Ich gebe ihr kurz Bescheid, dass ich einkaufen fahre, frage, ob sie noch etwas braucht, sie ruft mir ein Nein hinterher, und weg bin ich.

Ich brauche eine Ewigkeit, bis ich alles finde, um meine Tür in Ordnung zu bringen. Das Schlimmste ist, dass ich Marc, dem Chef der Eisenwarenhandlung, in die Arme laufe. Ich dachte, er sei in Rente gegangen, aber nein, mit über siebzig Jahren führt er immer noch selbst den Laden. Mehrmals fragt er nach, warum die Tür denn kaputtgegangen sei, mein Vater habe doch erstklassiges Holz verbaut. Ich druckse herum, doch als er zum zwanzigsten Mal nachfragt, erkläre ich ihm schließlich, meine Küchenchefin sei hysterisch und wolle mich attackieren, und deshalb müsse ich mich schützen. Das verschlägt ihm die Sprache. Er überreicht mir alles Nötige und will wissen, ob ich auch noch ein Schloss brauche. Ich lächele und sage Nein, das schaffe ich schon.

Wieder zu Hause gehe ich nach hinten in den Garten in den alten Schuppen, den mein Vater angebaut hatte, um darin seine Werkstatt einzurichten, und suche ein paar Werkzeuge hervor. Auf dem Weg will ich die Hunde füttern, aber sie scheinen nicht besonders an Trockenfutter interessiert zu sein. Wie seltsam. Sind sie etwa krank? Ich streiche ihnen über das Fell, befühle ihre Nasen. Nein, alles ist normal. Als ich an der Hundehütte vorbeikomme, entdecke ich davor einige angeknabberte Knochen. Was zum …?

Drinnen finde ich Claire bereits in der Küche vor, im Radio läuft irgendein Sender mit aktueller Popmusik. Ich sage ihr, dass ich mich um meine Tür kümmere und anschließend zu ihr komme. »Okay«, antwortet sie mir halb singend.

Ich brauche länger als erwartet, um das Schließblech zu ersetzen, aber ich bin zufrieden mit dem Ergebnis. Es ginge ja auch nicht an, dass so ein kleines Geschöpf den Heizkessel in Ordnung bringt und ich nicht in der Lage bin, eine Tür zu reparieren. Marc hatte mich gewarnt, dass es kompliziert wird, weil es eine andere Größe ist, aber nach einem längeren Kampf, bei dem ich mich halb in einen Tischler, halb in einen Schlosser verwandelt habe, bin ich recht zufrieden mit mir. Man sieht praktisch nichts mehr. Ich verstaue mein Werkzeug und geselle mich zu Claire in die Küche.

Während ich Mohrrüben schäle, lässt Claire eine Sauce köcheln, die bereits lecker duftet. Da fallen mir die Knochen wieder ein, die ich draußen gefunden habe.

»Du weißt nicht zufällig, warum die Hunde keinen Hunger haben?«, frage ich.

»Die Hunde? Nein, wieso?«

»Nur so. Ich hatte den Eindruck, sie hätten schon Futter bekommen.«

»Ach ja? Und das ist nicht normal?«

»Kann man nicht sagen, nein, ich hatte ihnen noch nichts zu fressen gegeben.«

»Aha.«

»Und ich habe Knochen gefunden, die dem Hühnchen von heute Mittag ziemlich ähnlich sahen.«

Keine Reaktion.

»Das sagt dir auch nichts?«

Sie hält inne und dreht sich zu mir um. »Diese Köter sind aber auch zu dämlich«, sagt sie verärgert. »Warum lassen sie denn Beweismaterial übrig?«

»Wusste ich's doch! Ein Hund lässt sich Zeit mit einem Knochen, und nebenbei bemerkt sind Hühnerknochen gefährlich für Hunde. Weil sie so splittrig sind und leicht zerbrechen, können sie ihnen im Hals steckenbleiben, und das kann tödlich enden. Ich musste alles wegschmeißen, und das haben sie mir ganz schön übelgenommen. Deswegen meine Frage: Warum hast du die Hunde bestochen?«

»Ach was, ich besteche niemanden. Nur wie hätte ich denn deiner Meinung nach heute Vormittag sonst nach draußen gehen sollen, um zum Heizkessel zu kommen?«

»Du hast wirklich ein Problem.«

»Stimmt, und es hat acht Pfoten.«

Ich schäle weiter in aller Seelenruhe meine Mohrrüben und teile Claire mit, dass wir morgen ihre Behandlung beginnen.

»Meine was?«

»Wir gehen zusammen zu den Hunden und versuchen, deine Angst zu bewältigen.«

»Phobie! Das ist eine Phobie. Das ist viel schlimmer als Angst.«

»Wenn du meinst.«

»Kommt nicht infrage! Außerdem haben wir für so was gar keine Zeit. Stell dir vor, es ist nämlich so weit. Wir haben die ersten Reservierungen. In der Woche vor Weihnachten kommt eine Familie.«

»Wirklich? Super! Ich gratuliere!«

»Danke. Ich bin ziemlich stolz auf mich. Und du hast die letzten zwei Tage auch ordentlich geackert. Außer wenn du Türen aufgebrochen hast, aber gut, wir machen Fortschritte. Kannst du auch die zugemauerte Tür unten, die zu den Duschen führt, wieder freilegen? Dann müssten die Gäste nicht erst nach draußen gehen, wenn sie duschen wollen.«

»Das wird schwierig. Ich glaube, mein Vater hat das noch auf die Schnelle gemacht, bevor er gestorben ist, um die Wand dort zu verstärken. Sie ist eine der tragenden Mauern des Hauses, und die Tür hat da eine Schwachstelle reingebracht. Aber ich stimme dir zu, so ist es unpraktisch. Ich schaue es mir morgen früh mal an, wenn du willst. Sind sie zu dritt oder zu viert in der Familie?«

»Zu elft.«

»Zu elft?«

»Ja. Wenn ich es richtig verstanden habe, kommen die Großeltern mit zwei Söhnen, den Schwiegertöchtern und den Enkelkindern. Der ältere Sohn hat zwei Töchter, dreizehn und elf, und der jüngere Sohn hat einen Elfjährigen und achtjährige Zwillinge.«

»Ach so, na, das ist ja mal was.«

»Und ich warte noch auf die Bestätigung von zwei befreundeten Pärchen.«

»Du verlierst wohl keine Zeit!«

»Nie.« Sie sieht mich an. Sie hat wirklich schöne grüne Augen.

Es wird still, und Claire senkt den Blick. Dann wendet sie sich wieder dem Herd zu und fängt ohne Vorwarnung an zu reden.

»Ich glaube, du hast recht. Ich habe viel darüber nachgedacht, seitdem ich vor drei Tagen hier angekommen bin. Ich träume zwar jede Nacht von Hector, aber ich glaube, ich trauere eigentlich nicht um unsere Beziehung. Aus dem einfachen Grund, dass da in letzter Zeit nicht mehr viel war. Er war so eingenommen von seiner Arbeit und ich von meiner, wir haben uns nur noch getroffen, um die Hochzeit zu planen. Im Nachhinein glaube ich, dass das unsere Art war, dem aus dem Weg zu gehen, was sowieso passiert wäre. Wir waren wie in einem immer schneller rotierenden Räderwerk gefangen, und auch wenn ich sein Verhalten immer noch unglaublich feige finde, vielleicht hat er ja das Richtige getan.«

»Dass er sich ohne einen Mucks aus dem Staub gemacht hat, war falsch, aber der Grund dafür war richtig?«

»Genau! Er hat gewissermaßen verhindert, dass unsere Beziehung uns vollends zerstört.«

Etwas zwischen uns hat sich verändert. Ich glaube, wir öffnen uns allmählich. Das beunruhigt mich zwar immer noch, aber es wird unsere Zusammenarbeit erleichtern.

Unsere Gäste sind pünktlich, und ich bin bei meinem zweiten Bier. Der Gedanke, dass Nadia und Mickaël gemeinsam bei mir zu Hause sind, stresst mich. Dazu noch Patrick, seit Jahren der beste Freund meiner Mutter, der mich besser kennt als mein Vater, und schon haben wir den explosiven Zustand, in dem ich mich befinde.

Mickaël und ich waren nie eng befreundet, warum, weiß ich nicht. Wir waren zusammen auf der Schule, aber mir war er immer zu sehr Streber gewesen. Um ehrlich zu sein, war ich damals wohl auch davon überzeugt, dass er schwul ist. Mit seiner Brille, seiner zurückhaltenden Art, dazu war er klein und schmächtig für sein Alter und stets von Mädchen umringt. Er und Nadia waren quasi beste Freunde, aber ich habe das nie als Risiko empfunden. Nadia war verrückt nach mir, dem Draufgänger, und Mickaël zählte einfach nicht. Bis heute. Heute ist alles anders, wir sind anders. Wir sind erwachsen geworden, älter, wir haben uns körperlich und auch im Kopf weiterentwickelt. Während ich in den Staaten war, hat Mickaël ebenfalls einiges erreicht, sein Medizinstudium und seine Doktorarbeit als Jahrgangsbester abgeschlossen, und nach allem, was man im Ort so hört, ist er ein ausgezeichneter Arzt. In Lyon hat er als Chirurg geradezu Wunder vollbracht. Letztes Jahr hat er beschlossen, hierher zurückzukehren und die Praxis von Dr. Bourque zu übernehmen, als der in Rente gegangen ist. Seltsam. Wieso hierher zurückkommen, wenn eine steile Karriere vor einem liegt? Die auffälligste Veränderung hat sich jedoch nicht in seinem Lebenslauf vollzogen, sondern in seinem Äußeren. Man könnte ihn für einen Arzt in einer angesagten Krankenhausserie halten. Braune Haare, graue Augen, körperlich zwar nicht ganz so in Form wie ich, aber er kann sich sehen lassen. Jemand, der regelmäßig ins Fitnessstudio oder laufen geht. Die Zeiten, in denen er zartgliedrig und krankhaft schüchtern war, sind vorbei, hier kommen Bauchmuskeln und ein verführerischer Blick. Ich habe keine Ahnung, was ich davon halten soll.

Wir sitzen im Wohnzimmer, und anfangs ist die Atmosphäre noch steif. Ich spüre, dass Patrick sich unwohl fühlt, seit dem Tod meiner Mutter ist er nicht mehr hier gewesen. Nadia wirkt ebenfalls verlegen, und anscheinend haben wir uns nicht viel zu sagen. Mickaël ist da schon entspannter, er redet mit Claire über alles und nichts, vor allem aber über nichts. Claire ist so aufgedreht, es kommt mir vor, als hätte sie einen Abend für eine Realityshow vorbereitet, zumindest wirkt es so, als liefe sie mit den Appetithäppchen vor einer Kamera hin und her.

»Mirabellenpunsch! Ein Rezept meiner Tante aus Lothringen«, verkündet sie, als sie uns etwas zu trinken anbietet.

Gut, das sollte die Stimmung etwas auflockern.

Schweigend trinken wir. Der Punsch schmeckt ausgezeichnet. Vielleicht sogar zu gut, denn die Gläser leeren sich schnell. Da die Unterhaltung sich schon bald im Kreis dreht, die Arbeit, die Pläne für den Winter, schenken wir uns nach, bevor sie wieder zum Erliegen kommt. Claire rät uns, es langsam angehen zu lassen, woraufhin wir alle lachen. Wir sind aus den Bergen, eine Pariserin wird uns schon nicht so schnell unter den Tisch trinken.

Allmählich entspanne ich mich. Der Punsch ist wirklich gut, und ich überlege, dass Mickaël eigentlich kein schlechter Kerl ist. Wäre ich eine Frau, würde ich mich sicher schnell in ihn verlieben. Claire scheint seinem Charme schon erlegen zu sein, Nadia hingegen weniger, was mich beruhigt. Wie dumm man sich als Teenager aufführt! Dass ich Mickaël als schwul abgestempelt und mich deswegen nicht mehr für ihn interessiert habe, war wirklich idiotisch von mir. Ob schwul oder nicht, er hätte mein Kumpel sein können. Meine Zeit in den USA hat meine Sicht auf die Dinge ziemlich verändert. Wenn man von Homosexuellen und Transsexuellen umgeben ist, die allesamt nette Leute sind, verändert das die Einstellung gegenüber anderen im Nullkommanichts.

Während ich mich zurücklehne und Patrick zuhöre, der uns erzählt, was ihm in seinem Restaurant alles passiert und was für kuriosen Gestalten er dort begegnet, ruft mich eine energische Stimme aus der Küche zu sich. Den gereizten Tonfall kann ich inzwischen recht gut einordnen. Ich lächele unseren Gästen zu und gehe zu Claire.

»Zur Stelle, Chef!«, kündige ich mich an.

Claire ist schwer beschäftigt, und ich stehe nutzlos hinter ihr. Diese Frau ist wirklich außerordentlich pingelig. Kaum hat sie einen Gang vorbereitet, macht sie sich schon an den Abwasch. Ich warte geduldig ab. Anscheinend war das aber nicht die richtige Entscheidung, denn Claire hält inne und dreht sich zu mir um.

»Soll das ein Witz sein?«, fährt sie mich an.

»Was?«

»Dass du so apathisch bist!«

Wovon redet sie bloß?

»Hör mir mal gut zu, Macho, wir sind hier nicht bei *Unsere kleine Farm*. Du machst hier nicht einen auf Hausherr, der seine Gäste empfängt, während sich das Püppchen in der

Küche um alles kümmert. Ich bin die Chefköchin, und das macht dich zum Hilfskoch. Du servierst, du räumst ab, und vor allem gibst du vor, dich für das Essen zu interessieren!«

»Aber … ja, klar doch. Du hättest es mir bloß sagen müssen.«

»Genau da liegt ja das Problem! Euch Männern muss man immer alles sagen.«

»Das ist sexistisch.«

»Nein, ganz im Gegenteil: dass ich dich darauf hinweisen muss, dass ich mit dir rede und gleichzeitig koche, während du nur untätig danebenstehst, das ist sexistisch. Und noch dazu ein weiterer Beweis dafür, dass die Theorie zutrifft: Männer sind nicht imstande, zwei Dinge gleichzeitig zu erledigen.«

Ich strecke ihr die Zunge raus und teile ihr mit, dass ich Beschwerde wegen Belästigung einlegen werde, wenn sie so weitermacht. Sie lacht und trägt die Vorspeisen auf.

Der Salat ist äußerst gelungen, aber Claire wirkt nervös. Verstohlen beobachtet sie unsere Gäste, und ich frage mich, was wohl mit ihr los ist. Wir kehren in die Küche zurück, ich, um eine Flasche Rotwein aufzumachen, und Claire, um den nächsten Gang vorzubereiten. Das vermute ich zumindest, denn mir ist schleierhaft, was genau sie tut, außer rühren, umfüllen, abschmecken.

»Was ist denn eigentlich mit dir los?«, frage ich, weil ich ihre Anspannung kaum noch ertrage.

»Wie bitte?«

»Du bist ein einziges Nervenbündel.«

»Ich?«

»Nein, die Hunde!«

»Ach, hör mir bloß auf mit den Hunden. Warum tauchen die immer wieder in unseren Gesprächen auf?«

»Claire!«

»Ich bin nicht nervös.«

»Liegt es an Mickaël?«

»Was?« Sie hört auf zu rühren und dreht sich überrascht zu mir um. »Du glaubst doch nicht ernsthaft, dass ich ein Auge auf ihn geworfen habe!«

»Ich habe keine Ahnung, aber ihr beiden scheint ziemlich dicke miteinander, dafür, dass ihr euch gerade erst kennengelernt habt.«

»Ich würde eher sagen, ein Glück, dass ich neben dir, Patrick und Nadia noch Mickaël habe.«

»Was soll das heißen?«

»Und blind ist er auch noch! Merkst du denn gar nichts? Patrick ist gestresst und legt alles, was er sagt, auf die Goldwaage, weil er Angst hat, er könnte deine Mutter oder deine Cousine erwähnen. Vorhin hat er einmal aus Versehen ›Marlène‹ gesagt, woraufhin du schlagartig bleich geworden bist. Deswegen kann er sich überhaupt nicht auf mein Essen einlassen, dabei möchte ich doch unbedingt seine professionelle Meinung hören. Nadia hält so große Stücke auf dich, dass sie die Luft anhält, sobald du das Wort ergreifst. Es ist erbärmlich. Und immer, wenn ich Mickaël ansehe, wünsche ich mir, dass mich eines Tages auch einmal ein Mann so anschaut, wie er Nadia ansieht.«

»Was?«

Ich falle aus allen Wolken. Meint sie das ernst? Das ist mir alles überhaupt nicht aufgefallen. Gut, Patrick kann ich verstehen, das würde erklären, warum er auf einmal so verkrampft mit mir ist. Dass Nadia verrückt nach mir sein soll, ist mir bisher auch nicht aufgefallen, aber es scheint mir nicht vollkommen abwegig. Nicht weil ich so von mir selbst eingenommen und von meinem Charme überzeugt bin, sondern weil wir mal zusammen waren. Sie war meine erste Liebe, und ich ihre. Das vergisst man nicht so einfach. Aber jetzt kommt noch Mickaël hinzu, der in sie verschossen sein soll. Wow!

»Ich komme mir schon vor wie im Boulevardtheater«, sage ich. Claire lacht, und immerhin wirkt sie nun ein wenig entspannter.

»Das stimmt«, sagt sie, während sie das Ragout in eine Servierschüssel umfüllt. »Dann wäre das Esszimmer die Bühne und die Küche hinter den Kulissen. Immer, wenn wir abgehen, passiert etwas auf der Bühne.«

»Was bedeutet, dass sie jetzt, in diesem Augenblick, über uns reden«, murmele ich und sehe sie aus großen Augen verschwörerisch an.

Sie guckt mich an, und wir haben den gleichen Gedanken. Auf Zehenspitzen schleichen wir zur Wand, die die Küche vom Esszimmer trennt, und öffnen die Durchreiche, die mein Vater damals für eine einfachere Bedienung eingebaut hat, einen Spaltbreit. Wir beugen uns davor wie zwei kleine Kinder und lauschen. Nichts. Absolute Stille. Entweder man hört nichts von unserer Position aus, oder sie unterhalten sich tatsächlich nicht. Dann ertönt Patricks tiefe Stimme:

»Wir müssen es ihm sagen.«

»Das ist doch nicht nötig«, entgegnet Nadia.

»Er muss es aber wissen.« Das ist Mickaëls Stimme. »Wurde Jeanines Testament immer noch nicht verlesen? Wie seltsam.«

»Nein, noch nicht. Das kommt manchmal vor. Aber es ist auch besser so«, erklingt Nadias erstickte Stimme.

Claire sieht mich mit aufgerissenen Augen an. Wir kauern in einer eher unbequemen Position vor der Durchreiche. Ich mache ein Gesicht, das ihr bedeuten soll, dass ich keine Ahnung habe, wovon sie reden, als wieder Patricks Stimme ertönt:

»Ich sollte es Hugo sagen. Er sollte von jemandem, der ihm nahesteht, erfahren, dass seine Mutter ihn in ihrem Testament nicht bedacht hat. Ich kann es ihm am ehesten sagen.«

»Er wird es dir übelnehmen«, bemerkt Mickaël. »Wenn er erfährt, dass du das Haus erbst …«

Ich verstehe nicht, was ich da gerade gehört habe. Oder ich will es nicht verstehen, ich weiß es nicht. Meine Beine geben unter mir nach, und ich lande auf dem Hosenboden. Claire schließt eilig die Durchreiche, als wir Nadia hören, die fragt, ob wir Hilfe brauchen. Ich sehe, wie Claire zur Küchentür geht und Nadia aufhält, es sei nichts weiter, sie habe nur etwas fallen lassen, aber ich würde ihr helfen, es aufzuräumen, wir seien sofort wieder bei ihnen.

Claire kommt zu mir zurück, hockt sich neben mich und bleibt ein paar Sekunden stumm. Schließlich fasst sie sich ein Herz.

»Wir wissen nicht, worum es geht. Bevor du in Panik gerätst, müssen wir erst einmal mehr herausfinden, oder? Womöglich haben wir nur etwas falsch verstanden.«

»Das glaube ich nicht.«

»Gut, aber wir müssen mehr in Erfahrung bringen. In der Küche bleiben und schmollen wird dir nicht helfen.«

»Mir egal, ich bin müde, ich habe keine Lust mehr, ich will

lieber in der Küche bleiben und schmollen und dann ins Bett gehen.«

»In Ordnung.« Mehr sagt sie nicht.

Dann steht sie auf und nimmt die Servierschüssel vom Küchentresen. »Ich möchte aber mehr darüber wissen«, verkündet sie.

»Auf keinen Fall! Das ist mein Leben, nicht deins. Ich verbiete dir, mehr darüber zu wissen als ich.«

»Dann beweg dich. Ich gehe jetzt rein.«

Grummelnd stehe ich auf und schnappe mir die Weinflasche vom Tisch. Claire versetzt mir einen kleinen Stoß mit dem Ellenbogen, dann stellt sie sich auf die Zehenspitzen und drückt mir einen Kuss auf die Wange. »Nur Mut. Ich habe noch ein bisschen Punsch. Sobald sie weg sind, bekommst du noch ein Glas.«

Überrascht über ihre zärtliche Geste sehe ich sie an und folge ihr ins Esszimmer.

Das Ragout schmeckt wunderbar, aber alle sind angespannt, allen voran ich. Claire versucht vergeblich, die Atmosphäre aufzulockern, doch selbst Patrick lässt sich nicht täuschen. Als Claire erzählt, wie sie hier gelandet ist und dass sie glaubte, von Wölfen angegriffen zu werden, halte ich es nicht länger aus und falle ihr ins Wort.

»Wollen wir noch länger um den heißen Brei herumreden, Patrick? Was ist das für eine Geschichte mit dem Testament?«

Einen Moment herrscht Stille. Patrick räuspert sich und macht erst einmal Claire ein Kompliment für ihr Essen. Nach einem Schluck Wein wendet er sich an mich.

»Wir müssen uns unterhalten, Junge. Aber ich bin nicht sicher, ob das hier der richtige Zeitpunkt ist.«

»Ich denke schon, es wissen doch ohnehin alle Bescheid, außer mir.«

»Es wissen nicht alle Bescheid«, widerspricht Patrick mir.

»Ach nein? Wer weiß es denn nicht?«, will ich wissen und werfe meine Serviette auf den Tisch.

»Beruhige dich«, weist Patrick mich an.

»Ich«, sagt Claire leise und hebt die Hand.

Verständnislos sehe ich sie an.

»Ich weiß nicht Bescheid«, erklärt sie. »Es sind also nicht alle. Aber gut, es scheint, als wüssten Nadia und Mickaël Bescheid. Gut, also … Ich kann in die Küche gehen, wenn ich störe.«

Sie macht Anstalten aufzustehen, doch Mickaël hält sie zurück. »Bleib, Claire. Nadia und ich helfen dir gleich in der Küche. Beenden wir erst einmal unser Essen, und danach lassen wir Patrick und Hugo reden.«

Sieh an, seit wann duzen sich die beiden denn? Ich habe bei diesem Essen wirklich nichts mitbekommen. Eine bedrückende Stille hat sich über den Tisch gesenkt. Ich muss etwas sagen.

»Es tut mir leid, dass ich so reagiert habe«, überwinde ich mich. »Ich stehe einfach unter Schock. Essen wir in Ruhe, es ist nämlich wirklich lecker, Claire. Und Patrick, erzähl es mir bitte, wenn du so weit bist. Ich will dich nicht überrumpeln.«

»Mir tut es leid. Ich hätte schon eher mit dir reden sollen«, erwidert Patrick. »Ich wusste bloß nicht, wie. Deine Mutter hat mich vor ein paar Monaten um Rat gefragt, sie hatte das Gefühl, eine Entscheidung treffen zu müssen. Nadia und Mickaël habe ich davon erzählt, damit sie nicht in ein Fettnäpfchen treten, wenn sie mit dir sprechen.«

»Genau, meine Mutter wusste, dass sie sterben würde. Ich war der Einzige, der es nicht wusste. Ich fühle mich wie der letzte Dummkopf. Ich hätte es wissen müssen, aber ich habe es nicht kommen sehen …«

»Das konntest du auch nicht«, wirft Mickaël ein. »Ehrlich gesagt konnte ich es auch kaum glauben. Fast bis zuletzt war sie noch in Form. Hut ab, deine Mutter war wirklich etwas Besonderes. Sogar ich habe manchmal bei meinen Hausbesuchen gedacht, dass die Ärzte sich täuschen müssen, dass die Resultate falsch sind und dass sie wieder gesund wird. Und du warst Tausende Kilometer weit weg, hast sie nur am Telefon erlebt … Nein, du hättest es nicht wissen können.«

Erstaunt sehe ich ihn an. »Ich wusste nicht, dass du der Arzt meiner Mutter warst.«

»Seit ein paar Monaten. Als sie aus dem Krankenhaus kam, brauchte sie jemanden, der sich zu Hause um sie kümmerte, da hat sie sich für mich entschieden.«

»Jeanine wollte nur von Leuten von hier umgeben sein, aus dem Dorf. Von Leuten, die sie liebte und die sie schon von klein auf kannte«, erklärt Nadia.

Das ist zu viel. Ohne ein Wort stehe ich auf und räume die Teller ab. Niemand sagt einen Ton, und mit den Tellern in den Händen marschiere ich in die Küche. Ich werfe alles ins Spülbecken und klammere mich am Rand fest. Mein Herz klopft wie wild. Sie wollte von Menschen umgeben sein, die sie liebte? Und was ist mit ihrem Sohn?

Claire stellt sich neben mich. »So wollte sie es nicht sagen, Hugo«, murmelt sie. »Sie meinte vielmehr, dass nur die Menschen, die sie geliebt hat, einen Zugang zu ihr hatten, nicht die Fremden aus dem Krankenhaus. Das heißt aber nicht, dass sie dich von ihrer Erkrankung ausschließen wollte, weil sie dich nicht geliebt hat. Sie hat es getan, um dich zu schützen. Wie Mütter das eben tun.«

Einen Moment lang sage ich nichts. Ich weiß, dass Claire recht hat, aber es ist trotzdem schwer zu verdauen.

»Wenn der Abend hier zu Ende ist, brauche ich aber mehr als einen Kuss auf die Wange«, brumme ich.

»Du verlierst deine Prioritäten nicht aus den Augen, sehr gut. Fürs Erste bekommst du aber nicht mehr. Damit musst du dich zufriedengeben.«

Ich kontere sofort. »Perfekt! Ich habe nur das ›fürs Erste‹ gehört.«

Sie lächelt. »Alles in Ordnung bei dir?«

»Ja. Meine Mutter hat mir einen Brief hinterlassen, in dem sie mir mehr oder weniger das erklärt, was du mir gerade gesagt hast. Du bist eine gute Psychologin, das muss man dir lassen. Allerdings steht in dem Brief nichts vom Testament.«

»Dann hör dir an, was Patrick zu sagen hat. So findest du es heraus. Und vergiss nicht, es gibt noch Punsch!«

»Und einen Kuss?«

»Und einen Kuss. Wenn du artig bist.«

Ich lächele sie an, und wir gehen zurück ins Esszimmer.

Nadia ergeht sich in Entschuldigungen, und ich beruhige sie. Mir ist klar geworden, dass sie sich falsch ausgedrückt hat. Nadia, die Sanfte, die immer alles richtig machen will. Selbst die Ameisen, die ich zum Spaß mit meinen Kumpels zerdrückt habe, als wir einmal einen Ameisenhaufen gefunden haben, wollte sie beschützen. Einen Riesenanschiss gab es. Eine Stunde lang durfte ich sie nicht küssen, bis ich versprochen habe, nie wieder einem Lebewesen auf dieser Erde etwas anzutun.

Ich nehme ihre Hand, um ihr zu versichern, dass alles in Ordnung ist, aber als ich ihren Blick sehe, wird mir bewusst, dass das keine gute Idee war. Nein, das ist der falsche Zeitpunkt. Ich kann mich jetzt nicht verlieben. Erst einmal muss ich mir über einiges klar werden, muss Entscheidungen für mein Leben treffen. Es ist besser, wenn ich keine Versprechungen mache. Erst vor ein paar Tagen habe ich mich dazu entschlossen, dass mein Leben hier, in Cambairoux, stattfinden soll, und jetzt? Alles zunichte. Das Haus gehört mir nicht, ich habe nichts mehr, da kann ich ebenso gut nach New York zurückgehen, oder nach Los Angeles, so wie ich es letztes Jahr geplant hatte. Vielleicht brauchen sie da drüben einen Eishockeytrainer. Einen Platz für Nadia gibt es da nicht, ich würde sie nur aufs Neue enttäuschen, wenn ich abreise. Ihr Leben findet hier statt.

Claire nickt mir zu und fragt, ob ich ihr helfen könnte, die Käseplatte vorzubereiten. Sie lehnt die Hilfe unserer Gäste ab, und so bleibt mir nichts anderes übrig, als ihr in die Küche zu folgen. Kaum bin ich dort, schließt sie die Tür und hebt drohend den Zeigefinger.

»Pass auf!«

»Worauf?«

»Auf Nadia.«

»Was schiebst du eigentlich für einen Film?«

»Achte einfach nur darauf, wie du dich ihr gegenüber verhältst. Deine Gesten haben eine andere Bedeutung für sie als für dich. Das sieht selbst ein Blinder. Spiel nicht mit ihr.«

»Alles klar, Chef. Verdammt, managst du von jetzt an alles in meinem Leben?«

»Solange ich hier bin, ja.«

Damit holt sie die Käseplatte hervor, die schon angerichtet ist. »Gehen wir wieder rein«, sagt sie.

»Warte! Wir müssen noch ein paar Minuten verstreichen lassen, es wirkt sonst verdächtig, wenn wir so schnell zurück sind.«

»Stimmt. Und was machen wir so lange?«

Und plötzlich, ich weiß nicht, weshalb, vielleicht ist es der Alkohol, vielleicht das Adrenalin von diesem Pseudodrama, das sich in meinem Leben gerade abspielt, jedenfalls brennt bei mir eine Sicherung durch.

»Lenk mich ab, Honey«, fordere ich sie auf, während ich auf sie zugehe und in ihre schönen grünen Augen blicke.

»Wie bitte?«

»Du hast recht, ich muss aufpassen, was ich zu Nadia sage und wie ich mich ihr gegenüber verhalte. Kümmere du dich um mich. Wenn du all meine Aufmerksamkeit auf dich lenkst, was du ohnehin schon tust, seit du hier aufgetaucht bist, dann mache ich Nadia auch keine dummen Versprechungen.«

»Das ist das erste Mal, dass mich jemand bittet, sein Zeitvertreib zu sein. Ich bin nicht sicher, wie ich das finden soll. Jedenfalls nicht besonders gut, wenn du mich weiterhin Honey nennst.«

Sie stellt die Käseplatte wieder ab und holt eine Flasche aus dem Kühlschrank, setzt sie an und trinkt einen kräftigen Schluck. Dann wischt sie sie ab, sieht mich an und reicht sie mir.

»Hier. Ein bisschen Mirabellenpunsch. Das wird dir guttun. Und ablenken wird es dich auch. Danke übrigens. Ich hätte nicht gedacht, dass ich hier so schnell auf andere Gedanken komme.«

Ich lache. »Ich bin doch dir zu großem Dank verpflichtet, wenn du mir hilfst, dieses Abendessen zu überstehen«, bemerke ich. Dann trinke ich ebenfalls einen kräftigen Schluck Punsch. Ich nehme ihr die Käseplatte aus der Hand, sie schnappt sich den Wein, den sie bereitgestellt hat, und wir kehren zum Theaterstück zurück, das an diesem Abend bei uns aufgeführt wird.

Alle nehmen sich vom Käse, und dann fängt Patrick an zu reden. Endlich erklärt er mir, was es mit dem Testament meiner Mutter auf sich hat.

Meine Mutter ist zu ihm gekommen. Sie wollte etwas mit ihm besprechen. Das Problem war, dass sie entgegen der Meinung aller wusste, dass ihr Ende nah war. Allerdings wollte sie mich nicht dazu zwingen zurückzukommen. Sie wollte nicht meine Karriere beenden und mich hier anketten. Sie glaubte, ich sei als Jugendlicher nur gegangen, weil mein Vater es so wollte, ich sei gezwungen worden, hätte mir aber drüben ein Leben aufgebaut und mich weiterentwickelt. Aber das reichte noch nicht aus, ich sollte mich erst noch selbst richtig kennenlernen, vor allem nach meiner Knieverletzung.

Patricks Worte sind schön, schlicht und wahr, und ich bin so bewegt, dass ich mein Glas Rotwein etwas zu zügig leere, um mir Mut anzutrinken. Die anderen drei sagen kein Wort, während Patrick erzählt.

Meine Mutter dachte, ich sei etwas verloren und müsse Entscheidungen treffen, wenn es mit dem Eishockey für mich vorbei sei. Wenn sie mir die Herberge nach ihrem Tod vermacht hätte, hätte sie mich damit endgültig in Cambairoux festgenagelt. Mehr als alles auf der Welt wünschte sie sich, dass ich glücklich war, aber sie wollte nicht den Fehler meines Vaters wiederholen und mir ein vergiftetes Geschenk machen, indem sie die Entscheidung für mich fällte.

Damit landen wir beim Testament. Sie hat niemandem außer Patrick vertraut.

Marlène und sie waren gute Geschäftsführerinnen, aber die Herberge bedurfte ständiger Instandhaltungen, folglich war die Kasse fast leer. Daher war also kein Erbe zu erwarten, das wusste ich, und meine Mutter wiederum wusste, dass ich gut verdiente und nicht besonders verschwenderisch lebte, sodass das Finanzielle also kein Problem war. Da Marlène ihr ausdrücklich zu verstehen gegeben hatte, sie wolle die Herberge nicht übernehmen, übergab meine Mutter also Patrick die Zügel, allerdings unter eher seltsamen Voraussetzungen. Er sei lediglich Vormund des eigentlichen Erben, genauer gesagt: der Vormund meines Sohnes oder meiner Tochter.

»Was?«

Die Frage kommt von Claire, aber ich hätte sie ebenso gut stellen können.

»Entschuldige, aber … Du hast Kinder?«, fragt sie mich, das Glas Wein gerade an den Lippen.

»Nein, habe ich nicht. Ich verstehe das nicht.«

»Sie lässt dir die Wahl«, erklärt Patrick. »Im Wesentlichen gehört die Herberge dir, ich bin nur im Hintergrund Geschäftsführer. Ich kann zwar sämtliche Entscheidungen treffen, aber wie gesagt, deine Mutter hat mir vertraut, und sie wusste, dass ich nur in Absprache mit dir etwas entscheide.

Ich bin da, um die Herberge an dein zukünftiges Kind zu übergeben, sobald es volljährig wird.«

»Ich verstehe immer noch nicht.«

»Das ist verständlich, es ist ja auch ziemlich kompliziert«, wirft Mickaël ein. »Nadia und ich wissen Bescheid, weil deine Mutter und Marlène uns als Zeugen bestellt haben, als sie das Testament aufgesetzt hat.«

Ich sehe sie der Reihe nach an. Ich fühle mich, als wäre ich woanders, als befände ich mich in einem fremden Körper. Seltsamerweise spendet lediglich Claires verwirrter Blick mir ein wenig Trost.

Patrick fährt fort. »So kompliziert ist es im Grunde genommen gar nicht. Dir steht völlig frei, was du machst. Wenn du dich entschließt zu gehen, kümmere ich mich um die Herberge und halte das Haus in Schuss. Ich darf es weder abreißen noch verkaufen. Ich bin nicht der Eigentümer, lediglich der Treuhänder, eine Art Verwalter. Wenn ich sterbe, geht das Haus an dich. Andernfalls geht es an dein erstes Kind.«

»Und wenn er nie Kinder hat?«, will Claire wissen.

»Genau, das ist eine gute Frage«, stimme ich ihr zu und sehe Patrick an.

»Dann fällt dir das Haus zu, sobald ich sterbe. Aber indem Jeanine es so eingerichtet hat, hat sie die Last von dir genommen, ein Erbe anzutreten, das du vielleicht gar nicht willst. Deine Mutter kannte dich und wusste, dass du Schuldgefühle haben würdest, weil du in ihren letzten Tagen nicht bei ihr warst. Sie wusste, dass du deswegen beschließen würdest, die Herberge im Gedenken an sie wieder zu eröffnen. Aber das wollte sie eben nicht.«

Ich brauche einige Augenblicke, um das eben Gesagte zu sortieren, und …

»Dann habe ich also nichts mehr? Ich kann die Herberge nicht eröffnen?«

»Aber ja doch!«, versichert mir Patrick. »Wenn du beschließt zu bleiben, wie du es mir vorgestern angekündigt hast, kümmerst du dich um alles. Als würde es mich gar nicht geben. Es ändert nichts, ich bin nur so etwas wie ein Testamentsvollstrecker. Ich muss sicherstellen, dass das Erbe übergeben wird.«

»Aber warum mein Kind?«

»Das fragst du noch? Das Einzige, was für deine Mutter noch mehr gezählt hat als dein Vermögen und dein Erfolg …«

»… war, dass ich glücklich bin und eine Familie gründe. Das stimmt, das hat sie oft zu mir gesagt.«

Ich mache Anstalten, mir noch ein Glas Wein einzuschenken, doch Patrick sieht mich bedeutsam an und rät mir, es langsam angehen zu lassen. Genau wie damals, als ich noch ein Jugendlicher war und er als Einziger mitbekommen hat, was für einen Quatsch ich gemacht habe, weil mein Vater zu beschäftigt war, es zu bemerken. Ich stelle noch ein paar Fragen, die Patrick und Nadia mir beantworten, und allmählich begreife ich, was meine Mutter im Sinn hatte. Es ist beeindruckend! Sie hat an alles gedacht. Letztendlich habe ich das Gefühl, dass sie mir dadurch noch mehr aufgebürdet hat. Sie drängt mir nicht die Herberge auf, nein, damit sie in Frieden ruhen kann, trägt sie mir auf, mal eben so eine Familie zu gründen! Den Gedanken spreche ich laut aus, und niemand wagt, mir zu widersprechen.

Dann verkündet Claire, dass sie sich um den Nachtisch

kümmern will, sie räumt die Käseteller ab und bittet mich, sie zu begleiten. Als ich mich weigere, bietet Mickaël ihr seine Hilfe an, doch sie wendet ihren Blick nicht von mir ab.

»Hugo, ich brauche dich in der Küche«, beharrt sie. »Außer dir weiß keiner, wie man den Ofen ausmacht.«

Welchen Ofen meint sie denn? Ich kenne mich offensichtlich überhaupt nicht aus in diesem Haus.

Gerade will ich verneinen, da überlege ich es mir anders. Schließlich könnte es mir guttun, kurz in der Küche durchzuatmen. Claire geht voraus, und kaum stehen wir in der Küche, hält sie mir schon die Flasche Punsch vor die Nase.

»Trink! Das wird dir guttun.«

Ich stelle die Teller in die Spüle und nehme einen großen Schluck. Claire nimmt mir die Flasche aus der Hand und trinkt ebenfalls.

»Wenn es um überraschende Wendungen in einem Theaterstück geht, lasst ihr euch wahrlich nicht lumpen!«, bemerkt sie.

Wir sehen uns an und brechen in Lachen aus. Dann machen wir uns ein Zeichen, still zu sein; die anderen fänden es sicher merkwürdig, wenn sie uns lachen hörten. Stumm kichern wir weiter. Ich nehme wieder die Flasche und trinke. Teufel, tut das gut. Es ändert zwar nichts und löst auch keine Probleme, aber ich entspanne mich ein wenig.

Claire mustert mich. »Bei dir alles in Ordnung?«

»Was glaubst du? Ich habe gerade erfahren, dass ich heiraten und ein Kind kriegen muss, damit ich Eigentümer meines Elternhauses werden kann. Ganz großartig.«

»Also heiraten musst du nicht«, bemerkt sie, während sie mir die Flasche wieder abnimmt.

»Doch, stell dir vor, ich habe nämlich Prinzipien. Keine außerehelichen Kinder.«

»Wie altmodisch!«

»Musst du gerade sagen. Du hättest doch geheiratet, obwohl du den Typen nicht geliebt hast, nur weil man das so macht«, kontere ich.

Noch im selben Augenblick bereue ich meine Worte, aber Claire nickt. »Da liegst du nicht falsch.«

Sie trinkt noch einen Schluck. Ich nehme ihr die Flasche aus der Hand und setze eine schockierte Miene auf. »Du bist mir aber eine ganz schöne Alkoholikerin, Pepper!«

»Ich? Ach was. Ich trinke nur, wenn meine Ehe scheitert, ich plötzlich ein Dinner für ein paar Fremde schmeiße, die in einem Boulevardstück mitspielen, und ich eine Scheißangst vor meiner Zukunft habe.«

»Um deine Zukunft musst du dir doch keine Sorgen machen. Sieh dir doch mal meine an! Du hast zumindest eine Arbeit und ein Zuhause. Ich bin praktisch arbeitslos, und was das Zuhause angeht, bin ich mir nicht so sicher.«

»Da hast du wohl nicht unrecht.«

»Was moralische Unterstützung betrifft, bist du eine ziemliche Niete.«

»Na ja, ich habe auch nie etwas anderes behauptet. Warte, ich habe noch eine andere Idee ... Du musst nicht unbedingt ein Kind bekommen.«

»Ach nein?«

»Nein, du kannst dir auch einfach Patrick vom Hals schaffen. Wenn er stirbt, bist du der Eigentümer!«

Ich betrachte sie und frage mich, ob sie das ernst meint, schließlich ist diese Frau nicht ganz dicht. Dann sehe ich den Witz in ihren Augen, und wieder brechen wir in Lachen aus.

»Stimmt! Aber ein Kind zu machen ist ja nun auch wieder nicht so schwierig«, überlege ich laut.

»Genau, gestern hast du doch diese schöne Physiotherapeutin kennengelernt.«

Beinahe verschlucke ich mich bei dem Gedanken an die Sumoringerin, die meine Physiotherapeutin ist, und mir fällt ein, dass ich Germaine Claire als Sexbombe beschrieben habe. Eine Bombe ist sie ja auch, es war also nur eine halbe Lüge, man muss eben das »Sex« vorne weglassen.

»Schon, aber einfacher und schneller wäre es mit Nadia.«

Claire reißt die Augen auf, nimmt mir die Flasche aus der Hand und stellt sie in den Kühlschrank. Dann setzt sie zu einer Strafpredigt an.

»Das ist nicht nett. Wir haben abgemacht, dass wir Nadia außen vor lassen, es sei denn, da sind echte Gefühle im Spiel. Aber momentan, da kannst du auf mich vertrauen, bist du viel zu orientierungslos, um echte Gefühle zu haben.«

Sie holt den Kuchen aus dem Kühlschrank. Wann hat sie den bloß gebacken? Sie reicht ihn mir, nimmt die Kuchenteller, die auf dem Küchentisch warten, und bevor ich die Tür öffnen kann, stellt sie sich neben mich und bedeutet mir mit dem Finger, mich zu ihr herunterzubeugen.

»Was denn?«

»Komm näher«, sagt sie.

Ich beuge mich herunter, um mir anzuhören, was sie mir zu sagen hat, und ohne dass ich die Zeit hätte zu begreifen, was hier vor sich geht, küsst sie mich. Ganz genau, ich kann es kaum glauben, ihre weichen Lippen pressen sich sanft auf meine. Ich bin völlig durcheinander, und beinahe lasse ich den Kuchen fallen, damit ich den Kuss vernünftig erwidern kann, doch dann, ohne Vorwarnung, ist er vorbei. Claire löst sich so schnell wieder von mir, wie sie sich mir genähert hat.

»Was war das denn?«

Wie ein Trottel stehe ich da, immer noch nach unten gebeugt, immer noch mit dem Kuchen in den Händen.

»Meine Ablenkungsmethode«, erklärt sie grinsend und verlässt die Küche.

Jetzt, wo alles auf den Tisch gepackt wurde, verläuft der restliche Abend um einiges entspannter. Endlich können wir alle ihn genießen. Für mich stellt sich das etwas schwieriger dar als für die anderen, aber ich möchte die Stimmung nicht verderben; es ist schon zu lange her, dass hier im Haus gelacht wurde.

Claire erzählt, dass es bereits Buchungen gibt und am nächsten Wochenende die elfköpfige Familie Panchon sowie die zwei befreundeten Paare einfallen werden. Alle sind einigermaßen beeindruckt, wie gut Claire in den sozialen Netzwerken unterwegs ist und dass sie es geschafft hat, eine Herberge, die seit einem Jahr geschlossen ist, wieder zu eröffnen. Patrick sieht mich schräg an, aber ich kann ihn beruhigen.

»Das ist eine gute Sache. Egal, was kommt, den Winter über bleibe ich hier. Meine Wohnung in New York ist verkauft, mein altes Leben gibt es nicht mehr. So kann ich in Ruhe die Saison hier verbringen und schauen, wie es weitergeht.«

»Das klingt nach einer ausgezeichneten Idee«, freut sich Mickaël. »Wenn der Winter vorbei ist, entscheidest du, ob du bleibst oder nicht.«

»Genau.«

»Wolltest du nicht Trainer werden?«, fragt er.

»Du bist gut informiert.«

»Nicht jede Gemeinde hat ihre eigene Berühmtheit. Das ganze Dorf verfolgt deine Karriere aus nächster Nähe. Vor allem Marlène hat uns mit Neuigkeiten versorgt, oder deine Mutter, wenn sie mit dir telefoniert hatte. Wir dachten, nach deiner Verletzung würdest du als Trainer in den Staaten bleiben.«

»Das dachte ich auch. Aber nicht diese Saison. Jake, mein Manager, ist fest entschlossen, mir zu helfen, aber momentan ist es schwierig. Der jetzige Trainer will noch nicht gehen, und außerdem halten sie mich für zu jung, um sein Nachfolger zu werden. Vielleicht woanders, in einer anderen Stadt. Ich hätte große Lust auf Los Angeles gehabt.«

»In Los Angeles gibt es Eishockey?«, wundert sich Claire.

»Ja, und sie sind gar nicht mal schlecht. Nicht so gut wie das Team in New York, aber gerade das wäre eine Herausforderung: die Kings von Los Angeles weiterzubringen. Nun ja, ich habe noch mit niemandem darüber gesprochen, da ist noch nichts spruchreif. *We need to talk*, hat Jake mir heute Morgen am Telefon gesagt, was bei ihm alles und nichts heißen kann. Aber genug von mir! Mir scheint, ich bin nicht die einzige Berühmtheit im Ort«, wende ich mich an Mickaël. »Ein renommierter Chirurg aus Lyon, der alles stehen und liegen lässt, um in sein Heimatdorf zurückzukehren und dort Verstauchungen, Erkältungen und Touristen mit Magen-Darm-Grippe zu behandeln?«

»Sagen wir mal, ich hatte Heimweh. Das bekommt man nicht nur im Ausland.«

»Klar, das bekommt man auch, wenn man in eine fremde Stadt zieht. Ich kann dich schon verstehen, aber du hättest dich doch auch einfach ins Auto setzen und übers Wochenende herkommen können, du hättest nicht alles aufgeben müssen.«

»Mir gefiel das Leben als Chirurg einfach nicht. Ich habe es etwas über ein Jahr probiert, aber ich arbeite am liebsten mit Menschen. Ich mag den Kontakt zu ihnen, und ich nehme mir gern Zeit. Erkältungen finde ich toll. Es gibt nichts Besseres, als mit jemandem zu reden und ihn zu beruhigen. In den großen Krankenhäusern wird der Einfluss der Psyche extrem unterschätzt. Man weiß zwar, dass es ihn gibt, hat aber keine Zeit. Zu viele Leute, zu viele Patienten, zu viele schwere Fälle.«

»Dabei hast du nicht einmal in den USA gearbeitet!«

»Oh nein! Da kann ich mich gerade noch beherrschen«, entgegnet er lächelnd.

Ich betrachte ihn nachdenklich. Kann es etwa sein, dass Mickaël einer dieser unglaublichen Idealisten ist? Einer von denen, die einfach das Leben genießen, ohne auf ihren finanziellen Vorteil aus zu sein? Ich erzähle ihm, was ich gerade denke, und er lächelt.

»Ja, grundsätzlich schon, das kann man so sagen.«

»Du wolltest lieber da sein, wo die Dame dieses Hauses, die du von klein auf gekannt hast, ihre letzten Tage verbracht hat«, bemerke ich ein wenig traurig. »Du gehörst zu denen, die ihr die Hand gehalten und ihr geholfen haben, während ihr Sohn Tausende von Kilometer weit weg im Scheinwerferlicht stand …«

»Hör auf, Junge«, unterbricht mich Patrick. »Sei nicht so hart zu dir. Du bist gerade auf der Suche nach dir selbst, das wusste deine Mutter, und am meisten würdigst du sie, indem du zu dir findest.«

Claire wechselt das Thema und erkundigt sich bei Nadia nach ihrer Arbeit.

Mit Begeisterung erzählt Nadia von ihren Aufgaben als technische Ingenieurin. Vor fünf Jahren hat sie ihr Studium abgeschlossen und zuerst in Paris gearbeitet – was ich nicht wusste. Im Anschluss ist sie nach Serre Chevalier gezogen, bis ihr schließlich klar geworden ist, dass ihr kleine Familienbetriebe am besten gefallen. Als dann eine Stelle an der Skistation hier vor Ort frei wurde, hat sie sich sofort darauf gestürzt.

Ich bin beeindruckt. Im Gespräch mit den beiden wird mir bewusst, dass ich vollkommen falschgelegen habe. Als ich hier angekommen bin, bin ich davon ausgegangen, dass meine Freunde aus der Kindheit praktisch nichts aus ihrem Leben gemacht und noch nie ihren Geburtsort verlassen haben, dabei ist das Gegenteil der Fall. Ich war es, der seine Komfortzone nie verlassen hat, weil ich den Anweisungen meines Vaters gefolgt und dann all die Jahre in New York geblieben bin. Natürlich gibt es in einer Stadt wie New York immer etwas zu entdecken, aber ich habe nicht viel gemacht außer Eishockey zu spielen, mich ab und zu auf gesellschaftlichen Events blicken zu lassen und zu feiern. Nadia und Mickaël hingegen haben ihren Beruf selbst gewählt, sind weggezogen, um woanders zu studieren und praktische Erfahrungen zu sammeln, haben nachgedacht und sind aus freien Stücken wieder hergekommen, und zwar im vollen Bewusstsein dessen, was sie aufgegeben haben und was sie hätten erreichen können.

Genau das sage ich zu Claire, als die Gäste eine Stunde später gegangen sind. Nadia hat mich zum Abschied fest umarmt und mir gesagt, wie froh sie sei, mich wieder hier zu haben. Das zu hören tat unglaublich gut, und ich hatte plötzlich das Gefühl, tatsächlich wieder zu Hause zu sein. Mickaël hat sich mit einem festen, angenehmen Handschlag verabschiedet, und als er gesagt hat »Bis zum nächsten Mal«, habe ich überrascht festgestellt, dass ich tatsächlich Lust habe, ihn wiederzusehen. Und Patrick ist eben Patrick, mein zweiter Vater, wenn nicht sogar mein erster. Ich habe ihn umarmt und ihm versichert, dass meine Mutter es richtig so gemacht hat und niemand Besseren als Testamentsvollstrecker hätte auswählen können als ihn. Ich konnte ihm ansehen, dass ihn das beruhigte.

Ich bin erledigt, und Claire dabei zuzusehen, wie sie alles aufräumt, ermüdet mich noch mehr. Woher hat sie nur all diese Energie?

»Können wir nicht morgen klar Schiff machen?«, schlage ich vor.

»Kommt nicht infrage! Du wirst dich freuen, wenn morgen früh alles sauber ist und du dich um andere Dinge kümmern kannst. In ein paar Tagen kommen unsere ersten Gäste, da dürfen wir nichts schleifen lassen. Na, komm schon. Zack, zack.«

Mit beladenen Armen komme ich in die Küche, stelle alles in die Spüle und hole die Flasche mit Punsch aus dem Kühlschrank. Die Zeit vergeht im Nu, während wir aufräumen, putzen, abwaschen und polieren und dabei Claires leckeren Punsch schlürfen.

Ich liebe diese Küche. Sie ist riesig, und ich erinnere mich daran, wie ich früher am großen Holztisch saß und meine Hausaufgaben machte, während meine Mutter kochte. Aber verdammt, es dauert eine Ewigkeit, bis alles aufgeräumt ist!

Als wir fertig sind, setzen wir uns, eine zweite Flasche Punsch und zwei Gläser vor uns.

»Ein ereignisreicher Abend«, stelle ich mit einem Lächeln fest.

»Das kann man wohl sagen!«

»Mir dreht sich langsam der Kopf. Dir nicht auch?«

»Nein.«

»Sag jetzt nicht, du verträgst mehr Alkohol als ich.«

»Möglich wär's schon. Du weißt ja, meine Vorfahren stammen aus Lothringen, und der Punsch hier ist ein Familienrezept, ich bin es sozusagen gewöhnt. Allerdings muss man schon sagen, dass ich nicht so große Schlucke nehme wie du.«

»Was ist denn alles da drin?«

»Ach, nicht viel. Mirabellenschnaps, Sprudelwasser, Zitronensaft und Zucker.«

»Aha, verstehe. Dann also quasi nur Alkohol. Und wie viel Prozent hat der Mirabellenschnaps?«

»Normalerweise fünfundfünfzig.«

Ich verschlucke mich beinahe. »Das ist ein Scherz, oder?«

»Nein. Aber wenn meine Großmutter mit einundneunzig noch so topfit ist, bei dem, was sie trinkt, dann muss es einen jung halten«, sagt sie lachend und stößt mit mir an.

Dann trinkt sie ihr Glas in einem Zug aus.

Ich tue es ihr nach. Was das Trinken angeht, lasse ich eine Frau nicht das letzte Wort haben.

»Ich verstehe. Du willst mich betrunken und dir gefügig machen, Honey.«

»Genau, ich bin verrückt nach deinem Körper und will über dich herfallen. Dabei hast du mich schon nackt gesehen, wohingegen ich unterhalb der Gürtellinie noch nichts von dir zu Gesicht bekommen habe.«

»Ach so, aber das lässt sich doch einrichten«, murmele ich, und unter einigen Schwierigkeiten stehe ich auf und mache einen Schritt auf sie zu.

Keine Ahnung, welcher Tag es ist und wo ich bin.

Mein Kopf schmerzt höllisch. Eieiei. Verdammt, so ein Mist. Ich kann kaum die Augen aufmachen. Mein Mund ist wie ausgetrocknet, ich muss unbedingt aufstehen und etwas trinken. Komm schon, Claire, denk nach, wach auf. Bestimmt schon seit einer Stunde versuche ich aufzustehen … Und wieder kuschele ich mich tiefer in meine weiche Decke. Seit wann habe ich eigentlich eine so weiche Decke? Da, ich hab's, langsam kommen meine Erinnerungen zurück, setzen sich die Puzzleteile zusammen … Decke. Weich. Kalt. Warum kalt? Ich bin nackt, das kann ich spüren. Normal. Genau, nicht in Paris, sondern in den Bergen. Hugo. Gäste. Sehr gutes Abendessen. Ein schöner Abend. Mist! Diesmal schlage ich die Augen auf. Wo bin ich, verdammt noch mal? Das hier ist nicht mein Schlafzimmer. Neeeiin! Das kann nicht wahr sein … Ist das etwa Hugos Schlafzimmer? Ich erstarre und halte den Atem an. Da hat sich etwas bewegt. So langsam, dass es eine Ewigkeit dauert, drehe ich mich auf die andere Seite, und da sehe ich Hugo, der neben mir in seinem Bett liegt und mir den Rücken zukehrt. Neben mir, im gleichen Bett! Ich wage es nicht, mich zu rühren. Wie ist das möglich? Bruchstücke des gestrigen Abends kommen mir wieder in den Sinn.

Die Gäste sind gegangen, wir haben aufgeräumt, wir haben immer weiter Punsch getrunken. Was ist nur in mich gefahren, dass ich so viel davon heruntergekippt habe? Dabei weiß ich doch, dass er einen umhaut. Ich weiß: Ich wollte diesem Koloss die Stirn bieten. Ich erinnere mich noch, dass ich eine Wette vorgeschlagen habe, eine dumme noch dazu. Wir trinken auf ex und gucken dann, wer am nächsten Morgen das bessere Frühstück macht. Warum habe ich das bloß vorgeschlagen? Ach ja, ich war verlegen, weil er mir angeboten hatte, sich auszuziehen, damit ich ihn auch mal nackt sehe und wir quitt sind. Ich war beschwipst, aber noch nicht vollkommen betrunken. Ich habe gesagt, »nein, nicht jetzt«, und das hat er als mangelndes Interesse aufgefasst. Daraufhin habe ich etwas in der Art gesagt wie: »Schätzchen, wenn ich dich nackt sehe, dann soll das für mich auch einen Nutzen haben. Ich kann mir auch keinen Trailer ansehen, ohne sofort danach den Film anzugucken.« Was ist da nur in mich gefahren? Die Mirabellen haben aus mir gesprochen. Die drei verfluchten Flaschen Mirabellenschnaps, die meine Schwester mir noch eingepackt hatte, damit ich schneller auf andere Gedanken komme. Tja, Mission geglückt, Sophie.

Wie ich in Hugos Bett gelandet bin, weiß ich allerdings nicht mehr. Haben wir etwa … miteinander geschlafen? Unmöglich. Daran würde ich mich doch wohl erinnern. Oder?

Ich muss handeln. Und zwar schnell. Ich habe unsäglichen Mundgeruch und bin nackt. Ganz egal, was sich gestern Nacht zwischen uns abgespielt hat, so darf Hugo mich auf keinen Fall sehen. Behutsam schiebe ich die Decke zurück, woraufhin Hugo sich umdreht und nun auf dem Rücken liegt. Er scheint tief und fest zu schlafen. Ich schiebe die Decke weiter hinunter, um aus dem Bett zu schlüpfen, und dabei fällt mir auf, dass ich eine äußerst günstige Sicht auf seinen nackten Körper habe. Ich erinnere mich an nichts mehr von letzter Nacht, wenn ich ihn also nackt gesehen habe, dann ist es doch das Mindeste, ihn mir noch einmal anzuschauen, um mein Gedächtnis aufzufrischen. Genau, rein therapeutisch. Ich hebe die Decke etwas an und betrachte seine definierten Bauchmuskeln, dann hebe ich sie noch ein Stück und … du lieber Himmel! Ich lasse die Decke fallen und springe aus dem Bett.

Nein, betrachten wir es mit Logik: Hätte ich mit Hugo geschlafen, würde ich mich heute Morgen daran erinnern.

Hastig sammele ich meine auf dem Boden verteilten Kleider ein und stürze aus dem Zimmer. Mir ist eiskalt, aber das Adrenalin hilft. Zurück in meinem Zimmer versuche ich, mich zu beruhigen und zu sammeln. Mir fällt auf, dass ich zwar meine Jeans geschnappt habe, aber Hugos Pulli. Eine Nacht mit ihm, und schon bin ich chaotisch, das ist ja vielversprechend. Dieser Mann hat einen schlechten Einfluss auf mich. Gut, wenn ich mich bewege, fühlt sich alles normal an, weder verspüre ich ein besonderes Wohlgefühl, noch stört mich irgendetwas im Schritt. Ich habe nicht mit ihm geschlafen. Nein, als ich seinen … seinen riesigen erigierten Penis eben gesehen habe, wusste ich sofort, dass ich nicht mit ihm geschlafen habe. Daran würde ich mich erinnern. Aber gut, trotz meiner höllischen Kopfschmerzen sagt sich ein Teil von mir, dass ich … dass ich aber im Grunde gern mit ihm geschlafen hätte … Oh, nein, Claire, denk gar nicht erst darüber nach! Dein Leben ist auch so schon kompliziert genug. Reiß dich zusammen.

Ich ziehe meine Jeans und seinen Pulli an. Duschen kann ich später noch, wenn Hugo aufgewacht ist. Zur Entspannung muss ich jetzt erst einmal etwas kochen. Und eine Schmerztablette nehmen. Das klingt doch schon viel vernünftiger.

Als ich in die Küche komme, überkommt mich Panik. Im ersten Moment dreht sich mir der Magen um, weil ich denke, dass wir ausgeraubt worden sind, oder besser gesagt, dass man unsere Küche demoliert hat, so wie sie aussieht. Überall ist Mehl verstreut, wie an einem Tatort, nur dass statt Blut Mehl an den Wänden klebt. Nichts ist weggeräumt, alles ist drunter und drüber. Was ist hier bloß …? Da fällt es mir wieder ein. Wir haben unseren Wettbewerb für das beste Frühstück ausgetragen! Die bescheuerte Wette! Auf dem Boden liegen zerschlagene Eier, es ist widerlich. Am liebsten würde ich mich übergeben. So ordentlich, wie ich bin, so sorgfältig, wie meine Mutter es mir beigebracht hat, muss ich wirklich ganz schön einen sitzen gehabt haben.

Bilder tauchen vor meinem geistigen Auge auf … Ich sehe mich, wie ich zu ihm sage: »Super Einstieg!« Er wollte Spiegeleier braten und ich eine Brioche backen. Und als es ihm nicht gelungen ist, die Eier zu zerschlagen, habe ich mich über ihn lustig gemacht. Daraufhin hat er beschlossen, mich aus dem Konzept zu bringen, um meine Brioche zu sabotieren. Er hat mich gekitzelt und seine Arme um mich geschlungen, um mich von der Arbeitsfläche wegzuziehen. Da habe ich es ihm nachgemacht. Ich habe ihn von mir weggestoßen, und das Ei ist neben der Pfanne gelandet.

Ich brauche unbedingt eine Tablette. In einer Schublade finde ich Medikamente, ich fülle ein Glas mit etwas Wasser, und als ich beinahe auf einer Pfütze aus – ich will gar nicht wissen, aus was – ausrutsche, fällt mir noch etwas wieder ein. Ich habe Hugo mit Mehl beworfen. Er lachte und wollte mir die Packung aus der Hand nehmen, und in meinem Versuch, ihm zu entkommen, bin ich ausgerutscht, doch er hat mich aufgefangen. Und als ich so in seinen Armen lag, hat er mich geküsst. Daran kann ich mich zum Glück noch ganz genau erinnern. Es wäre auch schade gewesen, hätte ich diesen Kuss vergessen. Selbst betrunken hat es sich angefühlt, als würde … Nein! Was für ein ausgemachter Dummkopf ich doch bin! Nein, es wäre doch besser, hätte ich es vergessen. Ich muss es vergessen. Aber ich sehe es wieder ganz deutlich vor mir. Hugo hat mich hochgehoben und mich auf den Küchentisch gesetzt. Ich habe meine Beine um ihn geschlungen. Er hat mich geküsst. Ich war ihm völlig ausgeliefert. Aber das ist doch unmöglich! So kenne ich mich gar nicht. Normalerweise handele ich wohlüberlegt, nicht völlig unbeherrscht, und ich betrinke mich auch nicht bis zur Besinnungslosigkeit mit Punsch und verstreue überall Mehl, um anschließend eine Orgie darin zu feiern. Die Bergluft bekommt mir offensichtlich rein gar nicht.

Ich hole Wischlappen und Schwamm hervor, und nachdem ich meine Anti-Kater-Tablette geschluckt habe, beginne ich wie besessen zu schrubben in der Hoffnung, damit auch mein Gedächtnis, meine Gefühle und meine Erregung wegwischen zu können.

Aber es hilft nichts.

Während ich also vor mich hin fluchend auf allen vieren auf dem Boden hocke – nasses und anschließend getrocknetes Mehl aufzuwischen ist die Hölle; zur Erinnerung: Man benutzt es auch als Leim –, höre ich ein Geräusch. Ich hebe den Kopf und sehe Hugo, der zwar einen müden Eindruck macht, dabei aber um einiges präsentabler aussieht als ich. Die Natur ist ungerecht.

»Guten Morgen. Hast du gut geschlafen?«, fragt er mich mit rauer Stimme.

Ich halte in meiner Bewegung inne und sehe zu, wie er sich an den Tisch setzt und sich vom Kaffee einschenkt, den ich gekocht habe.

»Hast du heute noch irgendwann vor, mir zu helfen?«, fahre ich ihn etwas aggressiv an.

»Zwei Minuten, ich bin gerade erst aufgewacht. Unglaublich, da bist du einen Abend mal locker drauf, und am nächsten Morgen ist die manische, megagestresste Frau wieder da.«

Und dazu lächelt er auch noch! Weil mir keine Antwort darauf einfallen will, landet mein Schwamm in seinem Gesicht. Mit einem Aufschrei springt er von seinem Stuhl auf. Zumindest ist er jetzt wach.

»Siehst du, jetzt sind wir beide gleich schlecht gelaunt«, bemerke ich und hebe meinen Schwamm auf, der neben ihm auf dem Boden gelandet ist.

»Darf ich vielleicht erfahren, was ich dir getan habe?«

Wie dreist, mir diese Frage zu stellen! Wenn er mir schon eine Vorlage liefert, dann nutze ich sie auch.

»Das ist es ja! Genau da liegt das Problem. Was hast du mit mir gemacht?«

»Wie bitte? Wir haben die Nacht zusammen verbracht, du hast dich verliebt, und jetzt erwartest du einen Heiratsantrag in aller Form?«

Ich stehe unter Schock. Was hat er da gerade gesagt? *Wir haben die Nacht zusammen verbracht?* Dann spielt mein Gedächtnis mir also einen Streich? Ich habe verdrängt, dass wir miteinander geschlafen haben? Dann kann es so gut nicht gewesen sein. Da ich nichts erwidere, nimmt Hugo seine Tasse und geht ins Wohnzimmer.

»Du bist echt anstrengend, Claire«, wirft er mir auf dem Weg aus der Küche noch hin. »Du machst mich noch irre. Tut mir leid, aber wir haben uns gestern doch gut amüsiert, und jetzt machst du alles kompliziert.«

Ebenfalls mit einer Tasse Kaffee in der Hand folge ich ihm ins Wohnzimmer. Den Kaffee kann ich mehr als gebrauchen.

»Weil es nicht ohnehin ›alles kompliziert macht‹, dass wir die Nacht zusammen verbracht haben? Du weißt, dass ich allein bin, verletzlich, hilflos, ohne Orientierung, weit von mir zu Hause entfernt. Dir ist bewusst, dass ich einen armen Jungen trösten würde, der seine Mutter verloren hat, und das nutzt du aus, um mit mir zu schlafen, und dann behauptest du, es würde ›alles kompliziert machen‹, wenn ich dich am nächsten Morgen zur Rede stelle?«

»Mit dir schlafen?« Verdutzt sieht er mich an.

»Ach, nenn es doch, wie du willst. Ist vögeln besser? To fuck? To have sex? To make sex? Letztendlich ist das doch alles dasselbe.«

»Ich nenne es eigentlich nur schlafen.«

»Hör auf mit den Wortspielereien und …«

Mir wird klar, was er gerade gesagt hat, und ein Fünkchen Hoffnung taucht auf. »Willst du damit sagen, dass nichts passiert ist?«

»Das kommt darauf an, was bedeutet denn ›nichts‹?«

»Hugo! Gestern Abend standen wir noch in rein professioneller Beziehung zueinander, und heute Morgen wache ich nackt in deinem Bett auf, du nackt neben mir. An das, was dazwischen passiert ist, kann ich mich nicht erinnern.«

Ich setze mich in einen Sessel, während Hugo ein Feuer im Kamin macht. Liegt es an mir, oder ist es heute heiß hier drin?

»Besonders traumatisierend kann es aber nicht gewesen sein, wenn du meinen Pulli trägst.« Er deutet mit dem Schürhaken auf meinen Aufzug.

»Den trage ich nur, weil ich mir bei meiner Flucht aus deinem Zimmer das Erstbeste geschnappt habe, was ich zwischen die Finger gekriegt habe. Ich gehe gleich duschen und gebe ihn dir zurück, keine Sorge.«

»Oh, aber ich mache mir doch gar keine Sorgen. Du bist diejenige in Panik. Erinnerst du dich wirklich an gar nichts?«

»Ich erinnere mich an den Punsch und an unsere Schlacht in der Küche. Und daran, dass wir uns geküsst haben … Ansonsten an nichts.«

»Na ja, das ist es im Grunde auch schon. Du erinnerst dich an das meiste.«

»Wirklich? Da bin ich ja beruhigt. Nicht, dass ich nicht mit dir schlafen wollen würde. Oh nein! Das will ich nicht, weil es der falsche Zeitpunkt in meinem Leben wäre, aber ich dachte auch, dass ich mich daran erinnern würde, wenn wir miteinander geschlafen hätten.«

»Danke. Das ist doch mal ein freundliches Wort am frühen Morgen.«

»Nein, das soll nicht heißen, dass ich glaube, du wärst der absolute Knaller, sondern eher, dass ich spüren würde …«

Ich verstumme. Ganz schlecht formuliert.

Hugo lässt nicht locker. »Was würdest du spüren?«

»Nichts. Egal.«

»Ich hole mir eine Kopfschmerztablette, mir brummt der Schädel.«

»In der Küche. Die Schublade rechts neben dem Gashahn.«

»Neben dem Gashahn?«

Ich sehe ihn an und fange leise an zu lachen. Offensichtlich weiß er nicht, wovon ich spreche, also erkläre ich es ihm. »Über dem Gasherd! Diesem professionellen Schmuckstück, das zum Zubereiten von Mahlzeiten dient und Erlesenheit mit Qualität verbindet. Wie kann man einen Gashahn in der Küche haben und nicht wissen, dass man einen hat?«

»Mit dem Allradantrieb bei deinem SUV steht es da wohl unentschieden.«

Er geht wieder in die Küche, und ich folge ihm. Da sind schließlich noch offene Fragen zu klären. Warum habe ich in seinem Bett geschlafen, und dazu noch nackt?

Hugo nimmt gerade seine Schmerztablette. Er trägt eine Schlafanzughose und ein T-Shirt, das eng an seinen breiten Schultern und Oberarmen anliegt. Seine braunen Haare sind zerzaust, und seine Augen sind noch blauer als sonst. Ja, denke ich, wenn wir miteinander geschlafen hätten, selbst unter dem Einfluss von Mirabellenschnaps, würde ich mich daran erinnern …

Er wendet sich zu mir um. »Du willst wissen, wie du nackt in meinem Bett gelandet bist, stimmt's? Die Wahrheit wird dir nicht gefallen, fürchte ich.«

»Wenn sie denn stimmt, gefällt mir die Wahrheit immer.« Ich schiebe ihn zur Seite und beginne, das Spülbecken zu putzen.

»Was willst du damit andeuten?«, fragt er empört. »Dass ich lüge? Tut mir leid, aber ich habe dich zu nichts gezwungen, Gnädigste. Normalerweise muss ich mich nicht sonderlich anstrengen, um eine Frau ins Bett zu kriegen.«

»Du bist so was von eingebildet.«

»Du bist so was von heuchlerisch.«

»Ich?«

Ich glaube es nicht. Mit dem Schwamm in der Hand sehe ich ihn an, und beinahe … beinahe nichts. Ich habe keine Ahnung, wie ich darauf reagieren soll, manchmal weiß ich einfach nicht, woran ich bei Hugo bin.

»Du hast doch diesen dummen Wettkampf vorgeschlagen«, fährt er fort. »Wir haben eine Schlacht veranstaltet und uns ein bisschen geküsst, ja, aber ich kann beim besten Willen nicht sagen, wer von uns beiden sich auf den anderen gestürzt hat. Jedenfalls wolltest du mich nackt sehen, um es auszugleichen wie in deiner Serie.«

»Verstehe … und dann?«

»Dann hast du mich ausgezogen …«

»Was?«

»Warte, das ist noch nicht alles. Ich meinte, das sei unfair, ich hätte dich ja nur kurz zu Gesicht bekommen, und außerdem war ich vor Sorge außer mir, weil ich dachte, dir sei etwas zugestoßen. Daraufhin hast du gesagt: ›In Ordnung, dann müssen wir das eben auch noch ausgleichen.‹ Und dann hast du dich ausgezogen …«

»Ich mich?«

»Natürlich du, wer denn sonst? Es war doch sonst niemand da.«

»Du spinnst doch. Das hast du dir ausgedacht, mein Armer. Du warst doch auch betrunken.«

»Oh nein, nicht so betrunken wie du. Dann hast du mich in mein Zimmer geschleift, wir haben uns aufs Bett gelegt und …«

»Stopp!« Ich halte ihm die Hände vor den Mund. »Hör auf, ich bin noch nicht bereit.«

Ich atme tief durch, einmal, zweimal, ein drittes Mal. Dann klammere ich mich am Spülbeckenrand fest, und ohne ihn anzusehen frage ich: »Und dann?«

»Dann bist du eingeschlafen.«

»Ah! Das geht ja«, stoße ich aus und lasse die Hände fallen. »Da bin ich aber erleichtert.«

»Das geht ja? Du ziehst mich aus, fällst über mich her, lässt mich dann in diesem Zustand hängen und sagst mir am nächsten Morgen ›das geht ja‹?«

Gerade will ich ihn zum Teufel jagen, da wird mir klar, dass er es nicht ernst meint, sondern sich über mich lustig macht.

»Deine Tugend ist unbescholten, Honey. Entschuldige! Pepper. Es ist nichts passiert, du bist sofort eingeschlafen, und ehrlich gesagt war ich auch in keiner besonders guten Verfassung und bin kurz nach dir ebenfalls weggewesen.«

»Gut, zumindest eine Sache haben wir daraus gelernt.«

»Und die wäre?«

»Wir dürfen keinen Alkohol trinken, wenn wir zwei alleine sind.«

»Oder zumindest nicht so viel Alkohol«, sagt er und schenkt sich Kaffee nach. »Übrigens hast du verloren.«

»Was? Meine Würde?«

»Die auch. Aber vor allem deine Wette.«

»Meine Wette?«

»Genau. Sieh dir mal die Pfanne an, ein Ei ist drin, auch wenn ein paar auf dem Boden gelandet sind. Dein Ofen hingegen: leer. Keine Spur von einer Brioche.«

»Und?«

»Und jetzt zieh dir was über! Heute Morgen reden wir mit den Hunden.«

»Was?« Ich falle beinahe in Ohnmacht. »Darum kann ich auf keinen Fall gewettet haben«, erkläre ich.

»Hast du aber. Du warst dir deiner Sache eben ziemlich sicher, muss man dazusagen.«

»Oh nein … Da hätte ich doch lieber erfahren, dass wir miteinander geschlafen haben.«

»Ich weiß nicht so recht, wie ich das jetzt auffassen soll.«

»Wie du willst, ist mir gleich. Ich weigere mich.«

»Du hältst also nicht dein Wort?«

»Doch, aber nur, wenn ich nüchtern bin, nicht mit einer Flasche Mirabellenpunsch intus.«

»Wohl eher zwei Flaschen, bei dem, was wir getrunken haben.«

»Und das findest du lustig?«

»Hör zu, als ich aufgewacht bin, fiel mir sofort wieder die Geschichte mit dem Testament ein, dann muss ich mich quasi als Lustmolch beschimpfen lassen, und dazu bist du grantig und angriffslustig, obwohl wir gestern Abend beinahe so was wie Freunde geworden sind, also ja, ich versuche, alles locker zu nehmen. Das ist doch mein gutes Recht, oder?«

Das stimmt, ich hatte vergessen, wie schwierig es gestern Abend für ihn war. Das war nicht nett von mir. Schließlich habe ich gesagt, das hier sei ein Neuanfang. Dann kann ich ebenso gut reinen Tisch machen und die Vergangenheit samt unnützer Ängste hinter mir lassen! Oder lieber nicht …

»Also gut, einverstanden, aber wir gehen es langsam an«, murmele ich in der Hoffnung, dass er mich nicht hört.

»Du redest jetzt aber schon von den Hunden, oder?«

»Na, wenn du so anfängst …«

»Ich mache nur Spaß! Geh erst mal in Ruhe duschen,

danach sehen wir weiter. In der Zwischenzeit mache ich hier den Rest sauber. Mittlerweile geht es, ich bin wach.«

Ich gehe in mein Zimmer, um mir etwas zum Anziehen zu holen. Als ich wieder am Wohnzimmer vorbeikomme, bringt Hugo eine Ladung Feuerholz herein. »Du hast mir doch alles gesagt, oder?«, hake ich noch einmal nach.

Er stapelt das Holz neben dem Kamin und lässt sich mit seiner Antwort Zeit.

»Ich habe dir meine Version der Ereignisse geschildert, jetzt liegt es an dir, zur Hypnose zu gehen, wenn du dich wieder an alles erinnern willst.«

»Ich glaube, ich kann dich nicht ausstehen.«

»Deine Gefühle ändern sich wirklich erstaunlich schnell. Wir kennen uns doch kaum.«

»Zu gut, wir kennen uns zu gut.«

Bevor ich auf dem Absatz kehrtmache, um ins Bad zu gehen, sehe ich noch, wie er lächelt.

Unter der Dusche versuche ich, meinen Kater loszuwerden und nebenbei auch jegliche Spur von Verärgerung, Bedauern, Scham und all den anderen Schwachsinn abzuwaschen. Danach bin ich zwar immer noch müde, fühle mich aber wieder wohler in meiner Haut. Bis mir die Hunde wieder einfallen … Ich ziehe die Kleider an, die ich mir zurechtgelegt habe, und Hugos Pulli von heute Morgen über meinen eigenen Pulli.

In meinem Michelinmännchen-Aufzug geselle ich mich zu Hugo in die Küche. Er hat alles geputzt und aufgeräumt, aber ich muss meinen Blick nur einen Moment schweifen lassen und merke bereits, dass ich alles noch mal machen kann. Zumindest hat er es versucht.

»Ich bin bereit!«

Hugo dreht sich zu mir um und … bricht in Lachen aus.

»Bereit wofür? Einen Sumo-Ringkampf?«

»Ganz genau! Genug jetzt mit deinem fragwürdigen Humor. Da draußen warten zwei Monster auf uns, und danach muss ich hier klar Schiff machen.«

»Klar Schiff machen? Soll das ein Witz sein? Ich habe eine Stunde lang geschuftet, während du im Bad warst.«

»Jaja, ich verstehe, du hast dir große Mühe gegeben und ich danke dir dafür.«

»Mühe gegeben? Wo ist denn das Problem? Was ist hier denn nicht in Ordnung?«

»Ach, es spielt doch keine Rolle.«

»Doch! Sag es mir.«

Nun gut, er hat es so gewollt.

»Du hast das Müsli in den falschen Schrank gestellt. Rechts neben dem Ofen, das ist unpraktisch, so kann die Schokolade schmelzen. Und dann steht die größere Packung vor der kleineren, da kann man die kleinere nicht sehen. Die Krümel auf der Arbeitsfläche haben sich in der Fuge versteckt, die muss man mit einem feuchten Schwamm aufwischen, nicht wegschieben. Die Weinflaschen sind in der falschen Reihenfolge aufgestellt, wenn man Wein zum Essen serviert, muss man beim leichtesten anfangen. Der Mülleimer ist voll, und die Putzlappen sind nicht ordentlich aufgehängt. Und jetzt kein Wort! Du wolltest es ja wissen. Und ich habe noch nicht einmal in den Kühlschrank und hinter die anderen Schranktüren geguckt.«

Einen Augenblick sieht er mich wortlos an, dann geht er an mir vorbei, schnappt seinen Mantel und sagt: »Du hast ein

Problem. Oder nein, du hast diverse Probleme. Du bist das Problem. Aber gut, lassen wir das. Ich bin nicht für das Soziale zuständig, ich mache nur mein Diplom im Heilen deiner Hundephobie.«

»Darauf antworte ich nichts.«

Ich nehme ebenfalls meinen Mantel, atme tief durch und mache mich bereit, ihm zu folgen. Aber ich fühle mich wie gelähmt. Kaum ist Hugo durch die Haustür gegangen, schließe ich sie hinter ihm, anstatt hinter ihm herzugehen, und lehne mich dagegen. Er kommt zurück und drückt sanft die Tür auf.

»Claire?«

»Hugo?«

»Claire?«

»Hugo?«

Er atmet laut aus, tritt durch die Tür, nimmt mich am Arm und schiebt mich hinaus. »Sie sind angebunden, du hast nichts zu befürchten.«

Ich drücke mich an ihn, das Gesicht in seinem Daunenmantel verborgen. Blind tapere ich hinter ihm her. »Wenn du sie extra angebunden hast, heißt es doch, dass sie gefährlich sind.«

»Nein, ganz im Gegenteil. Ich will nur nicht, dass sie dich anspringen, weil sie gestreichelt werden wollen, und dass du sie dann mit deinen langen Fingernägeln ausnimmst.«

»Ich war bei der Maniküre, da werde ich es wohl kaum riskieren, mir die Nägel von ein paar Hunden ruinieren zu lassen.«

»Sehr gut, du machst Fortschritte, du kannst sogar schon ›Hunde‹ sagen.«

Während wir reden, nähern wir uns der Stelle, an der die Hunde angebunden sind. Vollkommen panisch klammere ich mich an Hugo fest, bis er das Gesicht verzieht und mich bittet, ihm die Schulter nicht auszurenken, er habe schon ein kaputtes Knie, das reiche.

Ich kann nicht. Ich kann nicht. Er nimmt mich in den Arm, streicht mir über die Haare und redet behutsam auf mich ein. »So, und jetzt ganz langsam, es ist alles in Ordnung.«

»Ich habe dich angelogen. Ich habe dir nicht alles gesagt.«

»Du bist doch nicht mehr Jungfrau?«

»Doch«, sage ich und lache in seinen Mantel. »Das ist man doch, wenn man ein halbes Jahr lang keinen Sex mehr hatte.«

»Ein halbes Jahr?« Er schiebt mich ein Stück von sich, damit er mir in die Augen sehen kann. »Oh *Shit*! Aber du wolltest ihn doch heiraten ...«

»Ja, womit, glaube ich, bewiesen wäre, dass er nicht der Richtige war.«

Wir lachen leise, woraufhin die Hunde anfangen zu bellen. Das versetzt mich noch mehr in Panik. Dabei können sie sich gar nicht auf mich stürzen: Wir stehen außerhalb der Reichweite ihrer Leine. Hugo schlingt wieder seine Arme um mich, und ich murmele in seinen Mantel.

»Ich habe meine Eltern angelogen. Einmal wollte ich morgens den Weg zur Schule nehmen, den sie mir verboten hatten. Ich wollte meiner Freundin Laïa beweisen, dass ich vor nichts Angst hatte. Wir sind also den längeren, dunklen Weg gegangen, und da war ein Hund. Ich habe mich vollkommen falsch verhalten, ich habe ihn angeschrien, damit er auf mich hört, und da ist er mir hinterhergerannt. Er hat mich angesprungen, aber zum Glück war ich schnell genug, sodass er mich nicht im Gesicht erwischt hat, sondern am Bein. Abends hat mich die Mutter meiner Freundin verarztet. Ich hatte eine Heidenangst, dass meine Eltern erfahren, dass ich nicht auf sie gehört habe. Ich habe ihnen nie meine Narbe gezeigt, habe einfach die Zähne zusammengebissen. Der Teufel schickt mir Hunde, um mich zu überwachen, davon bin ich überzeugt.«

»Gut, perfekt! Schrei sie nicht an, dann beißen sie dich auch nicht.«

Ich verpasse ihm einen Klaps, aber er federt an seinem weichen Mantel ab. Hugo nimmt sanft meine Hand und redet auf die Hunde ein, damit sie sich beruhigen und mich nicht anspringen. Man könnte meinen, sie seien Kängurus auf Sprungfedern. Hugo fordert mich auf, mit ihnen zu sprechen. Ich, mit Hunden sprechen? Das wäre ja mal eine Sensation.

»Ich … Arthur, hallo. Wie geht's euch H… Hunden? Und Hector, immer noch mit der Yogalehrerin zusammen?«

Ich lächele, aber ich kriege es dennoch mit der Angst zu tun. Als Hugo sich hinhockt, tue ich es ihm nach, und beinahe kriechend bewegen wir uns auf sie zu, um auf gleicher Höhe mit ihnen zu sein. Als sie das sehen, legen sie sich auf die Erde und kriechen ebenfalls. Anscheinend halten sie das für ein Spiel, diese felligen Dummköpfe.

Als wir nah genug sind, streichelt Hugo sie und legt meine Hand auf ihr Fell, damit ich sie ebenfalls streichele. Ich schließe die Augen, ich kann nicht anders. Irgendwann liegt meine Hand auf dem Kopf eines Hundes, und ich fühle etwas sehr Weiches. Wahnsinn, wie weich so ein Fell ist. Besser als ein Mantel oder eine Bettdecke. Ich muss lächeln, als meine Finger sich in das Fell graben.

Ein paar Minuten verharren wir so, ich lächele, und als einer der Hunde mir über die Hand leckt, muss ich sogar lachen. Schließlich kehren wir ins Haus zurück, denn ich bin durchgefroren, und für heute reicht es. Viel länger kann ich die Luft nicht mehr anhalten.

Zurück im Haus gehe ich in mein Zimmer, um meine Eltern anzurufen. Seit meiner »Nicht-Hochzeit« habe ich nur per SMS mit ihnen kommuniziert. Meine Mutter ist ganz aus dem Häuschen, dass sie mich am Apparat hat, und findet, ich sähe fantastisch aus – das muss sie mir mal erklären, sie kann mich doch gar nicht sehen –, und mein Vater freut sich, dass mir die Bergluft guttut, obwohl ich diesbezüglich gar nichts habe verlauten lassen. Ich vermute, sie haben mich für selbstmordgefährdet gehalten und sind erleichtert, dass sie sich getäuscht haben. Anschließend rufe ich zwei Freundinnen in Paris an, die mich zwar löchern und tausendmal fragen, wie es mir geht, letztendlich aber doch einfach wunderbar sind. Ich bin unglaublich froh, dass ich sie habe.

Dennoch lege ich mit einem unguten Gefühl auf. Es ist, als wäre ich durch die Telefonate direkt in meinem früheren Leben gelandet und als hätte ich allein durch das Drücken eines Knopfes die Entfernung von sechshundert Kilometern aufgehoben und mich in mein überfrachtetes Leben in Paris verpflanzt. Obwohl ich noch vor zehn Minuten alles als leicht und friedlich empfunden habe, habe ich jetzt das Gefühl, mich hier nur abzurackern und völlig fehl am Platz zu sein. Schließlich ist das hier Hugos Leben, nicht meins, und ich glaube, ich bin gerade dabei, alles durcheinanderzubringen. Ich darf mich nicht zu sehr eingewöhnen. Hugo ist nicht meine Familie, und das hier ist auch nicht mein zweiter Wohnsitz. Ich bin nur vorübergehend hier, und zwar zum Arbeiten, und in zwei Wochen bin ich wieder weg. Beziehungsweise in einer Woche. Als mir klar wird, wie viel Zeit vergangen ist, überkommt mich die Panik. Dazu bin ich doch noch gar nicht bereit! Es ist eine Sache, in Paris anzurufen, dorthin zurückzukehren eine vollkommen andere. Die Vorstellung, zurück in meiner Wohnung zu sein, ist unerträglich. Selbst der Gedanke an meine Arbeit, die ich seit Jahren gerne mache, belastet mich. Wenn es schon eine harte Probe war, die Fragen meiner zwei besten Freundinnen zu beantworten, wird es die Hölle sein, das Mitgefühl meiner Kolleginnen zu ertragen. Nun gut. Ich muss auf andere Gedanken kommen, und nichts hilft besser, als ein Essen zuzubereiten. Zu Mittag wird es Kartoffelgratin mit einem schönen grünen Salat geben, und heute Abend eine Gemüsesuppe.

Als ich gerade die Kartoffeln schäle, kommt Hugo von den Besorgungen zurück, die ich ihm aufgetragen hatte. Er überreicht mir ein großes Paket.

»Mach es auf«, weist er mich an, als ich ihn nur erstaunt ansehe.

»Oh! Eine Matte!«

»Jetzt kannst du deine Gymnastik machen. Ich habe dir eine von der Physiotherapie mitgebracht.«

»Ah, von deiner sexy Krankengymnastin.«

»Ja. Apropos …«

»Hat sie dir etwa Avancen gemacht? Unglaublich! Sie hat ja anscheinend überhaupt kein Berufsethos. Du könntest ihre Praxis dichtmachen. Es sei denn, sie gefällt dir. Das musst du entscheiden.«

»Ach, so schlimm ist es nicht«, erwidert er mit einem Husten und offensichtlichem Unbehagen.

Ich bohre nicht weiter nach, aber da ich eben neugierig bin, werde ich wohl ein wenig graben müssen. Morgen Abend treffen wir uns mit Nadia und Mickaël zum Essen bei Patrick im Restaurant, da werde ich sie unauffällig befragen. Ich bedanke mich herzlich bei Hugo für meine Matte, und wir sprechen über unsere ersten Gäste, die am Sonntag eintreffen, und darüber, dass wir das Haus noch schmücken müssen, da wir auch mit ihnen Weihnachten feiern werden.

»Weihnachten?«, fragt Hugo erstaunt.

»Aber ja doch, du weißt schon, die Zeit am Ende des Jahres, die in der Regel auf den fünfundzwanzigsten Dezember fällt, oder auf den Abend davor, wenn um Mitternacht dieser bärtige Typ vorbeikommt. Gehörst du vielleicht einer anderen Religion an?«

»Nein, aber daran hatte ich noch gar nicht gedacht.«

»Ja, das verstehe ich«, versuche ich, ihn aufzuheitern, da ihn das ernsthaft zu beunruhigen scheint. »Diesmal haben sie es aber auch wirklich vergeigt, sie haben uns nicht einmal Bescheid gesagt! Dabei war ich sicher, dass Weihnachten dieses Jahr im Sommer stattfindet. So ein Pech aber auch. Huhu, Hugo, bist du noch da?«

»Du … Du feierst nicht mit deiner Familie?«

»Normalerweise schon, aber wie du dich sicher erinnerst, brauche ich Abstand von allem, Familie eingeschlossen, um wieder Kraft zu schöpfen, also nein. Wenn dich das stört, können wir uns auch eine andere Lösung überlegen. Vielleicht hast du dir ja schon etwas anderes vorgenommen? Hattest du vor, zurück in die Staaten zu gehen?«

»Nein, nein, überhaupt nicht. Es ist nur … Ich habe noch nie allein Weihnachten gefeiert.«

»Ich auch nicht. Aber du bist ja nicht allein, ich bin doch da.«

Er lächelt mich an, und mir scheint, unter all den Muskeln und der imposanten Statur könne ich in seinen Augen den kleinen Jungen sehen.

Der Tag verläuft gut. Ich lege eine knappe halbe Stunde Sportprogramm ein, und das gibt mir neue Energie. Anschließend sitze ich eine Hälfte des Tages am Computer, um mich um E-Mails und Reservierungen zu kümmern, und die andere Hälfte stehe ich in der Küche, um Mahlzeiten vorzubereiten und mehrere Kuchen einzufrieren, falls ich in den kommenden Tagen nicht ausreichend Zeit haben sollte. Ich notiere mir sogar Ideen für verschiedene Menüs für die nächste Woche.

Hugo gesellt sich zu mir, und es gelingt uns problemlos, ein Budget aufzustellen. Ich erkläre ihm, dass ich mich auf die Preise bezogen habe, die ich in einer alten Broschüre gefunden habe, und sie wegen steigender Kosten und Inflation um fünfzehn Prozent angehoben habe. Er scheint nichts dagegen zu haben, und das trifft sich gut, denn es wäre auch ein wenig zu spät gewesen, noch etwas zu ändern. Wir sehen uns gemeinsam die Website an, und er ist äußerst zufrieden. Bis er den Namen der Herberge entdeckt.

»Chez Jeanine?«

»Aber ja, ich dachte, darüber hätten wir gesprochen.«

»Und ich dachte, ich hätte mich klar ausgedrückt. Ich will nicht, dass du alles änderst.«

»Im Grunde genommen habe ich auch nichts verändert, stell dir vor.«

Aber er hört mir nicht zu, er ist bereits aufgesprungen, läuft im Zimmer auf und ab und schimpft vor sich hin. Zumindest brüllt er nicht, das ist schon mal ein Fortschritt. Ich lasse ihn schimpfen und klicke auf einen bekannten Blog zu Unterkünften in der Region. Als Hugo eine kleine Verschnaufpause einlegt, ergreife ich die Chance.

»Könntest du jetzt vielleicht mal einen Blick auf den Bildschirm werfen?«

»Hm? Was?«

»Der Bildschirm, bitte.«

»Ist es dir etwa egal, dass ich gerade mit dir rede?«

»Mit mir reden würde ich das nicht nennen. Du schimpfst mit mir, als wäre ich ein kleines Mädchen, einfach so. Aber jetzt machst du eine Pause und kommst hierher, um dir den Bildschirm anzugucken, bitte.«

Er atmet hörbar aus und stellt sich hinter mich, um zu lesen. Er riecht gut. Eine Mischung aus Seife, Rasierwasser und La Nuit de l'Homme von Yves Saint Laurent. Ich bin ein großer Fan von Herrendüften, ich kenne sie alle. Das liegt auch daran, dass eine meiner besten Freundinnen bei Sephora arbeitet und wir oft mit verbundenen Augen versuchen, Düfte zu erraten, wenn sie Proben mit nach Hause bringt. Ich versuche, konzentriert zu bleiben und mich nicht von diesem männlichen Duft ablenken zu lassen. Hector hat auch gut gerochen, aber immer gleich, nach dem Parfum, das er benutzt, seit wir zusammen waren, und das mir nicht besonders gut gefällt: Boss. Zu klassisch und zu verbraucht, finde ich. Oder vielleicht war auch der Mann zu klassisch, was weiß ich.

Hugo hat zu Ende gelesen und richtet sich auf. Wortlos sieht er mich an. Immerhin scheint er nicht mit seiner Standpauke weitermachen zu wollen.

Auf dem Blog geht es vor allem um die Erfahrungen, die Gäste in ihren Unterkünften gemacht haben, und ich habe eine Passage markiert, die vor einem Monat gepostet wurde und in der jemand fragt, ob *Chez Jeanine* wohl wiedereröffnet habe, da er gern für die Ferien im Februar reservieren würde. Mehrere Nutzer haben darauf geantwortet, sie wüssten es nicht, aber dass das großartig wäre.

»Der Eintrag stammt aus der Zeit, bevor ich die Herberge umbenannt habe«, erkläre ich Hugo. »Unter den Gästen war sie ohnehin schon als *Chez Jeanine* bekannt, deswegen habe ich den Namen geändert. Und außerdem ist das doch eine schöne Würdigung, oder?«

»Hmm …«

Ich muss lachen. Ich glaube, dass dieser Mann einfach nicht gern unrecht hat.

»Wie jeder, oder?«, blafft er, als ich ihm das sage.

Er ist so schlecht gelaunt, ich kann nicht anders, als ihn noch ein bisschen zu provozieren.

»Allerdings habe ich erst gezögert. Beinahe hätte ich auch den Namen des neuen Besitzers genommen, aber das wäre riskant gewesen. Wie willst du denn deine zukünftigen Kinder nennen?«

Er erstarrt neben mir, und dann höre ich, wie er *»asshole«* murmelt, bevor er aus dem Zimmer stürmt und die Tür hinter sich zuknallt.

»Hey! Keine Beschimpfungen auf Englisch, bitte!«, rufe ich ihm lachend hinterher.

Ich beende meine Kalkulationen und verlasse das Büro. Hugo hat den Rahmen am Kamin im Wohnzimmer repariert, und das Ergebnis sieht ziemlich gut aus.

»Aha, du kannst also nicht nur meckern, sondern auch tischlern!«

»Ich habe eine Menge verborgene Talente, Madame.«

»Das stimmt, sie sind ziemlich gut versteckt.«

»Nicht für jeden …«

»Darauf antworte ich lieber nicht. Das klappt als Verführungsstrategie vielleicht in Amerika. Die Franzosen gehen da subtiler vor.«

»Ganz genau.«

Ich lasse ihn mit seinen Gewissheiten allein und gehe wieder in die Küche.

Beim Essen reden wir über alles und nichts, und die Stimmung ist entspannt. Hugo gibt zu, dass es richtig von mir war, den Namen der Herberge offiziell zu machen, und ich bitte ihn, mir das schriftlich zu geben. Danach reden wir über unsere Exfreunde und Exfreundinnen. Hugo erzählt mir von seiner Beziehung mit der Frau, die ich auf dem Foto im Netz gesehen hatte, eine gewisse Carla. Ein Topmodel, für das nichts zählte außer ihr Körper. Mit anderen Worten, ein Albtraum. Ich ziehe ihn ein wenig damit auf, doch gleichzeitig höre ich ihm gebannt zu, während er mir von Dinnerpartys, Benefizgalas, seinem Training, Fotoshootings und Eishockeyspielen erzählt … Es kommt mir vor, als würde ich selbst auf Reisen gehen, und nach New York wollte ich schon immer mal fahren. Carla macht auf mich den Eindruck, als sei sie die selbstsüchtigste Person auf Erden, und ehrlich gesagt scheint Hugo nicht allzu niedergeschlagen, dass er sie verloren hat. Als er mich schließlich bittet, ihm von Hector zu erzählen, zögere ich. Dann gebe ich mir einen Ruck. Irgendwann muss ich mich dem Thema ohnehin stellen. Ich erzähle von Hectors sterbenslangweiligem Beruf als Analyst – und dass ich das vor fünf Jahren noch sexy fand.

»Wie kann man so einen Beruf denn sexy finden?«, will Hugo wissen.

»Na ja, er hatte so etwas Selbstbewusstes an sich, der zukünftige Vater meiner Kinder, ein zuverlässiger Typ eben.«

»Aha … Verstehe.«

»Du verstehst es rein gar nicht, oder?«

»Nein, überhaupt nicht. Aber red weiter.«

Also erzähle ich ihm, dass vor Hector bei mir immer alles schiefgelaufen ist. Meistens habe ich die Arschlöcher und Lügner erwischt. Bis ich die Enttäuschungen eines Tages satthatte, ich wollte nicht mehr ständig betrogen werden und leiden. Meine große Schwester Sophie, die nur gut anderthalb Jahre älter ist als ich, stand mir schon immer sehr nahe, und als sie vor fünf Jahren geheiratet hat, habe ich beschlossen, auch endlich mein Leben auf die Reihe zu kriegen. Hector war Gast auf der Hochzeit, er ist ein entfernter Verwandter von Sophies Mann. Das macht Sophie sich übrigens zum Vorwurf, sie glaubt, es sei alles ihre Schuld, und ich lasse sie in diesem Glauben; ihr schlechtes Gewissen beruhigt mich ein wenig, was meinen Mangel an gesundem Menschenverstand angeht. Kurzum: die Begegnung mit Hector, so etwas wie Liebe auf den ersten Blick, fünf Jahre feste Beziehung, und dann der große Knall am Tag der Hochzeit.

Zum Nachtisch essen wir Joghurt, und Hugo bietet an, uns einen Tee zu machen. Ich ziehe ihn mit dieser Angewohnheit auf, doch er erklärt, das habe er von seiner Mutter, es erinnere ihn an seine Kindheit, wenn jemand Tee kocht. Für seine Mutter sei es eine Art Allheilmittel gewesen.

Dann stelle ich ihm die Frage, die mir seit ein paar Tagen unter den Nägeln brennt: »Sag mal, ich bin nicht sicher, ob ich es richtig verstanden habe: Lebt dein Vater eigentlich noch?«

Hugo steht auf, um das Teewasser aufzusetzen. »Ich mag nicht darüber reden«, antwortet er knapp.

Mist! Er macht sofort wieder zu. Schlechtes Timing. Mein Handy klingelt, und ich danke dem Anrufer, der mich aus diesem turbulenten Gespräch rettet, doch das vergeht mir sofort wieder, als ich sehe, welcher Name auf dem Display erscheint. Ich erstarre und fange an zu zittern.

»Gehst du ran oder willst du es nur anstarren?«, will Hugo wissen.

Ich bin nicht imstande, ihm zu antworten, und noch weniger, das Gespräch anzunehmen.

Ich zucke zusammen, als Hugo mir das Handy aus der Hand nimmt. Er liest den Namen des Anrufers in Abwesenheit, ich höre, wie er »Okay« sagt, dann legt er das Telefon wieder hin. »Gut, trinken wir den Tee dann im Wohnzimmer?«, fragt er mich.

Wir setzen uns vors Feuer, Hugo legt mir eine Wolldecke über die Knie, und eine Weile sitzen wir nur schweigend da und schauen in die Flammen.

»Er ist gestorben, bevor ich es zu etwas gebracht habe«, fängt Hugo schließlich an. »Ich war zwanzig.«

»Das tut mir leid«, sage ich leise. Ich kann ihm ansehen, wie schwer es ihm fällt, über seinen Vater zu sprechen. Ich setze mich im Sessel auf und höre ihm zu.

Er spricht langsam und bedächtig, als würde er eine Gutenachtgeschichte erzählen, und ich lasse mich von seiner Stimme einlullen, vergesse, dass Hector versucht hat, mich anzurufen, und wie sehr mich das aus der Bahn geworfen hat. Hugo erzählt von seiner Kindheit im Schatten eines Vaters, der Skichampion war. Wenn ich darüber nachdenke, dann sagt mir der Name Jacques Moreton auch etwas. Französischer Meister im Riesenslalom. Ein abwesender Vater, der ständig trainierte, kaum Zeit mit seiner Familie verbrachte, aber stets viel von seinem Sohn erwartete; er liebte ihn, das schon, aber nicht genug, um seine Familie an erste Stelle zu setzen. Er sah Hugo nur jedes zweite Wochenende, und dann gab er ihm Skiunterricht und verlangte ihm alles ab. In seinen Augen war man entweder eine Sportskanone oder eben nicht, dazwischen gab es nichts. Leider starb er bei einer Abfahrt auf der Piste. Drei Jahre, nachdem er seinen Sohn nach New York geschickt hatte, um Karriere zu machen. Er sollte nie erleben, welchen Erfolg er haben würde.

So wie ich das sehe, liegt das Problem eindeutig darin, dass Hugos Eltern ihn verließen, als er sie am meisten brauchte. Gerade als er auf Anerkennung hoffte, starb sein Vater. Und als er dann glaubte, fest auf eigenen Beinen zu stehen, zog er sich eine Verletzung zu, verlor seine Arbeit und kurz darauf seine Mutter, ohne dass er ihr in ihren letzten Tagen zur Seite stehen konnte.

Wir reden noch eine Stunde und sagen uns dann gute Nacht, diesmal ganz brav, und gehen in unsere jeweiligen

Zimmer. Bevor wir uns verabschieden, sehe ich Hugo an und stelle mich auf die Zehenspitzen, um ihm einen Kuss auf die Wange zu geben.

»Danke für die Ablenkung.«

Er lächelt. »Gern geschehen. Jeder ist mal dran«, entgegnet er sanft.

In meinem Zimmer schaue ich auf mein Telefon. Keine Nachricht von dem anderen Idioten. Zumindest habe ich es hinter mir: Er hat angerufen, und ich habe es überlebt. Ich weiß nicht, ob ich mich darüber freuen oder wütend sein soll. Wahrscheinlich weder das eine noch das andere. Als ich mich in mein Bett kuschele, spüre ich jedoch eine verräterische Träne meine Wange hinunterkullern. Mein einziger Trost besteht darin, dass ich diesmal zumindest ungestört weinen kann.

Meine Nacht verläuft unruhig, ich träume viel und habe vor allem Albträume. Es fühlt sich an, als hätte ich Fieber. Ich kann es kaum erwarten, dass die Nacht vorbei ist, damit ich einen neuen Tag in Angriff nehmen kann und meine Dämonen sich mit den Schatten der Nacht verziehen.

In aller Frühe rufe ich meine Schwester an. Brummend nimmt Sophie ab.

»Mein Mutterschutz hat gerade angefangen, Claire! Beziehungsweise noch nicht ganz, aber sagen wir mal, ich habe vorzeitig damit angefangen, weil ich nicht mehr unterwegs sein kann.«

»Entschuldige. Wie geht es dir denn?«

»Ausgezeichnet! Seitdem ich nicht mehr auf Dienstreisen bin, ist es traumhaft. Keine Krämpfe mehr, ich fühle mich ausgeruht. Und wie geht es dir?«

Ich höre, wie Sophie aufsteht, und ich stelle mir vor, wie sie in ihrem herrlichen Loft in die Küche geht, um sich einen Kaffee zu machen.

»Ist Manu noch nicht wach?«

»Doch, er ist sogar schon zur Arbeit gefahren. Er arbeitet quasi vor, damit er bereit ist, falls es plötzlich so weit ist.«

»Verstehe. Aber es sind doch noch drei Monate, da hat er doch noch Zeit.«

»Zweieinhalb Monate, meine Liebe, und nein, es bleibt nie genug Zeit.«

»Da kommt offensichtlich deine perfektionistische Seite durch.«

»Das sagt genau die Richtige! Meine kleine Schwester, die ihre Müslischachteln nach Farbe und Größe sortiert?«

»Ach komm. Sagen wir einfach, wir haben die gleiche Mutter.«

»Gut. Und wie lange willst du um den heißen Brei herumreden, bevor du mir erzählst, warum du wirklich anrufst?«

Ich berichte ihr von meinem Leben hier, von Hectors Anruf, den ich nicht entgegengenommen habe, davon, wie ich die Hunde gestreichelt habe, und ein wenig kreuz und quer von allem, bis sie mich unterbricht.

»Und der verlorene Sohn sieht wirklich so gut aus wie auf den Fotos?«

»Wie bitte?«

»Genau! Hättest du gesagt: ›Ich bin hier ganz allein mit einem attraktiven Eishockeyspieler, der in meinem Alter ist und Single‹, hätte ich mir nichts weiter dabei gedacht. Aber da du mich absichtlich angelogen und gesagt hast, du wärst bei der Familie der Verstorbenen, scheint mir das auf einmal doch nicht so nebensächlich.«

Ich kann hören, dass sie verärgert ist. »Woher weißt du das alles?«

»Ich lese eben, stell dir vor. Insbesondere deine Website. Glaubst du etwa, ich merke nicht, wenn du mich anlügst?«

»Aber ich habe dich doch gar nicht angelogen! Ich wollte dich nicht beunruhigen, das ist etwas anderes. Hugo ist sehr nett, kein Serienmörder, zumindest habe ich noch nichts davon gemerkt. Er ist einfach ein ganz normaler Kerl, der momentan andere Sorgen hat als irgendwelche Liebesgeschichten, deshalb sind das für uns beide so was wie Ferien.«

»Ist er denn wirklich Single?«

»Ja.«

»Und sieht er wirklich gut aus?«

»Ja.«

»Flirtet er mit dir?«

»Nein. Also, nicht direkt, aber …«

»Oh, oh, deine Stimme klingt aber seltsam. Hast du mit ihm geschlafen?«

»Nein! Zumindest glaube ich nicht …«

»Du … du glaubst nicht? Claire, wie kann man denn bei so etwas nicht sicher sein? Du fängst doch hoffentlich nicht wieder mit dem gleichen Mist an wie vor Hector! Diesmal kann ich nämlich nicht zu dir in dieses gottverlassene Kaff in die Berge kommen, um dich von der Polizeiwache abzuholen. Du nimmst doch nicht wieder Drogen?«

»Sophie, beruhige dich! Das war nur ein bisschen Gras, und es ist fünf Jahre her, ich habe seitdem nie wieder was genommen. Genau deswegen habe ich dir nicht die ganze

Wahrheit gesagt, verstehst du, damit du dich nicht so aufregst.«

Stille. Sophie wägt wohl das Pro und Kontra ab, ob sie mit ihrer Moralpredigt weitermachen soll oder nicht.

»Okay, entschuldige«, sagt sie schließlich. »Momentan habe ich den Hang dazu, alles zu dramatisieren, das sind die Hormone. Ich frage mich, wie das wohl wird, wenn das Baby erst einmal da ist ...«

»Apropos, wie soll sie eigentlich heißen?«

»Wechsel jetzt nicht das Thema.«

»Ach, komm schon.«

»Ist er der neue Eigentümer?«

»Sozusagen.«

»Sozusagen?«

»Es ist kompliziert.«

»Verdammt, Claire! Warum muss bei dir eigentlich immer alles kompliziert sein?«

»Wie meinst du das?«

»Na ja, nie machst du etwas so wie alle anderen auch.«

»Soll das ein Scherz sein? Ich bin doch ganz normal. Ich mache alles so wie alle anderen. Es ist doch nicht meine Schuld, dass mein Verlobter sich am Tag unserer Hochzeit nicht blicken lässt.«

»Nein, aber ... doch, vielleicht schon. Ich sage ›vielleicht‹. Wenn du ihn nicht dazu gedrängt hättest ...«

»Gedrängt?« Ich kann es nicht fassen. Ich schnappe mir eine Jacke und gehe aus dem Zimmer. Ich brauche frische Luft.

»Nein, hör zu, Claire, so habe ich das nicht gemeint ...«

»Du hast es aber gesagt!«

»Nein, Claire, warte. Es ist nur so, dass er von Anfang

an nicht der Richtige für dich war, aber du hast so weitergemacht, als ob nichts wäre. Du hast dich Hals über Kopf hineingestürzt, und als ihr eure Verlobung verkündet habt, haben Manu und ich gespürt, dass Hector …«

»Wie bitte? Du hast es schon geahnt? Und du hast mir nichts davon gesagt?«

»Ich habe es versucht.«

»Und das sagst du mir jetzt?«

Im Flur schlüpfe ich in meine Stiefel und bleibe dann regungslos stehen. Ich brauche eine Weile, um zu verarbeiten, was Sophie mir da gerade offenbart hat.

»Sophie? Bist du noch dran?«

Sie schweigt einen Augenblick, dann fährt sie fort. »Claire, wir müssen darüber reden, aber nicht am Telefon. Nein, du hast dir nichts vorzuwerfen, außer vielleicht, dass du auf das falsche Pferd gesetzt hast. Ja, ich habe es geahnt, und das ärgert mich. Ich habe ja versucht, mit dir darüber zu reden, aber du hast jedes Mal abgewunken. Im Bett läuft es nicht so gut? ›Er arbeitet zu viel.‹ Er kommt immer später nach Hause? ›Er hat viel zu tun, und so kann ich zumindest in Ruhe den Haushalt machen.‹ Jedes Mal hattest du eine Erklärung, als würdest du um keinen Preis etwas hören oder sehen wollen. Ich dachte, es würde dir nichts ausmachen, und ich glaube, dass ich letztendlich erleichtert war, als er am entscheidenden Tag nicht aufgetaucht ist. Er ist ein Mistkerl, und ein Feigling noch dazu. Sein Verhalten zeigt doch nur, dass er es in fünf Jahren nicht hinbekommen hat, dir zu sagen, dass du nicht die Richtige für ihn warst, und deshalb konnte er es dir auch an eurem Hochzeitstag nicht sagen. Er ist lieber abgehauen.«

Der Wortschwall meiner Schwester bringt mich zum

Grübeln. »Du hast vermutlich recht, Sophie. Ich habe mich ohne nachzudenken hineingestürzt. Weißt du, ich wollte einfach nur so sein wie du …«

»Wie ich?« Sie schreit es fast ins Telefon. »Was soll das denn heißen? Warum wolltest du so sein wie ich?«

»Damit ich gelassener bin, mehr in meiner Mitte, reflektierter.«

»Du würdest dich zu Tode langweilen, meine Kleine! Du bist nicht wie ich, wir sind verschieden, auch wenn wir uns gut verstehen. Was zu mir passt, passt nicht automatisch auch zu dir. Es tut mir leid, wenn es dich unter Druck gesetzt hat, die gleiche Perfektion zu erreichen, die ich verkörpere … denn das wirst du nie schaffen!«

Wir lachen. Das Gute an Sophie und mir ist, dass wir nicht nachtragend sind.

Wir reden noch ein paar Minuten, und sie sagt, wir müssten ganz in Ruhe noch einmal über alles sprechen, sobald ich zurück sei. Ich erkläre ihr, dass das noch ein Weilchen dauern könnte. Das wurmt sie, und sie will wissen, weshalb. Ich antworte nicht sofort.

»Es tut mir gut, hier zu sein«, erkläre ich schließlich.

»Claire, du läufst doch nur davor weg.«

»Nein, das tue ich nicht.«

»Doch.«

»Du hast mir doch die Adresse gegeben!«

»Ja, und zwar für maximal zwei Wochen Urlaub, nicht damit du versuchst, dir ein neues Leben zusammenzuschustern, das gar nicht zu dir passt. Ich muss Schluss machen. Ich habe in zwanzig Minuten einen Termin bei einer Hebamme. Geburtsvorbereitungskurs.«

»Du fängst aber früh damit an. Unsere Cousine Sophia hat das erst im letzten Monat gemacht.«

»Ja, aber Sophia war auch in England und ist für die Entbindung nach Frankreich zurückgekommen, weil sie das sicherer fand, von ihr kann ich mir also nichts abgucken.«

»Du wirst mal eine richtige Glucke, Sophie.«

»Danke.«

»Das war nicht als Kompliment gemeint.«

»Ist mir egal, für mich war es eins.«

»Gut, ich verabschiede mich mal, ich mache jetzt Frühstück.«

»Ruf ihn an.«

»Wen? Papa?«

»Natürlich nicht, du Dummerchen. Hector.«

Ich traue meinen Ohren nicht. »Was? Wieso denn?«

»Er hat versucht, dich zu erreichen, versuch du herauszufinden, was er dir zu sagen hat, das kannst du gebrauchen.«

»Kommt nicht infrage!«

»Sag ich doch, du läufst davor weg.«

»Du gehst mir auf die Eier, Sophie.«

»Hör auf zu fluchen, Claire. Du musst anfangen, aufzupassen, was du sagst, dem Baby zuliebe.«

»Aber es ist doch noch nicht einmal auf der Welt!«

»Das macht doch nichts, du sollst dich nur daran gewöhnen. Und dir ist schon klar, dass sie alles hören, selbst im Bauch?«

»Sophie, wir telefonieren und … Ach, egal. Manu kann sich auf was gefasst machen.«

»Ich bin diejenige, die entbindet und eine Wassermelone durch ihre Vagina pressen muss, bemitleide also bitte nicht die Selleriestange, die dem Eintopf ein bisschen Würze gibt.«

»Die Selleriestange, die …? Sophie, manchmal mache ich mir wirklich Sorgen um dich.«

»Ruf ihn an und halte mich auf dem Laufenden. Hab dich lieb.«

Dann legt sie auf, während ich noch rufe: »Nein!«

Na großartig, jetzt hat sie es wieder geschafft, mich auf die Palme zu bringen.

Ich reiße die Haustür auf und marschiere hinaus, um meine Wut draußen hinauszuschreien … und lande prompt auf dem Hosenboden. Die Tür fällt zu, und im selben Moment landet eine Ladung von etwas Weißem, Feuchtem auf meinem Kopf. Auf der Stelle bin ich völlig durchnässt. Ich stoße einen spitzen Schrei aus, der mich selbst überrascht. Schnee! Es hat die ganze Nacht über geschneit!

Ich höre ein Poltern im Haus, die Tür wird aufgerissen, und hinter mir steht Hugo, nur mit einer Unterhose bekleidet.

»Verdammt noch mal, das kann doch nicht wahr sein! Was zum … Alles in Ordnung?«, fragt er mich, als er mich auf der Erde liegen sieht, alle viere von mir gestreckt.

»Ja, es geht schon.«

»Was kreischst du denn hier so herum! Kannst du nicht mal ein bisschen runterfahren?«

Dann stapft er wütend zurück ins Haus und schlägt die Tür hinter sich zu, woraufhin eine zweite Ladung Schnee vom Dach auf mich heruntersaust. Fluchend klopfe ich Hände und Füße auf dem schneebedeckten Boden ab. Die Schneeschicht ist schon ziemlich hoch. Dann fallen mir die Hunde ein. Das wurde auch Zeit. Ich erinnere mich, dass Hugo angeboten hat, sie vor ihrer Hundehütte angebunden zu lassen, bis ich mich an sie gewöhnt habe. Was das angeht, ist also alles in Ordnung.

Mühsam rappele ich mich auf. Weil ich vor Kälte schlottere, gehe ich zurück ins Haus.

Hugo hat sich angezogen und macht Kaffee. Er beschwert sich, dass es unmöglich ist, auszuschlafen, wenn ich in der Nähe bin, und dass ich nächstes Mal doch bitte woanders ins Telefon brüllen soll. Außerdem soll ich doch bitte aufhören zu brüllen, wenn ich ein bisschen Schnee auf den Kopf bekomme. Und schließlich wäre es doch schön, wenn ich einfach ganz damit aufhören würde zu brüllen. Ich strecke ihm die Zunge raus und gehe ins Bad, um mich unter der Dusche aufzuwärmen. Schnee mag ja hübsch anzusehen sein, kalt ist er trotzdem. Wenn es in Paris schneit, gehe ich nur noch von meiner Wohnung zur Arbeit, und um ins Café zu gehen, nehme ich ein Taxi. Ich halte mich nicht im Schnee auf.

Als ich zurück in die Küche komme, steht starker Kaffee dampfend bereit, und ich schenke mir eine Tasse ein, um mich vollends aufzuwärmen.

»Wie machen wir es denn heute Abend?«, frage ich Hugo.

»Wie machen wir was?«

»Wie kommen wir heute Abend zu Patrick ins Restaurant?«

»Na, mit dem Auto.«

»Bei dem Schnee?«

Hugo trinkt lächelnd einen Schluck Kaffee. Dann erklärt er mir, als wäre ich fünf: »Wir sind ja hier in den Bergen. Das bedeutet, im Winter schneit es viel.«

»Und?«

»Und glücklicherweise wissen wir hier, wie man Auto

fährt, wenn es schneit und viel Schnee liegt, und deswegen sitzen wir nicht zu Hause fest.«

»Also das beruhigt mich jetzt ganz und gar nicht.«

»Claire, ich fahre nicht zum ersten Mal bei Schnee Auto. Wenn du dich erinnerst, ich bin hier aufgewachsen.«

»Und du bist von hier weggezogen, als du siebzehn warst, das bedeutet, bevor du deinen Führerschein hattest!«

»Und ich bin fast jedes Jahr über Weihnachten zu Besuch gekommen, und außerdem habe ich in New York gewohnt. Schnee und ich, wir sind alte Bekannte. In New York ist es nicht wie in Miami, wettermäßig.«

»Ich bin immer noch nicht beruhigt.«

»Ich weiß auch nicht, was dich beruhigen könnte. Ich habe das Gefühl, dass deine Zwangsstörungen jeden Tag zunehmen, und das macht mir Angst.«

»Das ist aber nicht nett.«

»Aber realistisch. Na los, komm mir nach.«

»Wohin denn?«

»Nach draußen.«

»Was? Aber es schneit doch noch!«

»Eben!«

Da er nicht so aussieht, als würde er mir eine Wahl lassen, nehme ich im Flur meinen Mantel, meinen Schal und meine Handschuhe. Als ich meine neuen Stiefel anziehen will, verzieht er jedoch das Gesicht.

»Nein, nicht die, zieh deine richtigen Stiefel an.«

»Meine richtigen Stiefel?«

»Ja, die, die du erst nicht mochtest, die ich dir aber aufgezwungen habe und die du dann auch noch mit Pelzbesatz gefunden hast.«

»Ach so, die! Aber die sind doch viel zu hübsch, um sie draußen im Schnee anzuziehen. Davon geht der Pelzbesatz kaputt …«

Er seufzt, und ich weiß, dass ich ihn in den Wahnsinn treibe. Also hole ich meine richtigen Stiefel. Ehrlich gesagt freue ich mich, sie anzuziehen, denn für Winterstiefel sehen sie ziemlich sexy aus, aber es stört mich, dass ich sie jetzt ruiniere. Während ich sie von allen Seiten betrachte, merke ich, wie Hugo ungeduldig wird.

»Gehen wir? Sie werden die Kälte schon aushalten, sie sind schließlich für Schnee entwickelt worden, nicht für eine Modenschau.«

»Was weißt du denn schon davon? Warst du in einem vorherigen Leben Designer?«

»Du machst mich noch wahnsinnig …«

Er nimmt meine Hand, und wir gehen hinaus in die Kälte. Es ist fürchterlich, wie sie mich sofort packt. Meine Lungen haben Mühe, sich daran zu gewöhnen.

»Los, komm. Gehen wir ein Stück, du wirst schon sehen, dann geht es besser«, sagt Hugo, das Kinn in den Kragen seiner Jacke gepresst.

»Gehen? Im Schnee? Aber wieso denn?«

Er hebt den Blick zum Himmel, grummelt etwas, das ich nicht verstehen kann, und wir marschieren los über die vor uns liegende Wiese.

Zuerst schimpfe ich leise vor mich hin. Hugo geht mit eiligen Schritten voraus, und ich habe Mühe, ihm zu folgen. Dann höre ich auf, mich zu ärgern, und als ich mich endlich umsehe, raubt die Landschaft mir den Atem. Es ist wunderschön. Alles um mich herum ist weiß und goldbraun.

Es schneit nur ganz leicht heute Morgen, und hier und da lassen vereinzelte Sonnenstrahlen den Schnee glitzern wie Tausende Diamanten.

»Ziemlich schön, oder?«, fragt mich Hugo, der stehengeblieben ist, um auf mich zu warten.

»Man könnte meinen, ein Swarovskigeschäft mit Selbstbedienung.«

»Ich weiß nicht, was das ist, aber du siehst so aus, als würde es dir gefallen.«

Wir gehen weiter, und wie ein kleines Kind freue ich mich über das Knirschen meiner Füße auf dem Schnee. Genauso wunderbar finde ich die Fußabdrücke, die ich auf dem unberührten Weiß hinterlasse. Es ist, als wäre ich die erste Frau, die dieses Fleckchen Erde betritt. Unglaublich! In Paris passiert so etwas nie, dort ist immer schon jemand anderes vor mir über den Bürgersteig gelaufen. Immer wieder drehe ich mich um, um meine Fußabdrücke zu betrachten, und mache mir einen Spaß daraus, die vollkommene Spur zu hinterlassen, den perfekten Abdruck, der sich haargenau um meinen Stiefel schließen würde wie eine Form, um meine Sohle nachzubilden. Als Hugo wissen will, warum ich solche Verrenkungen mache, und ich ihm, ohne zu überlegen, erzähle, was mir gerade durch den Kopf geht, hält er mich wieder für verrückt. Allmählich gewöhne ich mich allerdings daran, also mache ich mir nichts daraus.

In der Tat ist er nicht mein Freund, ich muss ihm nicht gefallen, und das tut unheimlich gut. Ich bin einfach ich selbst. Ich tue nicht so, als wäre ich so gelassen wie Sophie oder eine sich sorgende Hausfrau. Ich kann ich sein. Die Claire, die in ihrem eigenen Rhythmus lebt, die einen Ordnungsfimmel hat und eine Hundephobie, und die, seien wir ehrlich, nicht wirklich Auto fahren kann, geschweige denn einen SUV mit Allradantrieb. Die ständig kocht, um zu entspannen, die unglaublich begabt ist, was IT und die Reparatur von Heizkesseln angeht, die aber kein schwaches Weiblein sein muss, um ihren Mann nicht zu kränken. Ich kann so lange im Bad brauchen, wie ich will, ich kann mir meine Schuhe selbst aussuchen und als verrückt gelten, wenn ich sie nach der Farbe auswähle und nicht danach, ob sie meine Füße warm halten. Wenn ich will, kann ich mich mit Mirabellenschnaps betrinken und perfekte Fußabdrücke im Schnee machen.

»Es ist großartig, Single zu sein!«, rufe ich.

»Was?«

»Du hast richtig gehört. Stell dir vor, ich habe gerade entdeckt, wie toll es ist, nicht jemand anders sein zu müssen. Du amüsierst dich darüber, dass ich Fußabdrücke im Schnee mache, aber es ist mir egal, ich muss dir nicht gefallen, wir sind Kollegen, vielleicht sogar Freunde, aber nicht verlobt!«

»Genau da liegst du falsch.«

»Wir sind keine Freunde?«

»Doch, wir sind auf dem Weg dahin, aber was ich sagen will, selbst wenn du in einer Beziehung bist, musst du niemand anders sein als du selbst.«

»Das ist doch lächerlich. Wie soll ich den anderen dann gefallen?«

Hugo sieht mich an. »Glaubst du das wirklich?«

»Was?«

»Dass du niemandem gefällst, wenn du du selbst bist?«

»Na ja, ich weiß es wirklich nicht. Ich habe bis eben noch nie so richtig darüber nachgedacht.«

»Dann tu das mal. Denn genau das ist das Problem. Man soll sich nicht ändern, man soll sich treu bleiben.«

»Du hast leicht reden als Mann.«

»Ganz und gar nicht. Wärst du meine Frau, fände ich es toll, dass du mit deinen neuen Schuhen Abdrücke im Schnee machst, ich würde jeden Tag in den Genuss deiner Kochkünste kommen, und wenn abends unsere Freunde zu Besuch kämen, würde ich mich mit dir betrinken. Ich ... ich weiß nicht ... Ich würde dir beibringen, wie du mit den Hunden umgehen kannst, obwohl, damit habe ich ja schon angefangen, aber warte, ich hab's: Ich würde dir beibringen, wie man mit einem Allradantrieb fährt!«

Ich breche in Lachen aus.

Er lacht ebenfalls und fährt fort: »Und im Gegenzug würdest du mir beibringen, wie ich eine Website bastele und wie man einen Heizkessel repariert.«

»Kein schlechter Deal. Was könntest du mir sonst noch beibringen? Kannst du Ski fahren?«

»Ob ich Ski fahren kann, Honey? Ich bin hier geboren! Mein Vater war Meister im Riesenslalom, schon vergessen? Ich stand schon auf Skiern, bevor ich laufen konnte. Ich habe sogar an Wettkämpfen teilgenommen. Und ich war gar nicht mal schlecht, aber ich habe dann für Eishockey damit aufgehört, ich wollte meine eigene Sportart finden.«

»Hugo Moreton, was kannst du eigentlich nicht?«

»Kochen!«

»Ah, ja, das stimmt!«

Schweigend gehen wir weiter, und ich lächele vor mich hin. Eigentlich ist er doch ein netter Kerl, mein Bär. Er ist ein guter Mensch. Wie lustig, dass er all die Punkte aufgeführt hat, über die ich kurz vorher nachgedacht hatte. Aber gut, Männer wie ihn gibt es nur einmal, und er ist gewissermaßen auf dem Sprung in die USA, bis ich so weit bin, mich auf eine neue Beziehung einzulassen, ist er schon wieder abgedüst. Selbst der Spitzname Honey bringt mich heute nicht so auf die Palme. Der Schnee muss mich wohl besänftigt haben. Die Bergluft bringt mich wirklich vollkommen durcheinander.

Hugo wird langsamer, und als ich den Kopf hebe, fällt mein Blick auf eine prächtige Landschaft. Hinter dem Berg liegt ein riesiger zugefrorener See. Wie wunderschön! Ich bin sprachlos. Noch nie habe ich ein so schönes Panorama gesehen. Es wirkt übernatürlich, wie gemalt aus Tausenden von Nuancen von Weiß, Grau und Goldbraun. Die Spiegelung der Bäume, die allmählich von pudrigem Weiß bedeckt werden, macht mir Lust, ans Ufer hinunterzulaufen und die Eisfläche zu berühren, als könnte ich so dieses atemberaubende Bild festhalten. Als ich weitergehen will, hält Hugo mich zurück.

»Vorsicht«, sagt er. »Das Eis ist noch dünn und zerbrechlich. Geh nicht zu nah ran.«

Ein paar Augenblicke stehen wir einfach nur da und betrachten die Landschaft vor uns. Dann fällt mir auf, dass …

»Hugo, ich habe mein Handy gar nicht mitgenommen! Wie ärgerlich.«

»Wozu denn auch? Willst du den Yeti anrufen?«

»Nein, du Dummkopf, ich will ein Foto machen.«

»Und was soll das bringen? Selbst mit der professionellsten Kamera wirst du nie das einfangen, was du jetzt gerade spürst. Wie frisch sich dein Atem anfühlt, deine glühenden Wangen, deine Lungen, die brennen, weil dir innen drin heiß ist, du aber eisige Luft einatmest. Das ist das wahre Leben. Das Wohlgefühl, nachdem man sich bewegt hat, und dazu diese überwältigende Landschaft um einen herum. Die Spiegelung, die Farben, das Licht über dem See bei Sonnenaufgang, die Stille des Waldes ringsherum … Das musst du aufnehmen, Claire. Dein Gedächtnis ist die beste Kamera.«

»Das ist es ja, mein Gedächtnis lässt nach, deswegen würde ich gern ein Foto machen, auch wenn es nicht so schön wird wie in der Wirklichkeit. Und wenn es nur dazu wäre, es jemandem zeigen zu können.«

»Bin ich denn etwa niemand? Diese Erinnerung teilst du doch mit mir. Es gibt Erinnerungen, bei denen muss man egoistisch sein, die muss man für sich behalten. An sie denkt man, wenn man morgens nicht aufstehen mag oder abends den Blues bekommt, sie helfen uns durchzuhalten.«

Überrascht sehe ich ihn an. Sein melancholischer Tonfall berührt mich.

»Hast du an das hier gedacht, als du nach New York gegangen bist?«

»Jeden Abend vorm Einschlafen habe ich die Augen zugemacht und an den weißen See gedacht. Das hier ist mein liebster Ort auf Erden.«

»Warum bist du dann nicht schon eher zurückgekommen?«

»Weil ich erst jemand werden musste, es sollte nicht umsonst gewesen sein. Und dann gehen die Jahre ins Land, und man baut sich sein Leben dort auf, wo man ist. Für mich war das eben New York. Meine Freunde, die, die mir am nächsten sind, meine Karriere, alles war dort.«

»War? Du redest in der Vergangenheit davon, ist es denn vorbei?«

»Ich weiß es nicht. Ich kann mir ein Leben hier noch nicht vorstellen. Aber momentan habe ich nicht das Gefühl, dass ich zurückgehen werde. Im Grunde sind wir zwei in einer ähnlichen Lage, weißt du. Das hier, Cambairoux, ist unser ›no man's land‹. Ein Ort, an dem die Zeit stehengeblieben ist und wir eine Pause einlegen.«

»Da hast du nicht unrecht. Kein Kopfzerbrechen, keine Entscheidungen, die gefällt werden müssen, wir leben und machen einfach weiter, und später sehen wir dann.«

»Also, komm!« Er schlingt mir die Arme um die Taille und wirbelt mich herum. »Wo ich jetzt hinwill, weiß ich nämlich schon!«

»Wohin denn?«, frage ich ihn lachend, als er mich wieder absetzt.

»In die Küche, wo ich dir dabei zusehe, wie du uns was Feines zu essen zauberst!«

»Du guckst aber nicht bloß zu, du hilfst mir!«

»So wie ich dir neulich nach unserem Abendessen beim Aufräumen geholfen habe? Das gefällt mir.«

Ich versetze ihm einen Klaps auf die Schulter. Bestimmt erröte ich auf seine Anspielung hin, aber da mein Gesicht in der Kälte ohnehin glüht, macht das nichts, es bleibt unbemerkt.

In gemächlichem Tempo wandern wir zurück zum Haus, und Hugo erzählt mir Anekdoten aus seiner Kindheit und was er damals alles mit seinen Freunden für Dummheiten angestellt hat.

Ich erzähle ihm auch von meiner Kindheit in Paris und meinen eigenen Dummheiten. Hugo findet es unglaublich lustig, dass er im Vergleich zu mir anscheinend ein braves Kind war.

Zurück im Haus mache ich mich daran, Pizzateig vorzubereiten. Ich bin keine herausragende Köchin, aber alles, was ich zubereite, schmeckt, und darauf kommt es an. Außerdem sind wir die nächsten paar Tage nur zu zweit, und heute Abend essen wir auswärts, da reicht eine Kleinigkeit aus.

Der Tag vergeht angenehm schnell. An die hundert Mal nehme ich mein Telefon in die Hand, lege es aber sofort wieder hin, als würde ich mich daran verbrennen. Mein Motto heute lautet »später«, auch wenn das so gar nicht zu mir passt.

Hugo verspricht mir, dass er morgen eine Überraschung für mich hat, und es gelingt mir nicht, ihn zum Reden zu bringen. Schließlich wird es Abend, und wir machen uns fertig und steigen ins Auto, um hinunter ins Dorf zu fahren.

Im Restaurant sind alle Plätze besetzt bis auf einen Tisch, den Patrick für Nadia, Mickaël, sich selbst und uns reserviert hat. Wir sehen nicht viel von ihm, da er in der Küche werkelt, aber er begrüßt uns und verspricht, sich zum Dessert zu uns zu gesellen, wenn der größte Trubel vorbei ist. Er ist zwar nicht allein in der Küche, aber es fällt ihm anscheinend schwer, Arbeit abzugeben, und so guckt er jedem ständig über die Schulter.

Das Restaurant ist wunderbar. Alles ist aufeinander abgestimmt, und es gibt keine missglückte Deko, die typisch Bergdorf sein soll. Die perfekte Kombination aus klassisch und rustikal. Jeder Tisch ist sanft beleuchtet, die Tischdecken sind beige und braun, und hier und da findet sich ein Klecks Bordeauxrot, um es wärmer wirken zu lassen. Das Mobiliar ist schwer und robust und aus hellem Holz, so wie es typisch hier im Dorf ist. Das erstaunt mich sowieso: In Cambairoux gibt es so gut wie keine normalen Wohnhäuser, fast nur Chalets, und das macht den Ort so wunderschön.

Mickaël erklärt mir, es komme daher, dass das Dorf direkt hinter dem Mont Blanc liegt und somit nicht weit entfernt von den teuersten und vornehmsten Skiorten. Irgendwann hätten sich mehrere wohlhabende Familien hier angesiedelt und Chalets gebaut, Familien, die zwar vom herrlichen Ausblick auf den Mont Blanc profitieren wollten, aber auf die Angeberei auf den Pisten verzichten konnten, die die Schickeria bevorzugte. Das Dorf habe sich ganz allmählich entwickelt, geschützt vor gewissenlosen Investoren und launischen Stars, und sei zu einem einmaligen Ort mit hoher Lebensqualität geworden. Die Preise seien zwar auch nicht die erschwinglichsten, aber sie seien eben nicht so abgehoben wie in den luxuriöseren Orten.

Hugos Vater habe seinerzeit ebenfalls zum Renommee des Dorfes beigetragen, vertraut Nadia mir an. Es erstaunt mich, dass die Preise hier nicht so rasant gestiegen sind wie sonst üblich an magischen Orten wie diesem, doch Patrick, der gerade an unserem Tisch vorbeischaut, um Hallo zu sagen, erklärt mir, dass die Leute hier es geschafft hätten, es einfach zu halten, und dass viele Familien noch immer in ihrem Haus wohnen. Vor allem aber gebe es eine Art stillschweigende Übereinkunft, nicht an einen Immobilienriesen zu verkaufen. Sehr wenige große Gebäude sind gebaut worden, und das Skigebiet ist im Vergleich zu anderen recht klein. Die Pisten, vierundfünfzig an der Zahl, umfassen insgesamt nicht mehr als neunzig Kilometer, und es gibt nur etwa dreißig Skilifte, was mir überhaupt nichts sagt, aber offenbar nicht besonders viel ist. Um nach Trois Vallées zu gelangen, dem größten Skigebiet der Welt, müsse man auf die andere Seite des Bergs und eine Stunde fahren. Die Urlauber sind hier am Mont Blanc, das schon, aber an einem anderen Hang, auf der weniger touristischen Seite.

Nadia ist eine unerschöpfliche Quelle zu diesem Thema. Als Hauptverantwortliche für die Technik der Station gehört es zu ihrer Leidenschaft, und sie scheint die Region wie ihre Westentasche zu kennen. Sie schuftet wie eine Verrückte, und mir war bisher nicht bewusst, dass die Arbeit in den Bergen so kompliziert ist. Sie ist jeden Tag vor Ort, oder fast jeden, und das während der gesamten vier oder fünf Monate Skisaison. Im Sommer, wenn kein Schnee mehr liegt, ist die Ski-Station für Mountainbike-Touren und Wanderungen aller Art in Betrieb. Nadias Arbeit ist dann entspannter, aber an der Station wird sie das ganze Jahr über gebraucht. Mir fällt auf, dass sie eine Menge Leute kennt, ja, dass im Grunde jeder jeden hier kennt. Sämtliche Einwohner und Einwohnerinnen bilden eine große Familie.

Es sind nur wenige Urlauber im Dorf, die meisten treffen erst nächste Woche ein, und alle Gäste, die ins Restaurant kommen, kennen sich und begrüßen uns, bevor sie sich an ihren Tisch setzen. Ein Kind bittet Hugo sogar um ein Autogramm – unter den aufreizenden Blicken seiner Mutter.

Als sich die drei über ihre Kindheitserinnerungen unterhalten, fühle ich mich ein wenig fehl am Platz. Die Pisten, die sie hinuntergesaust sind, die Lehrer und Lehrerinnen aus der Schule und alle Freundinnen und Freunde von damals und was aus ihnen geworden ist. In den meisten Fällen ist Nadia diejenige, die über alle Bescheid weiß. Mickaël hat auch noch zu einigen Kontakt, doch Hugo scheint komplett abgeschnitten zu sein, so als würde er gerade aus einem langen Winterschlaf erwachen.

Als das Hauptgericht serviert wird, weist Mickaël darauf hin, dass es nicht besonders nett ist, mich so vom Gespräch auszuschließen, und obwohl ich protestiere, freue ich mich doch, dass sie an mich denken. Ich hatte schon angefangen, mich zu langweilen.

Nadia entschuldigt sich tausend Mal, was ein regelrechter Tick bei ihr ist, und dann fragen sie mich über mein Leben in Paris aus.

»Es ist toll! Ich liebe meinen Job. Ich bin Community Managerin.«

Als ich gerade zu einer Erklärung ansetzen will, wird mir mit einiger Überraschung bewusst, dass Nadia und Mickaël wissen, was das ist. Auch Hugo beginnt es zu verstehen, als wir darüber diskutieren. Dann kommt Patrick für eine kleine Pause zu uns und stellt die schicksalhafte Frage.

»Und warum hat so eine hübsche Frau wie du keinen Freund?«

Hugo verschluckt sich beinahe an seinem Wein, Nadia hüstelt und Mickaël bemerkt lächelnd: »Ausgezeichnetes Timing, Patrick. Wie ich sehe, hast du Fortschritte in Sachen Taktgefühl gemacht.«

Patrick sieht uns einen nach dem anderen an und scheint sich zu fragen, was er falsch gemacht hat, als es ihm plötzlich einfällt: »Ach ja! Entschuldige, Claire, du hast uns ja beim Essen vorgestern ein wenig davon erzählt. Ich war so damit beschäftigt, wie Hugo reagieren würde, dass ich es ganz vergessen habe.«

»Hast du dich eigentlich entschieden, Hugo?«, will Mickaël wissen.

»Nein. Oder besser gesagt, ja. Ich bleibe den Winter über

hier, eröffne *Chez Jeanine* mit Claires Hilfe, und wenn der Winter vorbei ist, entscheide ich, wo es hingehen soll.«

»*Chez Jeanine?* Toll, das gefällt mir!«, sagt Nadia und hebt ihr Glas.

Wir stoßen gemeinsam auf die Eröffnung von *Chez Jeanine* an, die bekannteste Unterkunft der Region Haute Maurienne, nein, der ganzen Alpen!

Der Abend ist wunderbar. Selbst die nostalgischen Momente, in denen sie von Kinderscherzen erzählen, finde ich amüsant. Sie denken immer daran, mich einzubeziehen, und wenn ich eine Anspielung nicht verstehe, erklären sie sie mir in allen Einzelheiten. Mir wird klar, dass Nadia und Mickaël auch schon eng befreundet waren, als Nadia noch mit Hugo zusammen war. Der eine war ihr Traummann, der andere ihr ewiger bester Freund. Die zwei Männer wiederum standen sich nicht sehr nahe. Hugo rotierte zwischen seinem Training, den Erwartungen seines Vaters, der stets gut gefüllten Unterkunft seiner Mutter und den Mädchen, die um ihn herumschwirrten. Mickaël hingegen lernte viel, hatte wenig Freunde und war der Vertraute, der ewige Kumpel, derjenige, auf den man sich verlassen konnte, wenn man Liebeskummer hatte, weil derjenige, den man liebte, in die USA auswanderte. Mickaël war die teilnahmsvolle Schulter, an der man sich anlehnen konnte, ohne dabei zu bemerken, dass er selbst niemanden hatte, der ihn bei Liebeskummer trösten konnte. Manchmal ist das Leben ungerecht. Mickaël ist wirklich ein schöner Mann, und wenn ich sehe, wie die Frauen ihm verstohlene Blicke zuwerfen, wenn sie ins Restaurant kommen, dann kann ich nicht die einzige sein, die so denkt. Doch er hat nur Augen für eine einzige Frau, und die ist unerreichbar. Ihr Herz gehört einem anderen. Na dann, Mickaël, gib mir vier oder sechs Monate, heutzutage die gesetzliche Dauer, um sich von einer missglückten Eheschließung zu erholen, und ich bitte dich um eine Sprechstunde der besonderen Art.

»Was ist los, Claire? Habe ich was Falsches gesagt?«

»Was?«

»Du guckst mich jetzt schon länger so seltsam an«, erklärt Mickaël.

Oh! Mist.

»Nein, ich dachte nur gerade, dass es doch ungewöhnlich ist, dass du noch nicht vergeben bist. Also verrate es uns, welche Patientinnen ziehen sich bei dir in der Praxis aus, wenn sie einen Schnupfen haben?«

Alle am Tisch lachen und löchern ihn nach pikanten Anekdoten. Hugo stößt mich unauffällig und sachte mit dem Ellenbogen an, und als er so tut, als würde er seine Serviette vom Boden aufheben, flüstert er mir ins Ohr: »›Es ist doch ungewöhnlich, dass du noch nicht vergeben bist.‹ Bei Hugo ist das was anderes, der ist hässlich und führt sich auf wie ein Bär, ist es das?«

Ich lache kurz auf. Seine Reaktion überrascht mich. Was will er denn? Soll ich mich jetzt schlecht fühlen?

Mickaël erzählt, eine verheiratete Frau, die er schon länger kennt, komme oft zu ihm in die Praxis und bestehe jedes Mal darauf, dass er ihren Blutdruck misst. Jedes Mal zieht sie dafür ihr Oberteil aus. Obwohl Nadia und Hugo nachbohren, weigert sich Mickaël, ihre Identität preiszugeben, aber wir lachen uns trotzdem kaputt bei der Vorstellung, dass Mickaël immer wieder versucht, ihr ihr Oberteil wieder anzuziehen, während sie es jedes Mal wieder auszieht. Er erzählt uns noch ein paar andere Geschichten, die ihm hier oder in seiner Zeit in Lyon passiert sind. Man könnte behaupten, dass Fernsehserien dem echten Leben nicht das Wasser reichen können.

»Manchmal läuft es aber auch andersherum und die Patienten werden angebaggert«, werfe ich irgendwann ein. »Stimmt's, Hugo?«

Hugo wird rot, und zum ersten Mal erlebe ich ihn in Verlegenheit.

»Nein! Von wem?«, will Nadia wissen.

»Ach, von niemandem. Claire übertreibt«, wehrt Hugo ab und widmet sich seinem Teller.

»Also, wenn sie hübsch ist, hätte ich an deiner Stelle nichts dagegen einzuwenden«, sagt Mickaël grinsend. »Als Arzt kann ich meine Approbation verlieren, wenn ich mich bei einer Patientin danebenbenehme, aber als Patient kannst du dich ja drauf einlassen, wenn sie sich fachkundig anstellt.«

Nadia wirkt entsetzt, lacht aber dennoch mit uns.

»Anscheinend ist die Krankengymnastin ziemlich charmant«, sage ich.

»Germaine?« Nadia verschluckt sich beinahe an ihrem Essen.

»Ist das dein Ernst? Die dicke Germaine macht dir Avancen?«, hakt Mickaël ungläubig nach.

Hugo lächelt, und mit einem Seitenblick auf mich erklärt er: »Die dicke Germaine, das ist aber keine nette Beschreibung! Und außerdem kann man bei ihr nie sicher sein. Sie drückt sich nicht immer ganz deutlich aus, diese Frau.«

»Fünfundneunzig Kilo und dreißig Jahre Berufserfahrung,

also, wenn sie mir die Knochen geraderückt, finde ich das immer sehr deutlich!«, wirft Mickaël lachend ein.

Schließlich brechen wir alle in Lachen aus, und Hugo, den wir gnadenlos auslachen, lacht mit.

»Eine reizende Frau, hm? So hast du sie mir doch beschrieben, oder nicht? Eine Blondine mit heißen Kurven?«, flüstere ich Hugo ein paar Minuten später zu.

»Nein, da übertreibst du. Vielleicht habe ich ein bisschen an den Tatsachen geschraubt, weil du mich in den Wahnsinn getrieben hast. Aber die Blondine mit den heißen Kurven, die hast du dir ausgedacht!«

»Schon klar …«, murmele ich lächelnd vor mich hin.

Während wir eine Flasche nach der anderen leeren, leert sich allmählich auch das Restaurant, und gegen Mitternacht sind außer uns kaum noch Gäste da, sodass auch Patrick sich endgültig zu uns gesellt. Er erzählt noch mehr Geschichten von der Skistation, und ich könnte ihm endlos zuhören. Wie sein Urgroßvater eines der ersten Chalets oberhalb der Station errichten ließ, um dort seine Schafe zu halten, und dann kurzerhand eine Piste im Schnee anlegte, um auf Skiern in den Ort hinunterfahren zu können. Das berühmte Paar Skier gibt es sogar heute noch, sie hängen an der Wand hinter mir. Ich drehe mich um und stoße beim Anblick dieses Relikts der Vergangenheit ein überraschtes »Oh!« aus, doch da bricht Hugo in Lachen aus.

»Was ist?«, frage ich in die Runde. Alle unterdrücken offensichtlich ein Lachen.

»Das ist eine Geschichte, die wir den Touristen erzählen, Claire«, gibt Nadia zu. »Die Skier da sind wahrscheinlich noch nie benutzt worden. Früher waren Skier aus Holz und sind schnell durchgebrochen. Entweder das, oder die, die verrückt genug waren, auf ihnen zu fahren, haben sich alle Knochen gebrochen!«

»Ach, ihr seid gemein!«, rufe ich lachend.

»Aber wir haben dir noch nicht vom Dahu erzählt«, mischt Mickaël sich ein.

»Ach so, was ist denn ein Dahu?«

Sie werfen einander Blicke zu, und Hugo nimmt meine Hand. »Nein, hört auf, das ist nicht lustig«, sagt er in ernstem Tonfall. »Claire hat Phobien und eine Heidenangst vor Hunden. Wenn wir ihr vom Dahu erzählen, kann sie heute Nacht nicht schlafen.«

»Was?« Ich bin sofort beunruhigt. Wenn man jemandem sagt, er solle sich keine Sorgen machen, macht er sich natürlich erst recht welche. Mit gesenkter Stimme frage ich nach: »Was ist denn das für ein Tier?«

»Eigentlich ein ganz harmloses«, antwortet Hugo ruhig. »Eine Art Ziegenbock, könnte man sagen. Aber ein bisschen anders.«

»Ehrlich gesagt unterscheiden sie sich schon von Ziegen«, wirft Patrick ein. »Ich habe schon mal einen gesehen.«

»Tatsächlich?«, fragt Nadia beeindruckt nach. »Da hattest du aber Glück. Ich hab noch nie einen gesehen. Aber wenn man einen gesehen hat, weiß man gleichzeitig, dass es das letzte Mal gewesen ist. Man muss zur richtigen Zeit am richtigen Ort sein, weil er nur einmal dort vorbeikommt.«

»Nur ein einziges Mal? Wie geht das denn?«, will ich wissen. Mich hat eine morbide Neugier gepackt. Ich fürchte mich zwar vor allem, aber ich will immer so viel wie möglich darüber erfahren, auch auf die Gefahr hin, dass ich noch mehr Angst bekomme.

Patrick fährt mit seiner Erzählung fort: »Ganz genau, ein Dahu kehrt niemals an denselben Ort zurück. Es ist wirklich sehr speziell. Er kann ganz einfach nicht.«

»Er kann nicht?«, wiederhole ich arglos.

»Das hat mit der Evolution der Spezies zu tun, sie hat sich so angepasst, oder?«, fragt Mickaël.

»Genau. Stell dir vor, liebe Claire, der Dahu hat schon seit Generationen zwei kurze Läufe und zwei lange.«

»Wie soll ich mir das vorstellen? Wie bei einem Känguru?«

»Nein! Das wäre ja normal. Beim Dahu ist der Längenunterschied zwischen den Läufen links und rechts.«

»Wollt ihr mich auf den Arm nehmen? Aber warum denn?«

»Aus einem ganz einfachen Grund: Der Dahu lebt ausschließlich in den Bergen. Das heißt, er steht immer am Hang. Sein besonderer Körperbau ist ein Ergebnis der Evolution. Er macht es ihm möglich, sich leichter am Hang fortzubewegen. So kann er seinen Feinden besser entkommen, weil er schneller ist.«

»Das Problem dabei«, fährt Hugo fort, »ist allerdings, dass er sich dadurch immer nur in eine Richtung bewegen kann. Deswegen geht er immer im Kreis um den Berg herum. Er kann nicht umkehren.«

»Das ist noch nicht alles«, unterbricht ihn Patrick. »Der Dahu hat von allen Tieren auf diesem Planeten das meiste Pech, der Arme. Die Natur, stell dir vor, hat sich nämlich einen Scherz erlaubt, die männlichen und die weiblichen Tiere sind nicht gleich gebaut. Die Läufe der Weibchen sind auf der rechten Seite kürzer, die der Männchen auf der linken …«

»Ist es nicht andersrum?«, fragt Nadia.

»Mag sein … Es kommt jedenfalls aufs Gleiche hinaus.«

»Ich glaube, es ist andersrum«, überlegt Hugo laut. »Ich glaube, die Männchen nennt man ›rechtsläufig‹ und die Weibchen ›linksläufig‹. Leider ist es eine Tierart, die vom Aussterben bedroht ist.«

»Warum denn?«, frage ich fasziniert nach. »Sind daran auch wieder die Menschen schuld?«, sorge ich mich um dieses Tier, von dem ich noch nie gehört habe.

»Nein. Ausnahmsweise haben wir damit nichts zu tun«, antwortet Patrick.

»Nun ja, das lässt sich ganz einfach mit naturwissenschaftlichen Gesetzmäßigkeiten erklären«, erläutert Hugo. »Wenn das Weibchen in die eine Richtung läuft und das Männchen in die andere …« Er faltet eine Serviette zu einem Kegel, der den Berg darstellen soll, und nimmt zwei Stücke Brot als Dahus. »… treffen sie nur dann aufeinander, wenn die Herde es einmal um den Berg geschafft hat. Und dann haben sie das Problem, dass sie sich gegenüberstehen.«

»Was die Begattung erheblich erschwert«, folgert Patrick mit ernster Miene, woraufhin Mickaël unerwartet einen quietschenden Laut von sich gibt.

Erstaunt sehe ich ihn an und bemerke, dass er sich vor unterdrücktem Lachen auf seinem Stuhl windet. Nadia geht es offenbar ähnlich, denn nun bricht auch sie in Gelächter aus und greift nach Mickaëls Hand. Als ich Hugo verständnislos anblicke, entdecke ich so deutlich den Schalk in seinen Augen, dass ich empört rufe: »Na, da habt ihr mich also ganz schön an der Nase herumgeführt!«

Sie lachen, und obwohl ich sie am liebsten beschimpfen würde, muss ich schließlich auch lachen. Sie haben meine Gutgläubigkeit ausgenutzt, aber es war nicht böse gemeint.

Und außerdem habe ich zu viel getrunken, um wütend zu werden.

»Es tut mir leid«, sagt Patrick, der gar nicht aufhören kann zu lachen. »Das ist ein klassischer Scherz, den wir uns mit Touristen erlauben.«

»Aber ... aber ...«, setzt Nadia an, der vor Lachen die Tränen die Wangen herunterkullern, »... Es ist das erste Mal, dass wir das bis zum Ende durchziehen konnten! Du bist ein super Publikum, Claire!«

»Du meinst, ich bin ein absoluter Trottel«, entgegne ich.

»Nein, du bist gutgläubig«, widerspricht mir Hugo. »Aber das ist keine Beleidigung. Es ist schön, dass es noch Leute wie dich gibt.«

»Mhm, Einfaltspinsel meinst du«, brumme ich und bewerfe ihn mit einem Stück Brot.

»Mit dir würden wir das niemals machen, aber normalerweise nehmen wir die Leute mit auf den Berg, um auf Dahu-Jagd zu gehen.«

»Und womit jagt man den Dahu?«

»Das ist ein ganz besonderer Spaß. Es variiert von Region zu Region«, antwortet Patrick. »Man erzählt dem Urlauber, es sei ein nachtaktives Tier, weshalb man es nachts jagen müsse, aber bei Mondschein. Man weist ihn an, an einer Stelle zu warten, während man selbst angeblich weiter nach oben steigt, um mit einem Stock gegen die Baumstämme zu klopfen, damit der Dahu Angst bekommt. Wenn der Dahu das Schlagen hört, dreht er sich um, und weil seine Läufe nicht gleich lang sind, kommt er ins Straucheln und rollt den Hang hinab bis dorthin, wo der treuherzige Tourist steht und wartet.«

»Und dann? Was macht der treuherzige Tourist? Steht er dort die ganze Nacht?«

»Ganz genau! Die, die behaupten, mit ihren Stöcken auf die Baumstämme zu klopfen, gehen nach Hause und lassen den Touristen allein im Wald versauern. Es ist gemein, aber so kann man den Leuten aus der Stadt schön eins auswischen, wenn sie sich über die Bergbauern lustig machen. Vermutlich wurde es deswegen überhaupt erst erfunden.«

»Und bist du schon mal auf Dahu-Jagd gewesen, Patrick?«, will Mickaël, der endlich aufgehört hat zu lachen, wissen.

»Was glaubt ihr wohl, wie ich zu meiner Frau gekommen bin?«

»Was hat denn das eine mit dem anderen zu tun?«, fragt Hugo. »Du hast doch nicht etwa die arme Gilda auf Dahu-Jagd geschickt!«

»Natürlich nicht! Sie war mit einem Investor verlobt, als sie hier ins Dorf kam, und ich konnte den Typen nicht ausstehen. Gilda hingegen ... Was war sie für eine Schönheit! Aber ich war jung und dumm.«

»Nein«, murmelt Nadia mit einem Lächeln. »Du hast ihn nachts auf Dahu-Jagd geschickt?«

»Er wollte vor Gilda unbedingt gut dastehen«, brummt Patrick. »Also hat er sich darauf eingelassen. Wir sind zusammen mit ein paar Freunden losgezogen, und ich glaube, wenn ihr nachts die Ohren spitzt, könnt ihr ihn noch immer rufen und umherirren hören, diesen Deppen!«

Wir brechen in Lachen aus.

»Spaß beiseite«, fährt Patrick fort. »Als er begriffen hat, dass wir uns einen Scherz mit ihm erlaubt haben, ist er fuchsteufelswild geworden. Gilda gefiel das nicht, sie fand seine

Reaktion zu übertrieben. Er ist nach Hause zurückgekehrt, und sie ist hiergeblieben und nie wieder abgereist.«

»Eine schöne Geschichte«, sagt Hugo und hebt sein Glas, und wir alle stoßen auf Gilda an, auch ich, obwohl ich sie gar nicht kannte, aber mir gefällt, was sie über sie erzählen.

»Wisst ihr, Kinder«, spricht Patrick mit feuchten Augen weiter, »darauf müsst ihr achten, wenn ihr euch eine Frau aussucht. Sie muss Humor haben und über sich selbst lachen können. Dann werdet ihr ein wunderbares Leben zu zweit haben, und ihr werdet gar nicht merken, wie die Zeit vergeht.«

Alle scheinen bei dem Gedanken an Gilda etwas traurig und nostalgisch zu werden, also hebe ich mein Glas. »Oder ihr macht es wie ich! Schenkt eurem Verlobten neue Laufschuhe zum Geburtstag, und dann probiert er sie an dem Tag aus, an dem ihr ihn heiraten wollt!«

Einen Moment lang schauen mich alle stumm an, dann lachen wir und trinken den Likör, den uns ein Kellner gebracht hat. Mir brennt die Kehle. Ich sollte besser aufpassen. Das Zeug ist schlimmer als mein Mirabellenpunsch.

Gegen ein Uhr nachts machen wir uns auf den Heimweg, zum Glück fährt Hugo, denn ich bin ein wenig betrunken. Es schneit jetzt stärker, und wir sehen nicht weiter als bis zu unserer Motorhaube. Hugo scheint es aber im Griff zu haben. Zum Glück hat der Alkohol mein Stresslevel auf ein akzeptables Niveau abgesenkt, was bedeutet, dass ich mich an Hugos Ellenbogen klammere, aber nur so heftig, dass sein Blut weiter zirkulieren kann, er soll es ja überleben.

»Claire, hör auf! Lass mich schalten.«

»Wir hätten im Hotel übernachten sollen!«

»Ist das ein Angebot? Du weißt schon, dass wir das auch zu Hause machen können.«

»Hör auf, das ist jetzt kein Moment für Witze!«

»Ganz im Gegenteil! Für Witze ist der Moment immer richtig.«

Der Wagen rutscht, aber Hugo bekommt ihn wieder unter Kontrolle. Zumindest glaube ich das.

»Hast du Winterreifen?«, frage ich.

»Ja.«

»Und Schneeketten?«

»Nein.«

»Sind die nicht Pflicht?«

»Nur für die Touristen, die nicht Auto fahren können.«

»Aha, verstehe. Schneeketten sind für Dahu-Jäger.«

»Genau.«

»Ist das Auto denn dafür geeignet?«

»Wofür?«

»Um auf der Heckablage miteinander zu schlafen, du Depp! Treib es nicht auf die Spitze, meine Nerven sind zum Zerreißen gespannt.«

»Ich weiß nicht, ob es sich besonders gut dafür eignet, ich bin ja recht groß, und die Heckablage ist eher klein. Aber was das Fahren angeht, mach dir keine Sorgen, das Auto hier hat auch Allradantrieb, das heißt, dass alle vier Räder mit dem Motor verbunden sind und den Wagen problemlos antreiben können, um auf jedem noch so winzigen Stück Erde Halt zu finden …«

»Aber hier ist doch keine Erde! Hier gibt es nur Schnee! Tonnenweise Schnee!«

»Schon, aber unter dem Schnee greifen die Reifen in die Erde. Mehr brauchen sie nicht.« Er lächelt und fügt hinzu:

»Wozu eigentlich die Eile? Wenn du schnell nach Hause willst, um mit mir ins Bett zu kommen, sei beruhigt, wir sind gleich da.«

Ich versetze ihm einen leichten Klaps auf den Arm, was ich sofort bereue, denn das Auto gerät kurz ins Schleudern.

Ohne weitere Zwischenfälle kommen wir zu Hause an, auch wenn es um einiges länger gedauert hat, als man normalerweise für die Strecke braucht. Als Hugo den Motor abstellt, überkommt mich Panik: Die Hunde stehen vor dem Wagen und warten darauf, dass wir aussteigen.

»Hast du sie von der Leine gelassen?«

»Ja, bevor wir losgefahren sind, das habe ich dir doch gesagt. Ich wollte, dass sie ein bisschen im Schnee herumtoben und zum Schutz in die Scheune laufen können.«

»Aha …«

»Keine Sorge, das klappt schon. Ich steige als Erster aus und hole sie zu mir, und dann kannst du aussteigen, okay?«

»Hmm«, brumme ich, alles andere als überzeugt.

Hugo steigt aus, und die wild gewordenen Hunde stürzen sich auf ihn. Er streichelt sie und redet mit ihnen und gestikuliert wild in meine Richtung, damit ich ebenfalls aussteige. Das Problem ist nur, dass ich wie gelähmt bin. Ich merke allerdings, dass es im Wagen kalt wird, weil jetzt die Heizung nicht mehr läuft. Ich atme tief ein und drücke vorsichtig die Beifahrertür auf, doch dann höre ich, wie einer der Hunde ein seltsames Geräusch von sich gibt, was sicher so viel bedeuten soll wie: »Super, sie steigt aus, zerfleischen wir sie«, und ich gerate vollends in Panik. Ich schlage die Autotür hinter mir zu und renne los. Allerdings schneit es auf einmal heftig, wirklich heftig. Ich kann nichts mehr sehen, und dazu muss ich auch noch halb die Augen schließen, um meine Angst halbwegs in den Griff zu bekommen. In der Ferne höre ich Hugo, aber ich kann nicht verstehen, was er ruft. Bestimmt, dass ich nicht weiterrennen soll, weil das die Hunde noch mehr aufwiegelt, aber es ist mir egal. Ich weiß, dass ich unvernünftig handele, aber jetzt hilft auch keine Vernunft mehr. Ich werde tapfer sein und die Haustür finden … Nur warum bin ich nicht schon längst am Haus angekommen? Warum stehe ich noch nicht auf dem Zementboden vor dem Haus, auf den Stufen, die zur Terrasse davor führen? Direkt hinter mir höre ich einen Hund bellen, und dann passiert die Katastrophe, ich verfange mich mit den Füßen in wer weiß was und spüre, wie unter mir etwas nachgibt. Ich taumele, ich stürze … und schlittere immer weiter hinunter, bis ich auf einer Eisfläche zum Liegen komme … Es knackt unheilverkündend, und das Eis bricht.

Dann falle ich in eiskaltes Wasser.

Eine Woche!

Eine verfluchte Woche ist sie jetzt hier, und ich habe den Eindruck, ich hätte ihr schon öfter das Leben gerettet als irgendjemand anderem. Vielleicht ist das auch gar nicht nur mein Eindruck. Auch wenn die Hunde sie am ersten Abend genau genommen nicht töten wollten, und auch wenn Claire, als sie sich neulich den Kopf angeschlagen hat, nicht tatsächlich ins Koma gefallen ist. Diesmal, im eiskalten Wasser, wäre sie gestorben! Und sie ist auch noch nicht über den Berg. Verdammt. Ich bin völlig durchgefroren. Ich wäre auch beinahe gestorben. Erst rette ich Claire, und was haben wir dann davon: Wir kommen beide um. Mama, ich werde niemals die Herberge übernehmen, ich erfriere, noch bevor ich es überhaupt versuchen kann. Nein, ehrlich gesagt habe ich solche Angst, dass ich die Kälte nicht einmal spüre. Es ist mir unbegreiflich, wie eine Frau sich ganz allein in so viele Schwierigkeiten bringen kann …

»Ihr Verlobter war ein verdammter Mistkerl, das schon, aber immerhin hat er mit seiner Flucht Überlebenswillen gezeigt!«

Laut schimpfe ich vor mich hin, um mich zu beruhigen, während ich Claire im Laufschritt hoch zum Haus trage. Das ist eine Gewohnheit, die ich habe, entweder rede ich laut mit mir selbst oder schimpfe in Gedanken vor mich hin, das gibt mir Kraft, wenn ich mich körperlich anstrengen muss. Und wenn ich mir Claires blaue Lippen so anschaue, bin ich mir sicher, dass jede Sekunde zählt. Noch nie zuvor bin ich mit einer Frau im Arm so schnell gerannt. Bin ich überhaupt schon mal mit einer Frau im Arm gerannt? Ich glaube nicht. Allerdings war unser Lauftraining mit Sporttasche und all unserem Zeug darin auf dem Rücken ähnlich, Claire wiegt nicht viel mehr. Neben mir bellen die Hunde.

Mit dem Fuß stoße ich die Haustür auf, die sich polternd öffnet. Ich hatte sie vorhin aufgeschlossen, nachdem ich aus dem Auto ausgestiegen war und bevor ich mich noch einmal umgedreht und entdeckt hatte, dass Claire losgerannt war … und zwar in die falsche Richtung. Ich hatte die Hunde vergessen. Ich hatte nicht daran gedacht, sie wieder anzubinden. Alles nur, weil ich die Hunde vergessen hatte …

Zum Glück waren sie aber da.

Der Wind blies so stark, und der Schnee fiel so dicht, dass Claire mich nicht hörte, als ich sie rief. Sie geriet in Panik, und offenbar taugt ihr Orientierungssinn zu nichts. Anstatt auf das Haus zuzulaufen, steuerte sie auf das Gehölz links davon zu, hinter dem ein Bach verläuft. Die Hunde sind hinter ihr hergerannt, und ich bin ihnen gefolgt, konnte aber nichts sehen. Zum Glück hörte ich Hector bellen, und Arthur fing an zu jaulen. Die Hunde sind wirklich einmalig, sie haben Claire gerettet. Sie müssen gesehen haben, wie Claire den kleinen Hang hinunterrutschte. Als ich dort angekommen bin, habe ich zuerst nichts gesehen, also bin ich dem Geheul der Hunde gefolgt. Da habe ich die Spur im Schnee entdeckt, dort, wo Claire hinuntergerutscht war. Wie ein Wahnsinniger stürzte ich die paar Meter hinunter, und dort lag sie, reglos im Wasser. Sie muss das Bewusstsein verloren haben, als sie stürzte, und das Wasser ist eisig kalt. Mir ist das Blut in den Adern gefroren. Ich habe schon geglaubt, sie sei tot. Zum Glück ist der Bach an dieser Stelle nicht tief. Um zu Claire zu gelangen, habe ich das dünne Eis an der Oberfläche zerbrochen und bin ins Wasser gestiegen. Claire war ein Stück über das Eis gerutscht und lag auf dem Bauch, das Gesicht unter Wasser. Ich drehte sie um und hob sie hoch. Mir fiel ein Stein vom Herzen, als ich sah, dass sie noch atmete. Auf dem Weg ins Haus hat sie in meinen Armen etwas vor sich hin gemurmelt.

Drinnen angekommen, merke ich, dass es im Esszimmer viel kälter ist, als ich erwartet habe. Mit dem Fuß schließe ich die Tür hinter mir. Ich nehme mir vor, den Hunden morgen früh die doppelte Ration Futter zu geben. Es sind zwar zwei alte Burschen, aber ihr Geruchssinn hat nichts an Schärfe verloren.

Claire zittert in meinen Armen, ein gutes Zeichen.

Ich trage sie in mein Zimmer und ziehe ihr die durchnässten Sachen aus. Meine Gedanken rasen. Was ist jetzt das Beste? Sie unter die heiße Dusche stellen? Nein. Es dauert zu lange, bis das Wasser warm wird, und auch wenn Claire den Heizkessel repariert hat, traue ich der Anlage noch nicht ganz über den Weg. Auf jeden Fall muss ich Claire auf dem schnellsten Wege aufwärmen.

Ich rede mit lauter Stimme auf sie ein, fast schreie ich, aber sie scheint noch immer nicht wieder bei vollem Bewusstsein. Irgendetwas murmelt sie. Mickaël kann ich nicht anrufen, er wäre zu spät hier, bei dem Wetter käme er womöglich gar nicht hier an. Wie dumm von mir, heute Abend runter ins Dorf zu fahren, ich habe den Schneesturm unterschätzt. Im Auto habe ich noch große Reden geschwungen, dabei war ich mir selbst nicht sicher. Wie idiotisch, jetzt sehen wir, wohin so etwas führt. Mein verdammter männlicher Stolz! Das werde ich mir nie verzeihen.

Ich ziehe Claire bis auf die Haut aus und versuche immer weiter, sie anzusprechen, dann lege ich sie aufs Bett, wo ich die Decke beiseitegeschoben habe. Ich halte mich nicht lange bei dem Gedanken auf, dass ich sie zum zweiten Mal nackt sehe und sie wirklich bildschön ist. Ich nehme kaum die rote Spitze an ihrer Unterwäsche wahr, die ich ihr so eilig vom Leib ziehe, dass es mir vorkommt, als würde ich sie zerreißen. Selbst Claires winziger Spitzentanga ist durchnässt. Ich rede mir gut zu, dass ich das Richtige tue, dass ich ihr alles ausziehen muss, damit ich sie warm reiben kann.

Meine Kleider sind ebenfalls durchnässt, aber das ist nicht der Rede wert. Ich bin widerstandsfähiger.

Claire beginnt, heftig am ganzen Leib zu zittern. Die Panik steigt weiter in mir auf, aber ich höre nicht auf, sie abzureiben, damit das Blut wieder zirkuliert. Ich reibe so stark, dass morgen womöglich Striemen zu sehen sein werden. Sei's drum! Ihr das Leben zu retten hat jetzt Vorrang.

Schließlich bekommt sie wieder ein wenig Farbe, und ich decke sie mit der Bettdecke zu. Dann drehe ich die Heizung voll auf und ziehe mich ebenfalls aus; nur die Unterhose behalte ich an.

Claires Lippen sind noch immer so blau, dass meine Sorge nicht nachlässt. Okay, ich habe keine andere Wahl, ich werde es so machen wie in dem Film, den ich als kleiner Junge gesehen habe. Man kann einen durchgefrorenen Menschen nur durch die Wärme eines anderen Menschen ausreichend aufwärmen. Das bedeutet Körperkontakt, und zwar nackt, Haut an Haut. Ich ziehe auch meine Unterhose aus und schlüpfe zu Claire unter die Decke. Dann schlinge ich die Arme um sie und ziehe sie an mich. Ich rede weiter mit ihr, doch sanfter als zuvor. Es kommt mir vor, als würde ich einen Eisberg umarmen. Doch ganz allmählich, ich weiß nicht, ob ich mich daran gewöhne oder ob der Eisberg schmilzt, scheint es mir, als würde Claires Körpertemperatur wieder ansteigen. Ich flüstere ihr beruhigende Worte ins Ohr, und irgendwann höre ich, wie sie ganz leise meinen Namen sagt.

»Hugo …«

»Ja, Claire, ich bin hier. Keine Sorge, alles ist gut. Du bist hier bei mir im Warmen.«

»Hugo …«

»Schsch, schon deine Kräfte, alles wird gut, das verspreche ich dir. Du bist ins Wasser gefallen, und du hast das Bewusstsein verloren, aber ich bin rechtzeitig da gewesen. Wir liegen jetzt bei mir im Bett, und ich versuche, dich aufzuwärmen.«

»Im … im Bett?«

Ich fasse es als gutes Zeichen auf, dass sie auf meine Worte reagiert. Unglaubliche Freude überkommt mich. Sie ist gerettet. Ich bin kein Arzt, ich kann nicht beurteilen, ob sie irgendwelche Folgeschäden davontragen wird, aber ich glaube, dafür war sie der Kälte zu kurz ausgesetzt. Hauptsache, sie ist in Sicherheit.

Ich rede ihr weiter gut zu, und irgendwann überkommt mich die Müdigkeit nach unserem beschwingten Abend und dem Schock danach, und mit Claire weiterhin fest in meinen Armen schlafe ich ein.

Ich wache auf, als Claire sich neben mir bewegt. Wo bin ich?

Es dauert nicht lange, und mir fallen die Ereignisse des gestrigen Abends wieder ein. Die Angst packt mich. Claire, die im eiskalten Wasser treibt … Mit einem Knoten im Bauch schlage ich die Augen auf. Wie geht es ihr? Ich spüre, wie sie sich in meinen Armen windet, und mir wird bewusst, dass ich sie noch immer fest an mich ziehe. Wir liegen in Löffelchenstellung nebeneinander, beide auf der rechten Seite, und sie liegt vor mir, ihr Po schmiegt sich an meinen unteren Bauch, ihre Beine an meine Beine, und ihre Haare fallen mir ins Gesicht. Eine Strähne liegt sogar zwischen meinen Lippen, und ich streiche sie sanft fort. Claires Körpertemperatur fühlt sich mittlerweile wieder normal an, und ich kann ihren gleichmäßigen Atem hören. Sie schläft.

Ich lächele. Inzwischen bin ich vollkommen wach, aber ich habe keine Ahnung, wie spät es ist. Es muss noch Nacht sein, denn das Zimmer ist in Dunkelheit getaucht. Ich nutze die Gelegenheit und überlege, was zu tun ist.

Gut, okay, ich habe der Notsituation entsprechend gehandelt und Claire vermutlich das Leben gerettet. Nur wie geht es jetzt weiter? Alle meine Sinne sind hellwach, und meine Gedanken rasen. Nur führen meine Überlegungen nirgendwohin, oder besser gesagt werden sie aufgehalten, als ich bemerke, wie gut Claires Haare duften und wie angenehm es sich anfühlt, ihren straffen Körper neben meinem zu spüren …

Ich versuche, meinen Arm unter ihr hervorzuziehen, ohne sie aufzuwecken, doch sie bewegt sich und dreht sich zu mir. Sie liegt also noch immer in meinen Armen, wenn auch nun auf dem Rücken, dicht an mich geschmiegt, ein Bein über meinem, eine Brust an meinem Oberkörper. Als ich wieder versuche, mich zu lösen, spüre ich mit scharfer Deutlichkeit, wie ihre feste Brust an meiner Haut reibt … Und weil sich ihr Bein noch etwas enger um meins schlingt, spüre ich noch dazu die weiche Innenseite ihrer Schenkel an meinem Oberschenkel … Du meine Güte! Wie bin ich da nur reingeraten?

Und natürlich, das, was eintreten muss, tritt ein. Trotz all meiner Bemühungen, an etwas anderes zu denken und es irgendwie hinzubekommen, dass ich nicht mehr neben ihr liege, wenn sie aufwacht, spüre ich, wie mein Schwanz sich sachte aufrichtet. Nein, nein, nein … Mist!

Wieder rührt sich Claire. Ihre Beine öffnen sich noch ein Stück weiter, und sie rutscht näher an mich heran … Da spüre ich so zarte Haut an meinem Oberschenkel, dass es um mich geschehen ist. Mein Schwanz richtet sich hart und in all seiner Größe auf. Na wunderbar! Wenn sie das nicht bemerkt, muss schon ein Wunder geschehen.

Sie öffnet die Augen und wendet den Kopf, um mich anzusehen.

Na bitte! Da haben wir genau die Situation, die ich vermeiden wollte. Besorgt sehe ich Claire an. Sie schaut stumm zurück, ihr Blick fragend, doch sie sagt nichts.

Schließlich fragt sie mich schwach: »Habe ich das nur geträumt, oder hast du mir das Leben gerettet?«

Die Situation ist dermaßen seltsam, dass mich der Drang zu lachen überkommt. Stattdessen antworte ich: »Du hast nicht geträumt.«

»Und jetzt? Was machen wir hier?«

Gute Frage!

»Du warst unterkühlt«, erkläre ich ihr. »Ich musste schnell handeln, um dich aufzuwärmen, und das hier war die einzige Möglichkeit …«

»Ja, ich weiß.«

Ein Augenblick verstreicht. Schweigend sehen wir uns an, bis sie wieder das Wort ergreift.

»Und bin ich jetzt über den Berg?«

»Ich bin nicht sicher, aber ich glaube schon.«

»Dann wäre es also besser, wenn wir noch ein bisschen so liegen bleiben, um sicherzugehen?«

Ich räuspere mich. »Ja, es wäre vielleicht besser«, lüge ich schamlos.

Verdammt! Wie doof bin ich eigentlich? Warum habe ich das gesagt? Ich hätte die Gelegenheit nutzen und aufstehen sollen. Nein, das hätte ich nicht gekonnt: Ich bin buchstäblich erstarrt.

Ich spüre, wie Claire sich neben mir bewegt. Meine Erektion ist inzwischen so gewaltig, dass es sich für sie anfühlen muss, als würde sich ein Pfahl in ihre Taille drücken.

»Und was ich hier an meiner Seite spüre, das hat nichts mit einer bestimmten Lust zu tun?«, erkundigt sie sich.

»N… nein, das ist nur ein Reflex.«

»Ah, verstehe. Dann hast du keine Lust auf mich?«

»… nein. Ich habe dir nur das Leben gerettet.«

»Okay.«

Sie bewegt sich wieder ein paar Zentimeter näher und dreht sich ein Stück weiter zu mir um. Das Problem ist nun, dass sie mit dieser kleinen Bewegung schon beinahe auf mich gerollt ist … und dass ihre linke Brust sich dabei an meinen Oberkörper presst. Auch die rechte Brust berührt mich leicht. Es ist kaum noch zu ertragen.

»Ah, das beruhigt mich«, flüstert sie. Ihre Lippen sind nur wenige Zentimeter von meinen entfernt. »Ich hatte schon befürchtet, dass du …«

»Niemals!«

»Ich bin nicht dein Typ, ist es das?«

Träume ich, oder hat sie sich ein Stück aufgerichtet, als sie das gesagt hat? Es kommt mir vor, als würde sie immer weiter auf mich klettern, und ihr Mund nähert sich meinem noch mehr.

»Überhaupt nicht«, stimme ich ihr zu, doch mein flach gehender Atem verrät mich.

»Das könnte ich auch als Beleidigung auffassen.«

»Tut mir leid um dein Ego. Ich bin ein Gentleman.«

Ich spüre, wie sie mit ihrer rechten Hand sachte meinen Schwanz berührt. Leise, aber hörbar stöhne ich auf.

»Ein Gentleman?«

»Ein perfekter Gentleman.«

Verdammt, ist das heiß hier! Ich hätte die Heizung nicht voll aufdrehen sollen.

»Ich nutze keine schwachen Frauen aus«, erkläre ich mit einem Lächeln, um sie ein wenig zu provozieren.

Sie antwortet nicht sofort, doch ich spüre, wie ihre Finger über meinen harten Schwanz streichen.

»Eine schwache Frau?«, hakt sie nach. »Und was machst du, wenn die Frau gar nicht so schwach ist?«

Okay. Das ist zu viel. Mit einem Ruck rolle ich sie auf den Rücken, lege mich auf sie und halte ihre Hände über dem Kopf auf dem Kissen fest.

»Etwas in dieser Art«, antworte ich. »Ich bin nicht gern der Unterlegene.«

Sie lächelt, beißt sich auf die Lippe und hebt dann den Kopf, um meine Unterlippe sanft zwischen die Zähne zu nehmen. »Aber manchmal stößt man ja auch auf unerwartete Schwierigkeiten …«, murmelt sie leise.

Ich kann mich nicht länger zurückhalten. Als sie den Kopf wieder in die Kissen legt, presse ich ihr meine Lippen auf den Mund, und zwar viel heftiger, als ich beabsichtigt hatte. Es fällt mir schwer, mich zu beherrschen, diese Frau erregt mich so stark, es ist kaum zu glauben.

In ihren Augen taucht ein wildes Funkeln auf, und sie erwidert meinen Kuss mit der gleichen Leidenschaft. Es knistert, als sie mir wieder in die Lippe beißt. Mit einem Aufstöhnen küsse ich sie am Hals. Auch ich knabbere an ihr. Ich weiß nicht, was mich überkommen hat, aber ich habe Lust, nein, den regelrechten Drang, eine Spur an ihr zu hinterlassen. Sie, die so zierlich ist, so zart, so verzweifelt, und in meinen Armen plötzlich zur entfesselten Löwin wird. Ich weiß nicht, was mit mir geschieht. Gerade rechtzeitig beruhige ich mich ein wenig, denn ich stehe kurz davor, in sie einzudringen, auf der Stelle, ohne nachzudenken. Ich habe den Eindruck, dass Claire sich dessen bewusst ist, denn sie sieht mich auf eine Art und Weise an, die mich noch mehr erregt. Sie ist die Provokation in Person und will auch selbst provoziert werden.

Nun denn, wenn wir beide dasselbe wollen …

Ich lasse ihre Hände los und widme mich ihren Brüsten. Seitdem ich sie unter der Dusche gesehen habe, will ich sie schon berühren, mit meiner Zunge darüberfahren, ihre Nippel zwischen die Zähne nehmen, und genau das tue ich jetzt, hemmungslos, in dieser Reihenfolge. Claire stöhnt und windet sich unter mir, und das steigert meine Lust ins Unermessliche. Ich könnte einfach so weitermachen, Claires Stöhnen zuhören und dabei zum Höhepunkt kommen, obwohl bisher kaum etwas passiert ist. Bin ich denn so ausgehungert? Oder hat es damit zu tun, dass einer von uns knapp dem Tod entgangen ist? Hat das etwas Animalisches in uns ausgelöst?

Claire dreht sich geschmeidig auf die Seite und lässt ihre Hände über meinen Körper wandern. Ich spüre ihre Berührungen überall auf meiner Haut. Ich kann schon länger keinen klaren Gedanken mehr fassen, aber als Claire erst mit ihren Händen meinen Schwanz umschließt und ihn kurz darauf in den Mund nimmt, ist es vollends um mich geschehen. Dass sie so forsch vorgeht, hätte ich nicht erwartet, aber es macht mich zum glücklichsten Mann der Welt.

Ich gebe mich diesem magischen Augenblick völlig hin. Verdammt, fühlt sich das gut an. Habe ich das gerade laut ausgesprochen? Claires Hände massieren mich mit teuflischer Präzision, meine Hände krallen sich in die Laken, und beinahe komme ich zum Orgasmus. Halt! Das geht nicht. Nicht so. Ich muss mich beherrschen. Mit einer Hand taste ich neben mich, ziehe die Nachttischschublade auf und finde erfreulicherweise ein paar Kondome, die ich dort hineingeworfen hatte, ein alter Reflex, wenn ich irgendwo ankomme. Ich greife mir eins und lasse mich unter die Bettdecke gleiten, um aufs Neue die Führung zu übernehmen. Das gelingt mir nicht ohne Widerstand, wir ringen miteinander, bis ich Claire auf den Rücken gedreht habe und sie in die Laken drücke, um mich nun um sie zu kümmern. Ich beuge mich über ihren Venushügel, und genüsslich fahre ich mit der Zunge über ihre Klitoris. Claire stöhnt, sie bäumt sich unter mir auf, zerrt an der Decke, und ich nutze die Gelegenheit, öffne die Kondompackung und ziehe mir das Kondom über. Dann lasse ich meine Hände über Claires Körper wandern. Mit der einen Hand umfasse ich ihre Brust, mit der anderen packe ich ihren

Hintern. Er ist fest und muskulös, der pure Genuss ... Sie stöhnt auf, sie scheint sich beherrschen zu wollen, um nicht bereits zum Höhepunkt zu kommen, also muss ich schnell handeln, denn sonst komme auch ich, obwohl Claire mich in dieser Stellung gar nicht berühren kann. Ich richte mich auf, und sie zieht mich zu sich heran, küsst mich leidenschaftlich ... und ich bin völlig überwältigt.

»Ich habe ein Kondom übergezogen«, bringe ich zwischen zwei Küssen hervor.

»Worauf wartest du dann noch?«

Das lasse ich mir nicht zweimal sagen. Ich dringe in sie ein, ganz sanft, damit sie sich an mich gewöhnen kann, und lasse meine Bewegungen allmählich stärker werden. Claire schreit. Ich habe Angst, dass ich ihr wehtue, doch sie öffnet die Augen und sieht mich wieder mit diesem Blick an. Wie macht sie das bloß? Es erregt mich jedes Mal.

Jetzt nehmen Claires Bewegungen an Tempo auf, und es macht mich vollends verrückt. Wir sind wie voneinander besessen, und es kommt mir vor, als würden wir uns vervollständigen, als würden unsere Körper sich verstehen. Ich weiß nicht, wie lange es dauert. Ich weiß nur, dass ich mich nicht länger zurückhalten kann, und Claire genauso wenig. Ich sehe, wie sie sich anspannt. Ich rufe, dass ich kurz vorm Höhepunkt bin, und sie stimmt mit ein, sinnlich und schön, und dann spüre ich, wie sie abhebt. Mit einem tief aus meinem Inneren emporsteigenden Knurren komme ich, Claire unter mir bebt und zuckt, und auch sie schreit laut. Dann lasse ich mich auf sie sinken und rutsche ein wenig zur Seite, damit ich sie nicht erdrücke. Sie schlingt ihre Beine um mich, und eine Weile liegen wir einfach nur so da.

Als ich wieder halbwegs in der Wirklichkeit angekommen bin, drehe ich mich auf den Rücken und ziehe Claire zu mir. Sie schmiegt sich an mich, es fühlt sich an wie eine zweite Haut. Ich blicke zur Decke, und plötzlich frage ich mich, was eigentlich gerade passiert ist. Und dann nichts mehr. Ich muss wohl eingeschlafen sein.

Als ich wieder aufwache, sind mehrere Minuten verstrichen. Oder mehrere Stunden. Ich habe keinerlei Zeitgefühl, und mir wird bewusst, dass wir uns nicht vom Fleck bewegt haben. Claire schläft auf meiner Brust, und ihr Atem geht ganz ruhig.

Jetzt weiß ich, was mich geweckt hat: das Kondom. Zum ersten Mal bin ich eingeschlafen, ohne es vorher abzunehmen. Bei mir spielt wohl gerade wirklich alles verrückt. Sachte löse ich mich von Claire, ziehe das Kondom ab und gehe ins Bad. Unter der Dusche versuche ich, mich zu sammeln. Okay. Claire und ich haben miteinander geschlafen. Das ist aber auch nicht weiter schlimm, denn wir sind beide Single. Wir haben niemanden betrogen.

Ich glaube, dass ich das hier wirklich gebraucht habe, und Claire offensichtlich auch. Jetzt bleibt zu sehen, ob sie in Panik gerät. Wenn sie abreisen will, auch gut, dann ist es eben so. Ich komme schon zurecht mit der Herberge. Schließlich bin ich kein kleines Kind mehr, ich schaffe das. Aber glücklich wäre ich darüber nicht. Mir wird klar, wie gern ich Claire um mich habe. Ich habe mich an ihre Anwesenheit gewöhnt. Nun gut, es bringt nichts, darüber nachzugrübeln. Dass ich sie gern um mich habe, ärgert mich, dass ich mir Sorgen mache, ob sie nun abreist, ärgert mich, und dass ich es so sehr genossen habe, mit ihr zu schlafen, ärgert mich auch. Also gut, ich zerbreche mir nicht mehr den Kopf darüber, wir werden schon sehen.

Ich steige aus der Dusche und gehe leise zurück ins Schlafzimmer. Claire ist wach, sie sieht mir zu, wie ich mich anziehe, sagt jedoch nichts.

Ohne ein Wort gehe ich aus dem Zimmer und in die Küche. Ich hätte ohnehin nicht gewusst, was ich hätte sagen sollen.

Überrascht stelle ich fest, dass es, anders als ich dachte, gar nicht mehr so früh am Morgen ist. Es ist neun Uhr! Das ist das erste Mal, seitdem ich hier angekommen bin, dass ich so lange geschlafen habe. Und es ist auch die erste Nacht ohne Albträume. Als ich das erste Mal aufgewacht bin, muss es wahrscheinlich gegen sieben gewesen sein, ich habe nur nicht gesehen, wie es hell wurde, weil die Fensterläden geschlossen waren. Und ich hatte wohl auch anderes zu tun.

Ich setze einen Kaffee auf und ziehe meinen Mantel an, um die Hunde zu füttern und draußen nach dem Rechten zu sehen.

Es ist schlimmer als erwartet, noch immer schneit es heftig. Der Schnee ist perfekt als erste Schicht auf der Piste; sie werden schon bald öffnen können. Mich überkommt eine große Lust, Ski fahren zu gehen. Es ist Jahre her, dass ich zuletzt auf Skiern stand, und es hat mir auch nie gefehlt, ich hatte ja Eishockey, um mich auszutoben, aber hier habe ich auf einmal das starke Bedürfnis danach. Über Nacht müssen an die achtzig Zentimeter Schnee gefallen sein.

Ich muss mich ziemlich durch den Schnee kämpfen und mit der Schaufel, die immer neben der Haustür unter dem Vordach steht, einen Weg freimachen, um zu den Hunden zu gelangen. Wie immer freuen sich Hector und Arthur, mich zu sehen, und ich nehme mir einen Moment Zeit, um sie zu streicheln und mit ihnen zu spielen.

Diese Hunde sind wirklich großartig. Es ist, als wüssten sie, wer ich bin. Dabei kannte ich sie bisher kaum, meine Mutter war ihr Frauchen. Aber von dem Moment an, als ich hier angekommen bin, haben sie mich als ihren Nachfolger akzeptiert und mir die Autorität wie von selbst übertragen. Ich habe sie ein wenig mager vorgefunden, aber der Nachbar hat mir gesagt, das sei ganz normal. Nach dem Tod meiner Mutter und der Abreise von Marlène habe er sich um sie gekümmert und sie hätten nur wenig gefressen. Nachdem ich einzogen bin, haben sie ihre frühere Vitalität wiedergefunden.

Ich tätschele sie und bedanke mich bei ihnen – ja, ich weiß, es ist albern, mit Hunden zu sprechen – dafür, dass sie Claire gestern Abend das Leben gerettet haben. Sie schmiegen sich an mich, und mir kommt es vor, als verstünden sie alles. Ich muss wirklich völlig am Ende sein, wenn ich mich ein paar Kötern anvertraue.

Als ich wieder ins Haus komme, steht Claire geduscht und strahlend in der Küche und bereitet eine Brioche vor.

»Alles klar?«, frage ich schüchtern. »Wie fühlst du dich?«

Sie dreht sich zu mir um und lächelt mich an. »Machst du dir wegen deiner sexuellen Performance Sorgen oder wegen deiner medizinischen Fähigkeiten?«

So eine Frechheit! Diese Frau besitzt einfach die Gabe, mich aus der Fassung zu bringen.

»Meine medizinischen Fähigkeiten muss ich nicht mehr unter Beweis stellen, ich habe dir ja bereits das Leben gerettet. Was meine sexuelle Performance betrifft: Da du mich überrumpelt hast und geradezu über mich hergefallen bist, konnte ich mich nur verteidigen und daher leider nicht alles geben.«

Sie hält inne mit dem, was sie gerade tut, und dreht sich entrüstet zu mir um, genau wie ich es mir gewünscht habe. Ich unterdrücke ein Lächeln.

»Du hast nicht alles gegeben?«, fragt sie gekränkt.

»Oh nein.« Ich gehe auf sie zu und schenke mir ein Glas Orangensaft ein. »Wenn man mich beim ersten Mal überrumpelt, leiste ich nur das gewerkschaftlich verordnete Minimum.«

»Beim ersten Mal? Wenn man dich überrumpelt?«

»Genau«, entgegne ich mit einem Lächeln und blicke ihr in die Augen.

Ich setze mich an den Tisch und tue so, als würde es meine volle Konzentration erfordern, die Liste der Inhaltsstoffe auf der Müslipackung vor mir zu lesen. Aus dem Augenwinkel sehe ich, wie Claire die Brioche in den Ofen schiebt und dann zu mir kommt.

»Für jemanden, über den man herfällt, hast du dich aber nicht besonders heftig gewehrt. Aber jetzt, wo du es sagst, muss ich gestehen, dass ich ein wenig mehr … Einsatz von dir erwartet hätte.«

Verdammt. Sie weiß, was sie sagen muss.

Ich hebe den Blick und wiederhole: »Mehr Einsatz?«

»Du warst recht langsam bei der Sache, da kenne ich schon … aktivere Männer. Aber du warst wohl schon müde, nachdem du mir das Leben gerettet hattest. Danke, übrigens. Und entschuldige, dass ich dich so beansprucht habe, ich wollte mich einfach bei dir bedanken, und ich dachte, du wärst interessiert. Da habe ich mich wohl geirrt.«

»Moment!«, sage ich und greife sie am Arm, als sie sich wieder zum Herd umdrehen will. »Ich wollte ein Gentleman sein und dich heute Morgen nicht in Verlegenheit bringen. Aber wenn du es schon ansprichst ... Ich bin kein langsamer lieber Typ, der nur das Nötigste macht.«

»Ich dachte, du hättest inzwischen auch gemerkt, dass ich kein labiles kleines Ding bin ... Mal abgesehen von meinem missglückten Selbstmordversuch gestern Abend am Bach.«

»Ich habe schon verstanden, dass du nicht so lammfromm bist, wie man auf den ersten Blick meint«, entgegne ich und stehe auf. Ich mache einen Schritt auf sie zu.

»Nur, dass das klar ist«, stellt sie fest, »normalerweise drehe ich auch nicht so ab. Aber jetzt, in dieser Situation ...«

»Ja?«

»Das hier ist wie ein Intermezzo in meinem Leben, das keine Konsequenzen haben wird. Ich kann ich selbst sein. Und das tut gut. Aber gut, wenn du sagst, du hättest nur das Allernötigste getan ...«

»Ich habe gesagt: für ein erstes Mal!«

Ich lasse sie nicht aus den Augen, denn die Wendung, die diese Unterhaltung nimmt, interessiert mich immer mehr. Claire ist also nicht in Panik geraten, sie sieht das alles hier lediglich als Intermezzo in ihrem Leben. Eine Auszeit, in der sie einmal sie selbst sein kann. Aber das ist doch ideal! Ich stelle mich gern als Therapeut zur Verfügung, kein Problem. Ich mache es sogar gratis ...

Sie macht einen Schritt auf mich zu, kommt so nah, dass sie sich beinahe an mich schmiegt, hebt den Kopf, um mir in die Augen zu sehen, und fragt arglos: »Und das soll heißen, dass du grundsätzlich nichts gegen ein zweites Mal hast?«

»Grundsätzlich nicht. Um es ernsthafter angehen zu können. Also, wenn alle Beteiligten Lust darauf haben, natürlich. Ich kann dann nämlich für nichts mehr garantieren.«

»Das musst du näher erläutern.«

»Sagen wir … Dann halte ich mich nicht mehr zurück. Da du das erste Mal als langsam empfunden hast, habe ich Bedenken, dass es dich schockiert, wenn ich mein wahres Ich zeige …«

»Ach, weißt du, mich schockiert so leicht nichts«, murmelt sie, ohne den Blick von mir abzuwenden.

»Schon, aber nicht, dass du dich im Anschluss beklagst, meine Hübsche. Ich möchte dich schließlich nicht mit etwas überrumpeln, das du nicht gewohnt bist. Ich will ja meine Köchin nicht verlieren.«

Ich beuge mich zu ihr herab, und unsere Gesichter sind sich so nah, dass ich Claires Atem auf meiner Haut spüren kann. Er geht stoßweise, genau wie meiner.

»Und wenn ich mich dazu verpflichte, nicht wegzulaufen?«, will sie wissen.

»Dann sieht das schon ganz anders aus …«

»Und wenn ich ein wenig Aufruhr in meinem Leben gebrauchen kann?«

»Dann fege ich alles vom Tisch und wir vögeln, bis du sämtliche Male davor vergisst.«

»Und warum verplemperst du so viel Zeit mit Reden?«

Wer mit dem Feuer spielt …

Mit einem Arm hebe ich sie hoch, während ich mit dem anderen das Frühstück vom Tisch fege. Mit einem dumpfen Knall zerschellt meine Kaffeetasse am Kühlschrank. Ich setze Claire auf die Tischplatte, und sie erwidert meinen wilden

Kuss mit der gleichen Heftigkeit. Ob sie immer so reagiert? Es würde mich wundern. Ich habe den Eindruck, dass unsere Vereinigung die heftigsten Triebe in uns entfesselt.

Ich halte mich nicht mehr zurück, diese Frau treibt mich in den Wahnsinn. Oder andersherum.

Sie zieht sich den Pulli über den Kopf, und was darunter zum Vorschein kommt, macht mich noch mehr an. Ich trete mir die Schuhe von den Füßen, und während ich Claire weiterküsse, ziehe ich mir die Hose samt Unterhose herunter. Mit den Füßen schiebe ich alles beiseite, und während ich mich mit der einen Hand an Claires Jeans zu schaffen mache, streiche ich ihr mit der anderen über die Brust. Sie lehnt den Kopf in den Nacken, und ich ziehe ihr Halstuch fort, um sie darunter zu küssen. Diesmal werde ich sicher einen Knutschfleck hinterlassen. Es ist vielleicht kindisch, aber es erregt mich, sie auf diese Art zu kennzeichnen. Claire schlingt die Beine um mich und zieht mich fester an sich. Hastig streife ich mir die Socken von den Füßen. Ich habe mich noch nie so schnell ausgezogen, außer vielleicht, wenn ich betrunken war.

Claire sieht mich an, und mich überkommt ein fürchterlicher Hunger, ein Hunger nach ihr. Ich will sie spüren, jetzt, jede Faser ihres Körpers. Mir wird bewusst, dass ich kein Kondom dahabe. Ich sage Claire, sie soll sich nicht rühren, während ich eines holen gehe, doch sie provoziert mich nur wieder.

»Ich weiß nicht, vielleicht wird es mir auch zu lang mit dem Warten.«

Jetzt kann ich auf keinen Fall mehr einfach in mein Schlafzimmer gehen. Eingehend betrachte ich Claire, und der lüsterne Teil in mir regt sich.

Ich hebe ihr Halstuch vom Boden auf, drücke sie sanft mit dem Rücken auf die Tischplatte, schiebe ihre Arme nach oben über ihren Kopf und binde ihr die Hände zusammen. Wie ein Raubtier seine Beute sehe ich sie an. »Dann muss ich eben sichergehen, dass du brav auf mich wartest. Ich will schließlich mein Versprechen einlösen und dir zeigen, zu was ich in der Lage bin.«

Da ich es erregt in ihren Augen flackern sehe, binde ich das Tuch auch noch am Holzstuhl fest, der auf der anderen Seite der Tischplatte steht. Ein letztes Mal küsse ich sie noch, spiele mit ihrer Zunge, beiße ihr in die Lippe und laufe dann in mein Zimmer. Kurz kommt mir der Gedanke, dass jemand, der jetzt unangekündigt ins Haus käme, seinen Augen nicht trauen und sofort die Polizei rufen würde. Aber wer würde schon hier aufkreuzen? Der Schneesturm, der draußen wütet, hat uns komplett von der Außenwelt abgeschnitten.

Ich schnappe mir ein Kondom und haste zurück in die Küche.

Claire hat sich nicht vom Fleck gerührt, sie liegt ausgestreckt auf dem Tisch, die Arme noch immer über dem Kopf festgebunden, und in der kühlen Luft läuft ein Schauder über ihre nackte Haut. Ihre Nippel richten sich auf, und das erregt mich noch mehr. Lächelnd betrachte ich sie.

»Bist du einverstanden, wenn ich die Gelegenheit nutze?«, frage ich. Irgendetwas an dieser Position treibt meine Lust ins Unermessliche. »Ich glaube, du bist mir ausgeliefert.«

»Ich würde dir sogar raten, die Gelegenheit zu nutzen, denn sie wird sich dir so schnell nicht wieder bieten. Ich werde mich rächen.«

»Oho, da bekomme ich aber Angst!«

Ich klettere auf den Tisch, beuge mich über sie und lasse dabei meine Zunge ihren Körper entlangwandern.

»Das hättest du lieber nicht sagen sollen«, sage ich. »Du hast ja keine Ahnung, was jetzt auf dich zukommt.«

Ich widme mich ihrer Klitoris, und wieder läuft Claire ein Schauer über die Haut, sie bebt, sie windet sich, sie streckt mir ihr Becken entgegen, und dann, das ist der beste Augenblick, fleht sie mich an, aufzuhören, damit sie noch nicht zum Höhepunkt kommt. Ich tue so, als hätte ich nichts gehört. So einfach lasse ich mich nicht provozieren. Da spüre ich, wie es sie packt, und mit einem wahnsinnigen Zucken und Beben überrollt sie der Orgasmus. Ich richte mich auf, reiße die Packung auf, streife mir das Kondom über den Schwanz und sehe Claire in die Augen.

»Gönnst du mir denn gar keine Pause?«, fragt sie mich mit einem Lächeln.

»Auf keinen Fall«, antworte ich und dringe in sie ein.

Der Rest des Tages verläuft in einem ähnlichen Rhythmus. Die Brioche ist verbrannt, und wir müssen alles aufräumen, was ich vom Tisch gefegt habe. Anschließend machen wir uns etwas zu essen, bevor wir erneut miteinander schlafen, diesmal im Wohnzimmer, wo ich ein Feuer im Kamin gemacht habe. Diese animalische Seite an mir ist mir bisher noch nie aufgefallen. Ich muss gestehen, dass es mich unheimlich angemacht hat, Claire zu fesseln. Zuerst habe ich mich noch sanft in ihr bewegt, weil ich Angst hatte, ihr wehzutun, aber mit den Bewegungen ihres Beckens und ihren Bemerkungen hat sie mich an die Grenze getrieben. Diese Frau stellt eine

Gefahr für meine geistige Gesundheit dar, das weiß ich schon, seitdem ich sie zum ersten Mal gesehen habe. Dass ich sie allerdings so heftig begehren würde, und zwar immer wieder und mit immer größerem Genuss, damit hatte ich nicht gerechnet …

Am Abend gehen wir zusammen in meinem Schlafzimmer ins Bett, als wäre es das Normalste auf der Welt. Wieder schlafen wir miteinander, und diesmal halte ich ihr die Handgelenke hinterm Rücken fest, während ich in sie stoße, und sie fleht mich an, nicht aufzuhören. Ich mache das zum ersten Mal, und es fühlt sich natürlich an, ich fühle mich ganz wie ich selbst. Ich habe zwar im Bett schon immer das gemacht, worauf ich Lust hatte – und manches davon gehört nicht unbedingt in die Kategorie Blümchensex –, aber das war in New York mit Frauen, die von vornherein schon ganz anders drauf waren, als man es von Claire vermuten würde. Dass ich bei ihr stark und zärtlich zugleich sein kann und sie mich jedes Mal um mehr bittet, das ist für mich neu.

Am nächsten Morgen wache ich unglaublich gut gelaunt auf. Ich bemerke es schon, als ich die Augen aufschlage. Vor allem aber wird mir bewusst, dass mir das schon lange nicht mehr passiert ist. Ich habe das Leben sonst immer auf mich zukommen lassen, nichts habe ich wirklich selbst in die Hand genommen. Dabei hat das Leben mich dieses Jahr mit meiner Verletzung und dem Tod meiner Mutter nicht gerade verwöhnt. Aber wenn ich ehrlich bin, habe ich mich auch nicht sonderlich darum bemüht, etwas an meiner Situation zu verbessern. Irgendwie hat mir meine Misere auch gefallen. Aber jetzt, an diesem Morgen, überkommt mich die Lust zu handeln.

Ich spüre, wie sich neben mir ein warmer Körper rührt, und als mir einfällt, dass ja Claire in meinem Bett liegt, bringt es mich im ersten Augenblick aus der Fassung. Es ist schon eine Weile her, dass ich neben einer Frau aufgewacht bin. Carla blieb nie über Nacht. Und ich habe sie nicht oft bei ihr zu Hause besucht. Keine Ahnung, ob ich das hier jetzt schön finde oder beunruhigend.

Claire dreht sich zu mir, lächelt mich an und setzt sich auf mich. Okay. Das finde ich doch eher schön.

Gestern Abend hat Claire noch das Thema angeschnitten, wie wir mit der neuen Situation umgehen wollen, und wir haben beschlossen, unser Miteinander maximal auszukosten. Wir haben beide Lust auf Sex und verbringen gern Zeit miteinander, da wollen wir uns das eine Weile gönnen. Sobald aber die ersten Gäste eintreffen, hören wir auf. Claire wird wieder in ihrem eigenen Bett schlafen. Das haben wir nicht ausdrücklich gesagt, aber es versteht sich von selbst. Gestern hatten wir auch nicht ausgemacht, dass sie bei mir übernachtet, aber nachdem wir miteinander geschlafen hatten, hat es sich ganz automatisch so ergeben.

Wir verbringen den Tag im Haus. Claire kümmert sich um die Website, und ich mich um den Durchgang zu den Duschen, damit die Gäste nicht mehr ums Haus herumgehen müssen. Komplett im Haus verschanzen kann ich mich dann aber doch nicht, zwei geschlagene Stunden verbringe ich damit, die Auffahrt von der Hauptstraße zum Haus freizuschaufeln. Zum Glück hat mein Vater in anständige Schaufeln und Hacken investiert, sodass man den Schnee relativ zügig räumen kann. Trotzdem habe ich morgen mit Sicherheit Blasen an den Händen.

Es tut unglaublich gut, mich im Schnee auszupowern und an der frischen Luft zu sein. Ich fühle mich lebendig und nützlich. Glücklicherweise haben wir genug eingekauft und sind ein paar Tage unabhängig. Es gelingt uns, Arbeit, Gefühle und Sex nicht zu vermischen. Claire hat angesprochen, dass es für sie das Wichtigste ist, keine Gefühle mit ins Spiel zu bringen. Nur so könnten wir anschließend machen, was wir wollen, wenn man bedenkt, dass unser eigentliches Leben sich nicht hier abspielt. Da hat sie nicht unrecht. Sie hat ihr Leben in Paris, und ich … Ich bin noch nicht sicher, wo ich mein Leben verbringen will.

Als ich Claire erzählt habe, dass ich sie nur dank der Hunde im zugefrorenen Bachlauf entdeckt habe, hat sie beschlossen, sich ihnen weiter anzunähern. Sie hat begriffen, dass nicht die Hunde, sondern ihre Phobie der Grund dafür war, dass sie gestürzt ist. Nun will sie sich Mühe geben, und sie hat von sich aus vorgeschlagen, ihren Rettern das Futter zu bringen. Ich habe ihr dafür eine Entschädigung versprochen, und das hat sie noch mehr angespornt.

Am Hundeauslauf angekommen, wäre sie am liebsten wieder umgedreht, aber ich habe ihre Hand genommen und beruhigend auf sie eingeredet. Obwohl ich keine Phobien habe, hat selbst mir das Herz bis zum Hals geschlagen, als ich das Tor geöffnet habe, gerade so, als würde ich im nächsten Moment einem furchterregenden Höllenmonster begegnen. Claire ist mir auf einmal sehr mutig vorgekommen.

Wenn ich so darüber nachdenke, stellt diese Frau wirklich alles auf den Kopf, was ich bisher für wirklich gehalten habe.

Den Hunden war kalt und sie hatten sich in ihre Hütte verzogen, was Claire, die ja bereit für eine Begegnung war, beinahe enttäuschte. Tapfer rief sie nach ihnen, und Hector lief als Erster auf uns zu, glücklich, dass wir uns für ihn interessierten. Claire beugte sich zu ihm hinunter und hielt ihm ein Stück Brot hin, das er vorsichtig und mit einem fragenden Blick ins Maul nahm. Ich hatte ihr absichtlich etwas Brot gegeben, als sie verkündete, sie wolle die Hunde füttern, damit sie sich auch ja nicht gierig auf sie stürzen. Sie haben ihr Futter noch nie verschmäht, aber Brot steht nicht gerade an oberster Stelle.

Als Claire siegreich aus dieser Mutprobe hervorging, schenkte sie mir ein Lächeln, das mich seltsam berührte. Wirklich sehr seltsam berührte … Abends forderte sie mich zu einer Partie Billard heraus, und beinahe habe ich geglaubt, dass ich mein Gesicht verliere. Claire ist unglaublich gut. Noch eine Überraschung, eine Frau, die besser spielt als ich. Beim Tischfußball lag ich aber vorn, und als Entschädigung haben wir die Partie mit einem ganz anderen Spiel auf dem Billardtisch beendet …

Morgen treffen die ersten Gäste ein, und so langsam werde ich nervös. Wie es wohl laufen wird? Claire versucht, mich zu beruhigen, indem sie mir hundertmal am Tag sagt, dass alles gut gehen wird. Ich tue so, als wüsste ich nicht, wovon sie spricht, aber keiner von uns beiden fällt darauf herein.

Nach dem Abendessen geht Claire die Essensbestände für den nächsten Tag durch, und ich überprüfe ein Dutzend Mal, ob alles funktioniert, ob die Auffahrt und der Platz vorm Haus vernünftig geräumt sind. Der Schneepflug ist heute Morgen vorbeigekommen, und die Straße ist befahrbar für Besucher mit Winterreifen. Claire sagt mir, dass sich noch mehr Gäste angemeldet haben – was sie nicht sonderlich zu beunruhigen scheint, ganz im Gegensatz zu mir –, und ich versuche mehr schlecht als recht, mir ihre Namen zu merken. Vergeblich, es gelingt mir nicht. Ich beschließe, niemanden mit Namen anzusprechen, das überlasse ich besser Claire.

Als alles bereit ist, gehen wir ins Schlafzimmer, wie ein altes Ehepaar. Mich beschleicht das seltsame Gefühl, ich wäre mein Vater, der mit meiner Mutter zu Bett geht, und eine alte Kindheitserinnerung kommt in mir auf. Mein Vater war nicht besonders zärtlich, aber zu den seltenen Gelegenheiten, wenn er einmal nicht zeitig ins Bett ging, um am nächsten Tag für sein Training in Form zu sein, spielten wir alle zusammen mit meiner Cousine Marlène, die in den Ferien oft bei uns war, im Wohnzimmer ein Gesellschaftsspiel. Im Anschluss daran umarmten meine Mutter und mein Vater uns und wünschten uns eine gute Nacht, und Hand in Hand gingen sie in ihr Schlafzimmer. Ich glaube, dass mir dieses Bild gefiel. Mein Vater hatte Schwierigkeiten mit mir, weil er nicht wusste, wie er sich als Vater verhalten sollte, so oft war er nicht da, aber eines stand fest: Er liebte uns, meine Mutter und mich.

Als ich Claire von dieser Erinnerung erzähle, lächelt sie. »Ich weiß ja nicht, was ich davon halten soll, dass ich dich an deine Mutter erinnere, aber sagen wir mal, ich fasse es positiv auf, dass du dich von einem ungehobelten Klotz zu einem Menschen mit Erinnerungen entwickelst. Mir ist es wohl offensichtlich gelungen, dich zu verändern.«

»Träum weiter.«

»Okay, wenn du es so siehst und wenn du lieber nörgeln willst, dann schlafe ich heute Nacht eben in meinem eigenen Bett.«

»Tja, wenn du mal eine Nacht auf Sex verzichten willst, ist das deine Entscheidung. Vielleicht musst du dich ja für morgen ausruhen. Aber du hast ja keine Ahnung, was du verpasst …«

»Das sind doch nur Behauptungen«, entgegnet sie und wirft mir dabei einen dieser Blicke zu, die mich jedes Mal zittern lassen wie einen hormongesteuerten Teenager.

Ich lasse mich aufs Bett fallen, und wie hypnotisiert sehe ich Claire dabei zu, wie sie sich auszieht. Als sie in umwerfenden Dessous aus schwarzer und blasslila Seide und Spitze vor mir steht, muss ich ein Stöhnen unterdrücken. Diese Frau hat einen traumhaften Körper. Ich kann es immer noch nicht glauben. Noch nie habe ich so einen straffen Po gesehen, und ihre Brüste sind wie knackige Äpfel, in die ich am liebsten hineinbeißen würde. An ihrem flachen Bauch zeichnen sich zart die Muskeln ab, und ihre langen Beine sind schlank und anmutig. Wie sie so vor mir steht, die Brüste von ihrem BH nach oben gepresst, die Pobacken betont durch das wunderbar winzige Stück Stoff, die Haare offen, sodass sie ihr über die Schultern fallen und den Rücken streicheln, wäre ich bereit, mich auf sie zu stürzen, sie gegen die Wand zu pressen und ohne jegliches Vorspiel in sie einzudringen.

»Ich glaube eher, dass du derjenige bist, dem hier etwas entgeht«, sagt sie und macht Anstalten, mein Zimmer zu verlassen, ohne ihre auf dem Boden verstreuten Kleider einzusammeln.

So leicht kommt sie mir nicht davon. Ich springe vom Bett auf, stürze an ihr vorbei und versperre ihr die Tür.

»Tut mir leid, meine Schöne, ich habe heute Abend noch andere Pläne mit dir.«

»Ach ja? Schließen diese Pläne auch meine Unterwäsche oder irgendein Halstuch mit ein?«

Ich stelle mich dicht vor sie, küsse sie auf den Mund, hebe sie hoch und lege sie aufs Bett.

»Deine Unterwäsche nicht, aber fesseln muss ich dich auf jeden Fall, nicht, dass du mir wegläufst.«

Ich hebe ihr Tuch vom Fußboden auf und binde es ihr behutsam über die Augen.

»Vertraust du mir, meine Schöne?«

Ihr Atem beschleunigt sich, als sie ein leises »Ja« haucht. Ich hebe ein zweites Tuch vom Boden auf und binde ihr die Handgelenke zusammen. Ihr läuft ein Schauer über den Körper, als ich ihre Arme anhebe, um sie hinter ihr am Kopfteil des Betts zu befestigen. Diese Nacht wird magisch, das spüre ich.

Ich kann nicht sagen, wie lange ich Claire auf diese Weise verführe. Nach Herzenslust küsse ich sie, beiße sanft in ihre Haut, streichle sie überall. Mit verbundenen Augen steigern sich die übrigen Sinne, das weiß ich aus Erfahrung, und wann immer Claire erbebt, steigert das auch meine Lust. Jeden einzelnen Zentimeter ihrer Haut berühre ich mit den Lippen und den Fingerspitzen, ich spiele mit ihr, umsorge sie. Noch nie habe ich mir so viel Zeit gelassen, um den Körper einer Frau zu erforschen. Bei Claire kommt es mir so anders vor, so einfach. Genau das ist es: einfach. Ich zerbreche mir nicht den Kopf darüber. Sie gibt sich allem hin, was ich ihr anbiete, und genießt es. Und es ist anders, weil sie nichts von mir fordert. Sie hat keinerlei Erwartungen an mich, und das ist neu.

Heute ist der große Tag. Wird es mir gelingen, den Hausherrn zu spielen und Gäste zu empfangen? Ich stehe vor dem Haus und streichele die Hunde, während ich ungeduldig auf die ersten Ankömmlinge warte. Claire stellt sich zu mir, hält aber einen Sicherheitsabstand zu Arthur.

»Alles in Ordnung?«, will sie wissen.

»Wunderbar! Mir ist gerade eingefallen, dass meine Mutter es genauso gemacht hat. Ich sehe sie noch vor mir, wie sie vor dem Haus auf der Lauer lag, bereit, die ersten Gäste der Saison zu begrüßen.«

»Die Warterei muss sie ja Stunden gekostet haben. Die Gäste haben gesagt, sie würden zwischen sechzehn und achtzehn Uhr ankommen … Nicht gerade eine genaue Zeitangabe. Wie muss es da erst gewesen sein, als es noch nicht einmal GPS gab.«

»Das stimmt. Meine Mutter war auch fast nie zur richtigen Zeit hier draußen. Aber sie hat gern hier ihre Kaffeepause gemacht, auf die Straße geguckt und darüber nachgedacht, was alles noch zu tun ist.«

Ich setze mich auf die Bank vorm Haus, und Claire nimmt neben mir Platz. Sie drängt sich dicht an mich und wirft besorgte Blicke zu den Hunden hinüber. Ich pfeife und lasse sie auf der Seite neben mir Platz machen, an der Claire nicht sitzt. Wir blicken in die Ferne, und auf einmal stürzen die Kindheitserinnerungen auf mich ein.

»Marlène und ich haben immer am Fenster gestanden oder uns in der Hundehütte versteckt. Wir haben immer gelacht, weil die Gäste meistens genau dann gekommen sind, wenn meine Mutter ins Haus gegangen ist.«

Ein paar Minuten sitzen wir so da, ohne etwas zu sagen, und es fühlt sich gut an. Die Ruhe vor dem Sturm.

»Für heute Abend habe ich mit Schinken überbackenen Chicorée vorgesehen«, sagt Claire unvermittelt.

»Schläfst du dann heute Nacht wieder in deinem Zimmer? Ich habe gesehen, dass du deine Sachen weggeräumt hast.«

»Ja, das ist besser so. Ich will nicht, dass die Leute denken, wir wären ein Paar.«

»Das geht sie nichts an.«

»Nein, natürlich nicht, aber es ist eben ein kleines Dorf, und Gerüchte verbreiten sich schnell. Ich reise bald wieder ab, aber du wirst noch eine Weile hierbleiben, und wer weiß, wenn du dir ein Leben mit Nadia aufbauen willst, sollte ich dir deine Chancen nicht verbauen.«

Als sie das sagt, knufft sie mich in die Schulter, wie zwei Freunde, die sich mal eben so unterhalten. Es fühlt sich komisch an, mit einer Frau, mit der ich geschlafen habe, über dieses Thema zu reden.

»Wo wir gerade von Nadia sprechen«, fährt Claire fort, »ich habe mit Patrick telefoniert und ihm einen Vorschlag gemacht. In der Woche vor Silvester werden wir hier um die zwanzig Leute sein, und ich habe allen eine Mail geschrieben, dass wir am Silvesterabend geschlossen haben.«

»Geschlossen?«

»Ja. Entweder gehen die Leute in den Ort und feiern auf eigene Kosten, oder wir gehen alle zu Patrick ins Restaurant und er macht uns ein spezielles Silvestermenü mit Themenabend. So hätte er ein volles Haus, und es käme ein bisschen Leben ins Dorf. Er fand die Idee großartig. Wir machen jetzt alles auf den letzten Drücker, aber nächstes Jahr kann er dann auch etwas Werbung machen.«

»Das ist eine gute Idee.«

»Finde ich auch!«, ruft sie lachend.

»Und was ist dieses Jahr das Thema?«

»Das war gar nicht so leicht. Nadia hat letztendlich die Idee gehabt. Sie findet es toll, dass wir uns Gedanken machen, wie wir ein bisschen Leben in die Skistation bringen können und mehr Familien anlocken. Wir mussten uns etwas ausdenken, das leicht umzusetzen ist, auch für die, die keine Verkleidungen mitbringen. Wir haben uns für ›unten warm, oben hot‹ entschieden.«

»Was?«

»Das ist das Konzept. Wir haben es uns ausgedacht.«

»Das dachte ich mir. Ich habe nämlich noch nie davon gehört.«

»Eben. Aber wenn du das in New York erzählst und dazu sagst, es sei eine Tradition aus Cambairoux! Stell dir nur mal die Publicity vor!«

Wir lachen, und Claire erklärt mir das Konzept. Untenrum ein warmes Kleidungsstück, also zum Beispiel eine Skihose, und obenrum etwas Leichteres, also für die Frauen ein dünnes Top und für die Männer etwas im Stil für einen Sommerabend. Das Restaurant wollen sie halb winterlich, halb sommerlich dekorieren.

»Aber bist du denn an Silvester noch da?«, frage ich Claire, den Blick in die Ferne gerichtet.

»Ja. Ich glaube, ich reise Neujahr ab. Dann kann ich ganz in Ruhe in Paris ankommen und mich sortieren, bevor die Arbeit wieder losgeht.«

»Okay.«

Anscheinend klang mein »Okay« nicht gerade begeistert,

denn Claire sieht mich an und knufft mich wieder in die Seite. »Das wird schon, Hugo.«

»Ich weiß, ich weiß. Ich mache mir ja Sorgen um dich.«

»Das ist nett.«

Ich drehe mich zu ihr um, und jetzt schaut sie in die Ferne. Ich bin unschlüssig, ob ich mich in etwas einmischen soll, das mich nichts angeht, aber …

»Du hast nicht mit Hector telefoniert, seitdem er versucht hat, dich anzurufen, oder?«

»Nein. Aber früher oder später muss ich ihn zurückrufen …«

Unvermittelt steht sie auf und holt ihr Handy aus der Tasche.

»Willst du das etwa jetzt sofort machen?«, frage ich überrascht.

»Warum sollte ich es noch länger aufschieben?«

Diese Frau ist beeindruckend. Sie hat den Mut der Wahnsinnigen. Seitdem sie hier ist, bringt sie mich zwar den Großteil der Zeit aus der Fassung oder auf die Palme, aber ich kann nicht umhin, ihren Mut zu bewundern.

Ich habe darüber nachgedacht, und wahrscheinlich hat sie viel mehr Mut als ich – und ich bin nicht sicher, was ich von dieser für mich wenig schmeichelhaften Feststellung halten soll. Auch Claire hat alles verloren. Ihr Verlobter hat sie vor all ihren Verwandten gedemütigt. Schlimmer kann man es sich kaum vorstellen, verlassen zu werden. Sie ist ins Blaue hinein drauflosgefahren und hat innerhalb von zwei Wochen einen Platz in einer Welt gefunden, die ihr zuvor völlig fremd war. Ohne groß drüber zu reden, hat sie mir geholfen, die Herberge wieder zu eröffnen, und sie ist sogar mit meinen anstrengenden Seiten klargekommen, ohne sich zu beschweren, oder zumindest beinahe. Sie hat dazu beigetragen, dass ich wieder Kontakt zu meinen Freunden aufnehme, und sie hat ausgezeichnete Ideen für die Skistation entwickelt. Ich lächele bei dem Gedanken daran, dass es nicht lange dauern würde, und man würde sie in den Gemeinderat wählen, wenn sie noch ein wenig länger hierbliebe. Und in ein paar Jahren, warum auch nicht, könnte sie Bürgermeisterin werden. Sie hat sogar schon fast ihre Hundephobie überwunden.

Ich sehe ihr zu, wie sie vor dem Haus auf und ab läuft und darauf wartet, dass Hector ans Telefon geht. Sie ist wirklich eine erstaunliche Frau. Es schneit noch immer, aber der Schnee fällt nicht mehr so dicht, leichte Flocken schweben langsam zu Boden. Auch am Himmel hat es sich gelichtet. Claires Haare fallen ihr locker auf die Schultern und hüpfen unheimlich sinnlich in einer blonden Welle auf ihre Jacke. Bisher konnte ich nie etwas Sinnliches an Haaren finden, aber bei Claire … Stopp!

Ich muss aufpassen, ich fange an, mich an sie zu binden. Das ist nicht gut. Ich bin nie ein großer Gefühlsmensch gewesen, aber momentan bin ich sensibel, und ich möchte nicht, dass das überhandnimmt.

Claires Hintern ist herrlich, und am liebsten würde ich damit noch so einiges anstellen, jetzt sofort, bevor die Gäste eintreffen.

Auf einmal erstarrt sie. Hector hat abgenommen.

»Hector? Ich bin's. Hast du einen Moment Zeit? Ja, du hast angerufen, ich weiß … Ja, aber … Nein, ich konnte nicht rangehen … Weit weg … Nein, kennst du nicht … Ich muss mich vor dir nicht rechtfertigen … Ah, verstehe, du hast mir schon Angst eingejagt … Nein, ich bin nicht allein … Ja, es ist alles in Ordnung, keine Sorge. Mir geht es wieder besser … Nein, es war nicht leicht, das ist wohl das Mindeste, was man sagen kann …«

Plötzlich habe ich das Gefühl zu stören. Sollte ich lieber ins Haus gehen und Claire allein lassen? Gleichzeitig kommt sie mir auf einmal so zerbrechlich vor, dass ich sie nicht allein lassen mag. So zerbrechlich, wie ich sie bisher noch nicht erlebt habe. Doch, am allerersten Tag, als sie unter Tränen zusammengebrochen ist. Wie seltsam, sonst bin ich immer vor Frauen geflohen, die weinten, ich habe das immer für Feigheit gehalten. Doch ich lag völlig falsch. Es ist feige, wenn man seine Gefühle unterdrückt. Claire lässt alles raus, aber das hindert sie nicht daran, den Problemen entgegenzutreten, wenn es nötig ist. Daran sollte ich mir wohl ein Beispiel nehmen.

Ich sollte ins Haus gehen und sie ungestört lassen, aber ich kann nicht. Ich sehe doch, dass es zu viel für sie ist. Ein Teil von mir würde am liebsten aufstehen, Claire das Handy abnehmen und es weit wegwerfen, sie in meine Arme schließen und küssen und überall berühren, bis sie alles vergisst …

Verflucht, Hugo, was denkst du da bloß! Sind das etwa Liebesfantasien? Was soll dieser Quatsch? Du musst unbedingt auf Abstand gehen.

Ich stehe auf und gebe ihr ein Zeichen, dass ich ins Haus gehe. Doch als ich sie ansehe, entdecke ich die Tränen in ihren Augen und erkenne die Verzweiflung, die sie zurückzuhalten versucht, um nicht vor Hector zusammenzubrechen. Ich erkenne diese unglaubliche Kraft, die Frauen haben, wenn sie das Gewicht der Welt auf ihren Schultern tragen, während wir Männer ihnen immer nur vorwerfen, sie seien zu schwach und würden nur rumheulen.

Ich sehe meine Mutter wieder vor mir, als mein Vater starb, wie sie weint und doch weitermacht. Wie sie mich auf der Beerdigung in die Arme schließt, mir zusieht, wie ich stolz dastehe, ohne zu weinen, weil ich es mir vorgenommen hatte, und dabei weiß, dass ich am Boden zerstört bin. Am Boden zerstört, weil es mir nicht gelungen ist, in den vollen Genuss seiner Liebe zu kommen, als er noch lebte. Denn vor allem wollte ich seine Anerkennung, ich wollte, dass er stolz auf mich war. Ich wollte beweisen, dass auch ich zu diesem kleinen Kreis von Meistern gehören konnte, genau wie er, einer der besten Skifahrer seiner Generation. Ich wollte ihm beweisen, dass ich der beste Eishockeyspieler sein konnte.

Verdammt, warum denke ich ausgerechnet jetzt daran?

Endlich raffe ich mich auf und gehe ins Haus. Im Flur bleibe ich vor dem Foto stehen, auf dem meine Mutter und mein Vater mit mir als kleiner Junge im Arm abgebildet sind. Ich hätte die Aufnahme wegwerfen sollen. Auf einmal bin ich furchtbar wütend. Auf ihn. Auf mich. Als ich mich verletzt habe, galt mein erster Gedanke ihm: Puh, er ist rechtzeitig gestorben, er bekommt nicht mehr mit, dass meine Karriere plötzlich zu Ende ist und ich ein wandelnder Versager bin.

Etwas drückt schwer auf meiner Brust. Ich habe wirklich ein Problem. Vielleicht sollte ich zu einem Therapeuten gehen. Die Psychologin, bei der ich in New York in Behandlung war – obligatorisch laut meinem Manager Jake –, hatte mir dazu geraten, mir jemanden zu suchen, wenn ich zurück in Frankreich war. Sie lag damit nicht falsch. Ich muss von innen heilen. Wenn ich Claire so sehe, wie sie ihre Probleme in Angriff nimmt, dann weiß ich, dass ich es auch so machen müsste. Erst muss ich den Komplex abschütteln, den ich in Bezug auf meinen Vater habe, und anschließend Frieden mit meiner Mutter schließen. Und wenn all das bewältigt ist, muss ich den Frieden in mir selbst finden. Verdammt! Ich rede ja schon wie ein Irrer, von wegen Seelenfrieden! Vielleicht muss ich etwas rauchen, um diesen verfluchten inneren Frieden aufzuspüren. Ich lache höhnisch auf und stelle mich ans Fenster.

Draußen steht Claire völlig aufgelöst, das sehe ich an den hängenden Schultern und den Tränen, die ihr über die Wangen laufen. Es ist fürchterlich, ich kann es kaum mit ansehen. Sie spricht immer noch mit diesem Mistkerl und läuft dabei auf und ab. Ich stelle mich dicht an die Haustür, um eventuell ein paar Brocken des Gesprächs aufzuschnappen. Als ich zu verstehen glaube, der Kerl würde es bereuen, stürme ich fast aus der Tür. Er bereut es? Soll das ein Witz sein? Mir wird noch rechtzeitig klar, dass es nichts bringen würde, jetzt hinauszustürzen. Dieses ausgemachte Arschloch ist schließlich nur am Telefon, ich könnte ihm gar nicht die Fresse polieren. Und selbst wenn er hier wäre, ihn zu vermöbeln würde mir auch nicht gerade dabei helfen, meine eigenen Dämonen zu bewältigen.

Ich weiß, was ich machen kann!

Ich stürme in Claires Zimmer und schleppe all ihre Sachen in meins. Es muss aussehen, als wäre ich durchgedreht. Ich bin tiefrot angelaufen vor Wut. Ich denke an diesen Hector, der den Namen meines Hundes nicht verdient hat, ich denke daran, dass ich das Grab meines Vaters besuchen will, weil ich mit ihm reden muss, ich denke an Nadia, ich denke an Patrick, ich denke sogar an Mickaël. Meine Gedanken überschlagen sich. Jake muss ich auch anrufen, er hat heute Morgen versucht, mich zu erreichen. Ich sollte mir ein Beispiel an Claire nehmen und die Dinge nicht länger aufschieben.

Ich höre ein Geräusch, und zu spät begreife ich, dass die ersten Gäste eingetroffen sind. Mist! Ich werfe die letzten Kleidungsstücke von Claire achtlos auf mein Bett und haste ins Wohnzimmer. Ich muss einen ziemlich schludrigen und verstörten Eindruck machen. Claire hat unsere Gäste bereits mit einem breiten Lächeln im Gesicht hereingeführt, die Augen noch gerötet und leicht geschwollen, weil sie bis vor zwei Minuten geweint hat. Na großartig. Schlechter hätte es mit dem Gästeempfang wirklich nicht laufen können. Sie werden uns für verrückt halten.

Am liebsten würde ich nur eines tun: Claire in den Arm nehmen und sie fragen, wie es ihr geht. Aber wenn ich das vor den Gästen tue, bringt sie mich auf der Stelle um. Da erspare ich uns das Blutbad lieber.

Vor mir stehen zwei Erwachsene, und dann schlägt die Tür mit einem Knall auf und zwei winzige Kinder stürzen herein und auf den Kamin zu, wo sie mit ihren Stiefeln voller Schnee um den Couchtisch herumrennen. Okay. Mit der Ruhe ist es jetzt vorbei. Hier kommt der Sturm. Ich muss mich beherrschen, um mich nicht in mein Zimmer zu verziehen. Ich glaube, ich bin tatsächlich kein sozialer Mensch. Die Vermutung hege ich schon eine ganze Weile, aber jetzt haben wir den Beweis: Ich kann Menschen nicht leiden. Und Unbekannte bei mir zu Hause noch weniger. Das ist nichts für mich, tut mir leid, Mama.

Claire sieht mich mit großen Augen an, und mir wird bewusst, dass ich mich besser zusammenreißen sollte. Tatsächlich redet der Mann schon eine Weile mit mir und erwartet offensichtlich eine Reaktion. Was war noch mal die Frage? Schließlich lächele ich ihn schief an, halte ihm die Hand hin und stelle mich vor. Claire scheint aufzuatmen. Puh. Ich habe wohl das Richtige getan.

Noch zwei etwas jüngere Paare kommen herein, und ich begreife, dass das erste Paar die Großeltern sein müssen. Noch mehr Kinder tauchen auf, etwas ruhigere, und die Eltern schimpfen mit ihnen, sodass die beiden wilderen Kinder sich ebenfalls beruhigen.

Der Abend verläuft besser als erwartet. Nachdem wir uns damit abgefunden haben, dass die Gäste im falschen Augenblick angekommen sind, hetzen Claire und ich hierhin und dorthin, während sie ihre jeweiligen Zimmer beziehen. Alle scheinen dem Charme des Hauses zu erliegen, und in mir steigt ein Gefühl auf, mit dem ich niemals gerechnet hätte: eine Spur von Stolz. Sicher, ich habe hierzu nichts von großer Bedeutung beigetragen, ich war noch klein, als mein Vater das Haus baute, und nach seinem Tod war ich nur noch selten hier. Trotzdem, der Gedanke, dass das hier mein Familienerbe ist, macht mich stolz, und vielleicht gelingt es mir ja auch, die Herberge fortzuführen. Zum ersten Mal habe ich wirklich Lust darauf, geradezu ein Bedürfnis, das tief aus meinem Inneren aufsteigt. Nicht aus Verpflichtung, nicht, weil ich es muss oder es für meine Mutter tue. Nein, ganz einfach für mich. Weil es eine Aufgabe fürs Leben sein könnte. Vielleicht.

Das Abendessen geht so schnell vorbei, es kommt mir vor,

als wären nur fünf Minuten vergangen. Ich laufe zwischen der Küche und dem Esszimmer hin und her, um Claire unter die Arme zu greifen und zu servieren. Die Kleinen mögen den Chicorée nicht, aber Claire erklärt, dass es abends immer nur ein Gericht gibt. Ich bin kurz davor, ihnen Nudeln anzubieten, doch Claire bedeutet mir »nein«. In der Küche erläutert sie mir, dass unsere Preise jegliche Konkurrenz unterbieten und dass wir nicht anfangen dürfen, ein Menü à la carte anzubieten; das hier sei schließlich kein Restaurant. Das alles stehe auch auf der Website, und Claire hat sich sogar darum gekümmert, dass das Menü für die ganze Woche dort abrufbar ist. So wissen die Gäste im Voraus, was sie angeboten bekommen.

»Wenn wir anfangen, den Kindern alle Wünsche zu erfüllen, dann verwandeln wir uns schneller in ein Luxushotel, als wir gucken können«, bemerkt sie.

»Ach so. Wenn du meinst.«

»Man sieht, dass du dich mit Kindern nicht besonders gut auskennst.«

»Das stimmt. Wieso kennst du dich denn so gut aus? Magst du etwa keine Kinder?«

»Ganz im Gegenteil, ich liebe Kinder. Ich weiß aber auch, dass man ihnen nichts Gutes tut, wenn man auf all ihre Launen eingeht. Früher habe ich oft im Ferienlager gejobbt. Ich habe Kinder unglaublich gern um mich.«

Gegen elf Uhr, nach einem von mir höchstpersönlich zubereiteten Tee, gehen alle schlafen. Claire lächelt mich an, stolz darauf, dass ich die Initiative ergriffen habe.

Als alle auf ihren Zimmern sind, legt sich eine friedliche Stille über das Haus.

»Ich bin fix und fertig.«

»Und das war erst der erste Tag …«

Nachdem wir alles abgeräumt und die Küche auf Vordermann gebracht haben, fällt uns auf, dass wir gar nichts gegessen haben.

»Es ist der erste Abend«, sagt Claire. »Wir brauchen ein bisschen Zeit, um uns zu organisieren. Morgen machen wir es anders, dann essen wir in der Küche, während die Gäste im Esszimmer essen. Oder du isst mit ihnen.«

»Oh nein. Auf keinen Fall. Nicht ohne dich.«

»Daran musst du dich gewöhnen, Hugo. Bald bin ich nicht mehr da. Übrigens wollte ich morgen eine Anzeige aufgeben, um meine Nachfolgerin oder meinen Nachfolger zu suchen. Und ich dachte mir, dass du jemanden einstellen könntest, der die Zimmer macht und bedient. Ich habe mir das Budget angeschaut, es sollte hinhauen, nur nicht mit Vollzeit.«

»Okay, gib mir Bescheid. Ich folge deinem Rat bis ins kleinste Detail. Ich nehme dich mir zum Vorbild, du bist besser dazu geeignet, die Unterkunft zu leiten als ich.«

»Wow! Du nimmst mich dir zum Vorbild? Das muss ich schriftlich festhalten. Und was bekomme ich dafür?«

»Du darfst heute Nacht über meinen Körper verfügen.«

»Hugo! Das geht doch nicht. Außerdem habe ich meine Sachen schon wieder in mein Zimmer geräumt. Wir sollten vor unseren Gästen keinen schlechten Eindruck machen.«

»Vor unseren Gästen? Es sind also auch deine. Komm, jetzt setz dich mal, du wirkst total erschöpft.«

Ich bringe sie dazu, sich auf einen Stuhl zu setzen, und stelle ihr etwas zu essen hin.

»Du hast mich ganz schön beeindruckt, als sie vorhin übers Skifahren gesprochen haben«, sage ich zu ihr. »Dass du Andrés Visitenkarte zückst, als wäre er ein Freund von dir, damit sie sich bei ihm die Ausrüstung ausleihen, das war wirklich große Kunst.«

»Na klar, als wir unsere Runde durch den Ort gedreht haben, habe ich eine Menge Kontakte geknüpft. Das Ziel ist doch, dass wir alle zusammenarbeiten. Damit die Urlauber eben nicht in die Hotelketten abwandern, die überall in der Gegend sprießen, und ihr Geld nicht irgendwelchen multinationalen Konzernen hinterherwerfen.«

»Nicht schlecht!«

»Wir müssen der Skistation etwas Authentisches verleihen und die lokalen Geschäfte aufwerten, die seit Generationen hier verwurzelt sind.«

»Ausgezeichnet! Genau das dachte ich mir.«

»Was genau dachtest du dir?«

»Dass du sicher irgendwann Bürgermeisterin wärst, wenn du hier leben würdest.«

Claire lacht, und endlich entspannen wir uns ein wenig, kurz vor Mitternacht, zu zweit in der Küche.

Wir besprechen unseren Tag, was gut lief und was wir verbessern können. Claire sagt mir, dass morgen früh die nächsten zwei Pärchen eintreffen. Sie nennt mir ihre Namen, und verzweifelt bemühe ich mich, sie mir zu merken.

Dann essen wir schweigend, und als ich Claire ansehe, entdecke ich eine so tiefe Traurigkeit in ihrem Blick, dass ich schließlich doch fragen muss.

»Wie ist es denn gelaufen, Honey?«

»Was? Der Abend in der Küche?« Sie sieht mich lächelnd

an. »Oder das Telefonat mit diesem Scheißkerl, der mal mein Verlobter war?«

»Die Hektik in der Küche natürlich! Von dem Scheißkerl will ich gar nichts hören. Der ist es doch nicht wert, dass man über ihn redet.«

Sie lächelt und steht auf, um uns zwei Gläser Wein einzuschenken. Eins reicht sie mir, dann setzt sie sich wieder hin und erzählt.

»Er hat sich Sorgen um mich gemacht. Das ist doch der Gipfel! Aber gut, er wollte wissen, was ich mache, wo ich bin und mit wem. Nach dem Motto: Wenn du nicht artig bist, dann kommt er und vermöbelt dich …«

»Soll er doch herkommen«, brumme ich vor mich hin.

»Ansonsten ärgert er sich. Er hat Panik bekommen und ist abgehauen. Und er hatte sein Handy nicht dabei, das hatte sein Trauzeuge eingesteckt. Als ihm dann bewusst geworden ist, dass er ziellos in einem Einkaufszentrum herumirrt, hat er sich gesagt, dass die Hochzeit mit Sicherheit schon abgeblasen und das Unglück geschehen ist. Er hat nicht angerufen, weil er ›sein Handy nicht dabeihatte‹, und später konnte er mich auch nicht anrufen, weil er davon ausgegangen ist, dass er bei mir unten durch ist.«

»Schlaues Kerlchen.«

»Er will sich in Paris mit mir treffen und reden.«

Ich spüre die Wut in mir aufsteigen, aber ich wage nicht, mir das anmerken zu lassen. Es ist Claires Leben, Claires Vergangenheit. Nicht meine. Ich darf mich nicht einmischen. Am liebsten würde ich brüllen, dass sie ihn nicht treffen soll, aber es ist ihre Entscheidung. Ich lasse sie weiterreden und höre zu, ohne mit der Wimper zu zucken.

»Dann hat er noch ein paar Minuten weitergeredet. Ich habe zugehört. Er meinte, es würde guttun, mit mir zu reden.«

Ich höre, dass ihre Stimme zittert, sie bemüht sich, nicht zu weinen. Ich versuche immer noch, keine Miene zu verziehen.

»Er findet«, fährt sie fort, »dass es schwierig ist, sich mir gegenüber zu öffnen. Deswegen hofft er, dass das alles mir irgendwie geholfen hat, reifer zu werden, denn ihn hat es angeblich reifer gemacht, und dass wir auf einem guten Fundament von vorne anfangen können. Grob gesagt, er hofft, dass es mir gelingt, innerhalb unserer Beziehung zu wachsen und ihm mehr Raum zu geben, damit sich so etwas nicht noch einmal wiederholt ...«

Sie weint und lächelt zugleich. Ich fasse es nicht. Dieser Kerl ist wirklich die Krönung! Ich stehe auf und nehme Claire in den Arm. »Schsch, schsch, ist ja gut, meine kleine Pepper.«

»Es ... Es tut mir leid ...«, sagt sie mit einem Schluckauf. »Ich hatte mir geschworen, nie wieder vor dir zu weinen.«

»Aber wieso denn? Wenn es dir guttut, dann weine. Ich verstehe nicht, was daran schlimm sein soll. Oder doch, es ist schlimm, dass dieser Mistkerl dich zum Weinen bringt! Das ist reine Zeitverschwendung. Also hör bitte auf.«

Ich lasse sie in Ruhe, damit sie sich wieder sammeln kann, und räume den Tisch ab. Als ich wieder zu ihr komme, hat sie aufgehört zu weinen. Ich nehme ihre Hand, ziehe sie hoch und umarme sie einen Augenblick, bevor ich sie küsse. Sie lässt es zu und erwidert zaghaft meinen Kuss. Zumindest anfangs ist es noch zaghaft.

Ich sehe sie an und lächele. »Zeit ins Bett zu gehen, damit

du dein Geschenk auspacken und dich um mich kümmern kannst. Als du am Telefon warst, habe ich mir gedacht, du hast eine Belohnung dafür verdient, dass du den Mut aufgebracht hast, diesen Idioten anzurufen. Ich habe deine Sachen wieder in mein Zimmer geräumt, ab jetzt wohnst du endgültig bei mir. So hast du auch eine eigene Dusche und musst dir das Bad nicht mit Fremden teilen.«

»Ah, ich muss zugeben, das mit der Dusche klingt verlockend …«

»Verlockender als die Aussicht, mit mir zu schlafen?«

»Kommt ganz darauf an. Bist du etwa meine Belohnung?«

»Ganz genau.«

»Das könnte mir gefallen.«

Sie stellt sich auf die Zehenspitzen und küsst mich sanft auf den Mund. Mit einem Knurren ziehe ich sie hinter mir her ins Schlafzimmer …

Der nächste Tag verläuft schon reibungsloser, wir erledigen unsere Aufgaben, ohne ständig hin und her hetzen zu müssen. Mittags treffen die beiden neuen Paare ein; auch sie machen einen sympathischen Eindruck.

Claire hat für das Mittag- und Abendessen einfache Gerichte mit Vor- und Nachspeise vorgesehen, und falls die Gäste es wünschen, können sie, statt mittags bei uns zu essen, morgens ein Lunchpaket mitnehmen, das aus Sandwiches, Salat und Trinkjoghurt besteht. So können sie den Tag entspannt auf der Piste verbringen und müssen nicht zwischendurch zurückkommen.

An diesem Sonntag entschließen sich alle dazu, mittags bei uns zu essen, aber am Montag wollen sie den Tag auf den

Skiern verbringen, denn fast alle Pisten sind nach den letzten Schneefällen geöffnet.

Heute schneit es noch stark, und morgen soll es zwar bedeckt sein, aber keinen Schneefall mehr geben. Deshalb schlage ich Claire vor, ihr das Skigebiet zu zeigen und mit ihr auf die Piste zu gehen. Sie sieht mich mit aufgerissenen Augen an, als hätte ich ihr vorgeschlagen, auf den Mars zu fliegen.

»Wie niedlich! Du weißt schon, dass du nicht den Fremdenführer für mich mimen musst.«

Ich lasse nicht locker, und schließlich lässt sie sich überreden. Besonders überzeugt wirkt sie allerdings nicht.

Am Montag lässt Claires Begeisterung immer noch zu wünschen übrig. Um es ihr ein wenig schmackhafter zu machen, frage ich Nadia und Mickaël, ob sie uns begleiten. Mickaël hat montags frei, und Nadia kann sich ihre Arbeitszeiten selbst einteilen. Patrick hingegen hat im Restaurant alle Hände voll zu tun und will »die jungen Leute unter sich« lassen, wie er es ausdrückt.

Ich bin tatsächlich aufgeregt, dass wir auf die Piste gehen. Claire hat keinen Skianzug, und Nadia leiht ihr einen mitsamt Skiern. Da wir warten müssen, bis die Gäste aus dem Haus sind und Nadia den Skianzug vorbeigebracht hat, kommen wir erst gegen elf Uhr los, ein üppiges Frühstück im Magen und belegte Brote im Rucksack.

Claire ringt mir das Versprechen ab, um sechzehn Uhr zurück zu sein, damit sie das Abendessen vorbereiten kann. Ich finde das sehr früh, versichere ihr aber, dass wir es schaffen. Sobald wir auf der Piste sind, werden wir dann schon sehen.

Claire erzählt mir, dass sie noch nicht oft Ski gefahren ist, zwei oder drei Mal mit der Schule und dann noch einmal mit Freunden, als sie zwanzig war. »Es scheint ganz so, als würde ich Skifahren nicht mögen, und das Skifahren mich auch nicht«, gesteht sie mir.

Vermutlich rührt daher ihre mangelnde Begeisterung. Aber ich bin mir sicher, dass es ihr gefallen wird.

Auf der Piste angekommen, spricht Nadia mit ein paar Pistenwärtern, mit denen sie oft zusammenarbeitet und auch befreundet ist. Ich geselle mich zu ihnen, um Hallo zu sagen; einen aus der Gruppe kenne ich sogar. Nadia erklärt uns, dass wir ganz entspannt auf der Rivia anfangen, einer großen blauen Piste, die anständig festgewalzt ist und auf der Claire sich sicher fühlen wird.

Ich kann spüren, dass Claire sich immer mehr verkrampft, aber erst als wir unsere Stiefel ausziehen, um in die Skischuhe zu steigen, wird mir das Ausmaß des Problems klar. Claire strampelt sich ab und schimpft, fällt drei Mal hin und flucht schließlich lautstark, sodass sich ein paar Typen, die an ein Auto neben unserem gelehnt stehen, zu uns umdrehen.

Ich biete ihr vorsichtig meine Hilfe an, aber sie zeigt mir nur den Finger. Das bedeutet wohl nein.

Wir nehmen den Sessellift, und ich stütze Claire, als sie beim Einsteigen beinahe stürzt. Nur mit großer Mühe unterdrücke ich ein Lachen. Nadia und Mickaël freuen sich derart darüber, dass wir zusammen auf die Piste gehen, dass ihnen nichts auffällt. Mickaël hört nicht auf, mir zu erklären, was für eine Ehre es sei, mit jemandem wie mir Ski fahren zu gehen, was Claire nur noch nervöser macht. Ich versuche, es herunterzuspielen, es sei ja schon zwei Jahre her, dass ich zum letzten Mal auf Skiern gestanden hätte, und sowieso, in den USA sei ich nicht viel Ski fahren gewesen, aber vor allem: Ich bin nicht mein Vater. Mickaël lässt jedoch nicht locker, er habe mich ja gesehen, wie ich als kleiner Junge mit meinem Vater auf der Piste gewesen sei, und er würde mir niemals das Wasser reichen können, selbst mit meinem kaputten Knie nicht, und auch nicht, wenn man mir eine Augenbinde verpassen und die Hände auf den Rücken binden würde.

Als wir oben ankommen, fällt Claire zwischen dem Sessellift und der Stelle zwei Meter weiter unten, an der wir unsere Bindungen festzurren, drei Mal hin. Sie kommt mir dermaßen nervös vor, dass ich mich zum ersten Mal frage, ob das hier tatsächlich eine gute Idee war. Ohne mir etwas anmerken zu lassen, gebe ich ihr ein paar Tipps. Nadia ebenfalls. Dann saust Claire auf die erste Abfahrt, fest entschlossen, verängstigt … und völlig steif.

Nach dreißig Sekunden helfe ich ihr aus einem Berg Pulverschnee auf.

»Honey, alles in Ordnung?«

»Super! Ganz toll! Ein Heidenspaß! Warte, gib mir nur einen Moment, dann stehe ich auf, sammele meine Würde wieder ein und weiter geht's. Jippieh!«

»Okay, du bist also noch nie Ski gefahren, ist es das?«

»Was versuche ich dir denn schon die ganze Zeit klarzumachen? Wenn ich sage: ›Ich bin total schlecht darin, ich war nur mal mit der Schule Ski fahren und mit Freunden, als ich zwanzig war‹, was stellst du dir darunter vor?«

»Dass du schon ein paar Mal auf Skiern gestanden hast und einen Kurs gemacht hast, als du klein warst.«

»Nein, du Dummkopf! Ich bin mit elf einmal in den Bergen gewesen, da sind wir an vier Nachmittagen Ski fahren gewesen, vormittags hatten wir Mathe- und Französischunterricht. Und mit zwanzig bin ich mit meinem damaligen Freund mitgefahren und habe in einer Kneipe auf ihn gewartet und geraucht, während er mit seinen Kumpels auf der Piste war!«

»Ach so, verstehe, das ist natürlich etwas anderes ...«

»Kann man so sagen.« Sie schäumt vor Wut.

Gut, ich muss mir was überlegen. Ich bitte Nadia und Mickaël, schon einmal langsam vorzufahren, wir wollen sie dann in einer Stunde unten treffen. Nadia bietet an, bei uns zu bleiben und Claire zu helfen, aber ich kann sie davon abbringen. Schließlich willigen sie ein und gleiten anmutig den frischen Schnee hinunter. Nadia war schon immer eine ausgezeichnete Skifahrerin, und außerdem kennt sie das Gebiet wie ihre Westentasche. Auch Mickaël macht eine gute Figur, man sieht ihm an, dass er hier aufgewachsen ist und jeden Winter auf Skiern gestanden hat.

Letztendlich ist es doch großartig. Die Bergluft tut mir unheimlich gut, und auf der Piste bin ich einfach in meinem Element. Claire stellt keine Erwartungen an mich, außer der, dass ich ihr erkläre, wie sie sich auf den Beinen hält, und ihr aufhelfe, wenn sie stürzt. So kann ich mich mit den Skiern vertraut machen, die ich in der Garage gefunden habe und die wohl meinem Vater gehört haben müssen. Heute gibt es schon bessere, aber vor acht Jahren zählten sie noch zu den besten Modellen, die es gab, was bedeutet, dass sie immer noch über dem Durchschnitt liegen.

Plötzlich sehe ich, wie Claire sich vor Schmerz windet.

»Diese Schuhe sind doch als Foltermittel erfunden worden«, beschwert sie sich. Als ich ihre Bindungen anschaue, fällt mir auf, dass die Laschen ihrer Schuhe nach außen abstehen und nicht auf der Haut aufliegen, sodass die Seiten einschneiden. Kein Wunder, dass sie Schmerzen hat! Als ich es ihr erkläre, wirft sie mir einen wütenden Blick zu. Ich unterdrücke ein Lachen und helfe ihr, die Lasche zu richten, damit ihr Schienbein gepolstert ist. Dann zwinkere ich ihr zu und verspreche, dass sie für ihre Qualen noch entschädigt wird. Sie streckt mir die Zunge raus und gleitet voraus.

Nicht lange, und sie schlägt sich wacker auf den Skiern, und wieder einmal bin ich beeindruckt davon, dass diese Frau sich von nichts unterkriegen lässt.

Als wir die anderen beiden an einer Kurve einholen, kann Claire schon eine blaue Piste fahren, ohne alle zwei Minuten hinzufallen. Nadia gratuliert ihr und schlägt vor, sie einmal auf die andere Seite des Bergs mitzunehmen, wo noch andere blaue Pisten verlaufen. Wir machen eine Pause, um etwas zu trinken und unsere Brote zu verschlingen, und überlegen, was wir als Nächstes machen wollen. Die Landschaft um uns herum ist herrlich, das sollten wir ausnutzen.

»Ich würde für heute Schluss machen«, kündigt Claire an. »Ich will euch nicht zur Last fallen, amüsiert euch lieber noch ein bisschen ohne mich.«

Mickaël würde sich gern das Panorama auf der anderen Seite anschauen und besteht darauf, bei Claire zu bleiben, während Nadia und ich zum Spaß doch noch ein paar andere Pisten herunterfahren sollen. Nadia gefällt der Vorschlag, und auch Claire findet die Idee großartig, also lasse ich sie mit Mickaël allein und ziehe mit Nadia los. Es dauert keine zehn Sekunden, und es kommt mir vor wie früher, ich der draufgängerische, furchtlose Teenager, Nadia an meiner Seite. Es ist magisch. Wir verlassen die vorgegebene Piste, und im Handumdrehen fühlt es sich an wie immer.

Wir treffen Mickaël und Claire am Aussichtspunkt, von dem man auf den weißen See weiter unten blickt und den ich Claire letzte Woche bei unserem Spaziergang gezeigt habe. Sie sieht hingerissen aus, und das beruhigt mich; dieser Tag wird ihr trotz allem in guter Erinnerung bleiben.

Der Ausblick ist traumhaft, und Claire erzählt, wie schön sie und Mickaël es zusammen gehabt haben. Das versetzt mir einen Stich. Sie erzählt aber auch, dass es sie ziemlich beeindruckt habe, wie Nadia und ich heruntergefahren kamen, sie findet, ich sei ein erstklassiger Skifahrer. Das gefällt mir schon um Längen besser. Dann preist sie Mickaëls Geduld und sein Talent als Lehrer, und sie lacht, als sie uns von einem Spiel berichtet, das er ihr beigebracht hat: wie man immer einen Ski hochhebt und so im Pulverschnee neben der Piste herlaufen kann. Soll das ein Witz sein? Gezwungen lache ich mit ihnen. Nadia sieht mich schräg von der Seite an, sagt aber nichts.

Langsam wird es Zeit, auch wenn ich nicht auf die Uhr geschaut habe, und ich schlage Mickaël vor, die letzte Abfahrt runter zur Station gemeinsam zu machen, während die Frauen es langsamer angehen. Alle sind einverstanden, und Mickaël und ich fahren los. Ich gehe sofort in die Vollen, bereit dazu, sämtliche Geschwindigkeitsrekorde zu brechen. Ich weiß nicht, was ich damit beweisen will, aber es ist herrlich! Mickaël der Toptrainer? Das wär doch gelacht!

Unten angekommen meldet sich mein Knie. Sofort bereue

ich meine Männlichkeitskrise und denke daran, dass ich wohl reif für ein paar Foltersessions bei Germaine bin.

»Das hat Spaß gemacht!«, ruft Mickaël, und auch ich muss zugeben, dass die Abfahrt super war und dass Mickaël, entgegen seinen Behauptungen, ein sehr guter Skifahrer ist. Ich habe alles gegeben, und auch wenn ich noch an meiner Verletzung zu leiden habe, weiß ich, dass ich gut war. Und Mickaël war die ganze Zeit über dicht hinter mir.

Insgesamt hat mir dieser Tag unglaublich gutgetan, und ich habe Lust bekommen, wieder anzufangen, wenn auch mit ein bisschen mehr Training und einer Aufwärmphase für mein Knie.

Bei einem Bier an der Bar warten wir auf die Frauen, und ich treffe ein paar alte Freunde wieder, mit denen ich mich für die nächsten Tage verabrede, entweder für die Piste oder für ein Bier. Claire strahlt, als sie ankommt, aber sie ist auch erschöpft, und als sie bemerkt, dass es schon fünf Uhr ist, regt sie sich furchtbar auf.

Wir verabschieden uns von unseren Freunden und fahren eilig zurück zum Haus, um unsere Arbeit zu erledigen.

»Ich helfe dir auch bei den Vorbereitungen fürs Abendessen«, verspreche ich Claire.

»Das ist ja wohl das Mindeste«, gibt sie knapp zurück. Sie macht es mir wirklich schwer. Hätte sie sich denn nicht etwas anderes als Lasagne vornehmen können? Ich wusste nicht, wie lange es dauert, eine hausgemachte Lasagne zuzubereiten. Ich nehme so was aus der Gefriertruhe und stelle es in die Mikrowelle.

Wir schuften wie verrückt und sind ziemlich spät dran mit dem Auftischen, aber niemand beschwert sich. Immerhin etwas.

Es ist nach Mitternacht, als wir ins Bett gehen, und ich falle um vor Müdigkeit. Als ich aus der Dusche komme, ist Claire bereits eingeschlafen. Heute Nacht läuft hier wohl nichts mehr.

Na gut, morgen ist ein neuer Tag, und ich muss mir etwas Schönes überlegen, um den heutigen Tag wettzumachen und wieder in Claires Achtung zu steigen.

Woche drei.

Hugo hat mich ganz schön beeindruckt. Ich hatte es mir ja schon gedacht, aber was ich gestern auf der Piste gesehen habe, hatte ich nicht erwartet. Auch wenn ich mich nicht auskenne, gucke ich doch ab und zu fern und höre mir an, was die Kommentatoren so sagen, und alle drei sind sagenhaft gute Skifahrer. Ich wüsste gern, wie sie das machen! Vor Hugo wollte ich das nicht sagen, denn es ist offensichtlich, dass Komplimente ihm unangenehm sind. Das respektiere ich. Außerdem wollte ich auch nicht wie ein Groupie rüberkommen. Aber ich bin sicher, dass er an Wettkämpfen hätte teilnehmen können wie sein Vater. Mickaël fährt auch ausgesprochen gut. Er war außerdem sehr geduldig und hat mir ganz freundlich erklärt, wie es geht. Es war wirklich zu lustig, dass es Hugo offenbar ärgerte, als ich Mickaëls Begabung zum Skilehrer erwähnte. Ich weiß nicht, weshalb, aber es hat mich amüsiert, ihn so fuchsig zu erleben. Was soll ich sagen, man gönnt sich ja sonst nichts! Wenn er ein bisschen eifersüchtig ist, ist es doch ein gutes Zeichen.

Mickaël erklärt wirklich gut und kann auch gut Ski fahren, aber bei Nadia und Hugo ist es noch mal etwas vollkommen anderes. Die beiden haben dieses gewisse Leuchten in den Augen, dieses Lodern, das sie anspornt; es ist wie eine Verbindung. Ich weiß, dass Mickaël verrückt nach Nadia ist, das ist offensichtlich, aber leider sollte sie besser mit Hugo zusammen sein. Wenn ich abreise, braucht Hugo eine Frau, auf die er sich verlassen kann, die sich für die gleichen Dinge begeistert wie er, und das tut sie. Ich hoffe, dass sie nicht ahnt, dass Hugo und ich miteinander schlafen, ich will nicht alles zwischen ihnen verderben. Wäre ich nett, würde ich es beenden. Aber … Es ist einfach zu gut mit ihm. Wäre ich vernünftig, würde ich es ebenfalls beenden, damit keine zu enge Bindung zwischen uns entsteht, und ich sage mir jedes Mal, dass es das letzte Mal ist … Aber es geht einfach nicht. Es ist schlimmer als eine Droge; ich brauche es. Dieser Mann ist ein Gott im Bett. Auf jeden Fall ist der Sex mit ihm so, wie ich es mir immer gewünscht habe. Mit ihm fühle ich mich vollständig, lebendig, begehrt. Ich habe in letzter Zeit zu viel durchgemacht, finde ich, ich habe ein Recht darauf, es mir ein bisschen gut gehen zu lassen. Schließlich nutze ich ihn auch nicht aus. Wir sind beide erwachsen, wir haben uns bewusst darauf eingelassen, und wir machen uns nichts vor, es ist also alles gut so, wie es ist. Allerdings sollte ich nicht in seinem Zimmer übernachten, ich sollte wieder in mein eigenes ziehen. Das war ein Fehler von mir. Aber ich fand es so süß, dass er alle meine Sachen aus meinem Zimmer in seins geräumt hat. Damit ich sein Bad benutzen kann. Und weil er natürlich mitbekommen hat, dass das Telefonat mit Hector mich aus der Bahn geworfen hatte. Im Grunde ist es so auch am praktischsten. Nach der Arbeit sind wir beide so müde, dass wir, nachdem wir miteinander geschlafen haben, sofort einschlafen. Zumindest bin ich beruhigt, dass wir nicht miteinander kuscheln und tagsüber keine Zärtlichkeiten austauschen. Nachts im Übrigen auch nicht, wenn man bedenkt, dass es bei uns im Bett weniger zärtlich und liebevoll zugeht. Wir sind eher auf animalische Leidenschaft eingestellt. Wenn ich darüber nachdenke, war ich bisher noch mit keinem Mann so. Hugo weckt Triebe in mir, von denen ich gar nicht wusste, dass sie in mir schlummern. Seit wann unterwerfe ich mich gern – zumindest nennt man das so – und komme zum Orgasmus, während ich gefesselt bin? Es ist so anders als das, was ich mit Hector erlebt habe, dass es mir übernatürlich vorkommt. Als wäre es nicht real. Und genau das tut mir so gut.

Fast jeden Tag telefoniere ich mit meiner Schwester, und sie ahnt etwas, aber weder sie noch ich sprechen das Thema direkt an.

Von meinem Telefonat mit Hector habe ich ihr allerdings erzählt. Das ging auch gar nicht anders. Dieser Mistkerl hat schließlich behauptet, ich sei das Problem gewesen. Es sei meine Schuld, dass er mir nicht von seiner Angst vor der Hochzeit erzählt hat. Und ebenso sei es meine Schuld, dass er am Tag selbst abgehauen ist. Ich weiß nicht, ob ich darüber weinen oder lachen soll. Sicher trage ich auch Schuld, klar, aber nur, weil ich nicht schon eher gemerkt habe, was für ein Vollidiot er ist.

Meine Schwester war von meiner Schlussfolgerung begeistert und fand, ich sei schon fast geheilt. Als sie mich dann aber gefragt hat, wann ich nach Hause komme … Da hat mich plötzlich die Panik gepackt. Wie übrigens jedes Mal, wenn ich daran denke, wieder in Paris zu sein. Dabei gefiel es mir vor drei Wochen doch noch. Ich konnte mir kein besseres Leben für mich vorstellen. Jetzt allerdings, Métro fahren, zur Arbeit gehen, mein Team wiedersehen, meine Freundinnen, Hectors Sachen aus der Wohnung räumen, oder, noch schlimmer: MEINE Sachen aus der Wohnung räumen und eine neue finden … All das scheint mir unwirklich und so weit weg, dass ich lieber nicht daran denke. Ich kann es schlicht und ergreifend nicht.

Neulich hat Mickaël das Thema angeschnitten und mich behutsam, als ob nichts wäre, daran erinnert, dass er Arzt ist und dazu in der Lage, meinen Gesundheitszustand zu diagnostizieren – ich hätte ja immerhin einen ziemlichen emotionalen Schock erlitten –, und sollte ich das Bedürfnis verspüren, könne ich zu ihm in die Praxis kommen. Warum eigentlich nicht? Ich bin jetzt schon fast drei Wochen hier, obwohl es nur zwei hätten sein sollen. Wer hätte gedacht, dass die Zeit in den Bergen so schnell vergeht …

Ich bereite gerade das Essen zu und schaue Hugo aus dem Fenster dabei zu, wie er zum x-ten Mal die Auffahrt räumt, als ein Auto angefahren kommt. Wie seltsam, wir erwarten gar keine neuen Gäste. Ich sehe, wie Hugo in der Bewegung innehält und erstarrt. Der Wagen hält, und eine große blonde Frau steigt aus. Hugo und sie blicken sich an, die Zeit scheint stillzustehen, dann umarmen sie sich. Wow! Damit hatte ich nicht gerechnet …

Ein heftiger Schmerz sticht mir in die Brust. Was ist los mit mir? Ich bin doch nicht etwa eifersüchtig! Doch, genau das bin ich. Schrecklich eifersüchtig.

Gut. Es ist Zeit, wieder Herrin der Lage zu werden. Ich bin nicht eifersüchtig, weil er eine andere Frau umarmt, sondern weil mir auf einmal klar wird, dass er noch ein anderes Leben hat. In New York. Ein Leben mit Freunden, die ich nicht kenne.

Diese Blase, in der wir uns bewegen, seitdem ich hier angekommen bin, verfälscht alles. Es kommt mir vor, als würde ich niemanden besser kennen als Hugo, und ohne es zu merken, habe ich mir eine Art falsche Geschichte zusammengesponnen.

Das ist nicht gut, das ist ganz und gar nicht gut. Wie konnte das so schnell passieren?

Jemand kommt in die Küche, es ist eines der lustigen Zwillingsmädchen der Familie. Gutmütig schimpfe ich sie aus, weil sie eigentlich nicht in der Küche sein darf, doch dann bitte ich sie, die Sauce zu probieren, die ich gerade zubereite, und halte ihr einen Löffel hin. Sie ist begeistert und verspricht mir, das Rezept nicht zu verraten, dann kehrt sie zurück zu den anderen ins Wohnzimmer. Diese kleine Ablenkung gibt mir die Gelegenheit, mich zu sammeln, bevor die blonde Frau aus dem Auto in die Küche kommt. Mein Herz bleibt kurz stehen. Sie sieht nicht schlecht aus, aber vor allem weiß ich nicht, wie ich meine Anwesenheit hier erklären, geschweige denn, wie ich mich verhalten soll. Während ich noch nach Worten ringe, kommt sie mir zuvor.

»Ich komme wegen der Anzeige.«

»Was?«

Okay, da hätte ich mir etwas Besseres einfallen lassen können.

Wie gelähmt stehe ich vor ihr, den Löffel noch immer in der Hand.

Hugo kommt herein, zieht einen Koffer hinter sich her und lächelt. »Claire, darf ich dir meine Cousine Marlène vorstellen!«

Vor Erleichterung lasse ich beinahe den Löffel fallen. »Ah, Marlène!« Ich glaube, ich habe in meinem ganzen Leben noch nie so dumm gegrinst.

Wider Erwarten nimmt Marlène mich in den Arm. »Die Website ist großartig«, sagt sie mit einem Zwinkern.

Hugo will wissen, in welches Zimmer er Marlènes Koffer bringen soll. Als sie mich fragt, welches Zimmer ich belegt hätte, sehen Hugo und ich uns betreten an. Um unser Unbehagen zu zerstreuen, erkläre ich, vielleicht ein wenig zu eilig: »Ich habe das ganz hinten genommen, und das daneben habe ich in ein Büro umgewandelt. Ich hoffe, das stört dich nicht, ich kann auch umziehen, wenn du möchtest.«

»Nein, kein Problem. Hugo, du bist vermutlich im Zimmer von Tante Jeanine …«

»Äh, ja, aber wenn du willst …«

»Nein! Ich könnte niemals in ihrem Zimmer schlafen. Ich hatte immer das nebenan, wenn es also noch frei ist, ziehe ich gern wieder dort ein. Ansonsten ist es aber auch nicht schlimm. Ich bin selbst schuld, ich hätte euch Bescheid geben sollen, dass ich komme. Vielleicht seid ihr ja auch voll belegt?«

»Nein«, antwortet Hugo, »aber fast, dank Claires hervorragender Arbeit.«

»Wunderbar!«, freut sich Marlène. »Dann nehme ich das Zimmer, und danach würde ich gern zum Vorstellungsgespräch kommen. Ich habe gesehen, dass eine Stelle frei ist. Natürlich nur, wenn es nicht schon zu spät ist …«

Ich lächele sie an. Diese Frau ist mir auf der Stelle sympathisch, und ich biete ihr ein Bier an, während Hugo ihre Sachen ins Zimmer neben seinem bringt. Wir hatten es bisher nicht belegt, damit wir nicht so leise sein müssen … Na gut, jetzt hat sich das also geklärt, ich muss nur noch im Laufe des Tages unauffällig meine Sachen zurückbringen. Zumindest löst das mein Problem von heute Morgen und beantwortet auch die Fragen, die ich mir gestellt habe. Die Dinge gehen wieder ihren normalen Gang, die Zeiten in Hugos Bett sind vorbei.

Als wir schließlich bei einem Bier in der Küche zusammensitzen, erzählt Marlène uns, wie es ihr in den letzten Wochen ergangen ist.

Der Tod ihrer Tante hat sie hart getroffen. Sie hatte Jeanine die letzten Monate unterstützt und die ganze Zeit über ein schlechtes Gewissen gehabt, weil sie Hugo nichts sagen durfte. Aber Jeanine war in diesem Punkt hart und unnachgiebig: Es kam nicht infrage, ansonsten würde sie Marlène feuern. Beinahe hätte sie die Drohung auch wahr gemacht, als Marlène ihr eines Abends hartnäckiger als sonst die Stirn geboten hat.

Marlène hatte gerade mit Hugo telefoniert und ihn beruhigt, was die gesundheitliche Verfassung seiner Mutter betraf. Jeanine wollte wissen, was für einen Eindruck er auf Marlène gemacht habe.

»Er macht sich Sorgen«, hatte Marlène geantwortet. »Wenn er es wüsste, würde er auf der Stelle herkommen.«

»Und genau das will ich nicht! Nach seiner Verletzung muss er sich erst einmal sortieren, und hier kann er das ganz sicher nicht. Zumindest nicht, wenn er es nicht für sich selbst entscheidet, ohne Zwang.«

Marlène hatte ihr widersprochen, woraufhin Jeanine ihr sagte, es sei an der Zeit, dass sie sich woanders ein Leben aufbaue. Sie könne schon morgen abreisen, wenn sie wolle. Und sollte sie jemals auf die Idee kommen, Hugo alles zu erzählen, dann müsse sie sich auch gar nicht auf der Beerdigung blicken lassen. Jeanine drohte sogar, mit Patrick zu sprechen, damit er dafür sorgt, dass ihr Letzter Wille in die Tat umgesetzt würde.

An dem Abend hat Marlène viel geweint, doch als sie später ihre Tante zum ersten Mal in ihrem Leben in ihrem

Schlafzimmer leise weinen hörte, verstand sie, weshalb Jeanine so hart mit ihr war, und so blieb Marlène und unterstützte ihre Tante, ohne jemals wieder anzusprechen, dass Hugo kommen sollte. Aber als Jeanine schließlich starb, fühlte Marlène sich so mutterseelenallein, dass sie nicht weiterwusste. Sie hatte nicht den Mut, Hugo gegenüberzutreten, zu groß war ihre Angst davor, er könne ihr vorwerfen, dass sie nichts gesagt hatte. Sie waren schließlich praktisch wie Bruder und Schwester zusammen aufgewachsen. Und so verließ sie Cambairoux und den Ort, der sie an die Frau erinnerte, die ihre früh verstorbene Mutter ersetzt hatte.

Ich höre schweigend zu, und als Marlène anfängt zu weinen, merke ich, dass auch ich weine. Hugos Kiefer ist angespannt, und ich kann nicht einschätzen, was er fühlt. Als er aber den Blick hebt und die Hand seiner Cousine nimmt, verstehe ich. Er hat Schuldgefühle.

Marlène erzählt, sie sei in Spanien bei ihrem Vater gewesen, der seit einiger Zeit dort lebt. Sie war am Ende und hat immer mehr Medikamente genommen, um stabil zu bleiben. Eins zum Schlafen, eins zum Aufwachen. Sie entschuldigt sich ungefähr hundertmal dafür, dass sie nicht den Mut hatte, zu bleiben und Hugo in Empfang zu nehmen.

Als Hugo sie umarmt, um sie zu trösten, und ihr sagt, er verstehe sie und sei ihr nicht böse, verschwinde ich leise. Bei dieser Familienvereinigung störe ich.

Ich nutze die Gelegenheit und bringe meine Sachen aus Hugos Zimmer wieder in meins am Ende des Flurs, genau wie bei meiner Ankunft, die, so kommt es mir vor, schon eine Ewigkeit her ist, zu einem anderen Leben gehört …

Als ich in die Küche zurückkomme, ist Marlène gerade hinausgegangen, um ihren Vater anzurufen und ihm zu sagen, dass sie gut angekommen ist. Hugo passt auf meine Sauce auf, die vor sich hin köchelt, und ich frage ihn, wie es ihm geht. Er antwortet nicht, und ich lege ihm eine Hand auf die Schulter, um ihn zu beruhigen.

»Du trägst nicht die Verantwortung.«

»Was?«

Er wirkt wütend. Ich nehme es gelassen, das bin ich gewöhnt.

»Für all das hier. Dafür, dass deine Cousine so traurig ist. Für ihre Depression. Für die Erkrankung deiner Mutter.«

»Aber …«

Er dreht sich zu mir um, seine Augen sind gerötet, und an seinen Schläfen treten die Adern hervor. Ich lege ihm einen Finger auf die Lippen.

»Schsch! Nein, du trägst nicht die Verantwortung. Deine Mutter war eine erwachsene Frau. Sie hat eine Entscheidung getroffen und sie deiner Cousine aufgezwungen. Sie konnte nicht anders, als auf sie zu hören. Du darfst auf deine Mutter wütend sein, das ist normal. Aber du darfst nicht auf dich wütend sein. Du hättest Marlène nicht beschützen können. Du hättest nichts ausrichten können. Marlène ist auch eine erwachsene Frau, und sie hat ebenfalls eine Entscheidung getroffen. Es spielt keine Rolle, ob es die richtige war. Es stimmt, sie hätte dir Bescheid geben können, aber sie hat sich dafür entschieden, sich um eine sterbende Frau zu kümmern und ihren Letzten Willen zu respektieren. Niemand ist schuld, niemand ist verantwortlich, es ist einfach so, das ist alles. Ich verstehe, dass du wütend bist, aber du musst deine Wut jetzt loslassen. Du bist nicht schuld, Hugo. Niemand ist schuld.«

Er versucht, an mir vorbeizukommen und aus der Küche zu gehen, aber ich halte ihn fest. Er stößt mich weg, bereut es aber sofort. Er hat Angst, er hätte mir wehgetan. Ich nutze die Gelegenheit und nehme ihn in den Arm.

»Manchmal reicht es, wenn man gar nichts sagt«, flüstere ich, während ich ihn im Arm halte.

Erst verkrampft er sich, aber dann spüre ich, wie er langsam lockerlässt. Er erwidert meine Umarmung, und eine Weile stehen wir einfach so da. Ich kann spüren, dass sein Atem abgehackt geht, und ich vermute, dass er leise weint, wenn auch widerwillig, denn es ist sonst nicht seine Art. Ich bleibe ganz still stehen, um den Augenblick nicht zu zerstören, bis wir die Haustür hören. Marlène oder jemand anderes ist ins Haus gekommen.

Hugo richtet sich auf und löst sich von mir. Er geht zum Kühlschrank, um etwas zu holen, als Marlène in die Küche kommt.

Sie sagt mir, dass sie zwar eine miserable Köchin ist, aber sehr gerne kocht und mir gern helfen würde. Sie hört nicht auf, meine Website zu loben, und meint, dass ich viel Arbeit in die Wiedereröffnung der Herberge gesteckt haben muss. Den neuen Namen findet sie übrigens großartig. Hugo stimmt mit ein und gratuliert mir ebenfalls. Offenbar ist der emotionale Moment damit vorbei, in der Familie Moreton hält man sich wohl besser nicht zu lange mit Gefühlen auf. Daran soll es nicht scheitern! Ich lasse mich auf das Spiel ein und beantworte Marlènes Fragen dazu, wie ich hier gelandet bin, woher ich komme und so weiter.

Im Endeffekt ist Marlènes Ankunft ein wahrer Segen, denn Arbeit gibt es genug. Wir laufen uns die Sohlen ab, damit mittags und abends das Essen rechtzeitig auf dem Tisch steht, und dann kommt noch das Frühstück hinzu, das alle Gäste zu unterschiedlichen Zeiten einnehmen.

Marlène entpuppt sich, entgegen ihren Behauptungen, als ausgezeichnete Gehilfin mit Talent in der Küche. Wenn ich abreise, wird sie übernehmen und sich eine neue Küchenhilfe suchen können.

Hugo kommentiert nicht, dass ich aus seinem Zimmer ausgezogen bin, aber die erste Nacht ohne ihn ist furchtbar lang … und voller Albträume! Hector, der mich in der Hölle heimsucht – nicht der Hund, sondern mein Ex, dabei wäre der Hund mir lieber gewesen.

Am zweiten Abend, als alle anderen im Bett sind, kommt Hugo mich in meinem Zimmer besuchen, und nachdem wir miteinander geschlafen haben, bleibt er über Nacht. Diesmal schlafe ich deutlich besser, was mir wirklich eine Menge Sorgen macht.

Weil die Gäste jeden Tag auf der Piste sind, haben wir mehr Freizeit, und weil Hugo noch nicht darüber hinweg ist, dass ich Mickaëls Talente als Skilehrer gelobt habe, hat er beschlossen, sich um meine Fortschritte beim Skifahren zu kümmern. Und so gehen wir, trotz meiner Proteste, jeden Tag für ein oder zwei Stunden auf die Piste. Ich habe am ganzen Körper Muskelkater! Die Arbeit in der Küche, der Skiunterricht und dann noch die Gymnastik am Abend. Aber ich fühle mich ausgeglichen wie nie zuvor. Ich komme gar nicht dazu, darüber nachzudenken, wie schnell die Tage vergehen. Und … Allmählich macht mir sogar das Skifahren richtig Spaß!

Das Einzige, was mich ärgert, ist, dass es mir einfach nicht gelingt, ein Foto von Hugo beim Skifahren zu schießen!

Als ich ihn einmal mit meinem Handy filmen wollte, hatte ich gerade erst meine Handschuhe ausgezogen, da ist er schon an mir vorbeigesaust, bevor ich auf Aufnahme drücken konnte.

Ein anderes Mal hat er mich gefilmt, damit ich mir meine Fortschritte ansehen kann. Ich bin losgefahren, er hat gefilmt, und als ich unten angekommen bin, stolz wie Bolle, dass ich nicht gestürzt bin, stand Hugo schon da und hat mir gratuliert. Ist das ein Witz? Gibt es ihn zweimal?

Weihnachten kommt, und Heiligabend zusammen mit all unseren Gästen ist wunderbar. Alle loben mein Essen, auf das ich besonders stolz bin, weil ich es nach einem Rezept meiner Mutter zubereitet habe: Pute an mit Cidre glasierten Äpfeln.

Die Familie Panchon ist toll, und die Kinder zum Schreien komisch mit ihren Witzen, Versteckspielen und den schlagfertigen Antworten. Abends sehen wir normalerweise nicht viel von ihnen, weil sie nach einem Tag auf Skiern alle früh schlafen gehen. Die zwei Paare sind noch sehr jung und verliebt, und ich bin fast neidisch, dass sie die ganze Zeit knutschen. Alle scheinen sich gut zu verstehen, und obwohl ich Jeanine nie kennengelernt habe und sie nur von Erzählungen kenne, habe ich das Gefühl, es ist uns gelungen, das warmherzige Ambiente wieder aufleben zu lassen, das es zu ihrer Zeit gab.

Für Mitternacht habe ich mir eine Überraschung für Hugo ausgedacht. Marlène weiß Bescheid. Wir drei fahren hinunter ins Dorf, wo wir Patrick, Mickaël, Nadia sowie Fabrice treffen, den Marlène uns als »einen Freund« vorstellt – aber mir wird schnell klar, dass er mehr ist als das. Wir treffen uns vor der Kirche, um in die Mitternachtsmesse zu gehen, und der

Pfarrer, mit dem ich gestern gesprochen habe, sagt ein paar Worte zu Jeanines Ableben und ihrem Sohn Hugo, für den es schwer gewesen sein muss, dass er nicht an ihrer Seite sein konnte, und den alle im Ort in dieser schmerzhaften Zeit unterstützen. Hugo ist erstaunt, aber er lässt es zu, dass die Leute zu ihm kommen, um ihm ihr Beileid auszusprechen. Es ist ein bisschen wie eine zweite Beerdigung, an der er diesmal teilnehmen kann. Die übrige Predigt ist voller Hoffnung für das kommende Jahr und die erwarteten Kinder der neuen Generation in diesem wunderschönen Skigebiet.

Als wir aus der Kirche kommen, will Hugo wissen, wessen Idee das mit seiner Mutter war. Ich sage nichts, aber Nadia deutet mit einer Kopfbewegung in meine Richtung. Hugo lächelt mich an, nimmt meine Hand und sagt nichts. Mein Herz hüpft. Endlich kann ich wieder aufatmen: Ich habe das Richtige getan.

Hugo kündigt an, dass er nachkommt, als wir uns auf den Weg zu Patrick machen, der uns auf einen Glühwein eingeladen hat. Ich sehe, dass Hugo in Richtung Friedhof stapft. Marlène erklärt mir, dass dort das Familiengrab liegt. Alle anderen gehen los, und ich folge ihnen, mit meinen Gedanken bei Hugo, der in der Kälte der Nacht manche Teile seines Lebens wieder zusammensetzt.

Wir sitzen gemütlich bei Patrick zusammen, bis Marlène, Hugo und ich gegen zwei Uhr morgens nach Hause fahren, ein bisschen angetrunken und glücklich darüber, einen so schönen Heiligabend verbracht zu haben. Wir wünschen uns im Flur eine gute Nacht, zumindest für den Teil der Nacht, der noch übrig ist, und ich verschwinde ohne einen Blick zurück in meinem Zimmer. Ich sage mir, dass ich es nicht übertreiben darf. Ich muss Hugo ein wenig Raum für sich geben. Er hat heute Abend schon genug Aufregung gehabt, und was mich betrifft, ich muss mich ein bisschen weniger abhängig machen.

Mist. Ich hätte schon noch gern geduscht. Und außerdem ist mir kalt so ganz allein in meinem Bett …

Ich schaue auf mein Handy und überlege, ob ich meiner Schwester eine Nachricht schicken soll, um mich abzulenken und nicht der Versuchung nachzugeben, in Hugos Zimmer zu stürmen. Aber ich habe vorhin schon mit Sophie und meinen Eltern telefoniert, um ihnen frohe Weihnachten zu wünschen, und sie fände es sicher verdächtig, wenn ich sie jetzt wecken würde. Gut. Also werde ich jetzt schlafen.

Ich wälze mich in meinem Bett hin und her. Der Schlaf will sich nicht einstellen. Und wenn ich mich ganz leise ins Bad schleiche, nur um zu duschen? Das darf ich doch, oder? Es würde mich wieder nüchtern machen. Soll ich? Nein … Ach komm, los …

Gut, ich habe es satt, mich nicht entscheiden zu können und hier herumzuliegen. Ich gehe rüber. Und wenn ich einen kleinen Zwischenstopp in seinem Bett einlege …

Es geht uns beiden nur um Sex, da macht einmal mehr oder weniger doch keinen Unterschied. Nein. Nur um zu duschen.

Ich stehe auf, öffne leise die Tür und schließe sie hinter mir, und dann tapse ich auf Zehenspitzen … direkt gegen eine Wand. Mist! Die Wand jammert auf, und als ich den Blick hebe, entdecke ich Hugo vor mir.

»Was machst du hier?«, flüstere ich.

»Ich wollte noch einen Happen essen, bevor ich schlafe.«

»Du weißt schon, dass die Küche auf der anderen Seite liegt, oder?«

Ich sehe ihn lächeln.

»Und du?«, will er wissen. »Was machst du hier?«

»Äh … ich wollte … in die Küche!«

»Hast wohl auch noch ein bisschen Hunger bekommen?«

Dann prusten wir los und versuchen, es zu unterdrücken, damit wir niemanden aufwecken. Schließlich beugt Hugo sich zu mir herunter und küsst mich, und schon ist mein Lachanfall vorbei. Er hebt mich hoch und trägt mich in mein Zimmer. »Ich habe mich noch gar nicht für dein Geschenk heute Abend bedankt«, sagt er nur, als er mich auf mein Bett legt.

Ich überlege noch immer, was ich darauf entgegnen soll, da hat er mich bereits ausgezogen und bedeckt meinen Körper mit Küssen. Ich zittere und stöhne, und dann flehe ich ihn an, in mich einzudringen, jetzt sofort!

Die Nacht ist kurz, denn am nächsten Morgen müssen wir früh auf den Beinen sein, um Frühstück zu machen, aber ich bereue es nicht. Allerdings mache ich mir immer mehr Sorgen, dass ich mich zu sehr an Hugo binde. Aber sobald ich zurück in Paris bin, wird alles wieder wie vorher sein, beruhige ich mich.

Am nächsten Morgen hat Hugo eine Überraschung für mich parat. Er sei stolz auf meine Fortschritte auf den Skiern und es sei an der Zeit, dass ich das Skigebiet ohne Druck kennenlerne. Er will wissen, wie ich inzwischen mit Hector und Arthur zurechtkomme, und ich sage ihm, dass es immer besser geht.

»Perfekt«, sagt er.

Was mich nicht gerade beruhigt …

Wir fahren zur Station und nehmen die Gondelbahn, obwohl wir keine Skier dabeihaben. Ich löchere Hugo, aber natürlich verrät er nichts. Oben angekommen, laufen wir ein paar Minuten, bis wir vor einer Holzhütte stehen. Es ist eine Art Zwinger, in dem … jede Menge Wolfshunde angebunden stehen!

Hugo will mich auf eine Schlittenfahrt mitnehmen. Er scheint sich Sorgen zu machen, wie ich darauf reagiere, und wartet ab, was ich dazu sage.

Ich ringe mir ein schwaches Lächeln ab, das sich aber in ein freudestrahlendes Grinsen verwandelt, als ich den Schlitten sehe. Das ist wirklich eine großartige Idee!

Hugo ist erleichtert, und er spricht mit dem Hundeschlittenführer, einem alten Bekannten von ihm. Wir setzen uns, der Schlittenführer gibt uns Decken für die Beine und spannt die Hunde an. Dann fahren wir langsam los.

Es ist grau, aber mild, und es hat aufgehört zu schneien. Es ist magisch. Das Gebiet zeigt sich mir von einer neuen Seite, und ich kann sehen, was für ein Paradies es ist. Die Hunde sind wunderschön, und weil sie angebunden sind und weit vor mir laufen, ist alles in Ordnung. Unter meiner Wolldecke ist es kuschelig warm, und ich wünschte, die Zeit würde stillstehen. Es muss friedlich sein, das ganze Jahr über hier zu leben. Hugo fragt mich, woran ich denke, und ich sage es ihm. Er entgegnet nichts und lächelt.

Am Abend schleiche ich mich zu Hugo ins Zimmer, um mich für das schöne Erlebnis zu bedanken. Mir ist klar, dass wir uns etwas vormachen, immer wieder finden wir einen Grund, um beieinander zu sein. Wir sprechen jedoch nicht darüber, und das ist auch besser so.

Die Woche geht schnell um, und die Kinder der Familien wachsen mir ans Herz. Als sie abreisen, überreichen die Eltern uns eine Flasche Wein, die sie von zu Hause mitgebracht haben, und sie versprechen, im nächsten Jahr wiederzukommen. Ich bringe es nicht über mich, ihnen zu sagen, dass ich nicht da sein werde. Bei dem Gedanken daran wird mir schwer ums Herz.

Das neue Jahr rückt näher, und ich werde immer gereizter. Die neuen Gäste sind da, »der zweite Schwung«, wie Marlène sie nennt.

An Silvester fühle ich mich ganz und gar nicht gut, und es kommt mir vor, als hätte ich Herzrasen. Ich mache mir Sorgen, dass ich jeden Moment in Ohnmacht fallen könnte. Angefangen hat es, als ich meinen Koffer packen wollte. Hugo und ich haben nicht weiter über meine Abreise gesprochen, wir wussten, dass ich gehe, warum also elend lang darüber reden?

Als Hugo in mein Zimmer kommt, weil er mich etwas zur Website fragen will, findet er mich auf dem Bett sitzend vor. Mir ist schwindelig, und er stürzt zu mir.

»Claire! Alles in Ordnung?«

»Nein. Ich weiß auch nicht, was mit mir los ist.« Ich zähle meine Symptome auf. Hugo scheint beunruhigt, und er weist mich an, zu Mickaël zu fahren. Mein »ja« überzeugt ihn allerdings nicht, und er ruft selbst in der Praxis an. Mickaël erwarte mich in einer Stunde. Marlène, die sich in der Stadt mit Fabrice treffen will, bietet an, mich hinzubringen.

Das Wartezimmer ist brechend voll, und ich bereue es, kein Buch mitgenommen zu haben. Aber als Mickaël mit einer Patientin aus dem Sprechzimmer kommt, um sie zu verabschieden, entdeckt er mich und nimmt mich sofort dran. Mir ist es unangenehm.

»Es muss doch zu etwas gut sein, Freunde zu haben, oder etwa nicht?«, fragt er mich mit einem Lächeln.

Na ja, wenn man es so sieht …

Er horcht mich ab, findet aber nichts Ungewöhnliches an meinem Blutdruck, meinem Puls und meinem Herzen. Währenddessen lässt er mich reden. Von mir, von meinem Leben in Paris, meinen Freunden, meiner Arbeit. Als ich von Paris erzähle, habe ich das Gefühl, ich sei bereits wieder dort. Ich sehe schon vor mir, wie ich meine Freundinnen treffe und damit umgehen muss, was sie zu meiner missglückten Hochzeit zu sagen haben, dann die Arbeit, die Wohnungssuche … Mein Atem geht schneller. Ich erkläre Mickaël, dass ich meine Wohnung liebe, doch dass ich mich frage, wie wir wohl die Einrichtung aufteilen werden. Ist doch wahr, wer bekommt denn den Fernseher? Den haben wir zusammen ausgesucht … Nach einer halben Stunde bin ich erschöpft, und auf einmal fühle ich mich völlig leer. Mickaël lächelt, füllt einen Zettel aus und reicht ihn mir.

»Hast du herausgefunden, was mit mir los ist?«

»Ja. Eine hübsche kleine Panikattacke. Du bist nicht bereit, nach Hause zu fahren, Claire. Du hast einen Schock erlitten, und als Arzt rate ich dir zur Ruhe. Und als Freund rate ich dir hierzubleiben …«

Ich blicke auf den Zettel, den er mir hinhält, und sehe eine Krankschreibung über einen Monat. Ein Monat? Ich bin sprachlos. Dann merke ich, wie mein Herz schmilzt und mir die Tränen herunterlaufen, ohne dass ich sie aufhalten könnte.

Mickaël hat recht: Ich brauche Ruhe, und vor allem … muss ich hierbleiben.

Die Schlinge, die sich um meine Brust geschnürt hat, löst sich. Ein Monat. Bis dahin habe ich genug Zeit, um weiterzusehen …

Mickaël redet mir gut zu und versucht, mir meine Schuldgefühle zu nehmen. Er sagt, es sei ein traumatisches Erlebnis, am Tag der Hochzeit verlassen zu werden. Das sei nicht so leicht zu verarbeiten. Mein Arbeitgeber werde es verstehen. Und wenn nicht, dann sei das auch nicht weiter schlimm.

Ich bedanke mich und verlasse das Sprechzimmer. In der Tasche habe ich die Krankschreibung, und sie wärmt mir das Herz.

In einer ruhigen Ecke hole ich mein Handy hervor und wähle die Nummer von Karine, meiner Chefin. Es ist wohl am besten, wenn ich das Pflaster mit einem Ruck abziehe, genau wie bei Hector.

Karine nimmt beim zweiten Klingeln ab und scheint sich über meinen Anruf zu freuen. Panik steigt in mir auf, als sie mir sagt, dass sie es kaum erwarten kann, mich wiederzusehen und sich um mich zu kümmern, damit ich diesen »Mistkerl von Weichei« vergesse. Ich nehme all meinen Mut zusammen und teile ihr mit, dass ich noch nicht sofort zurückkommen werde. Die Tränen steigen mir in die Augen. Karines Reaktion beruhigt mich jedoch. Es sei doch völlig normal, ich müsse mir Zeit nehmen, um mich davon zu erholen. Als sie mich fragt, wo ich bin, erkläre ich es ihr knapp, natürlich ohne ihr zu verraten, dass ich schwarzarbeite. Sie hält es für eine ausgezeichnete Idee, dass ich in den Bergen neue Kraft schöpfe, und rät mir, mich zu entspannen und mich verwöhnen zu lassen. Meine Arbeitsstelle ist wirklich Gold wert, und es kommt wieder eine Spur schlechtes Gewissen bei mir auf. Täte es mir nicht gut, meine Probleme in Angriff zu nehmen, anstatt zusätzliche Ferien einzulegen?

Doch als ich auflege, weiß ich, dass ich die richtige Entscheidung getroffen habe.

Mein Herz macht einen Satz, als ich vor der Praxis Hugo entdecke, der im Auto auf mich wartet. Erneut überkommen mich Zweifel. Sollte ich nicht doch abreisen, solange es noch geht?

Zweiter Teil

Zehnter Monat.

Es sind jetzt zehn Monate. Fast zehn Monate.

In der Métro ist es proppenvoll, und ich bin müde. Keine Ahnung, weshalb mein Unterbewusstsein dieses Datum wie ein Jubiläum abgespeichert hat, wie ein Ritual: noch ein Monat um.

Der Tag war lang, und ich hatte es mit besonders schwierigen Fällen zu tun. Ich kann nicht mehr. Ich bin ausgelaugt. Ausgelaugt von den Kunden, die sich die ganze Zeit beschweren, ausgelaugt davon, dass ich ihnen antworten und mir manchmal eingestehen muss, dass sie recht haben. Worum geht es eigentlich? Soll mehr verkauft werden? Soll mehr konsumiert werden? Sollen die Produkte schon veraltet sein, bevor sie auf den Markt kommen?

Gestern Abend bin ich auf den Film *39,90* gestoßen. Zynisch, aber doch so wahr.

Warum? Seit ein paar Monaten fühle ich mich vollkommen nutzlos. Ich bewirke nichts. So sieht es aus. Ich übe einen Beruf aus, der nichts bewirkt. Es ist furchtbar.

Im Grunde sieht der Blinde gut, bis man ihm zeigt, was ihm fehlt. Dann begreift er, dass ihm all die Farben, Formen und Schönheiten des Lebens entgehen. Selbst Grau wird plötzlich reizvoll, wenn man es nicht mehr wahrnehmen kann.

Mein Leben ist weder grau noch gibt es andere Farben darin. Es ist monoton. Und ich habe keine Ahnung, wie ich es ändern soll.

Heute Abend bin ich bei meiner Schwester zum Essen. Ich kann es kaum erwarten, sie zu sehen. Ihr Leben ist wundervoll. Sophie ist müde, geradezu erschöpft von ihrem Baby, aber sie ist glücklich. Meine Nichte ist hinreißend, und sie ist einer der wenigen Lichtblicke in meinem Leben. Meine Schwester lebt sich voll und ganz aus. Ich hingegen schiebe mich langsam vorwärts, damit ich nicht falle. Ich überlebe. Und jeder Tag, der vergeht, gleicht dem anderen.

Endlich steige ich aus der überfüllten Métro und laufe die paar Straßen zu Fuß zu mir. Mein neues Zuhause. Denn ja, letztendlich bin ich ausgezogen und habe mir etwas Neues gesucht. Ich konnte nicht in der Wohnung bleiben, in der ich mit Hector zusammengelebt hatte. In Cambairoux, in diesem herrlichen Skigebiet, habe ich wieder zu mir gefunden, aber das unbeschriebene Blatt, das ich aufgeschlagen habe, als ich nach Paris zurückgekommen bin, hat sich nicht gefüllt … Ich denke lieber nicht daran. An meine Zeit »da unten«, an das, was ich dort zurückgelassen habe.

Meine neue Wohnung gefällt mir, das ist immerhin etwas, und als ich die Tür aufmache, stürzt Gustave sich auf mich. Dieser Kater ist eine Nervensäge, aber ich liebe ihn trotzdem. Ich hätte niemals gedacht, dass ich Katzen mögen könnte, aber diese hier ist anders: Es ist MEINE Katze. Mein ganz eigener von menschlichen Beziehungen geschädigter Psychopath.

Ich schließe die Tür, werfe meine Schlüssel auf die Kommode im Flur und nehme Gustave auf den Arm, um ihn zu streicheln. Wie immer wehrt er sich, aber das ist mir egal. Er schnurrt, und deshalb weiß ich, dass er es eigentlich mag, wenn man ihn tätschelt. Ich sehe es wieder vor mir, wie ich vor zehn Monaten meine Koffer unten vor meinem alten Haus abgestellt habe …

Es war kalt. Der erste März. Meine Krankschreibung war um einen Monat verlängert worden, doch als Mickaël sie noch einmal verlängern wollte, wusste ich, dass es zu lang geworden wäre. Zu lang für vieles. Ich war lange genug weggewesen. Ich hatte lange genug in Cambairoux gewohnt. Lange genug mein Leben aufgeschoben, mein eigentliches Leben, hier in Paris. Man krempelt nicht aus einer Laune heraus von heute auf morgen sein ganzes Leben um. Das ist zumindest meine Meinung. Auch wenn ich glücklich war. Auch wenn ich dort meinen Platz gefunden hatte. Auch wenn ...

Ich musste eine Verbindung zwischen diesen beiden Leben schaffen, zwischen diesen beiden so unterschiedlichen Welten, und eine Entscheidung treffen. Bilanz ziehen, wenn man so will, und dann schauen, wohin es mich führt. Aber nicht weglaufen. Nein. Das haben meine Eltern mir nicht beigebracht. Ich musste mich meinem Leben stellen. Aber je mehr Zeit verstreicht, umso klarer wird mir, dass ich mich alles andere als meinem Leben gestellt habe.

Als ich aus Mickaëls Praxis herauskam, war ich überzeugt, dass es vorbei war und dass ich nun nach Hause zurückkehren musste – das war hart. Aber ich wusste, dass es die einzige Lösung war.

Als Erstes habe ich mich an Nadia gewandt. Sie hat mich verstanden. Ich glaube, sie hat immer gewusst, dass ich abreisen würde, auch wenn alle anderen dachten, ich gehörte inzwischen zum Inventar. Das war ja auch das Tolle daran. Ich habe so etwas wie eine neue Familie gefunden, und es war schwer, sie zurückzulassen. Es war wie bei jemandem, der sein Gedächtnis verloren hat, sich ein neues Leben aufbaut, und dann, eines Tages, er ist glücklich, macht es Bamm!, und auf einmal erinnert er sich an sein vorheriges Leben. Vor langer Zeit habe ich mal einen Film gesehen, in dem es genau darum ging. Die Frage ist doch die: Wo findet dein Leben statt? Ist das alte Leben das echte, das, das du seit deiner Geburt geführt hast? Oder ist es das Leben, das du dir mit deiner neuen Persönlichkeit erschaffen hast? Schließlich entwickelt man sich doch weiter. Das echte Leben ist womöglich das neue Leben mit der weiterentwickelten Persönlichkeit. Oder nicht? Das habe ich auch letzte Woche zu meinem Therapeuten gesagt. Ja, eine Therapie zu machen war absolut notwendig. Eine gesunde Basis schaffen. Nicht wieder die gleichen Fehler begehen.

An jenem Tag, am ersten März, habe ich mich kurz verabschiedet, meine Sachen in meinen SUV mit Allradantrieb geladen und bin losgefahren, ohne auch nur einen Blick zurückzuwerfen. Ich habe stur geradeaus auf die Straße geguckt, und ein paar Mal wäre ich beinahe im Graben gelandet.

Es schneite nicht, und die Straßen waren geräumt. Mein winterliches Intermezzo war vorbei. Ich fuhr mehrere Stunden, ohne Halt zu machen. Erschöpft und unglücklich kam ich in Paris an, hielt auf dem Parkplatz vor meinem Wohnhaus und weinte. Als ich mich wieder gesammelt hatte, stieg ich aus und nahm einen meiner Koffer aus dem Wagen, in der Annahme, ich würde den Rest später holen.

Vor dem Gebäude hörte ich ein Klagen. In der kleinen Baumgruppe neben dem Parkplatz entdeckte ich eine abgemagerte Katze, die traurig dort kauerte. Ihr Fell war ganz zerrupft. Ich fragte mich, ob sie wohl krank war, sich irgendeine Katzenkrankheit eingefangen hatte. Ich nahm sie auf den Arm, und sie wehrte sich nicht. Mit der Katze auf dem Arm ging ich hoch zur Wohnung in den ersten Stock, aber als ich die Tür öffnete, ließ ich das Tier vor Schreck fallen. An alles hatte ich gedacht, nur an das hier nicht: Hector war da, als wäre nichts gewesen. Vor ein paar Tagen hatte ich mit ihm telefoniert, und wir wollten uns treffen, um zu reden, sobald ich wieder in Paris war, aber ich war der Meinung gewesen, er sei bei einem Kumpel untergekommen, nicht in unsere Wohnung zurückgekehrt.

Er stand auf, hocherfreut, mich zu sehen. Unglaublich. Er umarmte mich, und ein paar Sekunden lang, und damit meine ich ein paar Sekunden, brachte es mich aus der Fassung. Kurz glaubte ich, dass vielleicht alles nur ein Irrtum gewesen war. Dass mein Leben seinen normalen Kurs wieder aufnehmen könnte und mich das von allem heilen würde. Dass mein Platz hier wäre, an Hectors Seite. Ich weiß es nicht. Er nahm meinen Koffer, führte mich ins Wohnzimmer, und dann miaute die Katze.

»Claire! Was ist das denn für ein widerliches Vieh? Wir nehmen doch jetzt wohl keine Katze bei uns auf! Seit wann liest du solchen Dreck von der Straße auf? Die hab ich vorhin unten vorm Haus gesehen. Sie muss schon seit Tagen herumstreunen, bestimmt hat sie sich Cholera eingefangen oder noch Schlimmeres! Komm, bring sie wieder nach draußen. Wir haben Wichtiges zu besprechen.«

Und da verstand ich.

Hector ging in die Küche, um mir einen Kaffee zu machen, und ich nahm meinen Koffer und die Katze unter den Arm und verschwand ohne einen Ton aus der Wohnung und nahm den Aufzug in umgekehrter Richtung, wieder nach unten. Wie in einem Film.

Im Auto angekommen rührte die Katze sich immer noch nicht. Ich fing an zu lachen. Genau, einfach so, ganz allein und ohne Grund. Diese verwahrloste Katze, die womöglich die Krätze hatte, hat mir das Leben gerettet! Beeindruckend, was? Ich musste erst jemandem begegnen, dem es noch erbärmlicher ging als mir, um zu begreifen. Ich konnte mein vorheriges Leben nicht wiederaufnehmen. Da hatte ich meine Antwort. Ich hatte mich verändert. Cambairoux war zwar nicht mein Leben, es war eine Sprungschanze, aber das Leben davor war eben auch nicht mehr das richtige. Also musste ich mir ein neues aufbauen. Und um das zu tun, musste ich Schritt für Schritt vorgehen.

Meine Arbeit mochte ich, die wollte ich behalten. Mein Liebesleben hingegen musste sich erst einmal erholen, und dann würde ich weitersehen.

Das war vor neun Monaten. Jetzt geht es in den zehnten, es ist der erste Dezember. Ich lächele, als ich daran denke, wie verrückt ich an jenem Abend damals gewesen sein muss. Ich wusste nicht, wohin. Sophie hätte mich niemals mit einer krätzigen Katze bei sich aufgenommen, da ihr Baby jeden Moment auf die Welt kommen sollte. Meine Freundinnen wohnten in kleinen Ein-Zimmer-Wohnungen. Mir blieb nur noch eine Lösung: meine Eltern.

Und so landete ich wieder zu Hause. Und mir wurde etwas klar: Solange man noch seine Eltern hat, hat man immer ein Zuhause.

In dem Augenblick dachte ich an Hugo: Er hat keine Eltern mehr. Aber er hat Marlène. Und seine Freunde. Mickaël, mit dem er sich enger angefreundet hat, und Patrick, der immer wie ein zweiter Vater für ihn gewesen ist. Und er hat Nadia, mit der er sicher eine Familie gründen wird. Und außerdem wollte er, wenn ich es richtig verstanden habe, nach New York fahren. Kurz bevor ich meine Entscheidung getroffen habe, hatte Jake angerufen. In Chicago war eine Stelle als Trainer freigeworden. Hugo wirkte überglücklich. Auch bei ihm klopfte sein vorheriges Leben an, als er am wenigsten damit rechnete. Weil wir immer offen miteinander reden konnten, als wären wir lediglich vorübergehend befreundet – was wir ja auch waren –, vertraute er mir an, dass er sich unsicher war. Ich konnte ihn verstehen. Endlich bot sich ihm die langersehnte Gelegenheit, etwas aus seinem Leben zu machen, seinem echten Leben, in seiner Welt: dem Eishockey. Auf einmal schien es möglich. Aber ich werde nie erfahren, was daraus geworden ist, aus dem einfachen und guten Grund, dass ich nichts von Hugo gehört habe.

Der Stich, den es mir jedes Mal versetzt, wenn ich daran denke, trifft mich auch diesmal, aber ich schiebe den Gedanken lieber weg, denn wieder sitze ich in der Métro: auf dem Weg zu meinem Therapeuten. In Paris ist es grau und kalt. Ich habe dieses Mistwetter satt.

Bei meinem Therapeuten angekommen, klingele ich an der Tür. Wie immer öffnet er mir prompt. Ich gehe die Treppe hinauf und mache mich bereit, zum x-ten Mal auseinanderzupflücken, weshalb ich hier bin, damit ich akzeptieren kann, was ich bin. Ja, ich bin stark, ja, ich kann mein Leben selbst in die Hand nehmen, und ja, ich hatte gute Gründe, die Entscheidungen zu treffen, die ich bisher getroffen habe. Daran glauben wir.

Nein, es gefällt mir nicht. Es ist nichts als eine Illusion.

Augen zu und durch!

Ein Jahr meines neuen Lebens ist um.

Ja, genau, es ist jetzt ein Jahr her, dass mein Leben eine neue Wendung genommen hat, und ich bin nicht unzufrieden damit. Einiges ist in diesem Jahr passiert, aber heute weiß ich, dass ich dort bin, wo ich hingehöre.

Das Wetter draußen ist trüb, und ich frage mich, ob es wohl schneien wird. Anfang Dezember kommt das zwar nicht häufig vor, aber es wäre nicht auszuschließen. Ich verlasse die Heizungsluft in der Wohnung und gehe nach unten auf die laute belebte Straße in Manhattan. Es ist elf Uhr, und ich bin mit Jake im Café an der Ecke verabredet. Auf dem Weg kaufe ich mir ein Hotdog, ich habe noch kein Frühstück gegessen. Gestern Abend war ich aus, und heute Morgen musste ich mich beeilen. Es stillt meinen Hunger nicht, aber gut. Heute Abend muss ich ausgewogener essen. Es ist ärgerlich, aber ich bin jetzt an das gute französische Essen gewöhnt, und es fällt mir schwer, mich wieder auf das Fastfood hier einzustellen.

Vorhin habe ich mit Marlène telefoniert. In Cambairoux ist alles in bester Ordnung. Das beruhigt mich.

Als ich im Café ankomme, ist Nadia schon da. Das ist nicht ungewöhnlich, sie war schon immer ein Morgenmensch. Ich gebe ihr zur Begrüßung einen Kuss auf die Wange, und Jake, der mich anlächelt, einen Klaps auf die Schulter. Die beiden scheinen sich gut zu verstehen, da sollte ich aufpassen. Schließlich habe ich Nadia nicht mitgebracht, damit sie dem Charme eines New Yorkers verfällt. Jedenfalls findet Nadia die Stadt großartig, und ich freue mich, dass sie mitgekommen ist. Eine Woche hier ist genau das, was ich brauche, bevor die Wintersaison bei *Chez Jeanine* losgeht. Marlène und ich haben für dieses Jahr große Pläne geschmiedet, und zum Teil ist Jake für unseren Aufschwung verantwortlich. Es fiel mir nicht leicht, die Entscheidung zu treffen, aber ich bereue sie nicht.

Als ich die Nachricht bekommen habe, ich könne die Blackhawks von Chicago trainieren, war ich baff. Wie kann ein einziger Anruf das Leben dermaßen auf den Kopf stellen? Zuerst war da Marlènes Anruf, in dem sie mir vom Tod meiner Mutter berichtet hat, und jetzt der Anruf von Jake. Als ich gerade wieder dabei war, mein Gleichgewicht zu finden, stellte er alles infrage, indem er mir den Job, auf den ich gehofft hatte, auf einem Silbertablett präsentierte. Die Blackhawks zu trainieren wäre ein absoluter Traum. Ein Gehalt, das sich sehen lassen kann, ein tolles, ausschweifendes Leben umgeben von schönen Frauen. Ich wäre wieder mit den Medien in Berührung gekommen und in die Welt des Sports zurückgekehrt, auf den Platz eines Siegers, nur ohne mein Knie einsetzen zu müssen. Und zwar jetzt, auf der Stelle … Verdammt! Jetzt, wo ich gerade wieder Fuß in meiner Heimat gefasst habe, alte Freunde wiedergefunden habe, mich mit meiner Vergangenheit ausgesöhnt habe, da musste sich mir diese schwierige Entscheidung präsentieren. Ich bat Jake um eine Woche Bedenkzeit, nur eine Woche. Er konnte mein Zögern nicht nachvollziehen, er war davon überzeugt gewesen, dass ich in den ersten Flieger steigen würde. Aber er ließ sich darauf ein, für mich zu flunkern und vorzugeben, er hätte mich nicht erreicht. Er würde eben erklären, dass ich in einem Nest in der französischen Provinz festsaß, das fünfzig Jahre hinterherhinkte.

Ich glaube, ich war sogar bereit, alles stehen und liegen zu lassen, um in den Luxus und Komfort meines vorherigen Lebens zurückzukehren. Claire war fort, und damit war alles wieder in sich zusammengestürzt, was ich auf unsicherem Terrain behutsam aufgebaut hatte. Mir blieb nichts mehr. Ich stellte wieder alles infrage. Aber wie sollte ich Claire das zum Vorwurf machen? Ihr Leben war in Paris, daraus hatte sie nie einen Hehl gemacht. Sie hatte mir nichts versprochen, und ich hatte auch nichts von ihr gefordert. Aber ich dachte, da sei eine stillschweigende Abmachung zwischen uns gewesen. Ich dachte, sie wüsste, dass es besser wäre, wenn sie bliebe. Ob nun besser für mich oder für sie, weiß ich nicht, jedenfalls war ich furchtbar wütend auf sie. Bevor sie abgereist ist, habe ich Unmengen von Energie darauf verschwendet, wütend auf sie zu sein. Ich ging nicht zu ihr ins Zimmer, sie kam nicht zu mir. Wir führten uns auf wie zwei beleidigte Starrköpfe. Dann ließ ich sie gehen. Ich wollte sie schließlich nicht zum Bleiben zwingen. Es war ihr Leben, nicht meins, und ich hatte schon genug andere Sorgen.

Die Tage vergingen. Ich hörte nichts von Claire, und ebenso wenig versuchte ich, mich bei ihr zu melden. Irgendwann war ich nicht mehr wütend auf sie. Es war dumm von mir. Im Grunde war ich auch nicht wütend auf sie gewesen, sondern auf mich. Weil ich nicht wusste, wie ich sie zum Bleiben hätte bewegen können. Weil ich ihr nicht so viel bedeutete, dass sie blieb. Hätte ich ihr nach Paris folgen sollen? Auch darüber habe ich nachgedacht. Aber es war keine Option. Das eigene Leben für den anderen aufgeben wäre für keinen von uns gerecht. Wir waren zu aufrichtig, um so etwas einzufordern.

Eines Tages wurde es zu viel. Sie fehlte mir so sehr. Wie alle anderen, die mir wichtig waren, hatte sie mich verlassen. Der Schmerz war unerträglich. Meine Wut geriet außer Kontrolle. Ich schnappte mir meine Skier, um eine letzte Abfahrt zu machen, bevor der Schnee nicht mehr taugte. Und natürlich wäre es beinahe zu einem Drama gekommen. Ich fuhr zu schnell, ging zu viele Risiken ein und stürzte. Es war kein schwerer Sturz, denn ich bin daran gewöhnt, Schläge einzustecken und hinzufallen, aber ich war allein, abseits von der Piste, im Kopf ein einziges Chaos, und da hatte ich auf einmal die Möglichkeit, mir bewusst zu machen, dass ich noch nicht tot war und es an der Zeit war, dass ich wieder lernte zu leben. Okay, ich habe mich schwer am Knie verletzt, und das hat meine Karriere als Eishockeyspieler beendet. Okay, mein Vater ist gestorben, und dann meine Mutter. Okay, ich musste vieles wieder lernen, aber verdammt! Ich bin jung und ich bin am Leben! Ich hatte zwei Möglichkeiten zur Wahl, und ich musste mich für eine davon entscheiden, während vielen Menschen nicht einmal eine Möglichkeit offensteht. Entweder wurde ich Trainer der bedeutendsten Mannschaft von Chicago, oder ich wurde der Eigentümer, beziehungsweise der Vater des Eigentümers, einer Herberge in den französischen Alpen in einem der schönsten Skigebiete auf der Welt. Also ja, ich wollte mir ein Leben aufbauen, und ja, ich wollte die Mutter des zukünftigen Eigentümers dieser wunderbaren Herberge kennenlernen!

Ich bin hinunter ins Dorf gefahren und habe ein paar Erkundigungen eingeholt. Anschließend fuhr ich nach Annecy und traf mich auch dort mit ein paar Leuten. Als ich abends nach Hause kam, war ich müde, aber ich hatte meine Entscheidung gefällt.

Am darauffolgenden Tag rief ich erst bei der lokalen Eishockeymannschaft an, um ihnen meine Antwort mitzuteilen, dann in Annecy. In null Komma nichts wurde ich Trainer der lokalen Kindermannschaft sowie der Jugendlichen in Annecy. Die Mannschaft hier hatte bisher gar keinen Trainer; Eltern und Ehrenamtliche haben das im Wechsel übernommen. Und die Leute in Annecy dachten, ich würde mir einen Scherz erlauben, als sie mich erkannten. Ihr Trainer stand zwei Monate vor der Pensionierung, und sie waren gerade dabei, jemand Neues zu suchen, fanden aber niemand Passenden. Sie hatten Angst vor meinen Gehaltsvorstellungen, aber wir konnten uns einigen. Natürlich kann ich nicht umsonst arbeiten; auch der Verein muss eine finanzielle Motivation haben, damit er sich anstrengt. Aber ich will durch mein Gehalt als Trainer auch nicht zum Millionär werden. Ich möchte meine Leidenschaft an die nächste Generation weitergeben, und ich erinnere mich noch, dass mir mein Sporttrainer damals, als es nicht leicht mit mir war, ungemein viel bedeutete.

Mein Arbeitsalltag ist schlicht: Ich arbeite in der Herberge und gehe viermal die Woche zum Training, zweimal hier im Ort und zweimal in Annecy. Und heute, mit etwas Abstand, bereue ich nichts an der Entscheidung. Endlich habe ich etwas gefunden, das meinem Leben einen Sinn gibt. Vierjährige zu trainieren ist wundervoll und furchtbar anstrengend. Manchmal kommt es mir vor, als würde ich in einem Hort arbeiten, aber das wenige, was sie lernen, bereitet mir derart viel Freude, das ich um nichts in der Welt damit aufhören wollen würde. Es ist ein tolles Gefühl, wenn die Kleinen, die komplett bei null anfangen, auf einmal das umsetzen, was ich ihnen vorgebe. Die Jugendlichen sind da schon schwieriger, aber gleichzeitig haben sie so viel Energie und Hoffnung, und sie sind so motiviert, dass es sich großartig anfühlt, eine vermittelnde Rolle zwischen ihnen einzunehmen. Sie lernen schnell und sehen mich mit leuchtenden Augen an. Alle träumen sie davon, für eine berühmte Mannschaft ausgewählt zu werden wie ich damals, auch wenn sie wissen, dass nur wenige unter ihnen die Chance dazu erhalten werden.

Aus dem Grund bin ich jetzt auch in New York. Ich will Jake einen Spieler vorstellen. Der junge Mathias sprüht nur so vor Elan und Energie und ist unkontrollierbar, aber auf dem Eis ist er ein Genie. Er ist geschmeidig, schnell, beweglich und impulsiv. Er erinnert mich an mich selbst in dem Alter … Weil Jake gern das Praktische mit dem Angenehmen verbindet, hat er mir eine Wohnung in Manhattan gemietet und vorgeschlagen, eine Woche zu bleiben, damit wir ein bisschen mit meiner alten Mannschaft feiern gehen können. Als Gegenleistung für seine Meinung zu meinem jungen Spieler habe ich mich auf ein Interview mit einer Journalistin eingelassen, die etwas über mein neues Leben in Frankreich wissen will. Das ist gleich doppelt Werbung, denn ich werde sowohl von meinem Leben in Cambairoux und vom Training der Kleinen erzählen als auch vom *Chez Jeanine*, das inzwischen zum Symbol der Skistation geworden ist. Bereits letzte Woche ist in einer konkurrierenden Zeitschrift ein Artikel mit einem Foto von mir und Marlène erschienen: »Die gelungene Verwandlung von Iceman! Oder das Erfolgsgeheimnis des knackigsten Frenchman.«

Ich habe Jake eine Menge zu verdanken. Er hat meinen Entschluss, nicht nach Chicago zu kommen, akzeptiert, ohne mit der Wimper zu zucken. Er hat verstanden, dass ich in Frankreich, in meiner Heimat, wieder zu mir selbst gefunden habe. Also ließ er seine Beziehungen spielen, um die Website zu promoten, damit jeder, sowohl die französischen als auch die ausländischen Medien, weiß, dass ich derjenige bin, der sich dahinter verbirgt.

Kurz bevor ich meinen Flug nach New York gebucht habe, hatte Nadia ein Problem mit einem der Rechner der Hauptseilbahn. Kaum war sie von der Messe für Entwicklung in Gebirgsregionen aus Grenoble zurückgekommen, um die neuen Einrichtungen und Geräte vorzustellen, als einer der Computer einen Defekt anzeigte. Ich könnte nicht erklären, was für einen, denn Nadias Arbeit ist viel zu technisch und kompliziert für mich, aber ich weiß, dass dadurch nicht mehr sichergestellt ist, dass die Station rechtzeitig zu Saisonbeginn eröffnen kann. Ihr Chef hat ihr grünes Licht gegeben, um nach New York zu fahren, wo sie den Programmierer der Software treffen will, um die Funktionsstörung zu besprechen. Und so sind wir beide zusammen in die Staaten geflogen.

Während ich hier im Café mit Jake und Nadia sitze, wird mir klar, was für ein Glück ich habe, Nadia als Freundin zu haben. Ich kann immer auf sie zählen. Beinahe wäre allerdings auch noch mehr daraus geworden …

Ein paar Wochen nach Claires Abreise haben Nadia und ich einen Abend zu zweit verbracht, und da sind wir ein wenig ins Schleudern geraten. Marlène war schon im Bett, und die Gäste schliefen ebenfalls. Wir haben noch lange geredet, und ich hatte ein wenig zu viel getrunken. Genau wie Nadia. Da habe ich mich vorgebeugt und sie geküsst, einfach so, ganz unvermittelt. Sie schien nicht überrascht zu sein und erwiderte den Kuss. Zum ersten Mal in meinem Leben dachte ich dabei aber an jemand anderen, und ich küsste Nadia so heftig, als müsste ich mich selbst überzeugen und das andere Gesicht, das ich im Kopf hatte, auslöschen. Nadia hat das gespürt, und ich habe mich über mich selbst geärgert. Während Nadia Zärtlichkeit und Hingabe erwartet hatte, konnte ich ihr nichts bieten als ein wildes, schnelles Vergnügen ohne Gefühle. Sie hat mich sanft von sich gedrückt und ist aufgestanden.

»Hugo, machen wir uns bitte nichts vor. Dafür respektieren wir uns zu sehr. Du weißt genauso gut wie ich, dass das ein Fehler ist.«

»Nadia, ich …«

»Nein, warte. Ich gebe zu, dass ich die ganzen Jahre über in dich verliebt war. Ohne es zu merken, habe ich auf dich gewartet, und als du wieder hier warst, habe ich einen Hoffnungsschimmer gesehen. Aber ich habe schon vor dem Kuss eben gewusst, dass das eine Täuschung war. Ich war in das Bild verliebt, das ich mir von dir gemacht habe. In einen Mann, den ich mir selbst gebastelt habe, den Jugendlichen von damals, der zu einem Mann geworden ist, wie ich ihn mir wünsche …«

»Und der bin ich nicht.«

»Nein, der bist du nicht. Hör zu, du bist ein guter Mann, Hugo, aber für jemand anderen.«

»Es tut mir leid, Nadia. Ich glaube, bei mir ist es ähnlich. Ich wollte zurück zu meinen Wurzeln …«

»... mit mir.«

»Genau. Aber ich wollte dir nicht wehtun. Es tut mir leid, ich habe wirklich gedacht ...«

»Ich weiß, Hugo. Mach dir keine Sorgen. Es ist wie bei mir. Und ich finde es gut, dass wir es ausprobiert haben. Jetzt haben wir unsere Antwort.«

»Stimmt. Ich bin eben nicht Mickaël ...«

Sie wurde rot, und ich habe ihr zugezwinkert. Als sie dann aber angesetzt hat: »Und ich bin nicht Cl...«, habe ich sie unterbrochen und erklärt, es sei perfekt so, wie es ist. Wir haben beide unsere Geheimnisse, und wir sind zwar kein Paar geworden, aber doch zu echten Freunden. Seitdem ist zwischen uns alles viel einfacher geworden. Wir haben nie wieder über unseren Annäherungsversuch gesprochen, wir konnten es einfach hinter uns lassen. Ich glaube, ich habe in Nadia die potenzielle Mutter meiner Kinder gesehen und damit die Möglichkeit, wieder festen Boden unter den Füßen zu bekommen, denn so hätte ich eine neue Familie gründen können, nachdem meine sich auf so schmerzliche Weise aufgelöst hatte. Aber genau wie mit allem anderen auch, werde ich lernen, geduldig zu sein, und es kommt, wie es kommt. Später. An Angeboten mangelt es nicht, aber abgesehen von gelegentlichen Verabredungen und flüchtigen Abenteuern ist gerade nichts Ernstes in Sicht. Darauf bin ich fürs Erste auch gar nicht aus. Ich weiß zwar nicht, wonach ich eigentlich suche, aber nennen wir es mal »nichts«. Und auch wenn ich vor Neugier umkomme und gerne wüsste, wo Claire gerade ist und was sie tut, werde ich nichts unternehmen. Ich muss sie ihr Leben leben lassen und mich an die drei Monate mit ihr als eine schöne Zeit erinnern, eine etwas unwirkliche

Affäre. Und da alle begriffen haben, dass ich nicht darüber sprechen möchte, dass das Thema für mich tabu ist, fühlt es sich beinahe so an, als hätte es Claire nie gegeben, als hätte ich diese schöne kluge Frau, die so perfekt für mich war, nur erfunden …

Noch 5 Tage.

Heute läuft nichts wie vorhergesehen. Erst dachte ich noch, egal, was soll's, aber: nein. Manchmal gibt das Leben einem Zeichen, und ich habe beschlossen, auf sie zu hören. Zuerst mein Therapeut, der mich einfach so fallenlässt. Oder besser gesagt, der mich gebeten hat, nicht mehr bei ihm aufzutauchen. Er meint, wir sind am Ende unserer Zusammenarbeit – von wegen Zusammenarbeit, ich habe doch die ganze Zeit geredet! – angekommen: Es gehe mir besser, ich hätte mir mit Gustave wieder ein Leben aufgebaut, ich wisse, wohin es gehe. Oder zumindest solle ich akzeptieren, dass ich weiß, wohin ich will – das ist schon eine etwas scharfsinnigere Diagnose. Außerdem, auch das ist seine Meinung, soll ich möglicherweise ein bisschen weiter weg suchen als nur bei meinen Eltern in der Banlieue von Paris. Tja, mein Therapeut beschönigt eben nichts, er bemüht sich nicht einmal, es mir durch die Blume zu vermitteln. Er ist der Meinung, er wäre kein guter Therapeut, wenn er eine Patientin zu lange behandeln würde, es sei wie bei einer Mutter und ihrem Kind, man müsse wissen, wann man die Nabelschnur durchschneidet. Er sei stets für mich da, wann immer ich ihn brauche, aber nun müsse ich erst einmal selbst die Antworten finden, wie ein großes Mädchen. Ich habe mich bei ihm bedankt und bin fünfundsiebzig Euro leichter aus der Praxis gegangen, vollkommen orientierungslos, aber mit dem deutlichen Bewusstsein, etwas ändern zu müssen. Nur was?

Dann das Drama auf der Arbeit. Mir ist eine Sicherung durchgebrannt, und ich habe einem Kunden eine patzige

Antwort geschrieben. Sie wurde zwar sofort wieder von der Plattform gelöscht, auf der ich sie gepostet hatte, und das Team hat übernommen, um meine spitze Bemerkung ins Lächerliche zu ziehen, aber dann kam meine Chefin Karine zu mir.

»Meine Liebe, ich sehe ja, dass du dich wie eine Verrückte ins Zeug legst, seit du im März zurückgekommen bist, und du hast auch noch keinen einzigen Tag frei genommen. Aber meinst du nicht, es ist an der Zeit, mal eine Pause einzulegen?«

Grob gesagt hat mich also erst mein Therapeut rausgeschmissen, und jetzt wurde mir auch noch Zwangsurlaub verordnet, damit ich auftanken und mich sammeln kann. Vor allem mich sammeln.

Schließlich der Besuch bei meinen Eltern. Meine Mutter findet, ich sei alt geworden, müde und unausstehlich. Danke, Mama. Immer eine Freude, mit dir zu plaudern. Sie fragt nach Gustave, an den sie ihr Herz verloren hat, nachdem sie erfahren hat, dass ich dank ihm Hector verlassen habe. Mit einem Lächeln erinnert sie sich an den Abend Anfang März, an dem ich mit diesem fürchterlichen Kater unterm Arm bei ihnen vor der Tür stand. Am nächsten Tag hat sie mich zum Tierarzt begleitet, und mit viel Pflege, Futter und Liebe ist Gustave wieder zu Kräften gekommen und wurde mit seinem schönen grauen Fell zu einem wunderbaren Kater. Fast zwei Monate war ich bei meinen Eltern und habe die Kleinanzeigen nach einer neuen Wohnung durchforstet. Ich wollte, dass es schnell geht, denn auch wenn ich mich bei ihnen in meinem alten Kinderzimmer, das inzwischen zu einem Fitnessraum umfunktioniert wurde, wohlgefühlt habe, war die lange Fahrt zur Arbeit jeden Tag anstrengend. Mein Vater hat zusammen mit meinem Schwager meine Möbel aus der alten Wohnung geholt, nur Hector hat einfach nicht verstanden, warum ich mich gegen ihn entschieden habe – no comment. Letzten Monat bin ich ihm übrigens über den Weg gelaufen. Er hat wieder eine Freundin, aber er hat sich beklagt, sie würde nicht richtig zu ihm passen. Da musste ich lachen. Offenbar ist das krankhaft bei ihm. Es hatte gar nichts mit mir zu tun.

Ich erzähle meinen Eltern von meinem Urlaub, ohne die Zwangsverordnung zu erwähnen …

»Nutz das aus, um ein bisschen an die frische Luft zu kommen«, sagt meine Mutter.

»Ja«, stimmt mein Vater mit ein, »ein bisschen frische Bergluft würde dir sicher guttun.«

»Ist das etwa eure subtile Art, mir irgendetwas zu sagen?«, frage ich sie und sehe einen nach dem anderen an.

Meine Mutter wirft meinem Vater einen Blick zu. »Nein, mein Herz«, antwortet sie dann. »Ich war noch nie subtil. Ich meine nur, dass ich keine Fragen gestellt habe, als du im März hier aufgekreuzt bist. Das hätte mir nicht zugestanden. Mir war aber schnell klar, dass du keinen Trost wegen deinem missratenen Verlobten brauchtest. Du musstest dich von etwas anderem erholen.«

»Und dann hat Sophie …«, fährt mein Vater fort.

Meine Mutter sieht ihn mit großen Augen an, und er verstummt.

»Was hat Sophie? Was hat diese kleine Petze euch jetzt wieder erzählt?«

»Nichts«, erwidert meine Mutter. »Aber man kann schon sagen, dass du in den Bergen ein anderes Leben kennengelernt hast, und das hat dir gutgetan. Du bist zurückgekommen, um mit Hector abzuschließen, und das ist wunderbar, mein Herz. Ich hätte nichts anderes von dir erwartet. Hector ist ein Drückeberger, meine Tochter nicht.«

»Genau! Ein Drückeberger ohne Eier«, präzisiert mein Vater vehement.

»Aber«, fährt meine Mutter fort, während sie ihn wieder bedeutsam ansieht, »ich habe den Eindruck, dass du vor etwas anderem wegläufst. Vor etwas, das du dir da unten aufgebaut hast. Und ich finde, es ist an der Zeit, dass du uns ein wenig davon erzählst. Findest du nicht, wir haben ein Recht darauf, es zu erfahren?«

Damit habe ich nicht gerechnet, oder kaum. Ich bin aus dem Alter raus, in dem ich ihnen von meinem Schultag erzähle.

Trotzdem erzähle ich ihnen von meiner Arbeit in der Herberge und in einer gekürzten und zensierten Fassung von Hugo.

Meine Eltern hören mir zu und stellen hin und wieder ein paar Fragen. Ich habe den Eindruck, dass sie stolz auf mich sind, vor allem, als ich ihnen erzähle, dass ich zwei gemeingefährliche Huskys gezähmt habe, und sie geben mir recht damit, dass ich eine sehr starke Frau bin, die nach einem Rückschlag wieder auf die Beine gekommen ist.

Als ich fertig bin, steht mein Vater auf. »Dann stimmt es also, was ich vorhin gesagt habe«, stellt er nüchtern fest. »Vielleicht solltest du in die Berge fahren und ein bisschen frische Luft schnappen.«

Noch vier Tage, bis die ersten Gäste eintreffen.

Marlène ist heute besonders aufgeregt. Ihre Schwangerschaft verläuft gut, nur habe ich, seitdem sie mit Fabrice zusammen unten im Dorf wohnt, Angst, dass die ständigen Fahrten mit dem Auto sie zu sehr anstrengen. Sie ist erst im vierten Monat, aber ich mache mir noch viel mehr Sorgen um sie als ihr zukünftiger Ehemann. Heute treffe ich mich mit Nadia und Mickaël zum Essen bei Patrick, es wird mir guttun, eine kleine Pause einzulegen, bevor die Wintersaison beginnt.

Das Wetter wird schlechter, und es könnte sein, dass es dieses Wochenende schon ein wenig schneit. Ich mag es nicht, wenn es zu früh schneit, weil ich dann Angst habe, dass der Schnee zu schnell wieder weg ist. Letzten Winter war es perfekt. Von Mitte Dezember bis fast Ende März lag makelloser Schnee.

Im Restaurant ist vor der Saison noch nicht allzu viel zu tun, sodass Patrick uns die Ehre erweist und sich zum Essen zu uns setzt.

Nadia erkundigt sich nach Marlène, und ich gestehe ihr, dass ich mir Sorgen mache. Sie beruhigt mich, dass Marlène genau weiß, was sie tut, und dass der neue Koch, den sie für die Saison eingestellt hat, bald da sein wird.

Wir verbringen einen schönen Abend zusammen, aber ich spüre, dass Mickaël etwas verheimlicht. Schließlich kommt das Dessert, und Patrick holt Champagner.

»Na so was, was verschafft uns die Ehre?«

»Da musst du Mickaël fragen.«

Mickaël grinst glückselig, nimmt Nadias Hand und verkündet strahlend: »Sie hat Ja gesagt!«

Nein! Ich glaube, ich spinne! Ich weiß ja, dass sie seit letztem Monat ein Paar sind, aber ich hätte nicht gedacht, dass es so schnell so ernst werden würde. Andererseits überrascht mich inzwischen gar nichts mehr. Ich glaube, dass Mickaël schon immer in Nadia verliebt war, schon als wir Kinder waren. Sein Entschluss, aus Lyon zurückzukehren, um in Cambairoux zu praktizieren, hatte bestimmt auch mit ihr zu tun. Nadia hatte auch schon lange Gefühle für ihn, nur hatte meine Rückkehr alles durcheinandergebracht. Letztendlich war wohl unser Kuss der Auslöser, ihr wurde bewusst, dass sie im Grunde jemand anderen liebt. Verdammt, mein Stolz muss ganz schön was einstecken. Da sage ich mir doch lieber, dass meine Freunde dank mir ihr Glück gefunden haben!

Mickaël und Nadia wirken so glücklich, dass einem fast übel wird. Als ich ihnen das sage, verstummen die Gespräche und das Gelächter auf einen Schlag. Alle sehen mich an. Ich verstehe nicht, was ich Falsches gesagt habe. »Das war ein Witz«, stelle ich klar.

»Es liegt in deiner Hand, ob du glücklich bist«, sagt Patrick dann zu mir.

»Ach ja? Ich bin glücklich, macht euch da mal keine Sorgen.«

»Schon, aber allein«, wirft Mickaël ein.

»Vielen Dank für die Klarstellung, Kumpel. Aber wer hat denn behauptet, dass ich es nicht so will?«

»Dann hast du also nichts von Claire gehört?«, will Nadia wissen.

Die anderen sehen sie an, als hätte sie ein Geheimnis verraten oder sich leichtsinnig in Gefahr begeben.

»Meine Liebe«, sagt Mickaël, »jetzt warte ich schon so lange darauf, dich zu heiraten, bitte setz nicht gleich dein Leben aufs Spiel.«

Alle brechen in Lachen aus, aber ich werde nur wütender.

»Komm schon, Hugo«, sagt Patrick. »Sei nicht so ein Dickschädel. Es ist nicht normal, dass du so tust, als wäre Claire nie hier gewesen. Sie fehlt mir, und das sage ich auch. Und es würde mich ärgern, wenn sie sich nicht wieder hertrauen würde, weil sie nicht weiß, ob wir sie mit offenen Armen empfangen.«

»Was soll das denn heißen?«, rufe ich. »Ich habe nie behauptet, dass ich sie nicht mit offenen Armen empfangen würde. Ihr seht doch Gespenster!«

»Na gut, umso besser. Ich hatte den Eindruck, eure Beziehung hätte sich ein bisschen … verändert, als sie abgereist ist.«

»Welche Beziehung?«

»Nennst du das etwa nicht eine Beziehung, wenn man mit einer Frau schläft? Ich bin zwar der Älteste von uns, aber zu meiner Zeit nannte man das so«, erklärt Patrick und sieht mich dabei aufmerksam an.

»Woher willst du wissen, dass …«

»Dass ihr miteinander geschlafen habt?«, unterbricht mich Mickaël. »Man hätte schon blind sein müssen, um das nicht zu bemerken. Und als Claire und ich uns ein bisschen nähergekommen sind, rein freundschaftlich, wohlgemerkt, hättest du mich doch am liebsten erwürgt. Ich wusste nicht, dass du so besitzergreifend sein kannst.«

»Oh ja!«, stimmt Nadia mit ein. »Als wir alle zusammen Ski fahren waren. Ich dachte, Hugo würde einen Herzinfarkt bekommen, weil Claire fünf Minuten länger gebraucht hat, um anzukommen. Wisst ihr noch, was für Vorwürfe er uns allen gemacht hat, weil wir auf der letzten Piste nicht auf sie gewartet haben?«

Sie alle machen sich über mich lustig und meinen, für jemanden, der behauptet, kein Problem mit dieser Frau zu haben, würde ich mich ganz schön anstellen.

Ich erwidere nichts, ich brumme nur leise vor mich hin und lasse noch eine gute Viertelstunde lang ihre Anekdoten über mich ergehen, in denen sie entweder meine Eifersucht beweisen oder die Tatsache, dass Claire und ich uns auf frischer Tat haben ertappen lassen, ohne dass wir es mitbekommen hätten.

Bis ich mich schließlich zu Wort melde: »Und warum bringt ihr das gerade jetzt zur Sprache?«

»Weil jetzt der richtige Zeitpunkt ist«, verkündet Nadia. »Bisher haben wir dich in Ruhe gelassen, weil du viel zu regeln hattest, aber jetzt läuft alles, und du hast endlich herausgefunden, wo du hingehörst, da ist es Zeit, dass du auch dein Liebesleben in die Hand nimmst.«

»Bist du dir denn eigentlich inzwischen sicher, dass hier dein Platz ist?«, will Patrick unvermittelt wissen.

»Ja, Patrick. Warum fragst du?«

»Nur so, mein Junge. Ich möchte wissen, ob du hier glücklich bist.«

Ich sehe sie an, nehme mir ein paar Sekunden Zeit, um zu überlegen, und als ich mir sicher bin, sage ich: »Ja. Ich habe gar nicht groß darüber nachgedacht, aber mir geht es gut hier.

Ich mache das, was ich machen möchte, umgeben von Menschen, die ich liebe.«

»Dann ist es Zeit, dass du einen Brief liest.«

Noch drei Tage.

Ja. Ja, Sophie, du gehst mir auf die Nerven. Ja, Sophie, das mache ich. Seit einer Stunde lasse ich eine Standpauke meiner Schwester über mich ergehen. Seit einer Stunde versuche ich, ihr zu erklären, dass ich nichts von Hugo gehört habe, dass ich ordentlich eins auf den Deckel kriegen werde, und zwar wie nie zuvor, weil er jetzt mit Nadia zusammen ist, da bin ich mir sicher. Ich bin auf Facebook mit Marlène und auch mit Nadia befreundet, aber sie posten beide nicht viel, außer es geht Marlène um die Herberge. Die übrigens immer schöner wird.

Ich glaube, dass Hugo nicht in die USA zurückgegangen ist, aber auf der Website wird es nicht ganz klar. Das Foto mit seinem Namen darunter ist noch darauf zu sehen, und zwar so, wie ich es ursprünglich dort platziert habe, aber bedeutet das auch, dass er tatsächlich da ist? Vielleicht führt Marlène die Herberge jetzt auch allein mit ihrem Freund Fabrice. Ich weiß es nicht, und ich traue mich auch nicht, nachzufragen. Ich weiß nur, dass Marlène mich vor zwei Tagen angerufen hat. Sie hat mir erzählt, dass sie so schnell müde wird, seitdem sie schwanger ist, und dass sie sich jemanden wünscht, der ihr unter die Arme greift.

Zuerst war ich beruhigt. Ich hatte auf Facebook etwas von einer Schwangerschaft gelesen, aber ich hatte angenommen, Nadia sei schwanger von Hugo. Auch wenn ich mich für sie freue, hat es mir doch einen Stich versetzt. Nein, mehr als das, es hat mir das Herz zerrissen. Trotz der Zeit, die ich habe verstreichen lassen, spüre ich, dass Hugo immer noch in meinen Gedanken präsent ist. Und dank meines sündhaft teuren Therapeuten – und auch wenn ich lange dafür gebraucht habe – musste ich mir schließlich eingestehen: Auch in meinem Herzen ist er präsent. Aber nicht nur das. Hugo bedeutet mir viel, aber auch der Ort, die Landschaft und die anderen Menschen dort sind mir wichtig. Und das ist mir erst vor kurzem klar geworden. Seither verspüre ich ein unheimliches Bedürfnis, zurückzukehren und die Menschen, die ich so ins Herz geschlossen habe, wiederzusehen.

Ich habe Marlène herzlich gratuliert, und sie hat sich nach meiner Arbeit erkundigt. Ich habe ihr erzählt, dass so weit alles in Ordnung ist, aber je mehr sie mich ausgefragt hat, umso mehr kam die Wahrheit ans Licht, und die besagt, dass nichts in Ordnung ist. Marlène hat gemerkt, dass es mir nicht gut geht, und gefragt, warum ich nicht herkomme, um in den Bergen ein bisschen neue Kraft zu schöpfen. Steckt sie jetzt etwa mit meinem Vater unter einer Decke? Die Herberge habe mir schließlich einiges zu verdanken, und ich wäre ihr Ehrengast zur Eröffnung der Saison. Tja, warum eigentlich nicht? Schließlich habe ich Ja gesagt, allerdings unter einer Bedingung: dass ich ihr in der Küche helfe, bis sie eine neue Köchin gefunden hat. Marlène war außer sich vor Freude, und wir haben beschlossen, dass ich dieses Wochenende anreise. Das bedeutet, in zwei Tagen.

Wenn ich darüber nachdenke, habe ich das unangenehme Gefühl, dass Marlène schon vor unserem Gespräch wusste, wie es ausgehen würde. Sie ist ja alles andere als dumm. Aber nun gut, ich spiele mit. Wenn sie mich braucht, passt mir das perfekt in den Kram. Ich kann nämlich einen Ausflug genauso gut gebrauchen, ob Hugo nun da ist oder nicht, denn hier in Paris verfalle ich nur in Depressionen.

Nur noch zwei Tage …

Bis dahin bin ich bei meiner Schwester, und sie hält mir Vorträge darüber, wie ich mich zu verhalten habe, wenn ich am Samstag in Cambairoux ankomme. Für den Fall, dass er nicht da ist, für den Fall, dass er da ist, für den Fall, dass er mit Nadia zusammen ist, für den Fall, dass er Single ist, für den Fall, dass er mich in seine Arme schließt, für den Fall, dass er mich ignoriert und mich nicht sehen will. Bei dem Gedanken legt sich mir eine Schlinge um die Brust. Und wenn er mich tatsächlich nicht sehen will? Ich tröste mich damit, dass Marlène mich eingeladen hat und ich hinfahre, um zu arbeiten. Punkt!

Ach ja, und um neue Kraft zu schöpfen.

Noch zwei Tage.

Es ist Donnerstag. Das Wetter hält sich, aber ich bin gestresst. Die ersten Schneefälle der Saison sind für die Nacht von Freitag auf Samstag vorhergesagt. Das könnte die Anreise der ersten Gäste erschweren. Gut, es bringt nichts, sich schon jetzt Sorgen zu machen. Ich werde einen Spaziergang machen und Arthur und Hector mitnehmen. Arthur wird allmählich alt und bekommt Probleme mit den Hinterläufen, aber er freut sich wie wild, dass wir eine Runde drehen.

Ohne nachzudenken laufe ich los, und unversehens stehe ich dort am See, wo ich auch einmal mit Claire spazieren gegangen bin. Trotz der Kälte setze ich mich eine Weile hin. Ich bin gern hier und genieße die Aussicht. Auch ohne Schnee ist es herrlich.

Die Hunde schlecken mir übers Gesicht, doch als ich sie von mir schiebe, laufen sie weiter und inspizieren die Umgebung.

Verdammt. Und was, wenn Patrick, Mickaël und Nadia recht haben? Hätte ich Claire womöglich anrufen sollen? Noch besser: Ich hätte sie aufhalten sollen, bevor sie gefahren ist. Ich wollte ja, aber …

Als Claire mir eines Abends verkündet hat, dass sie sich nicht weiter hat krankschreiben lassen, habe ich erst einmal nichts gesagt. Ich wusste, dass es früher oder später so weit sein würde. Sie hätte sich ja nicht das ganze Jahr lang krankschreiben lassen können, und ich habe auch nicht damit gerechnet, dass sie ihren Job kündigt. Also bin ich erst einmal stumm geblieben, als wir aus Mickaëls Praxis nach Hause gefahren sind. Schweigend habe ich den Wagen geparkt. Marlène war nicht da, und kaum waren wir im Haus, habe ich Claire an die Wand gedrückt und sie geküsst. Ohne sie zu Atem kommen zu lassen, habe ich sie in mein Zimmer mitgenommen, sie immer weiter geküsst und ihr die Kleider vom Leib gerissen. Es erstaunt mich noch immer, dass Claire mich nicht abgewiesen hat, so stürmisch bin ich über sie hergefallen. Allerdings scheint auch sie ein bisschen hysterisch gewesen zu sein. Man hätte meinen können, wir müssten untergehen und uns bliebe nur noch wenig Zeit auf dieser Welt. Alles, was uns verbunden hat, haben wir in diese Umklammerung gelegt. Wild, ja geradezu verzweifelt, denn das war ich, habe ich mit ihr geschlafen. Ich wollte, dass sie begreift, was ich für sie empfinde, auch ohne es mit Worten auszudrücken. Als wir uns liebten, wollte ich mich ihr vollkommen hingeben, mit Leib und Seele, denn seien wir ehrlich, das zwischen uns war nicht mehr nur Sex, da war Liebe mit im Spiel.

Doch dann, als es vorbei war, habe ich sie nicht an mich gezogen und mit ihr geredet, sondern das Zimmer wie ein Mistkerl verlassen. Mit einem Glas Whiskey in der Hand habe ich draußen eine Runde gedreht, und zu Claire habe ich nichts gesagt.

Als ich wieder ins Haus kam, hatte sie ihre Sachen gepackt und war wieder in ihr Zimmer gezogen.

Am nächsten Tag haben wir so getan, als wäre nichts geschehen, und sie hat mir gesagt, dass sie in zwei Tagen abreist. »Okay«, habe ich geantwortet. Es hat mich todtraurig gemacht, dass sie mich nicht verstanden hat. Wir haben nicht noch einmal miteinander geschlafen.

Was war ich nur für ein Idiot! Mit etwas Abstand denke ich, dass es völlig nachvollziehbar wäre, wenn Claire nie wieder etwas von mir hören wollen würde. Auch dass sie seit ihrer Abreise nicht angerufen hat, ist verständlich. Ich bin eben ein Grobian, wie meine Mutter sagen würde.

An Weihnachten habe ich auf dem Friedhof mit meinen Eltern gesprochen. Das hat gutgetan! Ich habe an ihrem Grab gestanden und meinen Vater gebeten, sich um meine Mutter zu kümmern, so wie sie sich früher um ihn. Dann habe ich mich korrigiert, ich wüsste ja, dass er auf seine Weise auch für sie gesorgt hat. Mit meiner Mutter zu sprechen ist mir schwerer gefallen, die Worte sind mir im Halse steckengeblieben. Ich wollte etwas Freundliches sagen, aber es ging nicht. Ich habe geschrien, und auch das war eine Erleichterung. Ich habe meine ganze unterdrückte Wut herausgeschrien, meinen Groll darüber, dass ich sie verloren habe, dass sie mich angelogen hat. Dann habe ich geweint. Und schließlich habe ich sie um Verzeihung gebeten, dass ich in so einem Ton mit ihr gesprochen habe, und ich habe ihr gesagt, dass ich sie liebe und dass sie mir verdammt noch mal fehlt.

Aber gestern, als ich den Brief in den Händen gehalten habe, hatte ich das Gefühl, ihr noch verbundener zu sein. Patrick hat ihn mir am Abend gegeben, einen Brief meiner Mutter, für mich. Es war ihr Letzter Wille, Patrick sollte mir den Brief ein Jahr nach ihrem Tod überreichen. Vor allem aber sollte Patrick sicherstellen, dass ich meinen Weg finde und eine Entscheidung treffe. Meine Mutter war sich sicher, dass ich höchstens ein Jahr brauchen würde, um meine Dämonen zu verscheuchen und mir ein neues Leben aufzubauen. Beinahe wäre es knapp geworden, Mama, aber du hattest recht, heute weiß ich, wohin mich die Reise führt. Zumindest so ungefähr, denn ganz genau weiß man es doch nie, oder?

Ich habe den Brief noch am gleichen Abend gelesen, und dann habe ich ihn weggeschlossen, so als würde er sonst in Flammen aufgehen.

Vorhin, bevor ich aus dem Haus ging, habe ich ihn eingesteckt, und jetzt, in dieser prachtvollen Landschaft an diesem friedlichen See, nehme ich mir die Zeit, den Brief noch einmal ganz in Ruhe zu lesen. Ich zittere, als ich ihre Handschrift, die Handschrift einer geschwächten Frau, sehe, aber ich muss auch lächeln, denn die »r« sind dennoch so geschwungen, wie es früher üblich war.

»Hugo, mein Schatz, meine Lebensfreude. Bitte verzeih mir. Verzeih mir, dass ich Dich so abrupt verlassen habe, obwohl Du mich doch noch so sehr brauchst. Verzeih mir, dass ich Dich angelogen habe. Verzeih mir all die Dinge, bei denen ich gar nicht weiß, wo ich anfangen soll. Aber zuallererst, da will ich nicht egoistisch sein, verzeih bitte Marlène. Ihr zwei steht Euch so nahe, dass ich befürchte, eine falsche Entscheidung getroffen zu haben, als ich sie dazu gedrängt habe, Dir meine Verfassung zu verheimlichen. Du weißt, dass sie keine Wahl hatte, ich war sehr hart mit ihr. Verzeih auch Patrick, er liebt Dich wie ein Vater, das weißt Du. Nur er konnte Dich so sehr anlügen und Dich gleichzeitig lieben.

Ich mache mir keine Sorgen, mein Schatz. Ich weiß, dass Du Deinen Weg finden wirst. Ich weiß, dass Du die richtige Entscheidung treffen wirst. Heute werde ich sterben. Ich weiß es. Aber ich gehe in Frieden. Ich hatte ein schönes Leben, es war kurz, ja, aber schön. Und schließlich ist es doch das, was zählt. Du bist ein wunderbarer Mann, groß, stark, klug. Dir fehlt nur eines: eine Frau, die ihr Leben mit Dir teilt und die genauso stark und verrückt ist wie Du. Ich weiß, dass Du sie finden wirst, diesen seltenen Diamanten, und das Einzige, was ich bedaure, ist, dass ich sie nicht kennenlernen werde. Dass ich Euch nicht zusammen erleben werde. Ich weiß, dass Du Dir eines Tages ein Leben aufbauen wirst, und wenn Du Dich dann von all dem Glamour verabschiedest, wirst Du erkennen, was im Leben wirklich wichtig ist. Es steckt bereits tief in Dir. Du bist wie Dein Vater, mein Großer, ganz genau, Du hast richtig gelesen. Dein Vater, mit dem Du so lange konkurriert hast. Er war schwierig, fordernd, aber Du weißt, dass er keine leichte Kindheit hatte und dass er wollte, dass Du im Leben etwas erreichst. Er wusste es nicht besser, als Dich immer weiter zu drängen. Ständig. Schon als Du Deine ersten Schritte gemacht hast, war er davon überzeugt, dass Du es weit bringen würdest. Einmal sagte er zu mir: ›Weißt Du, meine Liebste, darin besteht das Dilemma eines Vaters. Man ist stolz darauf, der Beste zu sein, bis zu dem Tag, an dem einen der eigene Sohn einholt. In dem Moment muss man es schaffen, ihm Platz zu machen.‹ Du warst fünfzehn, und alle wollten Dich in ihrer Mannschaft haben. Dein Vater hatte sich nicht geirrt. Er war so stolz auf Dich, als sie Dich in den USA aufgestellt haben! Ich habe ihm oft vorgeworfen, dass er zu hart mit Dir ist, aber er hat behauptet, das sei nicht wichtig, für die Liebe sei ich zuständig, er wollte sich darum kümmern, dass Du dank ihm eines Tages vielleicht etwas erreichst. Er wollte sein Glück opfern für Dich, für Deinen Erfolg. Er dachte, er hätte später noch Zeit, das andere nachzuholen … Manche werden das nie verstehen, aber ich weiß, dass Du es kannst. Aber wenn Du eines Tages selbst einen Sohn hast oder eine Tochter, dann wird es Dir gelingen, die guten Seiten Deines Vaters zu übernehmen und die harten zu verwerfen. Du bist ein weichherziger Mann, Hugo, trotz allem, das weiß ich. Mütter wissen so etwas.

Jetzt, mein Sohn, der einzige Ratschlag, den ich Dir mitgeben kann: Sei glücklich, ganz egal, wie viel Du dafür tun musst. Verschaff Dir die Mittel, um glücklich zu sein. Wenn Du diesen Brief liest, dann ist seit meinem Tod ein Jahr vergangen, oder zumindest in etwa ein Jahr. Ich überlasse es Patrick zu entscheiden, wann er Dir den Brief gibt, ich werde nicht mehr da sein, um ihn auszuschimpfen, falls er sich irrt. Aber ich weiß, dass er genug Angst vor mir hat, selbst noch im Grab, um meine Wünsche zu respektieren. Ein Jahr, und inzwischen hast Du sicher Deine Entscheidung gefällt. Wie auch immer sie aussieht, ich finde sie perfekt. Ob Du in Cambairoux bist und eine Frau und Kinderpläne hast, oder ob Du zurück in die Staaten oder sonst wohin gereist bist, ich weiß, dass es Deine Entscheidung war und sie die richtige ist. Also sei bitte nicht sauer auf mich und verzeih mir noch ein letztes Mal.

Es gibt kein Testament, das die Herberge an Dein zukünftiges Kind vermacht. Das war nur eine List, damit Du Dich nicht in die Enge getrieben fühltest. Die

Herberge gehört selbstverständlich Dir, die gültigen Dokumente liegen bei Patrick. Jetzt ist es also an Dir, ob Du sie in Deinem Tresor verwahrst oder sie der Person überreichst, an die Du verkaufen willst. Ich kann mich in Frieden verabschieden. Ich weiß, dass ich mir alles gründlich überlegt habe, und auch wenn ich manchmal zweifele, glaube ich, dass es die richtige Entscheidung war. Aber bevor ich mich verabschiede, mein Schatz, mein Engel, meine ganze Freude, wüsste ich doch zu gern … Wie sieht sie aus, die Richtige für Dich, hat sie braune oder blonde Haare? Sei glücklich, mein Herz. Ich liebe Dich, jetzt und für immer.«

Ich falte den Brief zusammen und wische mir mit dem Handrücken die Tränen von den Wangen. Nein, Mama, ich bin nicht sauer auf dich. Weder auf dich noch auf die anderen. Ich habe es inzwischen verstanden. Aber es gibt trotzdem noch einiges, was ich lernen muss. Welche Haarfarbe, fragst du. Ein herrliches Blond, das so strahlt wie die Sommersonne, so leuchtet wie ein Weizenfeld. Aber ich habe nicht das getan, was ich hätte tun müssen, um sie zu halten, Mama. Dein Sohn hat mit Glanz und Gloria versagt.

Noch ein Tag.

Es ist so weit. Sophie gibt mir letzte Anweisungen, damit ich gut auf ihr Auto achtgebe, das sie mir gnädigerweise leiht, denn ich habe mich entschieden, mit einem eigenen fahrbaren Untersatz anzureisen und nicht mit Bus und Bahn und auf den letzten Metern zu Fuß unterwegs zu sein. Sophie macht sich Sorgen, angeblich soll es schneien. Als ich sie daran erinnere, dass ich Auto fahren kann, lacht sie laut auf, die kleine Hexe. Ich stopfe ihr das Maul, indem ich ihr erkläre, dass es sich bei ihrem Wagen um einen SUV handelt, was bedeutet, dass er einen Allradantrieb hat, und damit brauche ich weder Winterreifen noch Schneeketten, selbst wenn es schneit. Sie meint, ich solle mir mein Pseudo-Wissen sonst wohin stecken, sie habe mich schon fahren sehen. Als ich lache, merkt sie an, dass ich mein Auto niemals Hector hätte überlassen sollen. Daraufhin erinnere ich sie daran, dass sie und Manu zwei Autos besitzen, was in Paris reinster Luxus ist, dass sie vor allem aber nie selber fährt, ja, praktisch nie ohne ihren Mann mit ihrer Tochter irgendwohin unterwegs ist, und wenn doch, dann nimmt sie ein Taxi. Schließlich lässt Sophie locker, und als sie gegangen ist, kann ich endlich meine Reise planen!

Alles ist bereit, es ist achtzehn Uhr, und morgen früh kann es losgehen. Ich schaue mir noch ein letztes Mal die Wettervorhersage an. Morgen: Schnee! Es freut mich zwar, dass ich von einer weißen Decke begrüßt werde, aber es beunruhigt mich auch ein wenig, dass ich im Schnee fahren muss. Denn seien wir realistisch, Sophie hat recht: Ich bin eine totale Niete am Steuer.

Und wenn ich schon heute Abend losfahre?

Ich rufe Marlène an, um ihr Bescheid zu geben. Sie findet die Idee ausgezeichnet. Sie werde mein Zimmer herrichten, und jemand werde da sein, um mich zu empfangen. Sie selbst wohne nicht mehr in der Herberge, sondern bei Fabrice. »Jemand«, das bedeutet wohl nicht Hugo, sonst hätte sie es mir gesagt. Gut. Egal. Ich fahre, so oder so, meine Entscheidung steht fest. Ein letztes Mal frage ich, ob es auch wirklich kein Problem ist, dass Gustave mitkommt, und Marlène versichert mir aufs Neue, dass es in Ordnung sei. Perfekt! Es kommt nämlich nicht infrage, dass ich meinen Kater allein hierlasse, und noch weniger, dass ich ihn bei meinen Eltern oder bei Sophie abgebe, denn ich traue ihnen definitiv zu, dass er ihnen verloren geht.

Ich hieve meinen Koffer ins Auto, gehe noch einmal nach oben, um meine Stiefel und ein weiteres Paar unentbehrlicher Schuhe zu holen – auch wenn ich sie bei Schnee unmöglich anziehen kann. Dann ein letzter Gang, um die Kiste mit Gustave darin zu holen, der bereits angefangen hat, sich lautstark zu beschweren.

Im Navi gebe ich ein: *Chez Jeanine*, Cambairoux.

Aufgeregt und frohen Mutes fahre ich los. Es fühlt sich an, als wäre ich nach einer langen Reise endlich auf dem Weg nach Hause.

Noch ein Tag, bis die neuen Gäste eintreffen.

Heute kann ich nicht früh ins Bett gehen, denn Marlène hatte die grandiose Idee, ihrer Vertretung zuzusagen, dass sie abends anreisen kann, oder besser gesagt nachts. Doch es hat angefangen zu schneien, und es ist vielleicht besser so als morgen früh, wenn die Straßen glatt sind. Es fährt sich besser auf Schnee als auf Eis.

Ich gehe auf die Terrasse vor dem Haus, die vom Vordach geschützt ist, und sehe zu, wie der Schnee sachte fällt. Es ist neun Uhr abends, und ich habe keine Ahnung, wann genau dieser verflixte Koch ankommt. Oder die Köchin. Ich weiß nicht, wieso, aber in meinem Kopf ist es ein Mann, dabei hat Marlène genau genommen gar nichts Näheres dazu gesagt.

Mein Handy klingelt. Es ist Mickaël, der wissen will, wie es bei mir aussieht.

»Gut, wieso?«

»Ach, nur so. Wir machen uns nur Sorgen, seitdem du den Brief deiner Mutter gelesen hast.«

»Nein, ganz im Gegenteil, mir geht es prima, keine Sorge. Hast du den Brief denn gelesen?«

»Wo denkst du hin? Selbst Patrick hat ihn nicht gelesen. Er war nur der Überbringer.«

»Entschuldige. Ja, das dachte ich mir. Es ist ein Abschiedsbrief, aber kein trauriger. Im Gegenteil, als ich ihn gelesen hatte, hatte ich das Gefühl, dass ich meiner Mutter Lebewohl sagen konnte, das hat gutgetan.«

»Das klingt gut. Was machst du heute Abend? Willst du nicht auf ein Bier runterkommen? Ich mache gerade erst Feierabend und bin völlig erledigt.«

»Nein, das ist nett, aber der neue Koch reist heute Abend noch an, ich muss also die Stellung halten und ihn in Empfang nehmen. Aber du kannst herkommen, wenn du willst.«

»Auf keinen Fall! Ich bleibe lieber hier unten, ich merke, wenn du mich in einen Hinterhalt locken willst. Außerdem will ich nicht dabei sein, wenn der neue Koch kommt, ich habe keine Lust, mit irgendjemandem zu reden. Aber du wirst doch hoffentlich nicht den Brummbär spielen, oder?«

»Den Brummbär?«

»Ja, du weißt schon, wenn du grummelig vor dich hin stierst, weil du jemanden nicht kennst oder nicht damit gerechnet hast, ihm zu begegnen …«

»Falls du es nicht mitbekommen hast, ich habe mich verändert! Ich habe Fortschritte gemacht. Ich kann mir sogar schon fast die Namen der Gäste merken, die morgen kommen. Ich habe geübt. Na ja, bis auf den Koch. Keine Ahnung, wie der heißt.«

»Stimmt schon, du hast dich verändert. Oder besser gesagt, mit der Zeit wirst du besser, wie ein Wein. Na gut, ich muss Schluss machen. Wir sehen uns am Wochenende. Ich komme am Sonntag vorbei, um zu schauen, ob alles gut läuft.«

»Ob alles gut läuft?«

»Ja, wenn neue Gäste eintreffen, weiß man doch nie. Du machst dir immer Sorgen, wenn ein neuer Schwung kommt. Und vor allem möchte ich die gesundheitliche Verfassung der Gäste überprüfen, damit ich einschätzen kann, ob du auch lieb zu ihnen bist und ihnen nicht zu viel Angst einjagst.«

Ich muss lachen. »Du kannst gern am Sonntag auf einen Kaffee vorbeikommen.« Und bevor er mir eine gute Nacht wünscht und auflegt, füge ich noch hinzu: »Sag mal, Mickaël, warum sind wir eigentlich nicht schon eher Freunde geworden?«

Ich kann hören, dass er lächelt.

»Das habe ich dir doch schon gesagt: Je älter du wirst, umso besser wirst du.«

Lächelnd lege ich auf und gehe zurück ins Haus und ins Warme.

Ich bin vor dem Fernseher eingenickt, als ein gewaltiger Lärm von draußen mich hochschrecken lässt. Was ist passiert? Hat jemand einen Unfall auf der Straße gehabt? Ist ein Teil der Herberge eingestürzt?

Aufgeschreckt stürze ich aus dem Haus und pralle mit der Stoßstange eines Peugeot 3008 zusammen, der mit seinem Kühlergrill im Zaun vorm Haus gelandet ist. Und der ist nebenbei gesagt ziemlich solide, denn er ist zwar unter dem Aufprall eingeknickt, aber nicht eingestürzt.

Wütend will ich dem Rowdy meine Meinung sagen. Der Schnee fällt zwar dicht, und mir ist klar, dass der Wagen vermutlich außer Kontrolle geraten ist, aber der Fahrer hätte ja nicht mit solch einem Tempo draufhalten müssen. Hätte er denn nicht bremsen können?

»Verdammt, das kann doch nicht wahr sein! Hat Ihre Karre etwa keine Bremsen?«

Die Fahrertür geht auf, doch in der Dunkelheit und im Schneetreiben kann ich lediglich einen kleinen Absatzschuh ausmachen, der sich auf die Erde setzt, und darüber eine schmale Fessel. Ich will ja nicht voreingenommen sein, aber offensichtlich handelt es sich um eine Frau.

Und als ich das völlig verdutzte Gesicht der Fahrerin erkenne …

»Claire?«

»Es … Es tut mir leid, Hugo! Entschuldige, entschuldige vielmals! Ich verstehe das auch nicht, der Wagen hat einfach nicht reagiert, als ich auf die Bremse getreten habe. Er hätte doch anhalten müssen, oder? Das ist doch ein Allradwagen, oder etwa nicht?«

Ich weiß nicht, was ich sagen soll. Meine Wut ist wie weggeblasen. Ich sehe nur noch Claires hübsche blonde Locken, die noch schöner aussehen, da sie sie etwas kürzer in einem Bob trägt, was ihr ausgesprochen gut steht. Sie strahlt geradezu. Der Schnee fällt ihr auf die Nasenspitze, und dieses Bild würde ich am liebsten für immer in mein Gedächtnis einbrennen.

Dann lächele ich, und beinahe muss ich lachen, als ich ihr erkläre: »Nein, Claire, das ist ein normales Auto, kein Allradwagen. Das ist kein echter Geländewagen, auf glatten Straßen ist man damit aufgeschmissen, wie mit jedem anderen Auto auch. Gut, komm ins Haus, du holst dir noch den Tod hier draußen in der Kälte.«

»Warte, mein Gepäck!«

»Komm erst einmal rein und wärm dich auf, ich kann deine Sachen später holen.«

»Aber Gustave!«

Gustave? Mein Herz setzt einen Schlag aus. Sie ist nicht allein gekommen. Sie hat eine Begleitung dabei. Ich hatte es geahnt, eine Frau wie sie kann nicht allein bleiben. Zumindest ist sie nicht wieder mit Hector zusammen. Was die Vornamen ihrer Freunde angeht, hat sie allerdings ein echtes Problem.

Ich verstehe nicht, was sie überhaupt hier macht, und noch weniger, weshalb sie ihn mitgebracht hat. Es dauert eine Ewigkeit, bis sie endlich aus dem Auto aussteigt. Was macht dieser Idiot da bloß? Hat er ein Problem? Ist er verletzt? Will er nicht aussteigen? Dann sehe ich, wie Claire mit einer Kiste herausklettert. Einer Kiste, die miaut.

»Eine Katze?«

»Pst, Hugo, nein, keine Katze! Sag ihm das nicht, er weiß es nicht, verstehst du. Er denkt, er wäre ein Mensch, so wie ich. Das ist Gustave! Stell dir vor, er hat mir das Leben gerettet.«

Diese Frau ist durchgeknallt, denke ich bei mir, als ich sie am Arm fasse und zum Haus führe. Vollkommen und hoffnungslos durchgeknallt.

Aber ich muss lächeln bei dem Gedanken, und im selben Augenblick überkommt mich ein unbekanntes Gefühl. So etwas wie unbändige Freude.

Tag X.

Da wären wir. Oder besser gesagt, da bin ich also. Angekommen. Habe einen ganz schönen Auftritt hingelegt gestern Abend! Dann gab es noch eine ziemliche Verwechslung: Eine Stunde haben wir auf Hugos geheimnisvollen Gast gewartet, bis wir begriffen haben, dass ich ja seine neue Köchin bin. Wir mussten lachen, aber wir waren beide verlegen, und Hugo schien sich ganz und gar nicht wohl in seiner Haut zu fühlen. Ich kann ihn verstehen, er wusste ja nichts von meiner Ankunft, und auch nicht, welche Aufgaben ich hier übernehme.

Als ich ihn gesehen habe, ist mir klar geworden, wie schrecklich er mir gefehlt hat. Nicht unbedingt die Nächte mit ihm, sondern einfach er. Er sieht atemberaubend gut aus, und er trägt seine Haare noch wie beim letzten Mal. Ich hatte Angst, dass er sich vielleicht wieder in einen Bären verwandelt hat, aber nein. Seine breiten Schultern und seine Muskeln sind immer noch genauso beeindruckend, aber sie sind zivilisiert verpackt. Wie hatte ich vor kaum einem Jahr Angst vor ihm haben können? Ich muss ziemlich durch den Wind gewesen sein, als ich damals hier ankam.

Er hat mir aus seinem Leben erzählt und von den Entscheidungen, die er gefällt hat, und ich bin froh, dass er seinen Weg gefunden hat. Er weiß, was er will, und das freut mich unheimlich für ihn. Über sein Liebesleben hat er allerdings nichts gesagt. Ich traue mich auch nicht zu fragen. Offenbar war er vor kurzem mit Nadia in New York, meine Vermutung hat sich also bestätigt.

Ich habe ihm von meiner Arbeit erzählt, ohne zu erwähnen, dass ich am Ende meiner Kräfte bin, und ich bin auch nicht darauf eingegangen, dass ich in »Zwangsurlaub« geschickt wurde. Ich schäme mich zu sehr.

Hugo scheint ein Problem mit Katzen zu haben, und das amüsiert mich ungemein. Besonders, da Gustave das ausgenutzt hat und sich während unseres gesamten Gesprächs bei einem Tee in der Küche an ihn geschmiegt hat.

Hugo hat meine Sachen ins Zimmer ganz hinten gebracht, das Zimmer, das ich vor zehn Monaten weinend verlassen habe. Er sagt, Marlène habe es für mich vorgesehen.

Was den Zaun angeht, hat Hugo mich beruhigt. Er wird ihn morgen reparieren. Am Auto kann er allerdings nicht viel ausrichten. Wir werden es in eine Werkstatt bringen, die er kennt, mehr kann er mir nicht versprechen.

Müde von der Fahrt und mit meiner Katze unterm Arm bin ich schlafen gegangen.

Sophie wird mich umbringen ...

Ich dachte, ich würde in der Bergluft wie gewohnt zeitig aufwachen, aber ich bin so erschöpft und froh darüber, hier zu sein, dass ich bis halb elf schlafe. Auf meinem Handy sehe ich fünfzehn Nachrichten von Sophie, die wissen will, ob ich gut angekommen bin. Mist! Ich schreibe ihr, dass es eine anstrengende Fahrt war, die Strecke sei schwierig gewesen, aber alles sei in Ordnung. Umgehend antwortet sie mir. Das beruhige sie, und sei Hugo denn da? Ich schalte das Handy in den Flugmodus. Ich werde ihr erklären, dass ich ein Problem mit dem Empfang hatte. Ihr von ihrem Auto zu erzählen, würde sie nur unnötig in Sorge versetzen. Sobald wir in der Werkstatt waren, weiß ich mehr. Vielleicht muss Sophie auch gar nichts erfahren, wenn ich es vor meiner Rückfahrt reparieren lasse.

Als ich in die Küche komme, holt Hugo gerade eine Brioche aus dem Ofen.

»Na endlich!«, ruft er. »Ich dachte schon, du wärst ins Koma gefallen. Beinahe hätte ich Mickaël angerufen.«

»Haha.«

»Soso, Frau Küchenchefin, dein erster Tag, und schon bist du spät dran, das fängt ja gut an.«

»Von wegen! Ich muss eigentlich erst heute Nachmittag hier sein, genau genommen bin ich fürs Erste also dein ... Gast!«

Er knurrt etwas Unverständliches und stellt mir eine Tasse heißen Kaffee hin. Ich setze mich an den Tisch, und als mir unser erstes Mal auf der Tischplatte einfällt, wird mir ein wenig mulmig zumute. Ob er wohl auch daran denkt? Stopp! Es ist unangebracht, an so etwas zu denken, wenn er jetzt mit Nadia zusammen ist. Nun gut, wo ich schon dabei bin, sollte ich vielleicht nicht lange um den heißen Brei herumreden.

»Wie geht es Nadia?«

»Sehr gut, seit einiger Zeit.«

Das war ja klar ... Es versetzt mir einen Stich, und ich bringe es nicht über mich, weiter nachzufragen.

»Wohnt sie nicht hier?«, frage ich dann doch.

Er sieht mich überrascht an, doch bevor er antworten kann, kommt Marlène in die Küche gestürmt. Als sie mich entdeckt, kreischt sie und fällt mir in die Arme. »Meine Mentorin! Meine Mentorin ist wieder da!«

Ich lächele, und mir fällt auf, dass ich mich unheimlich freue, sie wiederzusehen. Sie strahlt, und man sieht noch nicht, dass sie schwanger ist. Fabrice kommt hinter ihr in die Küche und begrüßt mich ebenfalls.

»Du hinterhältiges Biest«, mischt Hugo sich ein. »Du wusstest, dass Claire kommt, und hast mir nichts gesagt.«

Sie setzt eine Unschuldsmiene auf. »Ach, tatsächlich? Ich glaube schon, dass ich es dir gesagt habe, aber du hörst mir ja nie zu.«

Hugo starrt Fabrice an, aber der grinst nur und zuckt machtlos die Achseln.

Ich lache leise. Was Marlène da wohl ausgeheckt hat?

Ich beginne, mich um das Mittagessen zu kümmern, und beglückwünsche Marlène zu ihrem Ordnungssystem. Sie hat nichts verändert, sodass alles noch so angeordnet ist, wie ich es hinterlassen habe. »Das ist gar nicht so einfach, Hugo benutzt die Küche ja auch«, erklärt sie mir.

Hugo brummt nur und verkündet, er habe keine Zeit, darauf etwas zu entgegnen, er habe einen Zaun zu reparieren.

Ich mache mich ganz klein, und Marlène lacht. »Du hast eindeutig ein Händchen für gelungene Auftritte!«

Nach dem Essen besprechen Marlène und ich die Gerichte für die kommende Woche. Danach fahren sie und Fabrice wieder hinunter in die Stadt, um die Einkäufe zu erledigen.

Hugo und ich sind allein. Ich mache uns einen Kaffee und setze mich draußen neben Hugo auf die Bank. »Wartest du auf die Gäste?«, frage ich.

»Ganz genau«, antwortet er mit einem kleinen Lächeln. »Ich führe die Tradition fort. Aber bisher habe ich nicht mehr Glück als meine Mutter. Nie bin ich draußen, wenn sie ankommen. Einmal hätte ich es beinahe geschafft, ich bin gerade zurück ins Haus gegangen, als das Auto in der Auffahrt aufgetaucht ist! Das macht doch Hoffnung, oder?«

Ich lache. »Übung macht den Meister«, versichere ich ihm.

Es ist schön, hier zu sein. Tatsächlich fühlt es sich an, als wäre ich nie weggewesen. Ich fühle mich gut, und ich kann es kaum erwarten, auch die anderen wiederzusehen.

Hugo will am Sonntag alle einladen, um meine Rückkehr zu feiern. Es beruhigt mich, dass er offenbar nicht unglücklich darüber ist, mich zu sehen. Zu sagen, er sei glücklich darüber, wäre vielleicht ein wenig übertrieben, aber zumindest hat er mich nicht rausgeworfen.

Der Tag vergeht wie im Flug, und den Großteil des Nachmittages verbringe ich damit, für die dreißig Gäste zu kochen, die wir zum Abendessen erwarten. Hugo hat den Zaun repariert und die Auffahrt geräumt. Die Gäste treffen nach und nach ein, und als Hugo sie begrüßt, bin ich beeindruckt, wie sehr er sich gemausert hat. Er hat wirklich verdammt große Fortschritte gemacht.

Abends werkeln Marlène und ich fleißig in der Küche und plaudern ein wenig zwischen den Gängen, und ich frage sie, weshalb Nadia nicht gekommen sei. Marlène wundert sich über meine Frage, und schließlich frage ich sie geradeheraus.

»Hast du mir denn nicht erzählt, sie und Hugo wären jetzt ein Paar?«

Sie bricht in Lachen aus. »Ich soll das gesagt haben? Dann muss ich aber ganz schön neben der Spur gewesen sein. Ganz und gar nicht. Nadia hat sich mit Mickaël verlobt, und ich finde, die beiden sind ein bezauberndes Paar.«

Ich öffne den Mund und schließe ihn wieder. Nadia … und Mickaël … ein Paar.

Eine wohlige Freude breitet sich in mir aus, aber ich habe keine Zeit, weiter darüber nachzudenken, denn der nächste Gang will serviert werden. Ich erfahre, dass Familie Panchon mit ihren beiden Söhnen, den Schwiegertöchtern und den Enkelkindern in der Woche vor Weihnachten wiederkommt. Unsere allerersten Gäste, wie wunderbar! Die Kinder sind bestimmt ein ganzes Stück gewachsen.

Jetzt muss ich mir nur noch einen Plan überlegen. Wie kann ich Hugo zurückerobern? Oder besser gesagt, wenn ich davon ausgehe, dass wir nie ein richtiges Paar waren, wie kann ich ihn ganz einfach erobern? Denn seien wir mal ehrlich, ihn wiederzusehen hat nur das bestätigt, was ich schon längst wusste: Ich bin vollkommen verrückt nach diesem Mann.

Der zweite Tag nach ihrer Rückkehr.

Seit zwei Tagen ist sie wieder da, und ich habe das Gefühl, schon jetzt nicht mehr geradeaus denken zu können. Der erste Eindruck ist wohl immer der richtige: Diese Frau ist Gift für mich. Aber ich muss masochistisch veranlagt sein … Denn ich liebe dieses Gift!

Wir haben uns gemeinsam um das Mittagessen für alle gekümmert, und gerade sind Nadia, Mickaël und Patrick für einen Kaffee hergekommen. Man könnte meinen, die verlorene Tochter sei zurückgekehrt, so froh sind sie darüber, Claire wiederzusehen. So viel Getue haben sie um meine Rückkehr aber nicht gemacht!

Ich habe den Eindruck, dass mich alle die ganze Zeit über schief angucken, und ich weiß nicht, wieso. Ich habe doch nichts gemacht. Was haben sie denn erwartet? Dass ich mich unmöglich aufführe? Nein. Ich bin ganz normal, ich bin ich selbst. Irgendwann begreife ich es: Alle wussten Bescheid, dass Claire kommen würde, deshalb diese Reaktion und diese Kommentare. Verstehe, es ist ein Komplott.

Patrick schlägt vor, die Hunde hereinzuholen, da es wieder schneien soll. Ich folge ihm, denn offensichtlich will er unter vier Augen mit mir sprechen. Kaum sind wir aus dem Haus, fragt er mich, wie es mir geht. Ich antworte, es gehe mir gut, er solle sich keine Sorgen machen, ich wisse jetzt, dass das Testament nur ein Vorwand war, und ich nähme es ihm nicht übel. Er wirkt verlegen, und ich bitte ihn, kurz zu warten. Dann hole ich den Brief meiner Mutter aus meinem Zimmer und reiche ihn Patrick.

»Nein, Hugo, das kann ich nicht. Er ist für dich bestimmt.«

»Aber ich möchte gern, dass du ihn auch liest, Patrick. Das täte mir gut. Es wäre dann so, als hätten wir drei uns unterhalten. Ein letztes Mal. Marlène hat ihn auch schon gelesen.«

Er nimmt den Brief und setzt sich auf die Bank vorm Haus, während ich mich um die Hunde kümmere.

Als ich wiederkomme, sehe ich, dass er feuchte Augen hat. Wortlos setze ich mich zu ihm.

»Das klingt ganz nach ihr«, sagt er und gibt mir den Brief zurück. »Und, mein Junge, bist du schon am Grab deiner Mutter gewesen, um es ihr zu sagen?«

»Was denn?«

Er steht auf und klopft mir auf die Schulter. Bevor er ins Haus geht, dreht er sich noch einmal um. »Dass sie blonde Haare hat.«

Fünf Tage nach meiner Rückkehr und meinem Entschluss, »diesen Mann zu erobern«.

Ich bin so froh, wieder hier zu sein, aber mit Hugo verläuft nichts nach Plan.

Die Woche geht schnell um, und die Gäste sind zufrieden. Es hat aufgehört zu schneien, aber der Schnee liegt noch und die Sonne scheint, sodass alles wie eine Feenlandschaft glitzert.

Ich stehe jeden Morgen früh auf und gehe hinaus, um die frische Bergluft einzuatmen. Das ist wie frisch gepresster Orangensaft für mich. Die Aussicht vom Haus ist herrlich, man blickt auf den Beginn des Pfads und die Chalets in den Mulden am Berghang gegenüber. Gustave hat am ersten Tag noch viel geklagt, aber inzwischen hat er sich eingewöhnt, und gestern, als ich nicht aufgepasst habe, ist er sogar rausgegangen. Erst dachte ich, ich sterbe vor Angst, aber mein Kater ist wohl härter gesotten als ich. Arthur und Hector sind wie die Wilden auf ihn losgegangen, aber er hat nur einen Buckel gemacht und ihnen gezeigt, was er davon hält. Daraufhin haben die beiden Hunde ihn willkommen geheißen und ihm übers Fell geschleckt. Ergebnis: Gustave hat zwei neue Freunde.

Unglaublich.

Das muss wohl an den Vornamen liegen, sie haben verstanden, dass sie aus der gleichen Welt stammen. Mich beruhigt es, dass Gustave das hier zu seinem Wohnsitz auserkoren hat.

Auch ich kann mich den Hunden inzwischen ohne allzu viel Angst nähern. Alles ist unter Kontrolle, zumindest beinahe. Ich muss nur noch den Chef zähmen, dann ist alles perfekt. Aber das stellt sich als gar nicht so einfach heraus. Ich verstehe es nicht ganz, aber mir kommt es vor, als würde er mir ausweichen. Ich weiß nicht, was ich verbrochen habe. Seitdem ich mit dem Auto im Zaun gelandet bin, nichts! Aber Hugo wirkt nicht gerade begeistert, dass ich in seinem Haus herumwusele.

Vielleicht befürchtet er, dass ich seinetwegen zurückgekommen bin? Vielleicht weiß er nicht, wie er mir sagen soll, dass er kein Interesse hat?

Ich bin völlig hilflos, und als Sophie anruft, frage ich sie um Rat. Laut ihr soll ich ihm meine Gefühle offenbaren. Okay, aber wie denn, du Genie? Indem ich mich ihm an den Hals werfe? Na, vielen Dank, Sophie, wenn ich einen nicht jugendfreien Film drehen will, melde ich mich bei dir, für alles andere wende ich doch lieber meine eigene Methode an. Die ganze Saison halte ich jedenfalls nicht in dieser vorgetäuschten Gleichgültigkeit aus, wir müssen definitiv reden. Ich glaube, dass Hugo ein Mann ist – besser gesagt, dessen bin ich mir sicher! –, und das heißt, er redet nicht gern. Und genau darin liegt das Problem. Wenn ich weder über ihn herfallen noch ihn zu einem Gespräch zwingen kann, dann muss ich mich zusammenreißen und weiterhin so tun, als wäre nichts.

Als Marlène sich am Samstag bereitmacht, um nach Hause zu fahren, ist es elf Uhr abends, und alle neuen Gäste sind bereits in ihren Zimmern.

»Ach, übrigens«, sagt Marlène, »ich musste euch beide für heute in ein Zimmer stecken. Tut mir leid. Ihr könnt ja ein Kissen zwischen euch legen, oder du schläfst auf dem Sessel, Hugo. Alle anderen Zimmer sind belegt … Deine Sachen habe ich heute Nachmittag schon zu Hugo rübergebracht, Claire. Ihr habt ja das letzte Auto heute gesehen, sie waren zu sechst statt zu viert. Ich bin sicher, dass sie mir das nicht angekündigt haben! Oder ich habe mich bei den Reservierungen vertan. Das müssen die Hormone sein, die langsam verrücktspielen. Jedenfalls konnte ich sie ja nicht wegschicken, da seid ihr doch meiner Meinung, oder?«

Als wir protestieren wollen, schnappt sie sich ihren Mantel und fügt mit einem breiten Lächeln hinzu: »Jetzt lässt es sich auf jeden Fall nicht mehr ändern. Meckert bitte nicht, ich bin erledigt heute Abend, und ich glaube, ich habe gespürt, wie das Baby sich bewegt hat. Ich habe euch lieb. Ihr müsst auch gar nicht beleidigt tun, ihr habt ja wohl schon mal in einem Bett geschlafen, oder? Wenn ihr glaubt, dass ich das nicht mitbekommen habe, dann habt ihr euch geirrt.«

Damit zwinkert sie uns zu und verschwindet.

»Dieses Biest!«, brummt Hugo.

Na großartig, Hugos Begeisterung hält sich anscheinend in Grenzen …

Tag X oder Tag null. Der Tag, an dem alles begann.

»Der Tag, an dem es mit mir und Claire wirklich angefangen hat? Keine einfache Frage. Ich würde sagen, der Tag, an dem sie sich in ein paar Zentimetern Erde hinten in meinem Garten festgefahren hat. Aber die Geschichte kennst du ja. Da hat sie noch einen draufgesetzt, als sie den Zaun vorm Haus umgenietet hat. Aber erst, als Marlène mit Nadias und deiner Hilfe die Herberge überbucht hat, damit Claire und ich im selben Bett landen, habe ich wirklich aufgehört, mich wie ein Trottel aufzuführen.

An dem Abend habe ich mich wirklich wie der letzte Idiot gefühlt. Mit Claire in einem Bett schlafen? Es fiel mir doch ohnehin schon so schwer, nicht über sie herzufallen, seitdem sie wieder da war, aber das hier war eine ganz andere Nummer.

Warum habe ich mich eigentlich zurückgehalten? Weil ich nicht sicher war, was sie für mich empfindet. Ich würde sogar noch weiter gehen: Ich hatte eine Scheißangst. Erbärmlich, oder? Hugo Moreton, der schon gegen Muskelpakete angetreten ist, die sich in voller Eishockey-Montur auf ihn gestürzt haben und ihm ohne weiteres mit ihrem Schläger die Nase hätten einschlagen können, Iceman, der immer als Erster eine Schlägerei auf dem Eis anfing, der nach New York ging, kaum war er aus den Kinderschuhen, genau der hatte eine Heidenangst vor dieser kleinen blonden Person!

Denn zum ersten Mal, geben wir es doch zu, hatte ich mich bis über beide Ohren verliebt. Und davor konnte mich keine Ausrüstung beschützen, nicht mal eine Eishockey-Montur.

Warum war Claire überhaupt zurückgekommen? Nach zehn Monaten Funkstille. Es bestand immerhin eine gewisse Hoffnung, dass es meinetwegen war, oder? Aber ich habe mich wirklich wie ein Mistkerl benommen, als sie abgereist ist. Ich hätte versuchen können, sie aufzuhalten, aber stattdessen habe ich mich wie ein Grobian der schlimmsten Sorte verhalten. Wie sollte sie mir das verzeihen? Andererseits ist diese Frau auch alles andere als vorhersehbar …

Letztendlich war doch egal, was passiert ist. Ich wollte sie mir schnappen und sie verführen. Dann hätten wir schon gesehen, was dabei herauskommt …

Wir sind in mein Zimmer gegangen, so schüchtern und unbeholfen wie zwei unerfahrene Teenager. Die Tür hat sich hinter uns geschlossen, und ich war sicher, dass Claire mein Herz laut klopfen hört, so heftig hat es geschlagen. Ich musste jetzt den Mund aufmachen, ich musste ihr sagen, dass … Aber ich kam gar nicht dazu. Sie drehte sich zu mir um und küsste mich. Ich war so verblüfft, dass ich nicht reagieren konnte. Rein gar nicht. Dabei musste ich doch reagieren, oder?

Sie hat sich von mir gelöst und sich beinahe weinend entschuldigt.

Jetzt musste ich definitiv etwas tun, oder ich hätte sie endgültig verloren. Ich habe meinen ganzen Mut zusammengenommen und gefragt: ›Was war das denn?‹

›Ich wollte mich nur bei dir bedanken, dass du mein Auto in die Reparatur gebracht hast. Soll ich auf dem Sessel schlafen? Ich will dich nicht stören.‹

Sie hat sich zu ihrem Koffer umgedreht, um etwas daraus hervorzuholen, und ich habe mich hinter sie gestellt, sie an der Taille berührt und sie zu mir umgedreht.

›Ganz so einfach ist das aber nicht, Pepper‹, habe ich mit einem Lächeln gesagt. ›Für die Reparatur musst du viel mehr aufbringen …‹

Ihre Augen fingen an zu leuchten, und was ich darin gesehen habe, hat mir Hoffnung gegeben. Ich habe mich zu ihr heruntergebeugt, und diesmal habe ich sie richtig geküsst. Meine ganze Leidenschaft habe ich in diesen Kuss gelegt, ich habe Claire alles von mir gegeben. Sie hat den Kuss erwidert, und da wusste ich, dass ich gewonnen hatte.

Da ich nicht alles wieder verderben wollte, diesmal nicht, habe ich mich von ihr gelöst und ihr ganz trocken gesagt: ›Diesmal machen wir es aber anders. Alles schön in geregelten Bahnen.‹

›Geregelte Bahnen?‹

›Ganz genau!‹

›Ich mag aber keine Regeln. Meistens schaffe ich es ohnehin nicht, sie einzuhalten. Aber leg los‹, murmelte sie leicht schmollend, was mich nur noch mehr aus der Fassung gebracht hat.

›Erstens, wir sind ein Paar. Wir haben kein Verhältnis miteinander, um uns besser zu fühlen. Mir geht es gut, dir geht es gut, wir sind Erwachsene, die in gegenseitigem Einvernehmen handeln. Kannst du das bestätigen?‹

›Bestätigt. Mir geht es ausgezeichnet. Und du scheinst mir voll und ganz Herr deiner Zukunft.‹

Ich habe ihr das Oberteil ausgezogen, sie geküsst und weitergeredet.

›Gut. Zweitens, die Sache hat einen Haken. Ich kann nicht in Paris leben. Und ich möchte nicht, dass du wieder dorthin zurückkehrst. Kannst du auch von hier aus arbeiten?‹

›Na, jetzt lehnst du dich aber ganz schön weit aus dem Fenster. Dabei wollte ich doch nur mit dir schlafen.‹

Ich wollte schon widersprechen, doch sie hat gelacht und den Knopf meiner Hose aufgemacht.

›Ich könnte niemals von hier aus arbeiten‹, hat sie erklärt. ›Ich kann meinen Job nämlich nicht mehr ertragen. Meine Kündigung ist schon auf meinem Handy gespeichert, ich muss sie nur noch per E-Mail abschicken.‹

›Okay.‹

Ich habe sie hochgehoben, sie auf mein Bett gelegt, und während ich ihr die Hose abgestreift habe, habe ich ihren Bauch mit Küssen bedeckt.

›Und als Letztes möchte ich, dass du nie wieder abreist. Ich möchte jeden Tag mit dir schlafen können.‹

›Niemals! Das verspreche ich hoch und heilig.‹ Sie hat sich aufgerichtet und mich geküsst.

Dann hat sie kurz innegehalten, mir in die Augen gesehen, und so mutig, wie ich sie kenne, hat sie geflüstert: ›Ich liebe dich.‹

Mehr musste ich nicht hören. Mit einem Lächeln habe ich mich über sie gebeugt und sie geküsst. Und als wir miteinander verschmolzen sind und vor Lust aufgestöhnt haben, habe auch ich ihr gestanden, dass ich sie schon vom ersten Augenblick an geliebt habe.‹

Ich lache. »Okay, das kannst du vielleicht aus dem Video rausschneiden«, sage ich zu Mickaël.

»Du bist unmöglich, Hugo! Ich will nichts über eure Sexspielchen hören. Ich will nur eine kurze Sequenz aufnehmen, in der du von dem Tag erzählst, an dem du Claire deine Liebe erklärt hast. Das ist schließlich ein Video für eure Hochzeit nächste Woche, du Trottel. Ein Video, das deine Frau im Winter vorm Kamin anschauen wird, und eure Kinder, wenn sie aufwachsen. Also bitte keinen Sex und nichts Versautes!«

Während er mir das alles erklärt, kann er sich selbst vor Lachen kaum halten.

»Du bist unerträglich, Hugo, wusstest du das? Wie hast du es überhaupt geschafft, Claire davon zu überzeugen, dich zu heiraten?«

»Ich habe ihr gesagt, es ist an der Zeit, dass wir uns um einen Erben für die Herberge kümmern, und da ich keine Kinder außerhalb der Ehe will …«

»Nein! Hast du ihr denn nicht erzählt, dass du doch der Erbe bist?«

»Doch. Danach. Und sie war sauer, dass ich es ihr nicht eher erzählt habe. Aber ich habe da so meine Methoden, damit sie mir verzeiht …«

»Das will ich gar nicht hören. Aber wie hast du es angestellt, dass sie sich keine Sorgen macht, dass du das Gleiche abziehst wie der Mistkerl beim letzten Mal?«

»Bitte, den lassen wir mal schön außen vor. Auch wenn ich ihm zu großem Dank verpflichtet bin, denn ohne ihn wäre Claire niemals hier aufgetaucht, er ist und bleibt ein Vollidiot, der meiner Frau wehgetan hat. Ich liebe Claire und sage ihr das jeden Tag. Das genügt ihr offenbar. Und wenn ich abends Angst bekomme, dass sie die Beine in die Hand nimmt, muss ich sie einfach nur ans Bett fesseln …«

»Oh, du bist unmöglich! Claire ist die beste Freundin

meiner Frau, und meine Freundin ist sie auch, also bitte, ein wenig Respekt. Und keine sexuellen Anspielungen mehr auf dem Video, wenn du es irgendwann mal mit deinen Kindern angucken willst.«

»Aber ja doch, mein einziger und liebster Trauzeuge.«

»Dann machen wir noch einmal das Ende«, sagt er lachend. »Achtung, es geht los: Hugo, wann hat es mit dir und Claire angefangen?«

»An dem Tag, als der erste Schnee fiel …«